O CASO DAS MANGAS EXPLOSIVAS

MOHAMMED HANIF

O CASO DAS MANGAS EXPLOSIVAS

Tradução de
FLÁVIA CARNEIRO ANDERSON

EDITORA RECORD
RIO DE JANEIRO • SÃO PAULO
2011

CIP-BRASIL. CATALOGAÇÃO-NA-FONTE
SINDICATO NACIONAL DOS EDITORES DE LIVROS, RJ

Hanif, Mohammed, 1964 –
H217c O caso das mangas explosivas / Mohammed Hanif; tradução de Flávia Anderson. – Rio de Janeiro: Record, 2011.

Tradução de: A case of exploding mangoes
ISBN 978-85-01-08724-9

1. Zia-ul-Haq, Mohammad – Ficção. 2. Paquistão. Air Force – Ficção. 3. Ditadura – Paquistão – Ficção. 4. Conspiração – Paquistão – Ficção. 5. Romance paquistanês (Inglês). I. Anderson, Flávia Carneiro. II. Título.

11-2824 CDD: 828.9954913
CDU: 821.111(549.1)-3

Título original:
A CASE OF EXPLODING MANGOES

Texto revisado segundo o novo Acordo Ortográfico da Língua Portuguesa.

Impresso no Brasil

ISBN 978-85-01-08724-9

EDITORA AFILIADA

Para Fatima, Razia, Nimra
& Channan

Prólogo

É possível que você tenha me visto na televisão, após o desastre. O vídeo é curto e, além disso, está meio desbotado, com excesso de luz. Foi retirado do ar após duas transmissões, aparentemente por provocar um impacto negativo na moral das Forças Armadas do país. Não se nota no filme, mas caminhamos em direção ao *Pak One*, o qual se encontra estacionado atrás do cinegrafista, no meio da pista. A bomba de combustível auxiliar continua conectada à aeronave, que se acha cercada por um grupo em suas fardas camufladas. Com a fuselagem cinza e fosca apenas um pouco acima do pavimento, o avião parece uma baleia encalhada ponderando como voltar rastejando ao oceano, o focinho inclinado ante a enormidade da tarefa diante de si.

A pista de decolagem fica no meio do deserto de Bahawalpur, a 970 quilômetros do Mar da Arábia. Não há nada entre a fúria alva do sol e a extensão infinita de areia reluzente, exceto uma dúzia de homens, vestindo fardas cáqui e andando rumo à aeronave.

Por um breve momento, percebe-se no vídeo a face do general Zia, o último registro de um homem muito fotografado. O risco dos cabelos partidos ao meio cintila sob o sol, os dentes artificialmente brancos brilham e o bigode faz sua pequena dança costumeira para a câmera, mas, assim que esta se afasta, percebe-se que ele não sorri. Observado de perto, talvez dê para notar que está pouco à vontade. Percorre o caminho andando como um homem constipado.

O sujeito que caminha à sua direita é o embaixador dos Estados Unidos no Paquistão, Arnold Raphel, cujos bigode bem cuidado e calvície reluzente emprestam-lhe um ar de respeitável executivo homossexual de cidadezinha norte-americana. Aparece no vídeo tirando com um peteleco um grão de areia da lapela do paletó azul-marinho. Sua aparência, a um só tempo elegante e casual, oculta uma mente diplomática habilidosa; ele escreve memorandos perspicazes e incisivos e consegue manter a compostura durante os diálogos mais hostis. À esquerda do general Zia, o ex-chefe do Serviço de Inteligência paquistanês, o Inter-Services Intelligence, general Akhtar, aparenta caminhar encurvado por causa do peso da meia dúzia de medalhas no peito; arrasta os pés como se fosse o único do grupo a saber que não deveriam embarcar naquela aeronave. Seus lábios estão comprimidos e, embora o sol houvesse cozido tudo à sua frente, requerendo total submissão, e subtraído toda a cor dos arredores, pode-se notar que sua tez normalmente pálida mostra-se úmida e amarelada. Em seu obituário, publicado no dia seguinte nos jornais, ele seria descrito como o "Soldado Silencioso" e um "dos dez homens interpostos entre o Exército Vermelho e o Mundo Livre".

Quando o grupo se aproxima do tapete vermelho que conduz à escada do *Pak One*, a câmera capta o momento em que dou um passo à frente. Vê-se de imediato que sou o único na cena a sorrir; porém, quando presto continência e começo a caminhar na direção da aeronave, meu sorriso desaparece. Sei que estou saudando um bando de homens mortos. Mas, quando se veste uma farda, é o que se faz. E ponto final.

Depois, peritos da Lockheed remontariam os destroços da aeronave e simulariam conjunturas, tentando decifrar o mistério da queda de um potente C-130 apenas quatro minutos após a decolagem. Astrólogos pegariam seus arquivos, com as previsões para agosto de 1988, e culpariam Júpiter pelo acidente que matou militares de altas patentes do Paquistão e o embaixador dos Estados Unidos. Intelectuais de esquerda brindariam ao término de uma ditadura cruel e evocariam dialéticas históricas ao tratar do assunto.

No entanto, nessa tarde, a história está tirando uma longa soneca, como costuma ocorrer entre o final de uma guerra e o início de outra. Mais de 100 mil soldados soviéticos preparam-se para a retirada do Afeganistão após se verem obrigados a comer torrada com graxa de coturno, e aqueles homens que vemos na tela da TV são os vencedores incontestáveis. Embora estejam se preparando para a paz, como sujeitos cautelosos, foram a Bahawalpur para comprar carros de combate enquanto aguardavam o fim da Guerra Fria. Tendo concluído o trabalho naquele dia, estão pegando o avião a fim de voltar para casa. Com a barriga cheia, já começam a ficar sem assunto; vem a impaciência de indivíduos polidos, que não gostam de ofender uns aos outros. Somente mais tarde as pessoas diriam: *Vejam aquele vídeo. Observem como caminharam com cansaço e relutância. Qualquer um pode notar que foram conduzidos ao avião pela mão invisível da morte.*

As famílias dos generais receberiam indenização integral e caixões cobertos de bandeiras, com instruções rigorosas para que não os abrissem. As famílias dos pilotos seriam detidas e atiradas em celas, com sangue respingado no teto, durante alguns dias e, depois, liberadas. O corpo do embaixador dos Estados Unidos seria enviado ao cemitério Arlington, e a lápide, decorada com um clichê não muito refinado. Não haveria necrópsia, os indícios não levariam a nada e surgiriam mentiras para encobrir mentiras.

Ditadores do Terceiro Mundo estão sempre sendo partidos em pedacinhos em circunstâncias estranhas, mas se a estrela mais brilhante do serviço diplomático norte-americano (é o que se dirá de Arnold Raphel em seu funeral no cemitério Arlington) acaba sendo abatido juntamente com oito generais paquistaneses, espera-se que alguém entre em ação. A *Vanity Fair* encomendaria um artigo investigativo, o *New York Times* publicaria dois editoriais, os filhos dos falecidos apresentariam petições no tribunal e, em seguida, chegariam a acordos em troca de posições lucrativas no gabinete ministerial. Seria dito que esse foi o maior encobrimento na história da aviação desde o último maior encobrimento.

A única testemunha dessa caminhada filmada, a única a percorrer o mesmo caminho, seria totalmente ignorada.

Porque quem não viu esse vídeo, provavelmente nem se deu conta de mim. Como a própria História. Fui eu que escapei.

O que encontraram nos destroços da aeronave não foram cadáveres, nem mártires de faces serenas, como afirmaram as Forças Armadas, tampouco homens ligeiramente desfigurados e devastados, não fotogênicos o bastante para serem filmados pelas câmeras da TV e mostrados para as famílias. *Restos.* Acharam *restos.* Pedaços de carne espalhados na fuselagem estraçalhada do avião, ossos carbonizados grudados em metais retorcidos, rostos e partes de corpos fundidos, formando massas de substâncias rosadas. Ninguém jamais poderá dizer que o caixão enterrado no cemitério Arlington não continha partes do general Zia e que o que foi sepultado na mesquita Shah Faisal em Islamabad não possuía pedaços da estrela mais brilhante do Departamento de Estado. A única coisa que se pode afirmar com certeza é que os meus restos não se encontravam em nenhum desses caixões.

Sim, senhor, fui eu que escapei.

O nome Shigri não constou na pauta de investigação, os agentes do FBI me ignoraram e nunca tive de me sentar sob uma lâmpada de luz forte e explicar as circunstâncias que levaram à minha presença no local do incidente. Não apareci nem mesmo nas histórias inventadas para encobrir a verdade. Até os teóricos da conspiração que viram um objeto voador não identificado colidir com o avião presidencial e as testemunhas dementes, que viram um míssil terra-ar ser disparado do lombo de um jumento solitário, não se preocuparam em esquadrinhar o rapaz de farda, com uma das mãos na bainha da espada, dando um passo à frente, prestando continência e, em seguida, sorrindo e afastando-se. Fui o único a embarcar naquela aeronave e sobreviver.

E até peguei carona de volta para casa.

Se alguém de fato viu o vídeo, pode ter se perguntado o que o jovem com traços típicos da região montanhosa fazia no deserto, por que estava cercado de generais de quatro estrelas e sorria. É porque eu já recebera minha punição. Como Obaid teria dito, há poesia em se cometer um crime após ter cumprido uma sentença. Eu não sou muito chegado a poemas, mas a punição antes de um crime possui, de fato, certa qualidade rítmica intrínseca. Os culpados cometem o crime, os inocentes são punidos. É o mundo em que vivemos.

Minha punição começara exatamente dois meses e 17 dias antes do desastre, quando acordei ao toque de alvorada e, sem abrir os olhos, estendi a mão para puxar o cobertor de Obaid, um hábito que adquiri ao longo dos quatro anos compartilhando o mesmo quarto com ele. Era a única forma de acordá-lo. Minha mão tocou em uma cama vazia. Esfreguei os olhos. Ela acabara de ser feita, o lençol branco engomado estava dobrado sobre o cobertor de lã cinza, como uma viúva hindu de luto. Obaid desaparecera e, evidentemente, os pentelhos iam desconfiar de mim.

Pode-se acusar nossos homens de farda de qualquer coisa, menos de serem criativos.

Formulário PD 4059

Registro de Ausentes sem Permissão ou
Desaparecimentos sem Justificativa

Anexo I

Declaração do suboficial Ali Shigri,
Paq n° 898245

Assunto: Investigação quanto às circunstâncias que levaram à ausência sem permissão do cadete Obaid-ul-llah.

Local de registro da declaração: cela n°2, prisão militar, rancho dos cadetes, Academia da FAP

Pelo presente, eu, suboficial Ali Shigri, filho do falecido coronel Quli Shigri, declaro e afirmo solenemente que, ao toque da alvorada de 31 de maio de 1988, era o oficial de dia. Cheguei às 6h30 em ponto para inspecionar o Esquadrão Fúria. Enquanto repassava a segunda fila, percebi que o gancho da minha guia de espada tinha soltado. Tentei fixá-lo, mas ele arrebentou na minha mão. Fui correndo até o quartel para pegar outro, mas, antes, mandei o cadete Atiq assumir o controle. Ordenei que o esquadrão marcasse passo. Não encontrei o gancho extra no meu próprio armário; foi quando percebi que o do cadete Obaid estava aberto. O dele se achava bem ali, no local em que deveria estar, na primeira prateleira, ao lado esquerdo, atrás do quepe com debrum dourado. Como eu estava com pressa, não notei nada de ilegal naquele lugar. Ainda assim, cheguei a reparar que o poema que se encontrava na parte interna da porta do armário dele havia sumido. Nunca me interessei muito por poesia, mas, como Obaid era meu colega de alojamento, eu sabia que todo mês ele pendurava um poema novo ali, e sempre o retirava antes da inspeção semanal. Como as normas de conduta da instituição não tratavam da questão da colocação de poemas em armários de alojamentos, não relatei o ocorrido antes. Voltei às 6h43, e encontrei todo o esquadrão em fila indiana. Na mesma hora, ordenei que se levantassem e assumissem posição de sentido; lembrei ao cadete Atiq que aquela posição era uma punição ilegal e que, como comandante interino, ele devia conhecer as regras. Mais tarde, recomendei que o indivíduo supracitado recebesse uma advertência; cópia de tal comunicado segue em anexo a este.

Àquela altura, não tive tempo de fazer a chamada, pois restavam apenas 17 minutos para irmos até o campo de desfiles. Em vez de deslocar o esquadrão em passo ordinário até o rancho, mandei-o seguir acelerado. Embora estivesse com a espada para o treinamento silencioso e não precisasse acompanhar aquela cadência, fui ao lado da última fileira, segurando a bainha a 15 cm do corpo. O subcomandante nos viu de sua Yamaha e desacelerou ao passar por nós. Ordenei que o esquadrão prestasse continência, mas o referido indivíduo não retribuiu a saudação e ainda soltou uma piadinha sobre espada e duas pernas. Esta nem pode ser repetida na presente declaração; porém, menciono o fato porque durante o interrogatório me perguntaram se eu teria mesmo acompanhado o esquadrão.

Dei quatro minutos para que o Esquadrão Fúria tomasse o café da manhã e, nesse ínterim, aguardei na escada de acesso ao rancho. Fiquei em posição de descansar e repassei mentalmente os comandos para o treinamento daquele dia. Aprendi a fazer esse exercício com o tenente Bannon, o instrutor transferido. Apesar de não haver comandos verbais no treinamento silencioso, a voz interior do comandante deve ser intensa. Claro que não podia ser audível para a pessoa ao lado. Eu praticava a cadência silenciosa quando o esquadrão começou a se reunir do lado de fora do rancho. Fiz uma rápida inspeção e peguei um calouro com uma fatia de rabanada no bolso da camisa da farda. Enfiei o alimento na boca dele e mandei que começasse a dar cambalhotas sem tocar a cabeça no chão e nos acompanhasse enquanto eu conduzia o esquadrão ao campo de desfiles.

Passei o comando ao sargento de dia, que, por sua vez, levou os rapazes ao depósito de material bélico para que pegassem os fuzis de assalto. Foi somente depois de recitar o Alcorão e de cantar o hino nacional, no momento em que o Esquadrão de Treinamento Silencioso dividia-se em duas formações, que o sargento de dia foi me perguntar por que o cadete Obaid não se apresentara. Meu colega de alojamento deveria ser o líder da marcha naquele treino. Fiquei surpreso, pois supus o tempo todo que ele estava no esquadrão cujo comando eu tinha acabado de passar ao sargento.

— O cadete Obaid está na revista médica? — perguntou-me ele.

— Não — respondi. — Ao menos, se está, eu não fiquei sabendo.

— E quem é que sabe?

Dei de ombros e, antes que ele pudesse dizer algo, o tenente Bannon anunciou que o silêncio entrara em vigor. É preciso salientar que a maioria dos sargentos que participarem do treinamento na Academia não apreciava os esforços daquele tenente no sentido de criar o nosso próprio Esquadrão de Treinamento Silencioso. Grande parte não gostava das técnicas usadas. Não entendia que nada impressionava mais os civis que um desfile militar em silêncio e que tínhamos muito a aprender com a experiência do tenente Bannon, instrutor principal na base de Fort Bragg.

Após o treinamento, fui até a enfermaria para checar se o cadete Obaid estava doente. Não o encontrei ali. Quando estava saindo, vi o calouro do meu esquadrão sentado na sala de espera, com restos de rabanada vomitada na parte da frente da camisa da farda. Ele fez menção de se levantar para prestar continência, mas eu o impedi, aconselhando que parasse de fazer papel de ridículo.

Como a aula de Formação de Caráter já tinha começado, voltei para o alojamento, em vez de ir para a sala. Pedi que o tio Goma, nosso lavadeiro, consertasse a minha guia de espada e me deitei um pouco. Em seguida, examinei a cama, a mesa de cabeceira e o armário de Obaid, em busca de quaisquer pistas a respeito do seu paradeiro. Não encontrei nada fora do normal ali. Ele vinha ganhando a Competição de Armários Intraesquadrões desde o primeiro período na Academia, e tudo estava organizado de acordo com o manual para os armários do alojamento.

Fui a todas as outras aulas daquele dia. Recebi presença em todas elas. Em Estudos Regionais, a lição foi sobre o Tadjiquistão e o ressurgimento do Islã. Em Estudos Islâmicos, o nosso professor,

Maulana Hidayatullah, mandou que a gente estudasse por conta própria, pois se aborreceu conosco ao entrar na sala e pegar alguns cadetes cantando a versão obscena de uma popular música de casamento.

Foi durante o treinamento vespertino que recebi a ordem de comparecer ao gabinete do subcomandante. Como me pediram que me apresentasse de imediato, fui fardado.

O subcomandante quis saber por que eu não havia assinalado a falta do cadete Obaid na inspeção matinal, uma vez que ele não se encontrava lá.

Eu lhe expliquei que não tinha feito a chamada.

O segundo oficial perguntou, então, se eu sabia onde ele estava.

Informei que não fazia ideia.

Em seguida, indagou onde eu tinha permanecido no intervalo entre a enfermaria e a aula de Formação de Caráter.

Eu lhe contei a verdade.

Ele mandou que me apresentasse à prisão militar.

Assim que cheguei lá, o cadete de serviço mandou que eu aguardasse na cela.

Quando eu quis saber se estava sendo detido, o rapaz riu e contou uma piada sobre os buracos excessivos do colchão da cela de prisioneiros. A brincadeira não pode ser reproduzida aqui.

Meia hora depois, o subcomandante chegou e informou que eu estava em prisão fechada; queria fazer mais perguntas relacionadas ao desaparecimento do cadete Obaid. Ressaltou que, se eu não dissesse a verdade, iria me entregar para o Serviço de Inteligência, e eles me pendurariam pelos testículos.

Assegurei que colaboraria cem por cento. Ele fez um interrogatório de uma hora e quarenta minutos sobre as atividades de Obaid, a minha amizade com o cadete e o seu comportamento durante o que descreveu como "os dias anteriores ao seu desaparecimento" — quis saber se eu notara algo estranho nesse período.

Contei tudo o que sabia. O subcomandante se retirou da cela no final da sessão de perguntas e respostas e voltou cinco minutos depois, com folhas de papel e caneta; pediu, então, que eu anotasse o que acontecera de manhã, descrevendo de forma minuciosa onde e quando eu havia visto o cadete Obaid pela última vez.

Antes de se retirar, quis saber se eu tinha alguma dúvida. Perguntei se poderia participar do treinamento silencioso, uma vez que estávamos nos preparando para a revista anual do presidente. Solicitei que comunicasse ao tenente Bannon que eu continuaria a praticar a cadência silenciosa na cela. Ele contou uma piada sobre dois fuzileiros navais e um sabonete no banheiro de Fort Bragg. Não achei que era para eu rir, e fiquei sério.

Pelo presente, declaro que, na última vez que vi o cadete Obaid, ele estava deitado na cama, lendo um livro de poesia em inglês, na noite anterior ao seu sumiço. Na capa vermelha da obra, havia o que aparentava ser a sombra alongada de um homem. Uma vez apagadas as luzes, escutei o meu colega cantarolar baixinho uma antiga canção indiana. Pedi que calasse a boca. O último fato de que me lembro antes de cair no sono foi que ele continuava a cantar a mesma balada.

Não o vi de manhã, e descrevi com exatidão as atividades do dia nesta declaração, na presença do signatário.

Antes de terminar, gostaria de ressaltar que nos dias anteriores ao desaparecimento sem justificativa do cadete Obaid não notei nada fora do comum na sua conduta. Três dias antes de meu colega se ausentar sem permissão, recebeu um elogio por participar ativamente das Atividades Literárias Após o Jantar (ALAJ). Ele tinha feito planos de me levar para tomar sorvete e ver *O desafio das águias* no fim de semana. Se planejava se ausentar sem justificativa, não chegou a contar para mim, nem, pelo que sei, para ninguém mais.

Gostaria ainda de dizer que minha prisão fechada é desnecessária e que, se não posso retornar ao alojamento, solicito permissão para manter o comando de meu Esquadrão de Treinamento Silencioso, pois as batalhas de amanhã são ganhas nos treinos de hoje.

Declaração firmada e testemunhada por:
Líder de Esquadrão Karimullah,
Subcomandante, Academia da FAP.

A vida está nas mãos de Alá, mas...

Um

Algo leva os malditos líderes de esquadrão a crerem que, se meterem você numa cela, colocarem a boca fedorenta bem perto da sua orelha e vociferarem impropérios sobre sua mãe, vão encontrar todas as respostas. Costumam fazer um grupinho desprezível, esses chefes sem esquadrões a conduzir. É sua própria falta de liderança que os mantém estagnados no meio da carreira, sem nenhum lugar para ir exceto pular de um instituto de treinamento ao outro, de segundos permanentes a serviço de um comandante ou outro. Dá para notá-los pelos cintos, soltos e caídos, apertados sob o peso da pança. Ou pelas boinas, cuidadosamente posicionadas para esconder as entradas reluzentes. Planos de mestrado em administração de empresas em meio período e uma nova vida tentam acompanhar as promoções perdidas e os fundos de pensão.

Basta observar a salada de condecorações exposta no peito do meu atormentador, sobre o bolso esquerdo da camisa da farda; pode-se ler toda a biografia dele. O sujeito só saiu do quartel para ganhar o distintivo desbotado de paraquedista. As medalhas da primeira fileira simplesmente chegaram e se autofixaram ali. Ele só as recebeu por estar presente. A do quadragésimo Dia da Independência. A do aniversário do esquadrão. A do "hoje-eu-não-me-masturbei".

Em seguida, na segunda fileira, fruto de seu próprio trabalho duro e de sua liderança. Uma medalha por organizar um campeonato de *squash*, outra pela grandiosa batalha que foi a semana de plantação de sementes de árvores. O líder com a boca ao meu ouvido e a minha mãe na cabeça ganhou uma passagem de graça a Meca e usa uma medalha do *haj*, por causa dessa peregrinação.

Como Obaid costumava dizer: "Louvado seja Deus. Louvado seja Deus. Para cada macaco há uma huri."

O subcomandante desperdiça mais tempo de sua vida já desperdiçada tentando me fazer perder o controle com o mau hálito e os gritos incessantes. Por acaso não sabe que fui eu que inventei boa parte das porcarias que ele está jogando nos meus ouvidos? Não ouviu falar do tratamento Shigri? Não entende que eu costumava ser convidado para ir a outros esquadrões no meio da noite a fim de fazer os recém-chegados chorarem com minha rotina de três minutos sobre as mães deles? Acha mesmo que "foda-se a puta da sua mãe", mesmo quando dito aos berros, significa algo quando se está a semanas da revista anual do presidente, prestes a se tornar oficial?

A teoria costumava ser bastante simples: qualquer soldado bom aprende a bloquear a gritaria e desatrelar essas expressões de seu significado aparente. Sabe, quando dizem aquelas coisas sobre a sua mãe, eles não têm a menor intenção — e, com certeza, nem vontade — de levar adiante o que afirmam desejar fazer com ela. Simplesmente falam isso porque sai rápido, soa legal e não requer nenhuma imaginação. Aquela silabazinha *mãe* reverbera na sua mente por um tempo enquanto é pronunciada pelos lábios grudados na sua orelha. E é somente isso. Eles nem mesmo *viram* a coitada da sua progenitora.

Quem quer que tenha um colapso pelo simples volume do tratamento deve ficar no vilarejo e cuidar das cabras do pai, ou estudar biologia e virar médico; então, terá toda a maldita paz e o silêncio que queria. Porque como soldado, gritaria é a primeira coisa de que o sujeito aprende a se defender e, como oficial, gritaria é a primeira arma de ataque que se aprende a usar.

A menos que se esteja no Esquadrão do Treinamento Silencioso.

Veja o campo de desfiles durante o treino matinal e quem o comanda. Quem manda? Há mais de mil de nós, selecionados de uma população de 130 milhões, indivíduos que passaram por testes físicos e psicológicos tão rigorosos que apenas um entre cem candidatos eram aprovados e, quando a nata da nossa sociedade — como sempre fazem questão de nos lembrar — chega ali, quem a lidera? O que tem a voz mais alta e mais nítida, o que tem o peito que mais se expande para dar a ordem que atordoa os pássaros matinais e leva o mais teimoso dos cadetes a erguer os joelhos à altura da cintura e fazer o mundo parar quando os calcanhares atingiam novamente o concreto.

Ao menos, era no que eu acreditava antes de o tenente Bannon chegar com suas teorias sobre a cadência interior, os comandos silenciosos e as técnicas subsônicas. "Um treinamento com comandos não passa disso: treinamento", gostava de dizer Bannon. "Já um treino sem comando é uma arte. Quando se dá uma ordem aos berros, apenas os rapazes do esquadrão a escutam. Mas, quando sua cadência interior sussurra, os deuses prestam atenção."

Não que o tenente acredite em divindades.

Eu me pergunto se ele virá me visitar aqui e se deixarão que entre nesta cela.

O subcomandante está exausto dos assuntos relacionados à minha mãe e eu já antevejo um apelo em prol de meu bom-senso a caminho. Contraio os músculos abdominais ante o sermão sobre a "nata da sociedade". Não quero vomitar. A cela é pequena e não faço a menor ideia do tempo que passarei ali.

— Você é a nata da nossa sociedade — diz ele, balançando a cabeça. — Tem sido o orgulho da Academia. Acabei de recomendar o seu nome para a espada de honra. Você vai recebê-la do presidente do Paquistão. Tem duas escolhas: formar-se com honras daqui a quatro semanas ou sair dando cambalhotas a toque de caixa. Amanhã. *Pam, pam.* Ao estilo de Tony Singh. — O subcomandante bateu palma duas vezes, como aqueles figurantes de filme indiano em um coro de *qawwali.*

Foi o que fizeram com o tal Tony Singh. Mandaram-no embora a toque de caixa. Eu nunca entendi, de qualquer forma, o que diabos esse sujeito fazia na força aérea da República Islâmica. Antes de conhecer Tony Singh (ou Sr. Tony, como tínhamos de chamá-lo, pois havia feito uns seis cursos a mais que nós), o único com esse nome que conheci foi o cachorro do vizinho, e o único com o sobrenome igual foi um personagem no meu livro de história, um marajá de um olho só que governou Punjab há alguns séculos. Achei que a divisão havia se encarregado de todos os Tonys e Singhs, mas, pelo visto, alguns não entenderam o recado.

Tony Singh não entendeu o recado nem mesmo quando encontraram um transistor em seu alojamento e o acusaram de cometer espionagem. O programa de sucessos musicais "Top of the Pops" foi o que ele alegou em sua defesa. Eles reduziram a acusação para conduta em desacordo com a de um oficial e o expulsaram, de qualquer forma, a toque de caixa.

Um músico solitário — um cabo que, após carregar o maior tambor da banda da Academia durante a vida inteira, começara a se parecer com um — ia à frente, mantendo o ritmo de marcha com o *tará-tará-tarátatá* ao longo do trajeto. Mais de mil de nós ladeamos ambos os extremos da avenida Eagles, desde a prisão militar ao portão principal.

"Descansar", foi o comando.

Tony Singh saiu da prisão, após ter passado algumas noites nesta cela em que eu estou. A cabeça estava raspada, mas ainda usava farda. Manteve a cabeça erguida, recusando-se a olhar para baixo ou para os lados.

“Batam palmas”, foi o comando.

Começamos devagar. O subcomandante tirou o cinto e as insígnias da ombreira do Sr. Tony e, em seguida, deu um passo à frente e sussurrou algo ao ouvido do rapaz. Este ajoelhou-se, pôs ambas as mãos na rua e deu uma cambalhota para a frente sem tocar a cabeça raspada no piso.

O cara tentou manter a arrogância até com o traseiro voltado para o céu.

Percorreu o trajeto com dolorosa lentidão. O rufar do tambor tornou-se insuportável após algum tempo. Alguns cadetes bateram palmas com mais entusiasmo que outros.

Olhando de soslaio, notei que Obaid esforçava-se bastante para conter as lágrimas.

— Senhor, juro por Deus que não sei do paradeiro do cadete Obaid — disse eu, tentando me equilibrar na corda bamba entre a humilhação e o cuspe no rosto dele.

O subcomandante quer ir para casa. Uma noite de crueldade doméstica e assistir *Dallas* o atrai. Ele sacode a declaração escrita na minha frente.

— Tem uma noite para pensar nisso. Amanhã, tudo vai para o comandante, e o que esse homem mais detesta, além do desaparecimento de seus soldados, são colaboradores sabichões. Ele aguarda ansiosamente a visita do presidente. Nós também. Não estrague tudo.

Virou-se para sair. A parte de cima do meu corpo desabou. O subcomandante pôs a mão na maçaneta da porta e deu a volta; a parte de cima do meu corpo retesou-se de novo.

— Eu vi o seu pai uma vez, e ele era um soldado e tanto. Olhe só para você! — Um sorrisinho irônico surgiu em seus lábios. — Rapazes da montanha como você têm sorte de não ter pelo no rosto.

Prestei continência, recorrendo à minha prática de treinamento silencioso para conter a cadência interior, que dizia: "Que a sua mãe se foda, também." Fico imaginando, por alguns instantes, o que Obaid faria naquela cela. Ele se incomodaria, antes de mais nada, com o odor deixado pelo subcomandante: de cebola queimada, de iogurte caseiro estragado. O farejo de suspeita, de situações que não andaram de acordo com o planejado. Porque o nosso Obaid, o nosso Bebê O, crê que não há nada no mundo que um borrifo de Poison nos pulsos e uma velha canção não deem jeito.

É inocente da mesma forma que canários solitários o são, voando de galho em galho, o adejo suave de suas asas e alguns mililitros de sangue mantendo-os no ar em oposição à gravidade mundana, que quer atrair todos para sua superfície em putrefação.

Que chance Obaid teria com este subcomandante? Bebê O, recitador de antigos dísticos, o cantor de velhas canções. Como conseguiu passar pelo processo de seleção? Como conseguiu ser aprovado no Teste de Qualidades Específicas de Oficiais? Como liderou os colegas candidatos nos treinos de sobrevivência na selva? Que blefes usou nos perfis psicológicos?

Bastava que eles abaixassem a calça dele e vissem a cueca de seda com os coraçõezinhos bordados no cós.

Onde você está, Bebê O?

O tenente Bannon nos viu pela primeira vez no nosso espetáculo de variedades, apresentando uma encenação. Isso foi antes de o comandante substituir esses shows por grupos de estudo do Alcorão e pelas Atividades Literárias Após o Jantar. Como alunos do terceiro período, tínhamos de apresentar os números idiotas com fantasias; já os veteranos se encarregavam de dublar as músicas de George Michael. Naquele dia, nós interpretamos por meio de mímica um poema muito machista e revolucionário. Eu, a águia imperialista, ataquei Obaid, a pomba do Terceiro Mundo; ele lutou e, no final, sentou-se no meu peito, sugando sangue de meu pescoço com o bico de papelão.

Bannon foi nos cumprimentar nos bastidores, enquanto tirávamos as penas ridículas.

— Uau, praças como vocês deviam estar em Hollywood! — O aperto de mãos dele era exagerado e firme. — Boa apresentação. Boa apresentação. — Virou-se para Obaid, que retirava a graxa marrom das maçãs do rosto com um lenço. — Sem a pintura de guerra, você não passa de um garoto. Qual é o seu nome?

No palco, o "Careless Whisper" do Sr. Tony estava tão desafinado que os alto-falantes chiaram, em protesto.

Sob a boina carmesim, a face de Bannon parecia couro surrado, os olhos, poças verdes superficiais que não viam uma gota de chuva há anos.

— Obaid. Obaid-ul-llah.

— O que significa?

— O seguidor de Alá — disse o colega, com certa hesitação, como se devesse explicar que não escolhera o próprio nome.

Tentei ajudá-lo.

— Qual é o significado do seu nome, tenente Bannon?

— Não passa disso. Ninguém me chama de "tenente". É "T." Bannon para vocês, estrelas do palco. — Bateu as solas dos coturnos e virou-se para Obaid. Ambos tomamos posição de sentido. Dirigiu a continência exagerada, de dois dedos, ao meu colega e disse as palavras que, naquele momento, pareceram apenas mais um caso de jargão militar norte-americano esquisito, mas que, depois, tornaram-se alvo das fofocas do rancho.

— Nos vemos no campo de desfiles, Bebê O.

Senti inveja, não em virtude da intimidade envolvida, mas por haver desejado ter sido eu o criador desse apelido para meu colega.

Faço uma lista mental de tudo o que poderiam encontrar no alojamento e jogar contra mim:

1. Um quarto de garrafa de um litro de rum Murree.
2. Uma foto de um grupo de calouros de cuecas (brancas e molhadas pelas chuvas de dezembro, na verdade).
3. Um vídeo de *Love on a Horse.*
4. As placas de identificação de Bannon, ainda listadas como perdidas no quadro de avisos de Achados e Perdidos da prisão militar.

Se meu sangue Shigri não fosse tão destituído de qualquer inquietude literária, eu teria incluído poesia como o quinto item, mas quem diabos pensa em poesia no cárcere, a menos que seja um comunista ou poeta?

Há uma portinhola para cartas na porta da cela, como se as pessoas fossem escrever para mim. *Querido Ali Shigri, Espero que esteja bem de saúde, desfrutando da temporada na...*

Estou de joelhos, com os olhos à altura da fenda. Sei que Obaid teria levantado a portinhola e observado o desfile de traseiros com calça cáqui, divertindo-se ao tentar adivinhar qual pertencia a quem. Nosso Bebê O podia fazer uma análise de personalidade minuciosa só de olhar a posição e a forma como as pessoas usavam os cintos.

Não quero erguer a portinhola e encontrar alguém me vendo observar. O boato já deve ter se espalhado. *O carniceiro do Shigri está onde merece; joguem fora as chaves.*

A portinhola levanta sozinha, e o calouro babaca anuncia o jantar.

— Dá o fora — digo, arrependendo-me em seguida. Barriga vazia provoca pesadelos.

No meu sonho, há um Hércules C-130 coberto de flores vistosas, como se viam nos carros de hippies. As hélices da aeronave são brancas e movem-se em câmera lenta, fazendo jorrar jasmins. Bebê O está na ponta da asa direita, bem atrás da hélice, trajando um roupão de seda preta e um quepe de gala. Eu me encontro de pé, na ponta da asa esquerda, de farda completa. Meu colega grita algo em meio ao barulho ensurdecedor da aeronave. Não consigo discernir as palavras, mas os gestos demonstram que deseja que eu vá até ele. Assim que dou o primeiro passo em sua direção, o C-130 faz uma curva de 30 graus à esquerda e, de súbito, nós dois estamos escorregando nas asas, rumo ao esquecimento. Acordo com um daqueles gritos que ecoa no corpo, mas fica preso na garganta.

De manhã, eles jogam uma poesia em cima de mim. De Rilke, para os que se interessam por isso.

O oficial em comando da nossa Academia, ou o comandante, como gosta de se autodenominar, é um homem de gosto sofisticado. Cabelos bem-arrumados, farda feita sob medida, medalhas da Escola de Comando e Estado-Maior impecavelmente polidas. Ombreiras com bastante enchimento. É certo que o crescente e as espadas cruzadas de um general de duas estrelas ainda não tinham chegado, mas o sujeito vinha se divertindo enquanto aguardava.

Eles encontram uma série de folhas de papel amassado no talho inevitável do meu colchão. *Pistas*, pensam.

Não leio poesia. Antes, até me recusava a fingir que lia as estranhas obras desse gênero que Obaid me dava o tempo todo. Sempre dava a desculpa de que só gostava de poesias em urdu. Então, meu colega traduziu os poemas de um sujeito alemão para esse idioma, no meu aniversário, e ainda rimou tudo, pois eu não gostava dos que não rimavam. Dedicou-se à tradução de cinco poemas, com sua linda letra de calígrafo, todos com traços rebuscados e elegantes, e colou-os na parte interna do meu armário.

Na operação de limpeza que conduzi na manhã de seu desaparecimento, meti todos sob o colchão, esperando que o subcomandante não fosse tão longe assim na procura da verdade.

Eu tinha pensado em quase tudo e preparado as respostas pertinentes, mas aquilo me desconcertou. De que iam me acusar? De traduzir poesia estrangeira para a língua vernácula? Mau uso de papel oficial?

Decido ser sincero.

O comandante acha engraçado.

— Poema bonito — diz, endireitando o papel amassado. — Em vez do treinamento matinal, devíamos organizar recitais de poesia diários.

Vira-se para o subcomandante.

— Onde os encontrou?

— No colchão dele, senhor — respondeu o outro, satisfeito consigo mesmo por ter ido muito além de suas malditas obrigações.

A poesia de Rilke é amassada de novo e o comandante lança um olhar ao subcomandante que apenas oficiais com genes de general são capazes de lançar.

— Achei que tínhamos cuidado desse problema.

Bem feito pra você, filho da mãe, exulta minha cadência interior.

O comandante está tomando o pulso do país, sempre ajustando as velas de acordo com os ventos oriundos da Casa do Exército. Expressões como *Alá todo-poderoso* e *Mantenha os cavalos sempre selados porque os infiéis soviéticos estão chegando* vinham aparecendo nas ordens diárias dele nos últimos tempos, mas ele não desistira da missão bastante secular de se livrar de colchões de espuma com buracos.

— Sabe por que fomos uma estirpe melhor de oficiais? Não por causa dos instrutores treinados em Sandhurst. Não. Porque dormíamos em colchões de algodão finos, debaixo de cobertores de lã tão ásperos que mais pareciam traseiro de jumento.

Dei uma olhada por sobre sua cabeça e observei as fotografias de inspeções presidenciais penduradas na parede, os enormes troféus reluzentes guardados em um armário com portas de vidro, e tentei identificar meu pai.

A-hã, aquele homem de 23 centímetros feito de bronze com uma pistola, é meu. Troféu Comemorativo Shigri de Tiro a Curta Distância, uma homenagem ao coronel Quli Shigri, ganho pelo suboficial Ali Shigri.

Não quero pensar agora no coronel Shigri nem no ventilador de teto nem no lençol que os conectou. Quando esses três itens me vêm à mente, sempre fico ou muito furioso ou muito triste. Não me achava no lugar certo para ter nenhum dos dois sentimentos.

— E, agora, olhe para eles. — O comandante vira-se para mim. Meus braços travam-se ao lado do corpo, meu pescoço desloca-se de forma discreta para que eu continue a olhar fixamente para o homem de bronze.

Ah, me poupe, penso; não inventei a maldita tecnologia que permite a fabricação de colchões de espuma.

— E esses cheirosinhos... — Ótima palavra nova, disse a mim mesmo. É assim que ele mantém a autoridade, inventando termos inéditos que o sujeito não entende muito, mas sabe o que significa. — Esses cheirosinhos dormem em colchões de 23 centímetros sob malditas colchas de seda e cada um deles pensa que é uma maldita princesa mongol em lua de mel. — Ele entrega o Rilke amassado para o subcomandante, sinal de que o interrogatório deverá ser iniciado.

— Isto é seu? — pergunta o subcomandante, agitando os poemas diante do meu rosto. Tento me recordar de algo sobre eles, mas empaco em uma frase parcialmente memorizada a respeito de uma árvore germinando em uma orelha, que, se já é bastante estranha em inglês, parece totalmente desvairada em urdu rimado. Eu me pergunto o que aquele pentelho escrevia em alemão.

— Não, mas conheço a letra — respondi.

— Nós também — disse, em tom triunfante. — O que fazia no seu colchão?

Eu preferiria que tivessem encontrado a garrafa de rum ou o vídeo. Algumas coisas são óbvias.

Digo a verdade.

— Foi um presente do cadete Obaid — afirmo. O subcomandante devolve o poema ao comandante, como se houvesse concluído a apresentação de um argumento, seja lá qual fosse.

— Já vi todo o tipo de gente nesta área — começa a dizer o comandante, devagar. — Mas um cheirosinho dando poemas para o outro, e um deles metendo-os no buraco do colchão é uma perversão que ultrapassa minha compreensão.

Eu queria comentar o quanto uma palavra nova podia perder o charme com o uso excessivo, mas ele não havia terminado.

— Está querendo dar uma de esperto para cima de nós. — Dirige-se ao subcomandante, que, evidentemente, diverte-se. — Peça para o pessoal do Serviço de Inteligência ter uma conversinha com ele. — Eu sabia que o comandante ainda não tinha terminado. — E escute aqui, rapaz, pode ser um malandro e ler todos os poemas de cheirosinhos do planeta, mas tem uma coisa que não pode derrotar. A experiência. Que tal isso como poesia? Quando comecei a usar esta farda...

Dou uma última olhada no homem de bronze com pistola. Os olhos salientes do coronel Shigri fitam-me. Não é o lugar certo, digo a mim mesmo.

O comandante percebe minha distração momentânea e repete o que acabou de informar.

— Quando comecei a usar esta farda, você ainda estava em estado líquido.

O subcomandante me tira do gabinete. No caminho de volta, tento evitar as continências prestadas por cadetes que cruzam comigo. Tento fingir que estou passeando com o sujeito e que vamos até meu alojamento, em vez da cela.

Só consigo pensar no Serviço de Inteligência.

Tem de ser uma vã ameaça. Não podem chamar a desgraça do Serviço de Inteligência só porque um cadete se ausentou sem permissão. Esta entidade lida com segurança nacional e espiões. E quem é que precisa de agentes secretos hoje em dia? Os EUA têm satélites com câmeras tão poderosas que podem contar o número exato de pelos no seu traseiro. Bannon nos mostrou fotografias de um deles e alegou que vira algumas de bumbuns tiradas do espaço, mas que não as podia mostrar por serem confidenciais.

O Serviço de Inteligência também lida com narcóticos, mas nós nunca nos drogamos. Está bom, fumamos haxixe uma vez, mas, na região montanhosa de onde eu venho, ele é quase um tempero de cozinha, é usado para dor de cabeça e coisas assim. Obaid conseguiu um pouco com o nosso lavadeiro, tio Goma, e nós fumamos certa noite, à luz do luar, no meio do campo de desfiles. O meu colega resolveu cantar o tempo todo, e eu praticamente tive de o amordaçar antes de o levar de volta ao alojamento.

Tenho de enviar um SOS para Bannon.

Sanduíche Oleoso de Soquete de bosta. Sanduíche Oleoso de Soquete de bosta.

Dois

Antes das preces matinais de 15 de junho de 1988, o dedo indicador do general Mohammed Zia ul-Haq hesitou, durante a leitura do Alcorão, no versículo 87 da 21ª Surata, e ele passou o restante de sua curta vida sonhando com as entranhas de uma baleia. O trecho também desencadeou um alerta de segurança que levou o general a não sair da Casa do Exército. Dois meses e dois dias depois, saiu de lá e morreu no desastre de avião. O país exultou e nunca descobriu que o caminho trilhado pelo general Zia rumo à morte começara com a ligeira confusão que ele experimentara quanto à tradução de um versículo, naquele dia fatídico.

Na tradução do Alcorão para o inglês feita por Marmaduke Pickthall, o versículo 87 da 21ª Surata ficara assim:

E lembra-te de Dun-Num, quando foi embora aborrecido: julgou que não tínhamos poder sobre ele! Porém, bradou em meio à escuridão: "Não há outro Deus além de Ti! Glória ao Senhor! Eu, de fato, estava errado!"

Quando o indicador do general Zia chegou às palavras *Eu, de fato, estava errado*, parou. Com o dedo, ele acompanhou a leitura do trecho repetidas vezes, na esperança de captar sua verdadeira implicação. Não era o que ele se lembrava das leituras anteriores do versículo.

Em árabe, o texto dizia:

لَآ اِلٰهَ اِلَّآ اَنْتَ سُبْحٰنَكَ اِنِّيْ كُنْتُ مِنَ الظّٰلِمِيْنَ

O que deveria ser traduzido como:

E sou um dos que oprimiram a própria alma.

No entanto, aquela versão dizia:

Eu estava errado.

O general conhecia bem a história de Jonas. O fato de este ser chamado de Dun-Num ali não o confundira. Ele sabia que os dois nomes referiam-se à mesma pessoa: um profeta frustrado, que deixou sua tribo, foi parar dentro da barriga de uma baleia e entoou esse versículo o tempo todo, até o animal cuspi-lo, vivo e saudável.

O dirigente começara a ler a tradução em inglês do Alcorão antes das preces matinais, crendo que o ajudaria a se preparar para o discurso de aceitação na cerimônia de entrega do Prêmio Nobel. Pela primeira vez na história desse evento, ele insistiria na recitação do Alcorão antes do agradecimento. Embora os laureados não houvessem sido anunciados ainda, tinha esperança e buscava uma passagem adequada para citar.

A prece de Jonas não seria usada no discurso, mas a discrepância entre o trecho de que o general Zia se lembrava e o que estava diante de seus olhos na página continuava a incomodá-lo. Distraidamente, deslocou o peso do corpo para seu lado esquerdo no tapete de oração, o indicador ainda indo e vindo no versículo problemático. O tapete que usava era uma antiguidade de 1,20 m por 60 cm, de Bukhara, adornado com fios de ouro e uma bússola desse mesmo metal, maciça, que apontava o tempo todo para *Khana Kaaba*, a Casa de Deus, em Meca.

Ao presenteá-la ao general, Naif, o segundo príncipe herdeiro da Arábia Saudita, brincara:

— Este vai lhe indicar a direção de Meca mesmo se estiver no espaço.

E o dirigente comentara, com o humor que lhe era característico:

— E se os desejos fossem tapetes de Aladim, pecadores como eu iriam voando o tempo todo para Meca.

Ele pensou que talvez fosse melhor discursar em urdu ou aperfeiçoar seu árabe e surpreender os amigos sauditas. Nas visitas à ONU, conhecera aquelas mulheres muito bem remuneradas, de terninhos, que se encarregavam da tradução para as diversas línguas, conforme se falava. Os suecos, com certeza, podiam arcar com os custos delas. Então, ele se lembrou do bom amigo Ronald Reagan remexendo nos fones de ouvido, cada vez mais inquieto, e chegou à conclusão de que usaria inglês. Melhor checar outra tradução, pensou. Levantou-se do tapete de oração, fechando mais o camisão de seda da China sobre a barriga volumosa. "A única parte paisana no meu corpo e, portanto, fora do controle", costumava dizer.

Antes de ele se mudar para ali, o quarto com piso de mármore e as paredes com painéis de mogno continham livros a respeito de história militar e retratos de seus predecessores. O general preferiu colocar todas as obras e fotografias no quarto de hóspedes ao lado e transformá-lo em um local de oração. A Casa do Exército, que também servia de gabinete do administrador da lei marcial, era uma mansão colonial com 14 quartos, sete hectares de jardins e uma pequena mesquita. Fazia o general recordar-se de filmes em preto e branco antigos, de soberanos benevolentes próximos ao povo. A nova Residência Oficial estava pronta. Ele recebia dignitários estrangeiros e mulás locais ali alguns dias por semana; não obstante, relutava em mudar-se. Sentia-se perdido nos corredores pomposos do palácio e instruíra o chefe do Estado-Maior para que dissesse à primeira-dama que o trabalho ainda não terminara.

— Os banheiros não foram concluídos e, além disso, há preocupações com a segurança — afirmava o marido, sempre que ela o importunava com a mudança. A nova Residência Oficial lembrava-o da mansão do príncipe Naif e, embora adorasse e respeitasse o chefe de principado como um irmão, o que era bom para o herdeiro do reino desértico cheio de petróleo não era necessariamente adequado para o humilde governante daquele pobre país de 130 milhões de habitantes.

Ele não tinha muita certeza a respeito desse número, mas era uma quantidade charmosa e a usaria até que tivesse tempo de mandar fazer um novo censo.

O general Zia guardou a tradução de Pickthall em uma capa de veludo verde e colocou-a na estante com os outros exemplares, comentários e interpretações do livro sagrado. Perguntou-se se deveria vestir a farda antes das preces matinais. O chefe do Serviço de Inteligência chegaria às 6h30; o general acabaria de rezar às 6h15 e pretendia conversar um pouco com o imã da mesquita da Casa do Exército.

Entre tomar uma decisão e implementá-la, o general Zia gostava, às vezes, de buscar a opinião divina. E, embora colocar ou não a farda antes ou depois das preces matinais não devesse afetar o destino de seus 130 milhões de súditos, pegou de qualquer forma outro volume do Alcorão na estante, cerrou os olhos, abriu o livro ao acaso e passou o dedo nas páginas diante de si, ainda sem ver nada. Desejou a si e ao país um dia seguro, abriu os olhos e observou o trecho apontado:

لَآ اِلٰهَ اِلَّآ اَنْتَ سُبْحٰنَكَ اِنِّىْ كُنْتُ مِنَ الظّٰلِمِيْنَ

A rotina antes do amanhecer, que dava à Casa do Exército uma vantagem inicial em relação aos cidadãos, já começara do lado de fora da biblioteca. Os destacamentos do turno da noite já acionavam a trava de segurança dos Kalashnikovs e alongavam braços e pernas; uma equipe de jardineiros era revistada na guarita principal; o ajudante de ordens do general Zia colocava sete conjuntos idênticos de medalhas em sete fardas diferentes; o primeiro das centenas de pardais escondidos detrás dos refletores e da bateria antiaérea, parte do aparato de segurança da Casa do Exército, chilreava na tentativa de iniciar a matutina troca de ideias.

O general Zia suspirou, pressionou o Alcorão contra os olhos, beijou a lombada e recolocou-o na estante. Abraçou a si mesmo para controlar os calafrios que percorriam o corpo. O mesmo versículo em dois exemplares diferentes, tão cedo daquele jeito. Nunca acontecera antes.

Desde a noite do golpe, sempre consultava o livro sagrado em busca de orientação e todas as vezes encontrava as respostas que procurava. Há onze anos, momentos antes de mandar as tropas conduzirem a Operação Jogo Limpo, que removeu o primeiro-ministro Bhutto e o colocara como dirigente do país, abrira o Alcorão e achara *Foi Ele que os fez regentes da terra.*

Então, dois anos depois, tendo de decidir entre descartar ou negar os pedidos dos líderes mundiais para que não enforcasse Bhutto ou decretasse sua sentença de morte, o general abrira o livro sagrado e encontrara o seguinte: *Os pecadores notarão o fogo e terão consciência de estar prestes a cair nele; no entanto, descobrirão que não há forma de escapar.*

Ele havia lido Maududi o suficiente para saber que o Alcorão não era uma obra de prenúncios, a ser usada em assuntos mundanos; no entanto, como uma criança espiando os presentes no aniversário surpresa, o general Zia não conseguia resistir à tentação.

O que haveria de fazer um homem solitário, situado ante as encruzilhadas da vida?

Após 11 anos, sentia que o hábito sorrateiro se arraigara pouco a pouco, pois começara a consultar o livro sagrado diariamente, como se não fosse a palavra de Deus, mas o horóscopo do dia no verso do *Pakistan Times*. Naquela manhã, teve a sensação de ser um viciado que se olha no espelho após um longo tempo e não reconhece o que vê. Sentiu a estranha tentação de espiar outra vez. Pegou outro volume do Alcorão, mas, com as mãos trêmulas, recolocou-o no lugar sem abri-lo. Deu-se conta de que precisava de ajuda: necessitava conversar com o imã da mesquita da Casa do Exército.

Caminhando ao longo do corredor de acesso ao templo, passou pelo quarto da primeira-dama. Abriu a porta com suavidade e deu uma olhada. A luz do abajur estava acesa e a esposa dormia, com o dorso amplo voltado para ele. Toda vez que a via daquele jeito, lembrava-se do que o príncipe Naif lhe dissera sobre o motivo de os beduínos terem órgãos imensos. Segundo o nobre, eles tinham se desenvolvido daquele jeito por causa dos traseiros imensos de suas mulheres.

"A evolução acontece muito rápido, no deserto", brincara o general Zia.

A mulher remexeu-se enquanto dormia, e seu traseiro, que parecia dois montes imensos, vibrou; o dirigente fechou a porta com cuidado e foi para o próprio quarto, que também servia de escritório à noite e de *closet*. Decidira trocar de roupa antes das preces. Não queria fazer o chefe do Serviço de Inteligência esperar.

Havia poucos móveis em seu quarto — uma cama de casal padrão, de madeira, típica das Forças Armadas, uma pilha de jornais em um dos criados-mudos e, no outro, um copo de leite coberto com um guardanapo bordado.

O copo de leite era uma daquelas rotinas domésticas que mudara de significado ao longo de seus 38 anos de casamento. Em sua época de capitão recém-casado, a esposa colocava essa bebida na mesinha de cabeceira como um inocente afrodisíaco caseiro. Quando, como major, ele começara a tomar uísque para impressionar os superiores, o copo de leite tornou-se uma cura para ressacas. Durante o período em que foi promovido a coronel e general, cuidou das úlceras provocadas pela ansiedade relacionada às promoções. Agora, era um mero talismã. A primeira-dama recitava alguns versículos, soprava o leite e o deixava, com um ruído seco, no criado-mudo, plenamente consciente de que ele não o tomaria. "Para a sua vida longa", dizia ela. "Para frustrar as conspirações de seus inimigos." Há anos ele não o tocava, mas não tinha coragem de lhe pedir que parasse. Quem podia discutir com as mulheres? Se três pelotões do Grupo de Serviços Especiais ao redor da residência, uma bateria de canhões antiaéreos e seis telefones com cores diferentes, equivalendo a seis linhas de emergência, na mesa de seu quarto, não podiam salvá-lo, como um copo de leite o protegeria contra os conluios com os quais a primeira-dama vivia sonhando? Mas quem podia discutir com uma esposa que reclamava o tempo todo das acomodações apertadas e da péssima programação da televisão nacional?

O general olhou para o relógio e se deu conta de que, se começasse a pôr a farda, iria se atrasar para as preces. Não que fizesse diferença, uma vez que o imã aguardaria sua chegada antes de iniciar, mas o versículo de Jonas lhe provocara palpitações no coração e ele achava que se tranquilizaria na mesquita.

Assim que saiu da Casa do Exército pela porta lateral que levava ao templo, dois soldados parados à sombra prestaram continência. O General Zia, concentrado em sussurrar o versículo que sempre recitava antes de sair de manhã, sobressaltou-se com o ruído provocado pelos coturnos batendo no concreto. Surpreso, deu um passo atrás, à soleira da porta. Em seguida, saiu novamente e, em vez de retribuir a saudação, acenou com a cabeça para os dois. Tentou recitar o versículo de novo, mas a mente pareceu ter retornado aos apelos ininterruptos de Jonas.

O imã deu início às preces assim que o dirigente acomodou-se atrás dele. O chefe do Serviço de Inteligência, general Akhtar, achava-se à sua esquerda, os movimentos uma fração de segundo mais lentos que os do general Zia, como se, até mesmo ao se prostrar diante de Alá, quisesse que o exemplo fosse dado pelo outro. Já para o general Zia era reconfortante ter alguém que rezava com ele, atuando como seus olhos e ouvidos. Sabia que contava com um irmão de fé, que se encontrava ali e não em outro lugar, alimentando alguma ambição obscura.

Como quase todas as pessoas que rezam cinco vezes por dia, o dirigente estava tendo dificuldade de se concentrar na prece daquele momento. Os lábios murmuravam os versículos corretos, a mão ia à altura das orelhas, os joelhos curvavam-se de acordo com os desígnios do imã, a fronte tocava o piso com a eficiência da prática, mas a mente continuava a se concentrar em Jonas, dentro da baleia. Havia ruídos de esguichos, bolhas gigantescas e os braços agitados do profeta em meio à escuridão. A água entrou goela adentro, e ele sentiu um cardume de peixinhos mordiscar o caminho até seu coração. Sentiu náusea e se esforçou para respirar conforme a baleia se dirigia às profundezas do oceano. O general Zia deslizou por um mar de muco antes de se recostar em uma parede grossa de carne tépida. Tão absorto estava nas entranhas da baleia que levou algum tempo para se dar conta do que o imã dizia.

O general Zia vinha exercendo a posição de comandante das Forças Armadas havia apenas 16 meses quando deu o golpe e se autonomeou administrador da lei marcial. Não sabia ao certo até que ponto os oito generais que compunham o conselho confiavam nele ou — mais importante — respeitavam-no. Todos lhe prestavam continência, chamavam-no de “chefe” mesmo em suas conversas privadas, pelo que ele vira nas transcrições de grampos telefônicos, e punham em prática suas ordens. Mas, será que o general Zia podia confiar mesmo naquele grupo de barba feita, degustador de uísque e elitista? Considerando sua desconfiança com relação a qualquer um com mais de duas estrelas nos ombros, era compreensível que, na primeira junta de comandantes após o golpe, ele estivesse meio inseguro, sem saber ao certo o que aqueles generais queriam dele ou o que desejavam que fizesse com o país. Todos tinham dado prosseguimento à manobra como se estivessem participando de uma inspeção de rotina, no entanto, o general Zia tinha consciência de que não podia tomar a lealdade deles como certa. Precisaria matar a curiosidade desde o início.

Zia se casara quando era capitão da divisão blindada. E também era virgem. Um de seus tios maternos o levara para um canto na noite de núpcias e sussurrara um antigo provérbio persa em seu ouvido: "Mate a curiosidade no primeiro dia." O homem apertara seu ombro, dera uma risada vulgar e o empurrara rumo ao quarto em que a futura primeira-dama aguardava na cama, trajando seda vermelha. Zia não falava persa e não matara nenhuma curiosidade naquela noite.

"Não quer colocar algo mais confortável?", perguntara ele, enrolando a bainha bordada da blusa de seda vermelha dela. "Isto é bem confortável", respondera ela, arrancando a bainha da mão dele, virando-se de costas e indo dormir.

Zia tinha consciência de que o fracasso desastroso daquela primeira noite resultara em um casamento em que sua autoridade nunca fora totalmente estabelecida. Vinte e sete anos depois, na manhã após o golpe da meia-noite, já compreendia o significado do provérbio. Pretendia matar a curiosidade, enterrá-la e fincar uma bandeira em sua sepultura. Mas não tinha muita certeza de como o faria. *Alá me ajudará*, pensou ele, antes de entrar na sala.

Na primeira reunião após o golpe, oito generais, inclusive os comandantes, sentaram-se a uma mesa na sala de conferências do quartel-general. Levando em consideração a natureza histórica da sessão, os ordenanças borrifaram grande quantidade de purificador de ar com aroma de rosas e o ambiente cheirava como um ataúde recém-fechado. O diretor do Departamento de Pessoal do Exército, general Beg — um de duas estrelas com tendência a crises de espirro imprevisíveis — estava sentado em um canto, com um lenço branco sobre o nariz, pronto para registrar todas as palavras pronunciadas no encontro. Uma cópia da ordem do dia achava-se diante de cada um dos participantes, em uma pasta de couro verde, com o selo de duas espadas cruzadas protegendo uma lua nova delgada. O general Zia notou que, embora todos os oito houvessem se levantado e prestado continência, sentaram-se sem aguardar que ele o fizesse primeiro. Eles remexeram-se nos assentos e, antes que Zia declarasse aberta a sessão, o comandante da Marinha disse:

— Gostaria que ficasse registrado que só fui informado do golpe quando ele já estava em andamento...

O espirro contido pelo diretor do Departamento de Pessoal distraiu todos por alguns instantes, dando ao general Zia a deixa de que precisava. Este lançou um olhar compassivo ao comandante da Marinha e falou, em tom de súplica:

— Claro que vamos ouvir seu protesto e precisamos de sua orientação no que planejamos fazer. Mas, como estamos nos encontrando pela primeira vez desde que conseguimos salvar o país sem derramar uma única gota de sangue, não deveríamos dar início à reunião com uma recitação do Alcorão? Que Alá nos guie em todos os nossos esforços.

Todos remexeram-se de novo nas cadeiras, sem saber como lidar com aquilo. Todos eram muçulmanos e sabiam que o comandante tinha uma inclinação religiosa. Alguns deles chegaram até a chamá-lo de "mulá" em conversas nas linhas telefônicas seguras. Mas uma reunião era uma reunião, e misturar religião com o governo do país era um conceito incompreensível para eles.

Um quarto de século de treinamento militar os preparara para diversas tarefas: conseguiam brindar em cinco línguas diferentes, marchar em sincronia e participar de exercícios militares junto com as melhores tropas do mundo. Se optassem por despojar-se das fardas, poderiam seguir carreiras diplomáticas ou dirigir universidades. Porém, os cursos da Escola de Comando e Estado-Maior e os conhecimentos de sobrevivência não haviam sido suficientes. Não souberam dizer não à sugestão do próprio chefe no que dizia respeito à recitação do Alcorão. Remexeram-se mais nos assentos. Respiraram mais o ar com aroma de rosas.

O general Zia pegou um exemplar carmesim do Alcorão na pasta, pôs os óculos de leitura e começou a recitar. Todos os comandantes olharam para baixo, em sinal de respeito, e escutaram em silêncio; alguns colocaram as mãos no colo, perguntando-se se chegara a hora de lidar com as consequências de sua conduta ímpia.

A recitação não durou mais que três minutos. A voz do general Zia era rouca, mas algo a respeito da leitura do Alcorão em voz alta tornava até mesmo os tons mais monótonos suportáveis. Assim que terminou, ele passou o livro sagrado para o general à sua esquerda.

— Como o general Akhtar fala bem inglês, vou pedir-lhe que leia a tradução para os que não entendem árabe.

Mas que absurdo, pensou o comandante da Marinha. *Nenhum de nós compreende árabe.*

O general Akhtar iniciou a leitura com hesitação.

— "Começo em nome de Deus, o mais clemente, o mais misericordioso." — O general Zia fitou-o sem pestanejar enquanto ele lia a tradução. Assim que o outro terminou, pegou o exemplar dele e exibiu-o a todos.

— O que acham que diz aqui nesta parte que acabei de recitar? — Houve um momento de silêncio. — Vamos, manifestem-se! — exclamou, erguendo a voz. Então, obedeceu ao próprio comando.

— Em árabe, temos: "Em nome de Alá." Não em nome de Deus nem de deuses, nem de divindades inomináveis. "Em nome de Alá." — Fez uma pausa dramática. — Permitam-me lembrar aos irmãos aqui presentes que a primeira coisa que um não muçulmano deve pronunciar ao se tornar um muçulmano, a primeira profissão de fé que todos os devotos têm de fazer é: "Não há outro Deus além de..." — Deteve-se outra vez e olhou ao redor da mesa, esperando que completassem o primeiro *kalima*. Todos ficaram quietos. Ele repetiu. — "Não há outro Deus ALÉM DE..."

— Alá — sussurraram todos, como estudantes indecisos, sem saber se lhes fazia uma pergunta capciosa.

— Isso. — O general Zia bateu com o punho na mesa. — Meus caros generais, vamos deixar uma coisa clara antes de escutar suas queixas e sugestões: não há outro Deus além de Alá. E, como o próprio Alá afirma que não há outro Deus, vamos abolir a palavra. Devemos parar de fingir que Deus é Alá. Trata-se de uma ideia ocidental, uma forma fácil de confundir quem é o criador e o destruidor. Nós respeitamos todas as religiões, sobretudo o cristianismo e o judaísmo. Mas queremos ser como eles? Os cristãos chamam Jesus de filho de Deus. Devemos supor que algum deus veio à Terra enquanto Maria dormia e... — Formou um círculo com o polegar e o indicador e meteu o dedo médio da mão direita ali. — Os judeus praticamente denominam Moisés seu Deus. Os senhores podem pensar que é tudo igual para o nosso povo, Deus, Alá, que não há diferença. — Imitou o sotaque inglês entrecortado, preferido pela maioria dos generais. — No entanto, quem precisa dizer para eles que acreditamos em Alá, e em nenhum outro deus? Alá não nos escolheu para esclarecer esse mal-entendido? — Em seguida, uma reflexão tardia levou-o a apelar ao patriotismo dos que estavam ali reunidos. — Até mesmo os hindus chamam seus monstros de seis braços de deuses. Não é razão o bastante para manter longe essa palavra? E, se alguém entre os senhores crê que as pessoas não perceberão a diferença entre Deus e Alá, sugiro que entreguem a Alá.

O total silêncio que se seguiu ao breve discurso deixou-o satisfeito.

— Podemos ouvir agora a queixa do comandante da Marinha? — perguntou.

Este, ainda atordoado com o sermão sobre a nomenclatura divina, sentiu-se pequeno, de súbito. Tinha se preocupado com uma quebra de protocolo, enquanto a nação inteira chamava Deus de toda classe de nomes errados.

Os generais que chamaram Zia de mulá pelas costas envergonharam-se de tê-lo subestimado: de fato não apenas o era, como também se tratava de um mulá cujo entendimento de religião não se tratava de repetir o que ouvira de outra personalidade religiosa. Um mulá sem barba, trajando farda de general quatro estrelas, com o instinto de um fiscal da Fazenda corrupto.

Os outros permaneciam sentados à mesa, estupefatos, ainda tentando compreender o que acabaram de ouvir. Se o general Zia pudesse ler as suas mentes, eis o que teria encontrado:

O que foi que ensinaram para ele em Sandhurst?

Um país que acredita ter sido criado por Deus encontrou por fim o que merece: um tagarela idiotizado, que acha que foi escolhido por Alá para limpar seu nome.

Faz sentido mesmo. Como foi que não pensei nisso antes?

Quem ele vai indicar como vice?

Estou na junta de comandantes das Forças Armadas ou na mesquita de um vilarejo?

Vou proibir a palavra deus *em casa.*

Quem diria que havia um gênio teocrático nessa farda?

Será que podíamos passar ao próximo ponto? Acabamos de derrubar uma desgraça de governo eleito; como é que vamos administrar este país? Alá virá à Terra e patrulhará as malditas ruas?

O único que expressou sua opinião foi o general Akhtar, um ex-boxeador peso médio, um homem de barba feita, de origem tribal, dono de tamanha dignidade militar que podia ter nascido em qualquer país de um dos seis continentes e ainda ter chegado àquele posto. Sua capacidade de se conduzir com a elegância de combatente e o talento para bajular os superiores eram tão lendários que, de acordo com uma piada popular nas trincheiras, podia eliminar toda a unidade inimiga puxando o saco dela.

Os outros deixaram os pensamentos de lado e inclinaram-se para a frente nas cadeiras, a fim de ouvir o general Akhtar.

— Pela graça de Alá, você tirou este país da beira da destruição. Pela misericórdia de Alá, salvou a nação quando os políticos estavam prestes a empurrá-la ao precipício. Quero agradecer a... — Interrompeu-se, ao se dar conta de que iria agradecer a Deus. Cruzou as mãos de forma respeitosa sobre a pasta verde. — Quero agradecer a Alá e ao nosso chefe do estado-maior, a quem Alá concedeu sabedoria para tomar a decisão certa no momento certo.

Olhou para todos, antes de prosseguir.

— Também gostaria de agradecer os comandantes incrivelmente eficientes sentados a esta mesa, que levaram adiante as ordens de nosso chefe de maneira tão sistemática que nenhum projétil teve de ser disparado, nenhuma gota de sangue precisou ser derramada.

O equilíbrio de forças mudara de repente na sala, e os oito homens, apesar dos níveis diferentes de dedicação à religião, dos gostos distintos por uísque e mulheres e dos diversos sotaques de inglês, chegaram à mesma conclusão: o general Akhtar se antecipara a eles. Deveriam ter dito aquelas palavras. O ar com aroma de rosas do ambiente de súbito ficou pesado. O general Beg limpou o nariz e guardou o lenço no bolso.

A junta prosseguiu, tratando da questão urgente do reforço da segurança nas fronteiras, da busca de uma fachada legal para o golpe, do arrolamento de políticos com os quais se podia contar para apoiar o regime militar. O general Zia deu uma ideia dos pontos positivos que estavam por vir:

— Preciso de governadores para as províncias, de ministros para os ministérios. Com quem mais poderia contar, além dos profissionais reunidos em torno desta mesa?

Todos levantaram-se e saíram da sala reconfortados, mas sem esquecer a mensagem principal do chefe. Ao longo dos 11 anos seguintes, muitos deles se reformariam. Alguns governariam províncias, outros seriam substituídos por seus subalternos. Dois detalhes que nem fizeram parte da pauta do dia resistiram a todas as revoltas que se seguiram. Akhtar manteve o posto de general até o dia de sua morte e todos os nomes de Deus foram apagados lentamente da memória nacional, como se um vendaval tivesse percorrido a terra e os carregado para longe. Nomes inofensivos e familiares: o persa *Khuda*, sempre muito útil para o gazel dos poetas, pois rimava com quase todos os verbos importantes; *Rab*, que as pessoas destituídas invocavam nos momentos de estresse; *Maula*, vociferado pelos sufistas em meio ao consumo de haxixe. Alá dera a Si Mesmo 99 nomes. Seu povo improvisara muitos outros. Entretanto, todos começaram a desaparecer aos poucos — dos papéis oficiais, dos sermões de sexta-feira, dos editoriais dos jornais, dos lábios dos apresentadores de programas de TV, dos livros infantis, das canções dos amantes, das ordens judiciais, das saudações das telefonistas, das impetrações de *habeas corpus*, das competições interescolares, dos discursos nas inaugurações de estradas, dos funerais, das maldições dos jogadores de críquete e até das súplicas dos mendigos.

Em nome de Deus, Ele Próprio foi exilado da terra e substituído pelo único Alá, que, segundo convenceu-se o general Zia, falava apenas por intermédio dele. Porém hoje, passados 11 anos, Alá lhe enviava sinais que indicavam um lugar tão obscuro, tão derradeiro, que o dirigente desejou poder levantar algumas dúvidas sobre o Livro. Sabia que se alguém não tivesse o otimismo de Jonas, a barriga da baleia seria seu lugar de descanso final.

Quando o imã começou a recitar a oração seguinte, o general levou algum tempo para se dar conta de que a história de Jonas lhe estava sendo apresentada mais uma vez. E só alguns instantes depois percebeu também que o imã nunca recitara aquele versículo nas preces matinais. Desatou a chorar, de forma compulsiva. Os demais devotos continuaram a rezar; já estavam acostumados com os prantos do general Zia durante as preces. Nunca sabiam ao certo se era pela intensidade de sua devoção, por questões de Estado, que lhe ocupavam a mente, ou por outra reprimenda da primeira-dama. Todos fingiam ignorar as lágrimas presidenciais. O dirigente virou o rosto para a esquerda, em seguida para a direita, abençoou o mundo inteiro e pegou a mão do general Akhtar. Fez menção de dizer algo, mas a emoção impediu-o. O colega apertou sua mão e deu uns tapinhas de leve em suas costas, para acalmá-lo. As palavras do presidente finalmente saíram:

— Você pode aumentar o nível de segurança? — O outro balançou a cabeça, com entusiasmo, e apertou mais sua mão, com a firmeza de um boxeador. O general Zia fungou; uma lágrima caiu de seu olho esquerdo, e o direito observou desconfiado o imã. — Vamos deixá-la no nível vermelho, por favor.

Três

— Não quero o Serviço de Inteligência metendo o bedelho na minha área — sussurra o subcomandante, ao me levar do gabinete do comandante até minha cela. Tenho vontade de dizer, "Amém, senhor, amém." Mas ao olhar de esguelha para ele, decido manter o bico fechado. Pelo visto, o subcomandante não está a fim de conversa. Cada ida àquele gabinete parece minar o que lhe resta de ambição. Por alguns instantes, sinto pena dele. Quero dar uns tapinhas na barriga dele, que força os botões da camisa. Quero consertar os saltos gastos dos seus sapatos.

Estamos estudando *A arte da guerra* em nossa classe de Estudos de Combate, e trechos de Sun Tzu continuam frescos em minha mente. Ele não disse que, se um inimigo deixa a porta aberta, é preciso entrar logo, sem hesitar?

— Senhor, eu concordo. Será uma desgraça para a Academia se o Serviço de Inteligência for chamado — digo, parecendo muito preocupado.

— E quem diabos é o responsável por essa desgraça? Quem não está cooperando com o inquérito? — Agitou a ficha de investigação no meu rosto.

— Juro por Deus, senhor... — ressalto, mas, em seguida, me calo, porque ele me olha nos olhos, vira-se e, em vez de me levar de volta para a cela, começa a caminhar rumo à mesquita.

A rua Falcons, que conduz ao templo, está pelando de quente sob meus coturnos. Meus colegas cadetes encontram-se ou na aula de Formação de Caráter ou afivelados nas cadeiras dos simuladores de cabine de piloto, praticando pousos de emergência. E aqui estou eu, sendo levado à força para a casa de Alá. Não é nem hora da oração. E eu sei que o subcomandante não é chegado a orações. Tampouco sou religioso, mas, como o comandante declarou que todas as cinco orações diárias eram obrigatórias e deu início a uma lista de chamada, fiz algumas visitas a Ele.

Obaid tornou-se muito devoto durante alguns dias, e até pegou uma obra na biblioteca para mim, chamada *Saúde, riqueza e sabedoria por meio da oração.* Passava cada vez mais tempo na mesquita. A devoção acabou no dia em que um cadete de serviço pegou-o fazendo ioga entre as orações. Em um momento estava sentado ali na posição de lótus, com os polegares e indicadores apoiados nos joelhos, tentando liberar a *kundalini* e, no outro, era acusado de se dedicar à adoração hindu na mesquita. Só foi deixado em paz quando ameacei não convidar mais o tal cadete que estava de serviço para as nossas noites de vídeo.

Não consigo pensar em nada que o subcomandante pudesse encontrar no templo para acrescentar à ficha.

A não ser que Alá tenha se voluntariado para testemunhar contra mim.

A mesquita consiste em uma série de barracões antigos, transformados em uma sala de orações de pé-direito baixo, com um minarete de compensado no alto; um local improvisado, pois o modelo arquitetônico da nova moradia de Alá acha-se na caixa de vidro próxima à entrada da mesquita. Possui uma cúpula verde com listras douradas, quatro minaretes e pequenas figuras de plástico adorando na área. Paramos no portão da mesquita. O subcomandante senta-se para tirar o sapato. Eu fico de pé, sem ter certeza do que espera de mim.

— Vai entrar comigo, suboficial.

— Minhas roupas não estão limpas, senhor. — Recorro à mesma meia verdade que uso há meses para evitar as orações obrigatórias.

— Não se preocupe, só precisamos conversar.

Senti uma pontada negativa no estômago. Sun Tzu conhecia o elemento surpresa, porém nunca chegou a escrever a respeito do que se sente quando nos deparamos com ele.

A mesquita está vazia naquele horário, exceto por alguns cadetes trajando *shalwar kameez* e barretes, concentrados no que parecia ser um jogo de cartas bastante animado. Não reconheço seus rostos, mas posso ver pelas roupas que são as vítimas mais recentes da guerra de amido em andamento. Nosso comandante quer que todos usem fardas com o dobro de goma, até mesmo em junho, o que provoca surtos constantes de erupções e infecções cutâneas terríveis. Há sempre longas filas de cadetes na enfermaria, as pernas esticadas propositalmente para evitar as pregas afiadas das calças, as mãos tentando coçar lugares impossíveis. O Serviço Médico considera um risco para a saúde esse uso excessivo e reage lançando as próprias normas operacionais para lidar com o início de uma epidemia. Quem quer que tenha uma infecção cutânea por causa disso recebe uma receita médica que diz "proibido o uso de fardas com goma". Como o comandante não aceita cadetes com uniformes sem goma no serviço ativo e tampouco pode permitir que fiquem nos alojamentos, todos receberam a ordem de passar o dia na mesquita.

"É uma punição ou recompensa?", costumava perguntar Obaid. O único vencedor óbvio dessa eterna discórdia entre a equipe de médicos e o nosso comandante é Deus. Atualmente, o templo conta com mais devotos que nunca.

Quando os rapazes de branco veem o subcomandante aproximando-se, esforçam-se para pegar as cartas e as moedas e passar de um bando de jogadores de baralho apostando uma rupia por rodada a jovens crentes. Meu acompanhante lança um olhar apreciativo, como se apenas por fingir rezar tivessem se absolvido aos seus olhos e aos de Alá. Eu continuo sem entender o que está ocorrendo, até mesmo quando ele pega um exemplar do Alcorão da estante ao longo da sala de orações principal, entrega-o para mim e fica ali, olhando-me. Aguardo a sua ordem seguinte.

— Agora, ponha a sua mão direita aí e me diga que não sabe por que Obaid se ausentou sem permissão. Confirme que não faz ideia de onde ele está.

Se não estivéssemos na mesquita, eu diria aonde o subcomandante deveria ir.

— Não posso jurar, senhor, não pelo Alcorão — digo eu.

— Então, sabe o que está acontecendo — afirma. — Ao se recusar a fazê-lo, não está admitindo a culpa? Olhe, só estamos eu, você e nosso Alá. — Colocou a própria mão direita na obra. — Diga a verdade e juro pelo Alcorão sagrado que vou tirar você dessa confusão.

— Meu pai me fez prometer nunca jurar pelo Alcorão, mesmo quando estivesse falando a verdade. Aliás, especialmente se estivesse sendo sincero — ressalto, em tom de voz cansado, os dedos dormentes em torno da capa de veludo do exemplar.

— Seu pai nunca rezou na vida — afirma o outro.

— Tem toda razão, senhor, mas era um homem muito espiritual. Respeitava o sagrado Alcorão e nunca o envolvia em assuntos mundanos — expliquei, perguntando-me se o coronel Shigri gostaria de ser descrito como um homem espiritual.

O coronel tinha passado por uma febril fase religiosa, durante a qual terminava as sessões regadas a uísque à meia-noite e passava o restante das noites recitando o Alcorão. E me disse *mesmo* para nunca jurar pelo livro sagrado. Mas a jornada espiritual não durou tempo suficiente para que se soubesse se era, nas próprias palavras do coronel Shigri, "uma mudança ou *uma tentativa de* mudança". Seu exemplar do Alcorão estava aberto na escrivaninha do escritório quando ele foi encontrado pendurado pelo próprio lençol no ventilador de teto.

Ventilador de teto.

Lençol.

Olhos esbugalhados.

O coronel pesava uma maldita tonelada. O que aconteceu com as leis da física?

— Alguns indivíduos insistem em cavar a própria cova. — O subcomandante arrancou o Alcorão de minhas mãos e colocou-o de volta na estante.

— Senhor, eu realmente não sei, o que não quer dizer que não possa ajudá-lo a descobrir — digo, tentando desesperadamente introduzir meu próprio elemento surpresa nesse ínterim.

— Não f... — começa a praguejar, mas, então, dá-se conta de que está na mesquita. — Saiam e entrem em forma do lado de fora — vociferou para as vítimas da goma.

— Não sei por que o comandante quer meter o Serviço de Inteligência nisso — prossigo. — O senhor sabe que Obaid é meu amigo, e quero descobrir tanto quanto o senhor aonde ele foi e por quê — acrescento, ignorando tudo que Sun Tzu ensinara a nós, aprendizes de guerreiros.

— Cale a boca — ordena o subcomandante. — Não estou interessado nos seus sentimentos.

Retira-se e critica os cadetes de branco.

— Estão transformando a casa de Deus em um maldito antro de jogatina...

*

Um lado bom de se visitar a mesquita é que, às vezes, ela acalma até mesmo pecadores como eu. "Está nas mãos Dele agora", costumava dizer o coronel Shigri em sua fase espiritual.

Segunda noite na cela, e eu já me sinto em casa. O jantar está servido. Dou cinco rupias para o calouro e me concentro no frango ao curry, no arroz e na salada de pepino. Quando termino, o rapaz já voltou com um refrigerante e dois cigarros. Acabo a garrafa com dois goles grandes e acendo o cigarro, guardando o outro para mais tarde.

— Tem alguma revista? — pergunto ao calouro.

Ele some e regressa com um exemplar de um ano atrás de *Reader's Digest*. Eu esperava que trouxesse algo menos intelectual. Mas os prisioneiros não podem escolher o próprio entretenimento. O rapaz sai com a bandeja do jantar, esquecendo de tomar a caixa de fósforos de mim.

Um dia o babaca seria submetido a julgamento numa corte marcial.

Apagando o cigarro, tiro os sapatos, o cinto e a camisa e me acomodo na cama. Leio *Humor de farda* primeiro. Nada muito engraçado. As únicas fotografias de mulheres estão na parte em preto e branco, sobre Nancy e Ronald Reagan, intitulada "Quando eles eram jovens". Até mesmo aos 28 anos, essa mulher tinha o rosto de traseiro de gato velho. Os censores da Academia haviam feito um bom trabalho ao ocultar os seios inexistentes dela com um marcador preto. Até mesmo em tempos tão desesperadores como este, deixo as fotos de lado e começo a ler a versão resumida de *Fuga de Colditz*.

Interrompo a leitura na metade do texto e comparo minha situação com a do tenente Anthony Rolt. É evidente para mim que estou numa pior. Mesmo se fizer uma asa-delta com o colchão de espuma e alguns palitos de fósforo, de onde é que vou saltar?

Folheio as páginas na tentativa de encontrar inspiração. Em "A vida é assim", há uma historieta de cinco linhas sobre alguém chamada Sherry Sullivan, que lavou o carro usando macacão, levando a vizinha a confundi-la com seu marido. O nome provoca um estalo e me ponho, de repente, em guarda. Evito os buracos no colchão. São como putas de estrada, sujos e desgastados.

Meu encontro com Sherry Sullivan termina com espasmos de paixão tão violentos que esqueço o segundo cigarro e começo a dormir tão bem que nos meus sonhos o subcomandante está polindo meus coturnos e o comandante lustra a minha espada com a ponta da língua. A asa-delta do tenente Rolt pousa em segurança em Trafalgar Square.

A manhã é ainda mais gloriosa. Desperto com uma rajada de desodorante Old Spice. T. Bannon está de pé, à porta.

— Acorde, caro recluso!

Há umas 1.050 coisas que preciso perguntar a ele. Mas o cara está alegre demais.

— Um colchão e tanto esse que você tem aí, hein? — diz ele.

— Não é tão ruim quanto parece — explico. — Já encontrou um novo Comandante de Treinamento Silencioso? — Minha tentativa sarcástica é ignorada. Acendo o segundo cigarro.

— Pelo visto, sua linha de abastecimento de cigarros está segura. — Foi a vez dele fazer graça.

— Obaid disse algo para o senhor? — pergunto. Meu tom de voz trivial surpreende-me. Cigarro de barriga vazia sempre faz de mim um pensador desprendido.

Sei como chamam o Obaid e eu pelas costas.

Vadias de Fort Bragg.

Só porque somos muito amigos de Bannon. E, embora este seja somente um instrutor de treinamentos de Fort Bragg — apenas um humilde tenente — na cadeia alimentar da Academia fica entre um tubarão e um leopardo malhado.

— Bebê O está fugindo — diz, como se estivesse revelando uma notícia de última hora.

Dou uma última tragada profunda no cigarro, indo até o filtro, que arde sem chama, e começo a tossir.

— Vou me reunir com *El Comandante* para receber minhas ordens esta tarde. Devo obter alguma informação do alto escalão, então. — De súbito, volta a ser o ianque distante. — E, a propósito, o comandante quer que você dê continuidade ao bom trabalho com o Esquadrão de Treinamento Silencioso.

Em meio ao alívio que sinto, resolvo me ater à filosofia.

— Sabe o que Sun Tzu disse? "Espere seu inimigo mostrar a cara e metade da batalha estará ganha."

— Aquele velho chino falou isso mesmo?

— Se ele tivesse passado a noite na cela, batendo punheta com *Reader's Digest*, chegaria à mesma conclusão.

Enquanto desço as escadas da prisão militar, examinando o mundo como só um prisioneiro em liberdade condicional o faz, encaro os limites de minha liberação. Um policial militar de meia-idade, com um antigo Enfield .303, aguarda-me.

— Tenho ordens para vigiá-lo de perto — diz ele. Eu já deveria esperar por isso; não deixariam que eu perambulasse livremente. A única surpresa é que Bannon esqueceu-se por conveniência de me contar esse detalhe. A memória dele apresenta mais buracos que um alvo de tiro a curta distância usado em excesso.

Vamos ver quão rápido o meu vigia consegue correr.

Há tempo suficiente para ir até o campo de desfiles. Eu poderia tocar a marcha fúnebre até meu alojamento, tomar um bom banho e ainda chegar a tempo para a inspeção, mas sinto uma onda súbita de energia e começo a me mover em passo acelerado, meu vigia e seu fuzil .303 tentam me acompanhar com dificuldade. A brisa da manhã me atinge e começo, de repente, estou à toda velocidade. A distância entre mim e o policial continua a aumentar. Uma formação de novos calouros passa por mim, e eles me saúdam às alturas, com o entusiasmo dos que iniciam uma nova vida.

— Ânimo, rapazes! O país precisa de vocês! — grito eu.

Assobio para um par de aves que se tocavam no poste telefônico. Nosso velho lavadeiro, carregando a roupa suja na carroça, sai de seu torpor quando vocifero:

— Bom-dia, tio Goma. Não use muito amido não.

No meu esquadrão, os rapazes já estão enfileirados para a inspeção. Oitenta e seis faces bocejantes espantam-se ao me ver correndo de manhã tão cedo. Tomam a posição de sentido como as rodas rangentes de uma aeronave esquecida na pista de decolagem durante um longo tempo.

Fico de pé diante da formação e começo a saltitar no mesmo lugar.

— Vamos. Acordem — grito. — Desapareço por um dia e viram maricas. Cadê o espírito do Esquadrão Fúria?

Sem nenhuma ordem adicional, eles se unem a mim. A princípio, com relutância e, depois, acompanhando o meu ritmo, começam a correr no mesmo lugar. Percorro as fileiras, mantendo minha mão à altura de seu tórax e, logo, todos elevam os joelhos para tocar nele.

Estão felizes com o meu retorno.

Como se os pentelhos tivessem escolha.

O policial militar fica parado em um canto, ainda esbaforido por causa da corrida e bastante impressionado com aquela recepção entusiástica de seu prisioneiro.

— Direita, volver! Marcha acelerada!

Corro rumo ao meu alojamento, sem voltar a cabeça a fim de olhar para o policial. Quero ver se é tão dócil quanto parece. Seja como for, do que exatamente quer me proteger?

Ele me segue. O pentelho me acompanha até o quarto e fica perto da porta, bastante alerta àquela altura. Abro meu armário e olho de soslaio para a cama de Obaid. Um lençol branco claro está vergado sobre um cobertor cinza. Parece uma viúva hindu de luto. Respiro fundo e examino o armário. Eis toda a minha vida dobrada em pequenas pilhas organizadas: camisas à esquerda, calças à direita, insígnias douradas de suboficial formando um ângulo reto em relação ao quepe, escova de dentes ao lado da pasta, do creme de barbear — equilibrado na tampinha — e do pincel de barba; todos os objetos de minha vida cotidiana estão dispostos de acordo com o manual do armário do alojamento. Abro a gaveta para conferir o que já sabia. Vasculharam-na. Olho de esguelha para a espada pendurada na parte interna da porta. Um fio de seda verde, de seu punho adornado com borla, está amarrado de maneira casual em torno da extremidade da bainha — exatamente como eu havia deixado. Penso em ir até a cama de Obaid. O policial a observa também. Começo a tirar a roupa.

Minhas mãos vão descendo na parte frontal da camisa, abrindo os botões enquanto repasso as alternativas. Jogo a camisa no ombro sem olhar para trás e puxo a camiseta, que está por dentro da calça. O policial muda de posição, os dedos tamborilando na boca do cano antigo do fuzil. O pentelho não tem a menor intenção de se mover. Virando em sua direção, abaixo o zíper e, em seguida, começo a caminhar até ele, a mão empurrando o cós da cueca para baixo.

— Tio Três-zero-três, quer mesmo ver?

Ele bate em constrangida retirada do alojamento, andando de costas.

Passo o ferrolho na porta e me lanço à cama de Obaid. Não faz sentido examinar o criado-mudo. Já levaram tudo. Viro o colchão. É claro que não acharam que haveria outros lugares no colchão, além do buraco obrigatório. Encontro o zíper na lateral; abro-o e meto a mão. Meus dedos vão de um lado para o outro, explorando a superfície rasgada e porosa do colchão. Encontro uma abertura e exploro o túnel de espuma. Toco em um pedaço de seda macia e o retiro.

O lenço de Obaid, decorado com rosas. Cheirava a Poison e a ele; há um número com cinco dígitos nele. A letra de meu colega, com as curvas e os traços elegantes.

Até parece que me deixarão chegar perto de um telefone. O único aparelho do qual se liga para fora da Academia fica na enfermaria. E meu vigia está batendo com impaciência na porta.

Obaid chegara dois dias depois do início de nosso treinamento, e sempre mantivera o ar de quem estava apenas um passo atrás na vida. Quando o vi pela primeira vez, usava uma Levi's falsificada, sapatos Oxford lustrosos e uma camisa de seda preta com o logotipo AVANTI no bolso. Os cabelos negros, escovados, cobriam as orelhas. E, como se o traje civil não bastasse para fazê-lo se destacar em meio à formação de máquinas zeros de farda cáqui, usava um lenço adornado com rosas, cuidadosamente dobrado e colocado sob a gola. Tirava-o de vez em quando para secar as gotas de suor invisíveis da fronte. Ficou de pé, com todo o peso apoiado em uma perna, o polegar direito metido no bolso do jeans, a mão esquerda pendendo de forma desinteressada, traseiro empinado, e fitou o horizonte além das árvores, como se esperasse ver uma aeronave decolando.

Deveria ter fixado o olhar na porta, de onde o Sr. Tony "a-ser-expulso-em-breve-a-toque-de-caixa" saiu para a inspeção de farda. A camisa cáqui estava desabotoada até o umbigo, as mãos remexiam na fivela do cinto. Conforme o Sr. Tony foi se aproximando, achei que o afivelava, mas ele o puxou e gritou: "Sentido!" Bati os calcanhares, estufei o peito, endireitei os ombros, estiquei os braços ao longo do corpo e olhei de soslaio para Obaid. Ele passou a apoiar o peso no pé direito e meteu o polegar esquerdo no bolso da calça também, como se estivesse pousando para uma propaganda da

Levi's. O Sr. Tony era o tipo de pessoa que acreditava que a autoridade se impunha com frases incompletas e palavras repreensivas.

— Afastem-se, seus idiotas, afastem-se — bradou para o esquadrão.

Minhas costas enrijeceram-se de novo. O cinto dele passou de raspão na frente de meus olhos, fazendo-me pestanejar. Ouvi-o golpear o traseiro empinado de Obaid. O ataque foi tão inesperado que o rapaz apenas gemeu. Os joelhos dobraram-se e ele caiu no chão, uma das mãos absorvendo a queda, a outra tentando debilmente proteger o traseiro de outro golpe, que acabou não ocorrendo.

O Sr. Tony fez uma inspeção de farda completa. O lenço adornado com rosas foi o primeiro item de vestimenta a sair. Ele enrolou-o no dedo e cheirou-o.

— Uma porra de Poison falsificado — comentou, mostrando seu conhecimento do ramo de perfumes.

Em seguida, meteu o lenço na boca de Obaid, estendeu a perna direita e sacudiu o coturno diante do rosto dele. O calouro entendeu o significado do gesto, mas era óbvio que não captou o simbolismo. Ajoelhou-se, tirou o lenço da boca e tentou esfregar a bota direita do Sr. Tony, a qual, àquela altura, estava no mesmo nível de seu nariz. O outro manteve-se de pé, com as mãos nos quadris, contemplando-nos. Nós já estávamos à mercê de seus caprichos havia dois dias e sabíamos que quem quer que tentasse olhar de relance para ele seria a próxima vítima. Mantivemos a posição e o olhar fixo, olhamos fixo e mantivemos a posição. O Sr. Tony deu um chute leve no queixo de Obaid, que entendeu o recado; pôs o lenço de volta na boca e começou a polir o coturno, a face formando diminutos círculos em torno da ponta da bota.

Após se dar por satisfeito com o polimento de ambos os coturnos, ele se ocupou do restante da roupa de Obaid. Passou um tempo considerável tentando rasgar o bolso com o logotipo AVANTI da camisa. Era de seda, não sairia. Então, arrancou todos os botões e tirou a camisa. O outro não estava usando nada sob ela. Hesitou quando Sr. Tony apontou para a calça, mas instantes depois de este começar a remexer na fivela do cinto, ficou de pé, apenas de cueca, meias brancas e sapatos Oxford lustrosos, o lenço adornado com rosas ainda enfiado na boca. O Sr. Tony tirou-o de seus lábios e, com certa delicadeza, amarrou-o no pescoço de Obaid. Este achava-se em posição de sentido, tremendo um pouco, reto e rígido, os braços esticados ao longo do corpo.

— Assuma o comando. — O Sr. Tony deu uns tapinhas na maçã do rosto do recém-chegado e foi embora, ajustando o cinto. Entramos em forma atrás de Obaid, que nos levou em marcha até o alojamento. Foi só quando ele ficou na nossa frente, nu, exceto pela cueca e pelo Oxford, conduzindo-nos ao alojamento para sua primeira noite com o esquadrão, que notei que a cueca também era de seda, pequena e apertada demais, com coraçõezinhos bordados no cós.

— Bonito jeans— sussurrei da minha cama, após o toque de silêncio na sua primeira noite no alojamento. Obaid achava-se na cama ao meu lado, o cobertor incandescendo à medida que uma luz pequenina se movia debaixo dele. Não consegui discernir se ele lia um livro ou inspecionava as partes privadas em busca de algum dano.

— Meu pai que faz. — Obaid apagou a lanterna e tirou o cobertor da cabeça. A forma como pronunciou as palavras *meu pai* levou-me a crer que não gostava muito dele.

— Ele é o dono da Levi's?

— Não. Só de uma fábrica. De exportação. Hong Kong. Bangcoc.

— Deve ganhar muita grana. Por que você não se dedicou aos negócios da família?

— Queria seguir os meus sonhos.

Caramba! Não era outro daqueles paisanas malucos tentando se tornar mártires nos lugares errados?

— Que sonhos? Lamber os coturnos dos outros?

— Quero voar.

Era evidente que o cara tinha passado tempo demais nos depósitos do pai, conferindo a grafia das etiquetas falsificadas. Fiquei calado por um tempo. Alguém no alojamento vizinho estava aos prantos, na certa por não conseguir se acostumar com todos os palavrões despejados em seus ouvidos sobre sua mãe, da qual sem sombra de dúvida ainda sentia falta.

Eu? Passei meu sexto aniversário num alojamento igual aquele. Nunca tive esse problema.

— O que é que o seu pai faz? — Obaid ligou a lanterna e apontou-a para mim.

— Desliga esse troço. Vai acabar metendo a gente em apuros — disse eu. — Ele serviu nas Forças Armadas.

— É reformado?

— Não. Morreu.

Obaid sentou-se na cama e aproximou o cobertor do peito.

— Sinto muito. O que foi que houve?

— Estava numa missão. Confidencial.

Ele ficou quieto, por alguns instantes.

— Seu pai foi um *shaheed*, então. É uma honra ser seu colega de alojamento.

Eu me perguntei se preferia ter um pai vivo, fabricante de marcas norte-americanas falsificadas, a ser filho de uma lenda pendurada em um ventilador de teto.

— E você realmente sonhava em ingressar nas Forças Armadas?

— Não. Sonho com livros. Gosto de ler.

— Seu pai publica obras também?

— Não. Odeia livros. Mas é o meu passatempo.

O pranto no alojamento ao lado transformou-se em choramingo.

— Você tem algum passatempo?

— Eu não ingressei nas Forças Armadas para colecionar selos — respondi, cobrindo a cabeça com o cobertor.

Desamarro os coturnos, tiro as meias, pego a calça de algodão cáqui com goma e uma camisa do cabide. Aquela calça está tão grudada quanto dois pedaços de papelão colados e faz um ruído de tecido rasgado conforme minha perna a separa. Coloco a camisa tesa com uma das mãos e abro a porta com a outra.

— Parabéns, tio Três-zero-três, seu prisioneiro não fugiu.

Eu me olho no espelho. Três dias sem fazer a barba e há apenas alguns pelos espalhados no queixo. Como espinhos de cacto, dizia Obaid, dispersos, mas arrepiados.

Pego a lâmina de barbear na gaveta. Uma rápida passada em seco tira os espinhos.

Nunca vi um pelo sequer na face do coronel Shigri. Tinha acabado de fazer a barba quando o tiraram do ventilador de teto.

Posso ver no espelho que meu vigia, de pé atrás de mim, sorri.

Meu Esquadrão de Treinamento Silencioso toma a posição de sentido quando chego ao campo de desfiles. Bannon não se encontra ali. Noto que está na fase de cara legal, que normalmente significa fumar um baseado junto com a primeira xícara de café instantâneo. Não preciso esperar por ele. Meus 18 rapazes formam três fileiras, e as mãos direitas seguram as bocas dos canos dos fuzis de assalto G3, as baionetas caladas apontam para o céu.

Começo a inspeção: marcho lentamente, com a mão esquerda apoiada no punho da espada, a face distorcida refletida na ponta de seus coturnos. São 18 dos melhores: não se esperam sujeiras nos calçados, pregas amassadas, nem guias de espada frouxas nesse grupo; entretanto, não se pode concluir a inspeção sem azucrinar alguém. Quando me aproximo do penúltimo indivíduo da terceira fileira, marco minha vítima. Desembainho a espada com a mão direita, dou a volta e, antes que o rapaz possa piscar, coloco a ponta logo acima da guia de espada, em sua barriga, que relaxara após meu aceno de aprovação. O abdômen contrai-se de novo. E não apenas o do indivíduo à extremidade da espada — ocorre um encolhimento inaudível de todas as panças; as costas, já retas, alongam-se ao máximo. Minha espada forma um arco no ar; sua ponta chega à abertura da bainha e penetra no veludo interno. Recomeço a marchar assim que o punho encaixa no alto do estojo. Ninguém diz nada. Continuo observando as fileiras de faces sérias e imóveis, e de olhos que nem piscam.

São bons rapazes.

Podemos começar.

Toda a conversa mole a respeito do som do silêncio não passa disso: papo furado. Silêncio é silêncio, e o nosso Esquadrão de Treinamento Silencioso já aprendeu isso, a essa altura do campeonato. É o que fazemos há 110 dias, de segunda a domingo. Aqueles com relógios internos defeituosos, com o hábito de olhar de esguelha para o lado em busca de exemplos e de movimentar os dedos nos sapatos para manter a circulação já foram eliminados.

Aqui, minha vontade é o comando deles.

Bannon, que apareceu depressa durante a minha inspeção, toma a posição de sentido com uma batida forte do coturno no concreto, um sinal para eu começar. Ignoro as veias avermelhadas espalhando-se sob as pálpebras caídas, dou meia-volta e desembainho a espada; segurando-a na frente de meu peito, elevo o punho à altura de meus lábios. Com a continência prestada e aceita em silêncio, viro-me e marcho quatro passos rumo ao esquadrão silencioso. Assim que meu calcanhar toca o piso no quarto passo, todos ficam em posição de sentido.

Início perfeito.

Minha espada volta à bainha e, assim que o punho se encaixa, ouve-se um ruído sibilante. Os fuzis saem das mãos esquerdas dos soldados, são girados com as baionetas caladas e depois são capturados com segurança pelos punhos direitos. Em seguida, ambas as mãos seguram os fuzis, levam-nos à altura do peito e batem três vezes nos carregadores das armas. Minha orquestra de fuzis toca por cinco minutos, emborcando e rodopiando esses instrumentos no ar. As mãos seguram os carregadores em perfeita sincronia. Quatro quilos e meio de metal e madeira mobilizadas sob meu comando.

Minha cadência interior é que manda.

O esquadrão divide-se em dois; cada unidade dá dez passos em direções opostas, para, dá meia-volta e, com elegância natural, forma uma única coluna.

Hora de mostrar para os pentelhos como se faz.

Fico a 1 metro do líder da fila. Eu e ele nos encaramos. Uma única piscada ou um olhar de soslaio podem ser fatais. O outro leva o fuzil à altura do peito e o joga para mim. A arma forma um semiarco, e minha mão direita, já treinada, apanha o objeto. Um. Dois. Três. A mesma mão o faz girar sobre minha cabeça e o lança para a esquerda. Durante 60 segundos, ele rodopia por cima de meus ombros e de minha cabeça. Para os observadores, o G3 forma um turbilhão de metal e madeira, em harmonia comigo até dar três voltas e regressar à mão do líder.

Para concluir, o esquadrão forma duas colunas de novo, e eu começo a marchar lentamente no meio, a espada mantida ereta, diante de meu peito. Cada passo que dou é uma ordem para os homens em ambas as colunas jogarem seus fuzis para o companheiro ao lado oposto. É como caminhar por um ataque sincronizado de espadas voadoras. Jogue. Pegue. Se perder o ritmo, sua baioneta vai acertar o olho do colega. Estou andando em meio a uma espiral de 20 metros de fuzis circulando no ar. Parece impressionante, mas é fácil de fazer após três meses de treino.

Conforme me aproximo do último par, olho de esguelha para o rapaz à minha direita, uma mera deflexão do globo ocular. A mão deste treme ao receber o fuzil que acaba de passar zunindo por meu nariz. Sua direita atrasa um nanossegundo ao atirá-lo de volta, fazendo com que faça apenas um semicírculo no ar e a coronha bata em minha têmpora.

Perfeito.

Vejo estrelas.

Se o idiota tivesse atrasado outro segundo, teria sido a baioneta, em vez da coronha.

Os enfermeiros tiram os coturnos, a espada e afrouxam a guia que a sustenta. A sirene da ambulância não está ligada. Alguém coloca uma máscara de oxigênio em meu rosto. Desfruto do conforto da maca e respiro fundo. Bem que gostaria de poder me dar ao luxo de desmaiar, mas preciso me estabilizar rápido. Não quero que os pentelhos supereficientes abram o meu crânio.

Quando me acomodam nos lençóis brancos da unidade de tratamento especial da enfermaria, um deles me dá uma injeção no braço. A cortina é fechada. O telefone está do outro lado dela. Sinto-me tranquilo, calmo demais até para lançar um olhar reconfortante em direção ao aparelho.

Acordo grogue e percebo na hora que colocaram um sedativo na infusão intravenosa.

Bannon acha-se sentado em um banco, ao meu lado.

— Não tem a ver com Obaid — diz. — Há um avião desaparecido. Um maldito avião inteiro escafedeu-se!

Torço para ser uma alucinação em virtude do calmante, mas a mão dele repousa sobre meu ombro e, além disso, ele é o único da Academia a chamar uma aeronave de avião.

— Um MF-17 desapareceu e estão achando que Obaid o sequestrou.

— Qual é a sua opinião? — pergunto, sentindo-me ao mesmo tempo estúpido e sonolento.

Bebê O fugindo com uma aeronave e tudo?

Procedimentos de emergência para o Mushshak, MF-17, de dois lugares, duplo comando, aeronave com hélice, equipada com motor Saab de duzentos cavalos.

FOGO NO MOTOR:

Reduza o manete.
Baixe o nariz 30 graus.
Compense os *ailerons*.
Procure área adequada para pouso.

SE O FOGO PERSISTIR:

Desafivele o cinto de segurança.
Ejete a capota.
Mantenha a cabeça baixa.
Suba na asa direita.
Salte.

— Por que a asa direita? — levantei a mão para perguntar na aula de Procedimentos de Emergência.

— Para que você morra mais depressa — foi a resposta.

Não há paraquedas nos MF-17.

— O avião ainda não foi encontrado — ressalta Bannon.

— E quem se importa com ele, porra? Não pode ficar no ar 48 horas após a decolagem. Foi você que meteu a ideia infeliz na cabeça dele, em primeiro lugar. Agora, não fique aí parado, faça algo — grito para ele, e percebo que minha voz está embargada. Deve ser por causa do sedativo, digo a mim mesmo.

— Desapareceu dos radares dez minutos após a decolagem — sussurrou.

— Enviaram os caças na hora?

— Não, acharam que era um voo de treinamento rotineiro. Obaid usou o seu código de chamada.

Quatro

O general Ziaul-Haq ensaiava seu discurso especial para o país, diante de uma câmera de TV, quando seu chefe da segurança, o brigadeiro TM, entrou. A continência deste, independentemente da hora do dia ou da importância da ocasião, era um espetáculo digno de se ver. Quando seu pé bateu no tapete felpudo, a força de seu sinal de respeito reverberou até as cortinas de veludo da sala da Casa do Exército e, mais uma vez, o general Zia perdeu a oportunidade de ler o texto de um jeito espontâneo. Tratava-se do momento em que deveria empurrar a pilha de papéis diante de si com a mão direita, olhar direto para a câmera e dizer: "Meus caros compatriotas, gostaria neste momento de dizer algo do fundo do coração...". Ocorre que suas mãos esquerda e direita pareciam estar em desacordo. Ao longo da manhã, ele tirara os óculos enquanto ainda lia ou afastara o discurso escrito e fitara em silêncio a câmera, com as lentes postas. Naquele momento, olhou para o ministro da Informação, que assistia à mensagem pelo monitor de TV com as mãos dobradas sobre a virilha, balançando a cabeça com veemência a cada frase e a cada pausa. Este pediu que a equipe de filmagem se retirasse da sala.

O brigadeiro TM continuava ao lado da porta, observando o equipamento deixado para trás pelos funcionários da emissora. Algo ali mudara: a atmosfera parecia mais pesada e as cores não lembravam as que vira no dia anterior.

— O discurso está muito artificial, senhor — comentou o ministro, tentando ignorar o olhar hostil do general Zia. Com a decisão deste de se recluir na Casa do Exército após a decretação do alerta vermelho, o ministro da Informação ficou, de súbito, sem nada para colocar como manchete no noticiário vespertino. Após dois dias de imagens recicladas, sugerira que o general gravasse uma mensagem especial para o país.

— Este discurso está sem graça. Sem emoção — disse o general Zia. — As pessoas vão achar que não só sou um prisioneiro de minha própria Casa do Exército como também que sofro de algum tipo de demência. — O outro anuiu, com veemência, como se aquela houvesse sido sua opinião o tempo todo. — E aquela parte sobre grandes ameaças que nossa grande nação terá de enfrentar parece poética demais. Explicite quais são elas, torne-as mais... torne-as mais aterradoras. O parágrafo que diz: "Não me mudarei para a Residência Oficial porque há sangue em suas fundações" não faz sentido. Sangue de quem? Inclua algo a respeito de políticos sanguessugas e de gente pobre. Sabe que há destituídos aqui neste país, certo? Tenho certeza de que não quer fazer parte deles.

O ministro da Informação pegou o discurso e saiu da sala sem receber nem ao menos um aperto de mãos e sem nada para comunicar ao país no noticiário da tarde.

— Sente-se, filho. — O general Zia virou-se para o brigadeiro TM e suspirou. — Você é o único neste país em quem ainda posso confiar.

Enquanto o recém-chegado acomodava-se na beira do sofá, deu-se conta, de súbito, de que o lugar que ocupava naquele momento estava estranho, mais profundo e macio.

A segurança geral ficava a cargo do general Akhtar e do Serviço de Inteligência; no entanto, o homem escolhido para tomar conta da segurança pessoal do general Zia foi o brigadeiro TM, dono de barriga vultosa e de suspeitas igualmente vultosas, que havia sido a sombra do dirigente nos últimos seis anos. Sua equipe de comandados armados cercava a sala e o escritório do general e formava círculos concêntricos em torno desse primeiro cerco, em um raio de 3 quilômetros. Nos cinco seguintes, a segurança ficava a cargo dos soldados. E fora desse limite, ficava a polícia civil, porém ninguém esperava que fizesse muito além de parar o trânsito e golpear com o cassetete quaisquer entusiastas que tentassem vislumbrar a escolta do general Zia. Aquela circunferência de 8 quilômetros estava pronta para agir de imediato, mantendo o dirigente no centro; porém, desde que ele cancelara todos os compromissos públicos que pudessem tirá-lo da Casa do Exército, o foco de suspeita do brigadeiro TM passou a ser aquele próprio local.

Quando o general Zia viu o brigadeiro pela primeira vez, este era major e formava um pontinho no céu, liderando uma formação de paraquedistas saltando do Hércules C-130 no desfile do Dia da República. O pequeno sinal tornou-se um paraquedas verde e branco e TM, manobrando os controles das cordas, pousou no círculo de 1 metro, desenhado com giz, bem diante do palanque em que o general Zia passava as tropas em revista. Tendo se tornado oficial em uma época em que os paraquedas ainda eram uma entidade exótica, este ficou fascinado com a precisão do pouso de TM. Desceu do palanque, abraçou-o e convidou-o a ficar para a festa após o evento. O paraquedista estava bem atrás do general quando ele passou pela fila de cumprimentos de embaixadores e outros dignitários estrangeiros. Em seguida, o dirigente saiu da área VIP e foi "se misturar com a multidão", uma sugestão do ministro da Informação. Este já havia passado a manchete para a televisão estatal e se sentia na obrigação de fazer com que aquilo acontecesse. O grupo no qual o general Zia se mesclou consistia em uma congregação só de homens, com professores do ensino fundamental, escrivães, oficiais de justiça e funcionários públicos, que receberam ordens de comparecimento remetidas pelos burocratas do governo. Muitos em meio ao aglomerado de pessoas eram soldados em trajes civis levados de ônibus das vilas militares das cercanias. Com TM ao seu lado, o general Zia achou que a multidão, de repente, tinha se tornado mais disciplinada. A presença grandiosa e imponente do outro levou-o a esquecer-se do velho hábito de olhar ao redor, sondando os presentes à cata de qualquer um que pudesse atirar uma pedra ou insultá-lo. O brigadeiro TM navegava com desenvoltura, os cotovelos atuando como os remos de um atleta habilidoso, como se a multidão não passasse de água parada em um lago tranquilo.

— Seu salto foi perfeito. Faz isso com maestria — disse o general Zia, formando uma flor amorfa com as mãos no ar. Encontravam-se no carro dele, voltando para a Casa do Exército após os eventos posteriores ao desfile. — E se aquele troço não abrir após o salto?

— A vida está nas mãos de Alá — respondeu TM, sentado à beira do assento do carro —, mas eu mesmo dobro meu paraquedas. — O general Zia balançou a cabeça com simpatia, esperando ouvir mais. O outro era um homem de poucas palavras; no entanto, o silêncio deixou-o pouco à vontade e ele resolveu abrir-se mais. — Escrevi o meu lema do lado de fora da nossa cabine de dobragem de paraquedas: "Sistema de dobragem de vida em desenvolvimento." — Esse foi seu primeiro e último floreio literário. Seu corpo era mais articulado; lembrava um tronco de árvore, eternamente de farda camuflada para selva. A cabeça pequena sempre ostentava uma boina carmesim, inclinada sobre a orelha esquerda. Os diminutos olhos castanhos buscavam inimigos invisíveis. Até mesmo em recepções oficiais, nas quais os demais militares usavam as fardas de gala, com debrum dourado, havia um sujeito atrás do general Zia com o monótono uniforme de combate. Os olhos dele passavam rápida e bruscamente da face de um VIP para a de um garçom e para uma senhora com a mão na bolsa. Durante os seus seis anos como chefe da segurança do general Zia, não apenas o mantivera protegido dos inimigos visíveis e invisíveis como também o conduzira por muitas multidões, tantas que seu patrão começou a se considerar um homem do povo.

Agora que o general Zia elevara o nível de ameaça à segurança para vermelho sem consultar o chefe da segurança, o brigadeiro TM queria avaliar de forma apropriada a situação. Remexeu-se na beira do sofá — não estava acostumado a conversar sentado com o chefe. Esforçou-se para ficar quieto e concentrar-se, mas observava o tempo todo as insígnias presidenciais nas cortinas de veludo vinho que combinavam com o tapete persa. De súbito, ficou sem fôlego e encurvou os ombros, incrédulo. Eram novos. Como os trocaram sem que ele soubesse?

— Quem quer me matar? — quis saber o general, em tom de voz neutro, como se indagasse qual era o esquema de corte do gramado. O outro acariciou o brocado do sofá com as pontas dos dedos e perguntou-se como alguém conseguira trocar o tecido sem a sua autorização.

O brigadeiro era o único homem da equipe militar do general Zia com acesso dia e noite ao seu trabalho e à sua residência. Também o único em seu círculo íntimo que não o acompanhava durante as cinco preces diárias, um privilégio tão fora do comum que deixava os outros embasbacados. Esperava-se que qualquer um que estivesse perto do general naqueles horários se unisse a ele, independentemente de onde estivesse: fosse na aeronave oficial ou na casamata do Comando Nacional. O dirigente olhava para o relógio e todos, incluindo os serviçais e os políticos, que nem sabiam quando ficar de pé ou prostrar-se, enfileiravam-se perto dele, como se a devoção deles tivesse aguardado aquele momento específico para se manifestar. Durante as preces, o brigadeiro TM ficava de pé, com as costas voltadas para a congregação, olhando com atenção para todos os pontos de acesso possíveis. No início, o general Zia ficou com a consciência pesada e perguntou ao outro como se sentia por não poder unir-se a ele durante as orações.

— Meu dever é uma forma de veneração, senhor — comentou o brigadeiro TM. — Se eu estivesse numa guerra, não esperariam que eu largasse a arma e rezasse. — Depois disso, o dignitário sempre se lembrava de acrescentar algumas palavras a favor do chefe da segurança, lembrando a Alá que ele não podia orar por estar a serviço.

Os olhos do brigadeiro TM percorreram a sala, deixando-o irritado com as novas texturas e cores diferentes. Sabia que a segurança não tinha a ver apenas com atirar o próprio corpo diante do projétil de um assassino ou arrancar as unhas de um conspirador potencial, mas com medidas sempre um passo à frente das mudanças sutis na estrutura da vida cotidiana.

— O general Akhtar está com todos os arquivos, senhor. Um para cada um dos suspeitos e todas as conjunturas possíveis — explicou, distraidamente. Observava a parede na qual surgira a imagem do fundador do país, um retrato que nunca vira antes.

— Esses arquivos não dizem a verdade. Estou perguntando para *você*, não para o general Akhtar. É minha sombra, deveria saber. Lida com todos os que vêm se encontrar comigo, conhece cada recanto desta casa. É seu trabalho me proteger: contra quem me defende? Quem está tentando me matar? — Levantou a voz, os olhos estrábicos enredados um com o outro, e duas gotas de saliva escaparam de seus lábios: uma alojou-se no bigode do general, a outra foi parar nas flores e nas vinhas do tapete persa sob seus pés.

O brigadeiro TM não estava acostumado com aquele tipo de tratamento. Sempre soube que o chefe se sentia ameaçado com sua presença física quando encontravam-se a sós e apenas se sentia à vontade na companhia de outras pessoas. Escolado nesse tipo de situação, ele tinha plena consciência de que aquela elevação de voz e aquele tom exigente eram, na verdade, a manifestação de seu temor. Possuía ampla experiência em farejar o medo. Quando se fazia a última pergunta aos contraventores, quando eles descobriam que o momento das explicações acabara e percebiam que o interrogatório terminara e que não haveria nenhum julgamento, somente então falavam mais alto, vociferavam, fingiam não estar apreensivos. No entanto, dava para sentir no ar, tal como se sente com os bodes antes da carnificina: o berro que soltam e a urina entre as pernas, como homens que gritam quando se entra em seus quartos e se fecha a porta atrás de si.

— Todo mundo — respondeu.

O general Zia levantou-se, assustado.

— Como assim, brigadeiro Tahir Mehdi? Quem? — bradou e, daquela vez, a saliva foi como uma ducha de água no rosto de TM. Sempre que ele não usava as palavras *meu irmão, meu filho, estimado irmão* e se dirigia à pessoa pelo nome, estava de mau humor. Quando a tratava pelo nome ou posto, ela na certa já o perdera. O subordinado não receava ser dispensado. Voltaria a treinar com satisfação os rapazes e a saltar de paraquedas com precisão. O dirigente sabia disso, pois, em uma rara ocasião, TM lhe revelara que restavam apenas uns poucos ossos em seu corpo que não foram quebrados em busca da adrenalina. Pareceu ter se orgulhado muito dele.

— Suspeito de todos. Até mesmo dos meus próprios rapazes.

— Seus soldados? Eles ficam aqui 24 horas por dia!

— Eu os mando de volta para suas unidades a cada seis semanas e recebo novos. Deve ter notado. Não vale a pena confiar em todos, senhor. O que foi que aconteceu com Indira Gandhi?

O general Zia sentiu um calafrio. Ela fora morta a tiros pelos próprios guarda-costas militares enquanto caminhava pelo jardim. Ele tivera de ir para a Índia para comparecer ao seu funeral, onde viu em primeira mão a abominação que era a religião hindu. Fizeram uma pira de madeira, jogaram manteiga derretida sobre ela e, em seguida, o filho de Indira Gandhi acendera o fogo. O general Zia ficara assistindo ao corpo dela, com um sári de algodão branco, arder. A certa altura, teve a sensação de que ela se levantaria e sairia correndo, mas, então, seu crânio explodiu. O general agradeceu a Alá por lhes dar o Paquistão, de forma que seus filhos não precisavam testemunhar aquele inferno na terra todos os dias.

— Como é que escolhe esses rapazes? Por que seis semanas? Por que não se sentiriam tentados nesse período?

— Por causa das famílias; nós cuidamos delas nesse ínterim. Eu também investigo os antecedentes. Nenhum gay. Nenhum comunista. Nenhum viciado em notícias. Estes não iam querem ficar perto do senhor.

— Quer dizer que eles cairiam em tentação ao ler os jornais? Já os leu? Acho que precisava rever seus parâmetros.

— Qualquer um com capacidade de ler jornais não teria vontade de se atirar entre o senhor e o projétil do assassino — ressaltou o outro, ainda tentando solucionar o mistério do sofá/da cortina/do tapete/do retrato.

Os rapazes de TM eram recrutados em povoados remotos e treinados tão arduamente que, quando terminavam — se é que o faziam, uma vez que mais de dois terços imploravam para voltar aos lugarejos —, apresentavam um olhar inexpressivo. A obediência cega fora incutida neles ao receberem a ordem de cavar buracos na terra o dia todo, só para enchê-los novamente no dia seguinte. Eram mantidos afastados dos cidadãos por tanto tempo que consideravam qualquer um em trajes civis um alvo legítimo.

O general Zia espalmou as mãos, exasperado, e aguardou TM dizer algo mais.

— Esses são os meus métodos — prosseguiu o outro, levantando-se —, e parecem ter funcionado até agora. Se me permitir, podemos trazer de novo o Pelotão do Canil.

O general percebeu, com satisfação, que ele não usara o termo *cães de guarda*.

— Por que precisamos desses cachorros imundos? São melhores que os seus comandos?

O brigadeiro TM cruzou as mãos nas costas, olhou por sobre a cabeça de seu chefe e fez o discurso mais longo de sua carreira.

— Temos cobertura aérea. Checamos todos os pontos de acesso da Casa do Exército. Monitoramos todos os movimentos em um raio de 3 quilômetros. Mas e se alguém fora desse perímetro estiver cavando um túnel neste momento, longo e profundo, que leva até o seu quarto? Não vigiamos o subsolo.

— Cancelei todos os meus compromissos públicos — informou o general. — Não vou para a Residência Oficial nem para as funções estatais.

E, de súbito, o outro sentiu-se como um paisano. Lento demais para entender o óbvio, para ver o que estava bem diante de seu rosto. Os tapetes, as cortinas e os sofás eram da recém-construída Residência Oficial. Mas ainda não adivinhara onde vira o retrato.

— Não vou sair daqui até saber quem é. Revise os arquivos do general Akhtar. O major Kiyani tem um suspeito; converse com ele.

— Preciso tirar um dia de folga, senhor — disse o brigadeiro TM, tomando posição de sentido.

O general teve de usar todo o seu autocontrole para manter a calma. Ali estava ele, preocupado com todas aquelas ameaças à sua vida, e o chefe de sua segurança queria se afastar para se entreter e descansar.

— Vou liderar os saltos dos paraquedistas no desfile do Dia da República — explicou.

— Pensei em cancelá-lo — comentou o dirigente. — Mas o general Akhtar insiste em dizer que não podemos ter um Dia da República sem o desfile. Então, quero encurtar a comemoração. Não me misturarei com o povo após a apresentação. Mas pode dar os seus saltos, se quiser. Tampouco vou para a Academia. Planejavam fazer uma demonstração de um tal treinamento silencioso. Sabe do que se trata?

O brigadeiro deu de ombros e examinou a sala uma última vez.

Antes de se retirar, não se esqueceu de chamar a atenção do general para a brecha na segurança.

— Senhor, se quiser trazer algo da Residência Oficial para cá, por favor me avise, para que eu autorize a entrada.

O general Zia, pensando no túnel sob seu quarto, ergueu as mãos e disse:

— A primeira-dama. Não sei o que essa mulher quer. Tente você conversar com ela.

Cinco

Permaneço imóvel na cama, os olhos cerrados enquanto escuto. Alguém geme no quarto vizinho. Posso ouvir o ruído longínquo da banda da Academia praticando uma marcha lenta. Todo som é filtrado, atenuado; a luz parece estar se esvaindo. Isso me faz lembrar das tardes em nossa casa no Monte Shigri, onde uma pequena luz refletida no pico da montanha pode levar a crer que o dia ainda durará muito. Em um momento o sol parece uma laranja suculenta oscilando baixo no horizonte e os cimos mais altos são banhados pela luz solar brilhante. No outro, a única claridade é uma centelha qualquer em um cume distante. A noite nas cordilheiras é um lençol negro estendido no céu. O dia faz as malas e parte sem avisar ninguém nem se despedir formalmente.

Tal qual Bebê O.

Tento tirar o lusco-fusco da mente e me concentrar na atual situação grave. Sinto tristeza pelo dia perdido, mas há um telefone do outro lado da cortina, e Obaid não é do tipo que escreveria números às pressas no lenço favorito se não significassem nada.

Abro os olhos e vejo a silhueta do enfermeiro de plantão, inclinado sobre um jornal, do outro lado da cortina. Solto um gemido lento para ver se está alerta. Ele ergue a cabeça, olha distraidamente para mim e, em seguida, concentra-se na leitura de novo.

Em sua fase de iogue, Obaid dizia que se a pessoa meditasse com frequência, podia usar o poder da mente para levar os outros a fazerem coisas — geralmente pequenas. Se ela fitasse o pescoço de um estranho por tempo suficiente, ele com certeza se viraria e olharia em sua direção. Obaid o demonstrara diversas vezes. O sucesso depende das circunstâncias, na melhor das hipóteses, e fazer com que alguém vá do ponto A para o B é um desafio bem maior. Não tenho muita experiência nisso, mas olho fixamente para o enfermeiro e, após meio século, ele se levanta e sai.

Não sei ao certo se foi rezar ou jantar mais cedo. Talvez o turno houvesse terminado. Mas não restam dúvidas de que é minha única oportunidade.

Conforme entro em ação, tudo acontece muito rápido; camisa, coturnos, guia de espada, espada e quepe vão para seus devidos lugares em meu corpo como partes de um fuzil sendo montado por um soldado experiente. O sinal do telefone é alto e claro, e começo depressa a discar o número, como se Obaid fosse atendê-lo do outro lado.

Quando estou nos últimos dois números, minhas narinas captam o cheiro vago de Dunhill. Meu primeiro pensamento é que algum idiota abusado está fumando na enfermaria. Minha disposição aumenta quando penso que na certa posso filar um cigarro do cara assim que concluir a ligação.

Atendem ao telefone no segundo toque. O telefonista, acostumado a receber muitas chamadas, responde em tom neutro; só decidirá o que fazer comigo depois que eu identificar meu posto e estabelecer minha posição na atual conjuntura.

— *Assalam u alaikum*, Casa do Exército — diz o telefonista, e o choque de estar conectado com esse lugar junta-se ao alívio de notar que o operador deve ser paisano. Geralmente é fácil impressioná-los.

— *Sahib Khan.* Sou um parente do general Zia. Sei que não pode passar a ligação para ele, mas pode dar um recado urgente?

— Seu nome, senhor?

— Suboficial Ali Shigri. Filho do coronel Quli. O falecido coronel Shigri. — Sempre acho essa parte complicada, mas o nome funciona e, de repente, sinto que me escutam. Não que ele acreditasse que eu era mesmo parente do general, mas evidentemente ouviu falar do coronel. Quem na Casa do Exército não o conhecia? — Está com papel e caneta?

— Sim, senhor.

— Escreva: "O filho do coronel Quli Shigri telefonou. Enviou seus cumprimentos e mandou seu *salaam*." Entendeu? "*Salaam.*"

— Sim, senhor.

— "Disse que quer dar uma informação muito importante e urgente sobre o avião desaparecido. É questão de..." Anotou direito?

O outro anui, e penso bem em um final chamativo para a minha mensagem:

Meu único amigo no mundo está em perigo. Se estiverem com ele, tratem-no bem.

Tenho informações da cúpula da CIA que não posso revelar a ninguém.

Salvem a minha pele.

— É questão de segurança nacional — insisto. — Precisa dar a mensagem diretamente para ele.

Sinto o cheiro da fumaça do Dunhill no quarto antes de ouvir a voz. Eu a reconheceria até do caixão.

— Suboficial Ali?

O fato de o indivíduo haver usado meu nome me levou a desligar de forma brusca.

O major Kiyani, do Serviço de Inteligência, acha-se parado à entrada, uma das mãos apoiadas no portal de madeira, a outra segurando o cigarro na frente do peito. Está em trajes civis. Sempre os usa. Um *shalwar kameez* de seda bege, bem engomado, os cabelos com gel reluzente sob a lâmpada, uma mecha cuidadosamente colocada no meio da fronte, onde as sobrancelhas espessas se encontram.

Nunca o vi de farda. Não sei nem se possui uma ou se sabe usá-la. Eu o conheci no enterro de meu pai; as maçãs do rosto estavam meio murchas, e os olhos pareciam sinceros. Não obstante, havia tanta gente ali, que concluí se tratar de mais um dos discípulos do coronel perambulando pela casa, consertando coisas e cuidando de seus papéis.

"Sei que é muito doloroso para você, mas o coronel teria gostado de ver tudo conduzido com rapidez", dissera ele, enxugando os olhos com um lenço branco depois de termos deixado o caixão coberto com a bandeira sob a macieira favorita de meu pai, no Monte Shigri.

Em dez minutos, o major Kiyani esboçara uma declaração em meu nome e me fizera assiná-la. Segundo ela, eu, como único membro do sexo masculino da família, não queria uma necropsia, não suspeitava de perfídia e não encontrara qualquer mensagem de suicídio.

"Ligue para mim se precisar de algo", acrescentara ele, e saíra sem me deixar o número de telefone. Nunca precisei de nada. Não dele.

— Vejo que está vestido e pronto para sair — comenta o major Kiyani.

Com gente como esse sujeito, não há carteiras de identidade, nem mandados de prisão, nem preocupação em agir dentro da legalidade ou fazer algo para o bem. Ele transmite uma calma horripilante. A tranquilidade do homem que acende um cigarro em um quarto de enfermaria e nem olha para o lado à cata de um cinzeiro.

— Aonde vamos? — pergunto.

— Para um lugar onde possamos conversar. — A fumaça forma uma onda sem rumo no ar. — Aqui está cheio de doentes.

— Estou sendo preso?

— Não seja tão dramático.

Um Corolla sem placa está estacionado do lado de fora, um modelo do início de 1988. Ainda não está disponível no mercado. O carro é de um branco reluzente e impecável, com capas de proteção de assento da mesma cor, engomadas. Assim que ele liga o automóvel, me dou conta de que vamos embora, vamos sair dali, para um lugar não muito perto e não muito agradável.

Já sinto falta do alojamento, do Esquadrão de Treinamento Silencioso e até das zombarias idiotas e previsíveis do subcomandante.

O interior do carro encontra-se vazio. O major Kiyani não leva pasta, nem arquivo, nem arma. Observo com vontade o maço de cigarros e o isqueiro dourado no painel diante do volante. Ele se recosta, as mãos seguram de leve a direção, ignorando-me. Examino os dedos rosados e bem cuidados, os dedos de um homem que nunca tivera de trabalhar de verdade. Uma olhada para sua pele e dá para notar que sua dieta se baseia no consumo constante de uísque pirateado, *korma* de frango e um suprimento infinito de prostitutas dos recônditos de sua agência. Basta observar os olhos azul-escuros e fundos para perceber que se trata do tipo de homem que pega o telefone, faz um interurbano e uma bomba explode em um mercado cheio. Na certa, aguarda do lado de fora de uma casa, à meia-noite, dentro do Corolla, os faróis apagados, enquanto os agentes escalam o muro e reorganizam as vidas de alguns civis infelizes. Ou, como sei por experiência própria, aparece rápido em funerais após mortes inesperadas e suicídios inexplicáveis e encarrega-se de tudo com uma declaraçãozinha bem escrita, dá um jeito nos pontos não resolvidos, evita a agonia de necrópsias e da imprensa estrangeira fazendo especulações sobre coronéis condecorados pendurados em ventiladores de teto. O major Kiyani é um homem que dirige o mundo com um maço de Dunhill, um isqueiro dourado e um carro sem registro.

Ele abre o porta-luvas e procura uma fita.

— Asha ou Lata? — pergunta.

Vejo um coldre pequeno e o cabo de marfim de uma pistola de metal cinza e, de súbito, relaxo. A presença de uma arma no porta-luvas justifica aquela jornada. Ele pode me levar aonde bem entender.

Para dizer a verdade, não sei nem diferenciar Lata e Asha. São indianas velhas, gordas e feias, que cantam como se fossem adolescentes sensuais. Uma provavelmente tem a voz mais sexy que a outra, mas nunca consigo identificar quem é quem. No entanto, em todo o país, linhas de combate são traçadas entre os que gostam de uma e de outra. Chá ou café? Coca ou Pepsi? Maoísta ou leninista? Xiita ou sunita?

Obaid costumava dizer que era muito simples. Tudo dependia de como a pessoa se sentia e de como preferia se sentir. Foi o troço mais fodido que já ouvi.

— Lata — respondo.

O major Kiyani diz que tenho bom gosto e coloca a fita. É um cantor de música *folk*, interpretando um *ghazal*, algo a respeito de erguer um muro no deserto para que ninguém incomode os amantes errantes.

— Não se preocupe — acrescenta ele. — Sabemos que você vem de boa família.

Seis

Uma das pessoas em Islamabad que tentavam melhorar a própria qualidade de vida após o sumiço do general Zia da vida pública era um diplomata de 45 anos, recém-casado e com calvície pronunciada, um homem que não viveria para comemorar o quadragésimo sexto aniversário.

Arnold Raphel lavava um maço de rúcula na cozinha, a parte da casa com a qual não tinha muita familiaridade. Tal como a de qualquer embaixador norte-americano, aquela fora projetada para uma equipe de *chefs*, garçons e assistentes, e não para a estrela mais brilhante do Departamento de Estado, que tentava preparar um jantar para dois. Ele queria surpreender a esposa, Nancy, tratada de "Doçura" nos momentos de intimidade, dando a ela uma noite no bairro de Foggy Bottom, Washington D.C., em Islamabad. Mandara os empregados domésticos tirarem a noite de folga, ordenara que os funcionários da sala de comunicação direcionassem todas as ligações importantes para a residência do primeiro-secretário e trancassem as portas das amplas salas de estar e de jantar e dos quartos de hóspedes. Ao voltar da partida semanal de tênis, Nancy se daria conta de que estavam apenas os dois, em sua própria área privativa, sem funcionários perambulando, aguardando as instruções para o jantar. Por uma noite viveriam a vida de um casal recém-casado — jantariam cedo, como faziam no apartamento de dois quartos em Washington e, em seguida, fariam amor espontaneamente após ver os Redskins vencerem os Green Bay Packers na rodada final decisiva da Liga Nacional de Futebol Americano.

A cerveja gelava na geladeira do tamanho de um necrotério, e os bifes à havaiana já estavam de molho no tempero, nas tigelas de cerâmica branca. Arnold já rebobinara a fita de vídeo e, naquele momento, o embaixador vasculhava as estantes do armário da cozinha em busca do azeite de oliva e do moedor de pimenta. Estava decidido a recriar um pouco da Costa Leste no interior dos muros com cerca de arame farpado de sua mansão diplomática de 18 quartos. Tentava não pensar nos três níveis distintos de segurança cercando a residência, nas numerosas antenas parabólicas no telhado e nos telefones diferenciados por cores espalhados por todos os ambientes.

Arnold queria que a noite fosse inesquecível. Não era um diplomata do tipo caseiro, porém, tinha plena consciência de que Nancy interrompera a própria carreira no Departamento de Estado para poder ficar com ele naquela cidade infernal. Por uma noite, seria como nos velhos tempos, quando, após os longos expedientes nos gabinetes de Washington, os dois se revezavam na tarefa de preparar o jantar. Nancy fazia mais uma variação de lasanha, e Arnold, ao se dar conta de que era sua vez, sentia um súbito desejo de pedir comida chinesa. Islamabad era um turbilhão de conspirações e jantares; havia mais subcontratados da CIA e cozinheiros por família que refeições em um dia. A esposa começara a se referir a si mesma como "begume Nancy, a dona de casa que não tem trabalho em casa".

O embaixador desistira de encontrar o azeite de oliva; pegava uma Budweiser na geladeira, cantarolando o hino dos Redskins, quando o telefone vermelho tocou. Apenas três pessoas podiam chamá-lo por aquele aparelho, e ele não podia passar nenhuma delas para o primeiro-secretário. Na certa era seu chefe de Washington, George Shultz, o "Sem Almoço". Era hora do almoço em Foggy Bottom, e os telefonemas do secretário de Relações Exteriores costumavam ser breves, então, Arnold atendeu à ligação sem pensar, esperando uma breve novidade diplomática.

Era o general Ziaul-Haq, o presidente de seu país anfitrião, tão educado e sem sentido como sempre: como andava a saúde de Nancy; ela se adaptara mais ao clima local; dava-se bem com os empregados domésticos; os dois planejavam ter filhos em breve? Arnold respondeu: Nancy adorava Islamabad; começara a aprender urdu; estava se acostumando com a grande quantidade de funcionários; adoraria visitar a primeira-dama uma hora dessas.

— Arnie, por que não a traz aqui? — Quando o general Zia usava aquele apelido, sempre queria que Arnold Raphel fizesse algo além de sua obrigação diplomática.

— Claro, senhor presidente. Nenhum embaixador de verdade deveria fazer as refeições em casa. Aguardo apenas seu convite.

— Sei que esse tipo de coisa precisa ser organizado com antecedência, mas receberemos outro amigo norte-americano para jantar, e ele adoraria vê-lo.

Arnie olhou para o bife à havaiana e entrou em pânico. Não outra sessão de debates com a delegação visitante da Associação Paquistanesa de Médicos Norte-Americanos, pensou. Não outra noite desperdiçada tratando de projetos para a proposta de uma mesquita em algum bairro deprimente de Nova Jersey. Não outra discussão a respeito de como um minarete pode ser adaptado de modo a refletir a verdadeira sensibilidade arquitetônica islâmica sem conflitar com os valores estéticos norte-americanos. Ele estava pensando em uma desculpa diplomática o bastante, algo sobre Nancy estar com um vírus estomacal ou recebendo uma equipe de editores do jornal local — ambas inúteis, sabia muito bem. Sua equipe de empregados domésticos na certa já informara ao general que o *sahib* embaixador planejava uma lua de mel em casa, e Zia com certeza tinha consciência de quem entretinha editores locais, e onde o fazia.

Antes que Arnie pudesse pensar em algo, o general acabou de uma vez por todas com seu sonho de uma noite aconchegante em casa.

— Bill está vindo jantar — disse.

— Bill Casey? — perguntou Arnie, não se sentindo nem um pouco como o embaixador dos Estados Unidos. Perguntou a si próprio se seus amigos em Langley planejavam atacar após lhe confiar a missão mais importante desde Saigon, atual Ho Chi Minh. "A única diferença é que você lidará com a vitória, não com a derrota", ressaltara Bill. A embaixada já estava cheia de funcionários dele, de qualquer forma, do trio de adidos cultural, comercial e militar aos analistas de comunicações e funcionários políticos. Às vezes, Arnie pensava consigo mesmo que talvez o cozinheiro recebesse as receitas de Langley. Ele se dava conta dessa necessidade, pois Bill lhe lembrava o tempo todo que a CIA levava a cabo a maior operação secreta contra os soviéticos conduzida no Paquistão desde a última maior operação secreta contra os soviéticos conduzida em qualquer outro lugar. Além disso, Bill dizia a todos que estava com os testículos dos comunistas no Afeganistão nas mãos. Comentava com o velho amigo Ronald Reagan que o faroeste voltara, que os afegãos eram caubóis de turbante e que os vermelhos vinham levando um pé na bunda, como nunca antes tinham levado.

Arnie, no entanto, era o embaixador naquela região e não deveria ficar sabendo da visita iminente de Bill pelo general Zia. O diretor da CIA podia ir aonde bem entendesse e visitar quem quer que fosse; porém, até ele precisava informar o embaixador — tecnicamente, seu anfitrião. Mas o que poderia ser feito com esse sujeito ou, como Arnie costumava denominá-lo, Bill "Ligue para o Ronnie" Casey?

O general Zia riu.

— Não se preocupe, vai ser um encontro informal. Quando Bill se reúne com o príncipe Naif, os dois fazem maluquices, sabe? Ligaram de Jidá há uma hora e disseram que estavam com vontade de saborear carneiro ao curry com melão-de-são-caetano, o prato feito pela primeira-dama na última vez que vieram. E eu falei: "minha esposa é sua irmã, e sabe como elas adoram alimentar os irmãos"!

— Vou buscá-lo e, então, levo-o até aí — disse Arnie. Não fazia nem ideia de onde e quando ele chegaria.

— Não se preocupe — acrescentou o outro. — Os dois apostaram quem chegaria primeiro aqui da Arábia em seus aviões. O príncipe ganhou e já está em Islamabad. O general Akhtar vai buscar Bill. O avião dele deve pousar em instantes. Venha para cá e, se Nancy gostar de melões-de-são-caetano, traga-a também.

A devoção ao trabalho por parte do chefe do Serviço de Inteligência, general Akhtar Abdur Rehman, não era a típica de um homem ambicioso em relação ao serviço. Ele lidava com seu ofício como um poeta que contempla um épico em andamento — evocando batalhas na mente, inventando e descartando enredos secundários, contrabalançando razão e rima. Seu trabalho levava-o, em um único dia, de um centro de interrogatórios a um banquete estatal e a uma pista de pouso às escuras, na qual receberia um convidado, cuja hora de chegada lhe era desconhecida. O segundo homem mais poderoso do Paquistão não se importava de esperar no breu se o visitante fosse o segundo homem mais poderoso dos Estados Unidos da América.

Na próxima vez que estivesse em um campo de aviação, estaria usando farda; não ia querer embarcar na aeronave, mas seria obrigado a fazê-lo por simples reverência ao chefe. E essa seria a última ordem que obedeceria.

Ele observou o céu tingido de laranja de Islamabad e perguntou-se por que o convidado demorava tanto.

O C-141 Starlifter de Bill Casey, que o trazia da Arábia Saudita, sobrevoava a base militar nas cercanias da cidade. Já recebera autorização para pouso, porém Bill ainda se refrescava após um cochilo de duas horas. O interior daquela aeronave era dividido entre aposento de luxo e central de comunicação secreta — um centro de comando aéreo com tantos painéis de metal preto cheios de luzes cintilantes, que uma equipe de três sargentos trabalhava em tempo integral para decifrar as mensagens que chegavam e as que eram enviadas. Havia bloqueadores de frequência modulada para anular quaisquer transmissores atuando em um raio de 10 quilômetros, defletores digitais para desorientar mísseis lançados contra a aeronave, bloqueadores duplos para contrabloquear outros equipamentos de bloqueio operando na área. O C-141 podia voar com cinco identificações diferentes, mudando de um código de chamada para outro enquanto atravessava continentes. Era *Duke One* quando decolou da Arábia Saudita e, em algum lugar do Mar da Arábia, tinha se tornado *Texan Two*.

O quarto de Bill ali assemelhava-se ao de um hotel barato e simples: uma cama de casal, um chuveiro e uma TV pequena. Ele se barbeou e refez a mala para passar o tempo, com o intuito de deixar que o príncipe Naif ganhasse a corrida. Cinco anos lidando com seu congênere saudita lhe ensinaram uma lição: pode-se tirar um beduíno do deserto, pode-se tirá-lo de seu camelo e dar-lhe a máquina voadora mais cara do mundo, mas não havia por que tentar tirar seu espírito de montador de camelos. Se o príncipe queria apostar corrida com seu avião a caminho do jantar, o diretor da CIA o agradaria.

Conforme o C-141 foi se aproximando da pista de pouso e o piloto começou a se comunicar com o centro de controle de tráfego aéreo, os contrabloqueadores entraram em ação. Milhares de ouvintes sintonizados no "Canções Antigas" da Rádio Sri Lanka deixaram de ouvir suas músicas favoritas e passaram a escutar as gaitas de foles transmitidas pelo gerador de pulso secreto da aeronave. Sua chegada era tão confidencial que até o controlador de tráfego aéreo, acostumado com a chegada de aeronaves militares norte-americanas em horários estranhos, não sabia que se comunicava com um voo VIP. Dando instruções polidas ao piloto, pensou: *Lá vem outro avião cheio de birita e carne de porco para aqueles espiões norte-americanos da embaixada dos Estados Unidos.*

A aeronave taxiou até a extremidade da pista, e só quando parou por completo as luzes da área foram acesas. Seis limusines pretas da Mercedes estavam estacionadas ali perto. Quatro batedores — ou pilotos, como eram chamados na Unidade de Segurança VIP — aguardavam nas Kawasakis 1000 diante do comboio, com os fones de ouvido dos capacetes a postos, aguardando instruções. O general Akhtar saudou Bill Casey, uma continência com batida de calcanhar e a palma da mão reta paralela à sobrancelha direita.

— Bem-vindo, general de divisão — disse o paquistanês. A encenação começara com uma brincadeira, quando Bill, ao se reunir pela primeira vez com ele, resolvera chamá-lo o tempo todo de "generalíssimo". "Bom, se eu sou um general, deve ser o general de divisão, senhor", acrescentara Akhtar, que a partir de então deu continuidade à zombaria sempre que o outro o visitava.

— Caramba, Akhtar! Estou morto de cansaço — comentou Bill Casey, erguendo a mão molenga até a sobrancelha.

Conforme a escolta ia ligando as sirenes uma a uma, os dois entraram na quarta limusine, em que se encontravam agentes do Grupo de Operações Especiais da CIA, trajando ternos e sem armas aparentes. Comandos paquistaneses, com suas pequenas Uzis lustrosas, entraram nos demais veículos, e a jornada até a Casa do Exército iniciou-se. Era um percurso de 45 minutos para os cidadãos comuns. O comboio VIP, com todo o tráfego e todas as travessias de pedestres bloqueadas, podia ir em 12 minutos, porém o general Akhtar não aparentava estar com a menor pressa.

— Gostaria de tomar um aperitivo antes do jantar, senhor? — perguntou, com ambas as mãos no colo.

— Vamos direto para o jantar? — quis saber Bill, exausto.

— O príncipe Naif já está lá, senhor.

— E meu amigo... — O outro simulou o bigode do general Zia com o polegar e o dedo indicador da mão direita — Está tendo mesmo aquelas visões?

O general Akhtar deu um sorriso tímido, estufou o peito e respondeu, em tom bastante preocupado:

— Onze anos é um longo período. Ele está um pouco cansado.

— Nem me fale! — Bill recostou-se pesadamente no assento. — Vá em frente. Pode me embebedar. — O general Zia nunca servia álcool em seus jantares, nem mesmo naqueles com a presença de chefes de Estado, muito menos para sujeitos sabidamente alcoólicos. O general Akhtar Abdur Rehman considerava ser sua obrigação manter os convidados bem-humorados, quer em seu gabinete, quer no percurso até a Casa do Exército. Deu umas batidas no banco do motorista e, sem olhar para trás, este lhe passou uma bolsa de lona preta. Akhtar pegou dois copos, um balde de gelo de prata e uma garrafa de uísque Royal Salute; serviu uma dose caprichada para o convidado e água para si. Em seguida, pediu que o motorista fosse mais devagar e disse: — Saúde.

— Saúde. Saúde para o senhor, general. País bom, esse seu. — Abriu a cortina da janela da limusine e observou a multidão reunida à beira da estrada, espremida ante o cordão de isolamento policial, aguardando o comboio passar rápido para dar continuidade à sua vida. — É uma pena, porém, ninguém poder se sentar num canto qualquer e tomar uma maldita bebida. Saúde!

Atrás dos cordões de isolamento colocados pelos policiais para aquela procissão VIP, as pessoas aguardavam e faziam conjecturas: um adolescente ansioso para continuar a dar a primeira volta na Honda 1970; um marido bêbado mascando areca desesperadamente para se livrar do bafo antes de chegar a casa; um cavalo labutando em virtude do peso excessivo dos passageiros na carroça, e estes amaldiçoando o carroceiro por pegar aquele caminho, o carroceiro, por sua vez, sentindo o formigamento nas pernas, implora pela dose já atrasada de ópio. Uma mulher toda coberta na burca preta, sendo a única parte visível de seu corpo o seio esquerdo, que alimentava o bebê; um rapaz no carro tentando segurar a mão de uma moça em seu primeiro encontro; um garoto de 7 anos vendendo grãos-de-bico assados e empoeirados; um velho carregador de água tirando o líquido de um recipiente de pele de cabra; um viciado em heroína olhando fixamente para seu traficante, retido do outro lado da rua; um mulá, que se atrasaria para a prece vespertina; uma cigana vendendo pintinhos rosados; um suboficial com o uniforme da Força Aérea, em um Corolla, sendo conduzido por um civil, fumante de Dunhill; um vendedor de jornais gritando as manchetes do dia; uma tripulação da Singapore Airlines contando piadas em três línguas diferentes, numa van; uma dupla de traficantes de armas prestes a fazer uma entrega em domicílio, manuseando com nervosismo as pastas; um estudante do terceiro ano de medicina planejando se suicidar ao se atirar no trilho de trem antes da chegada do Shalimar Express; um casal voltando de uma clínica de fertilidade numa moto; um imigrante bengali ilegal aguardando a venda de seu rim para enviar dinheiro para casa; uma deficiente visual, que fugira da cadeia de manhã e passara o dia todo tentando convencer as pessoas de que não era uma pedinte; 11 adolescentes vestidos de branco, impacientes para chegar ao campo para a partida noturna de críquete; uns policiais de folga esperando caronas para voltar aos seus lares; uma noiva num riquixá, a caminho do salão de beleza; um velho expulso da casa do filho, decidido a andar até a casa da filha, a 80 quilômetros de distância; um cule da ferroviária, ainda de uniforme vermelho, carregando na sacola o sári chamativo que usaria naquela noite; uma gatinha perdida tentando farejar o caminho de volta à dona; um caminhoneiro de turbante preto cantando às alturas uma canção romântica para a amante; um ônibus com Lady Health Visitors — paramédicas em treinamento — indo para o plantão noturno de um hospital do governo. Enquanto a fumaça dos motores em marcha lenta misturava-se com a névoa seca que descia em Islamabad à noitinha e os corações à espera chegavam ao auge da ansiedade, todos, na certa, perguntavam-se o seguinte: "Qual dos nossos inúmeros dirigentes estará aí? Se a sua segurança é tão importante assim, por que não o deixam encarcerado na Casa do Exército?"

Sete

Fito pelo para-brisa com tanta intensidade que parece até que estou dirigindo o carro. Só posso admirar a forma como o major Kiyani não acredita em dar a preferência a ninguém naquela estrada estreita e esburacada. Mantém a velocidade diante de um caminhão que vem na direção contrária, piscando os faróis dianteiros do Corolla, deixando-os altos. Tamborila os dedos no volante ao ritmo da música, de maneira que, no último instante possível, é o veículo de transporte de carga pesada que desvia bruscamente e segue pelo acostamento. O carro dele parece uma extensão de seus poderes, determinado, sem limites e sem necessidade de justificativas.

Uma criança sai de repente de um trigal dourado, no ponto de colheita, e o major Kiyani põe a mão na buzina e não a larga por quase 2 quilômetros.

O tráfego está tranquilo naquele horário da noitinha, consistindo, em sua maior parte, de caminhões, ônibus noturnos e um ocasional trator, levando algumas toneladas de cana-de-açúcar na caçamba sobrecarregada, com alguns moleques correndo ao lado, tentando pegar alguns talos. Passamos por uma carroça puxada por touros que avança com lentidão ao longo da lateral da estrada; os dois animais que a puxam ficam cegos com o farol alto de nosso carro. O vira-lata que caminha próximo a ela só late uma vez, antes de se esquivar do monstro em alta velocidade.

Devagar, com muita lentidão, as respostas começam a surgir em minha mente, as respostas às questões que o major Kiyani me perguntará, inevitavelmente. Ele precisa descobrir o que sei. Tenho de me certificar de que tudo o que eu revelar aumente a lacuna entre o que ele sabe e o que gostaria de saber. A premissa para o meu otimismo é uma noção filosófica: o major não estaria me levando com ele se já *soubesse*. Eu não estaria sentado na capa branca engomada do banco confortável daquele veículo, escutando *ghazals*, se ele fizesse ideia. Estaria na parte de trás de um jipe, algemado, com os olhos vendados, a ficha de acusação já preenchida, e julgado, àquela altura. Ou talvez até pendurado pelo pescoço com o meu próprio lençol, no meu próprio alojamento.

De onde é o major Kiyani?

Do Serviço de Inteligência.

O que faz a agência?

Investiga.

O quê?

O que não sabem.

Antes de despencar da beira do abismo, tenho certeza de que todos contam a si mesmos uma história com final feliz. Esta é a minha.

O otimismo vai direto para minha bexiga, e quero que o major Kiyani chegue logo ao nosso destino, seja lá qual for. Pelas placas da estrada vejo que rumamos para Lahore, porém, há meia dúzia de desvios, conduzindo a várias partes do país, e ele provavelmente é do tipo que vai na direção oposta de onde quer levar alguém. Perdemos um longo tempo parados no congestionamento provocado pelos bloqueios montados pela polícia; observamos um comboio de limusines pretas passar devagar.

— Tudo o que sei a respeito desta profissão, seu pai me ensinou — comenta o major Kiyani, olhando para frente. — Mas parece que você não aprendeu nada com ele. Os norte-americanos são uma tremenda fria. Sei que o seu amigo Bannon está por trás dessa aventura insana.

— Então por que não é ele que está aqui, em vez de mim? — quis saber.

— Sabe por quê. Ele é norte-americano, nosso convidado. Não devia se misturar com gente como você. O treinamento é para o campo de desfiles. O que ele faz fora dele é da minha conta.

— Já encontraram o avião? — pergunto, tomando o cuidado de não mencionar Obaid.

Ele se vira para mim; um caminhão vem em nossa direção, fazendo com que eu me sobressalte e ponha a mão no painel. Com um leve movimento no volante, o major desvia o carro, pega uma estrada vicinal e estaciona num restaurante à beira da rodovia. Abre o porta-luvas, pega a arma e a coloca sob a camisa.

Abre a porta do automóvel e, em seguida, olha para mim.

— Você e o seu amigo acham, na certa, que inventaram a sodomia, mas ela já existia muito antes de vocês começarem a usar as fardas. — O major se prepara para pedir algo para comer. Eu escolho *dal*, ele, *karahi* de frango. — Faça o dele bem especial — diz ao garçom.

Comemos em silêncio. A comida está apimentada demais para o meu gosto da região montanhosa. Tenho de ir ao banheiro. Não sei ao certo se deveria simplesmente levantar e ir ou pedir a permissão dele.

Levanto, apontando para lá. O major Kiyani faz um sinal com os olhos, mandando-me continuar sentado.

— Melhor você esperar. Não vamos demorar muito.

Olho para o homem com turbante parado à entrada do sanitário e penso que talvez o outro tivesse razão. Os banheiros de restaurantes à beira da estrada costumam ser imundos, e eu prefiro me aliviar num campo aberto sob a noite estrelada a ir para um lugar cheirando a urina, fedendo a merda condimentada.

Um garçom ronda a nossa mesa depois que terminamos o jantar, aguardando mais pedidos. O major faz um gesto, e o rapaz traz a conta. Ele rabisca algo nela e levanta-se para sair sem pagar nada.

Deve ser um freguês, penso. E ter conta ali.

O restante do percurso foi uma batalha entre os músculos que controlam minha bexiga e o acesso súbito de patriotismo do major Kiyani. Eu concordo com veemência, balançando a cabeça, quando ele lembra que a última vez que alguém tentou fazer com que uma aeronave sumisse, o país dividiu-se em dois. Contraio as coxas e quase dou um salto do banco quando ele fala da carreira destacada de meu pai.

— Sabe o que disseram a respeito do seu pai? Que foi um dos dez homens interpostos entre os soviéticos e o Mundo Livre.

Eu concordo com veemência, balançando a cabeça, enquanto ele discorre sem parar sobre os sacrifícios que soldados invisíveis como ele e meu pai têm de fazer em prol da segurança nacional.

Contraio as coxas de novo. Quero perguntar: "Posso urinar primeiro e daí nós salvamos o mundo juntos?" O carro entra em uma rua estreita, que conduz ao portão majestosamente sombrio do Forte de Lahore.

Na parte histórica de Lahore, esse forte é bastante célebre, construído pelo mesmo sujeito que fez o Taj Mahal, o imperador mongol Shah Jahan. Ele foi preso pelo próprio filho, uma espécie de aposentadoria prematura forçada. Eu nunca tinha ido ali, mas já vira o forte numa propaganda de xampu.

Eu pareço o tipo de sujeito que precisa de uma lição de história à meia-noite? É óbvio que o local turístico está fechado para visitantes. Tenho certeza de que o major tem acesso após o expediente a qualquer lugar, mas não deveria estar me levando ao centro de interrogatório ou a um esconderijo ou aonde quer que leve as pessoas quando quer trocar ideias com elas?

Conforme o carro vai se aproximando do portão, dois soldados surgem das sombras. O major abaixa o vidro e põe a cabeça para fora, mas não diz nada. A porta imponente, certamente construída para acomodar uma procissão de elefantes, abre devagar e revela uma cidade abandonada, sonhada por um rei condenado.

Partes do forte estão com iluminação suave, revelando frações das paredes de pedra tão largas que cavalos podem galopar nelas, jardins tão vastos e verdejantes que desaparecem e aparecem de novo após se andar de carro por um tempo. O Pátio do Povo e o Pátio das Damas mostram-se em sua glória decadente e descolorida. Eu me pergunto onde fica o famoso Palácio dos Espelhos. Foi o local em que fizeram a propaganda de xampu.

Os únicos sinais de vida naquela extensão deserta de esplendor inútil são os dois caminhões do Exército com o motor e os faróis ligados. O major Kiyani estaciona ao lado deles. Saímos do carro e começamos a andar rumo ao Pátio do Povo. Está à penumbra, e não consigo ver a fonte de luz. Espero que soldados mongóis com lanças surjam detrás dos pilares para nos levar ao rei, que, dependendo de seu estado de ânimo, ou nos convidaria para participar da libertinagem noturna ou mandaria cortar nossas cabeças e atirá-las longe dos muros do forte.

O major Kiyani pega uma entrada, de repente, e começamos a descer uma escada de concreto, sem dúvida alguma não construída pelos mongóis. Entramos em um salão desolado, que lembra estranhamente um hangar de aviação. Bem no centro, sentado sob uma lâmpada que devia ter mil watts, encontra-se um subtenente, que se levanta e bate continência para Kiyani quando nos aproximamos de sua mesa de metal, cheia de pilhas altas de pastas amarelas repletas de papéis.

Meu acompanhante balança a cabeça, mas fica quieto. Puxa uma cadeira, pega um arquivo e começa a folhear as páginas, como se alheio à minha presença.

Então, ele se lembra.

— Mostre onde fica o banheiro para o suboficial Shigri — ele ordena, sem tirar os olhos dos papéis. Sigo o subtenente por um corredor bem iluminado com portas de ferro em ambos os lados, com números brancos pintados com estêncil. Ali naquela passagem reina um silêncio absoluto, mas posso ouvir os roncos abafados dos homens em pleno sonho, por trás das portas. No final do corredor, há uma portinhola de ferro oxidada, sem número. O subtenente pega uma chave, abre o cadeado e dá um passo para o lado. Abro a pequena porta e dou um passo para dentro. A portinhola é fechada e trancada atrás de mim. Aquele odor horrível de toalete fechado, que não vê uma gota d'água há séculos, saúda-me, minha cabeça bate na parede e uma lâmpada de mil watts acende. A luz é tão forte, e o fedor tão pungente, que não enxergo nada nos primeiros momentos.

Trata-se de um banheiro — isso é óbvio. Há um buraco no chão tão cheio de excrementos indistinguíveis, que bolhas estão se formando na superfície. Há uma grossa camada lodosa de algum líquido bilioso sobre o piso. Há uma torneira 30 centímetros acima do chão, mas, como não é usada há séculos, está enferrujada. Há uma privada cinza, com descarga d'água, com uma corrente partida; abro-a e dou uma olhada dentro: 5 centímetros de água no fundo, refletindo a superfície interna de tom ferrugem.

Minha necessidade de mijar desapareceu para sempre. Tão forte é o mau cheiro, que fica difícil pensar em outra coisa.

Recosto-me de pé, na parede, e fecho os olhos.

Eles têm um arquivo sobre mim, em algum lugar, que diz que o suboficial Shigri não suporta banheiros imundos. Completei o curso de sobrevivência na selva, aprendi a caçar serpentes no deserto e a matar a sede. Ninguém nunca pensou em dar aulas a respeito de como sobreviver a sanitários fedorentos.

Eu me lanço de encontro à porta e começo a bater com ambos os punhos.

— Abre esta maldita porta. Quero sair desta merda. Este lugar fede.

Bato a cabeça ali algumas vezes e, então, a estupidez da minha atitude se torna óbvia para mim. A gritaria acaba abrandando o odor. Continuo a sentir o cheiro da urina e das fezes, mas, por algum motivo, não tão forte. Será que estou me acostumando?

Eles não estão a fim de me interrogar a essa hora da noite. Esta será a minha moradia durante a madrugada.

Minhas costas voltam à parede; contraio os dedos dos pés nos coturnos e resolvo passar a noite de pé. De jeito nenhum vou dar a esses carniceiros o prazer de me ver deitar naquela poça de mijo. Há rabiscos na parede, mas não tenho vontade de ler. Consigo discernir as palavras *general Zia* e *sua mãe e sua irmã*; minha imaginação se encarrega do resto.

A ideia de que aquele lugar abrigou pessoas furiosas o bastante com o general para escrever contra a mãe e a irmã dele é intrigante. Pode ser que eu esteja sem sorte, mas, pelo que sei, continuo sendo um aspirante a oficial fardado, e o fato de eles terem me colocado nesta merda para paisanos é um verdadeiro insulto.

O coronel Shigri tentou me convencer a não me alistar.

— O oficialato não é mais o mesmo — comentou, servindo sua primeira dose de uísque da noite após regressar da enésima viagem ao Afeganistão. — O pessoal que serviu comigo era de boa família. Não, não estou dizendo que se tratava de gente rica, mas respeitável, de bem. Quando se perguntava de onde eles eram, já se sabia que tinham pais e avós distintos. E agora há filhos de lojistas, de leiteiros, gente que não faz nenhuma outra coisa direito. Não quero esses mestiços atrapalhando a vida do meu filho.

Pai, devia me ver agora.

No fundo, ele sabia que eu não me convencera. Chamou-me de novo quando se servia da última dose de uísque, a sétima, com certeza. Era do tipo que consumia três doses por noite, no entanto, sentia uma sede fora do comum quando voltava do Afeganistão. Havia uma amargura em sua voz, com a qual eu não tinha familiaridade na época, mas que acabaria por se tornar rotineira.

— Tenho três condecorações de combate e as cicatrizes para comprová-las — disse ele. — Pode ir a qualquer refeitório no país que irá encontrar algumas pessoas salvas por mim. E agora? Olhe para mim. Eles me transformaram em um cafetão. Sou um homem que foi treinado para salvar vidas; agora, eu as uso como parte do pagamento.

Ele continuou a girar o copo de uísque na mão e a repetir a palavra *cafetão*.

Cochilo e sonho em mijar no riacho límpido e gelado que corre ao lado de nossa casa, no Monte Shigri. Acordo com os joelhos tremendo e a substância viscosa do piso infiltrando-se por meus dedos. O lado esquerdo de minha calça está ensopado. Eu me sinto muito melhor.

Fique de pé, caramba. Fique de pé, caramba.

É a primeira coisa que digo a mim mesmo antes de avaliar minha situação. O que fizeram com os soldados desertores do exército mongol? Uma decapitação rápida ou um esmagamento sob a pata de um elefante na certa seria um destino melhor que este.

O cheiro fétido deixa a atmosfera pesada. Cerro os olhos e tento me imaginar no Monte Shigri. O ar da montanha penetra, apesar das portas de ferro, da prisão subterrânea e dos muros do forte. Circunda-me, levando-me de volta ao aroma da terra cavada pelos cascos dos bodes, o perfume de amêndoas verdes e o som de um riacho límpido e gelado correndo. O silêncio das montanhas é interrompido por alguém cantarolando. Alguém canta em tom atormentado. Antes que eu consiga identificar a voz, um balde de água é jogado na minha cabeça, e minha face é colocada tão perto da lâmpada de mil watts que meus lábios queimam. Não sei quem faz as perguntas. Poderia ser o major Kiyani ou um dos seus irmãos sem farda. Minhas respostas, quando consigo juntar forças, deparam-se com mais perguntas. Isto não é um interrogatório. Não estão interessados no que eu digo. Os pentelhos só querem saber de sexo.

— O tenente Bannon e Obaid tinham relações sexuais?

— Eram muito próximos. Mas eu não sei. Acho que não.

— Você e Obaid mantinham relações sexuais?

— Vai se foder. Não. Éramos amigos.

— Você transou com ele?

— Estou ouvindo bem você. A resposta é não, não, não.

— Ele não estava na cama na noite anterior ao seu desaparecimento. Sabe onde se encontrava?

— A única pessoa com quem podia estar era Bannon. Os dois iam caminhar, às vezes.

— Foi por isso que você deu presença para ele na lista de chamada do Esquadrão Fúria?

— Achei que ele ia direto para o campo de desfiles. De vez em quando fazia isso.

— Obaid tinha alguma tendência suicida? Ele chegou a falar em acabar com a própria vida?

Eu imagino um aeroplano de dois lugares perdendo todos os três eixos, e a luz branca, quente e ofuscante da lâmpada começa a se esvair.

— Ele lia poesia. Cantava músicas sobre a morte, mas nunca chegou a conversar sobre ela. Não comigo. Não de um jeito suicida.

Oito

A enorme sala de recepção da Casa do Exército ficava reservada para reuniões festivas de dignitários estrangeiros dos Estados Unidos e da Arábia Saudita, os superVIPs. Após ganhar a corrida aérea do seu país até Islamabad, o príncipe Naif encontrava-se sentado em um sofá de veludo, fumando e gabando-se da barreira do som que seu F-16 tinha rompido a caminho do jantar.

— Nosso irmão Bill com certeza ainda está sobrevoando o Mar da Arábia. — Rindo, ele ergueu ambas as mãos e imitou o voo de um pássaro fatigado.

— A glória de Alá — comentou o general Zia. — Tudo em virtude de Sua bênção. Eu andei em um dos seus aviões, e meus ossos velhos doeram durante dias. Graças a Alá, você ainda é jovem.

O general Zia olhava de soslaio, com frequência, para o Dr. Sarwari, que acompanhara o príncipe Naif a seu pedido, mas que aparentava haver sido esquecido na comemoração da vitória do nobre. O dirigente queria trocar ideias com o médico real sobre sua condição.

Esta — como ele mesmo preferia denominar — "coceirinha" vinha atrapalhando sua rotina de preces. Ele sempre teve muito orgulho do fato de ser o tipo de muçulmano que podia fazer as abluções para as orações matinais e se dedicar às últimas preces ainda com as mesmas purificações. Tudo o que as maculava fora eliminado de sua rotina diária: alho, lentilha, mulheres que não cobriam a cabeça devidamente. Porém, desde que se confinara na Casa do Exército, a comichão começara.

Ele chamara primeiro o médico militar, a quem revelara que encontrara gotículas de sangue no fundo das cuecas, mas não conseguira mencionar a coceira.

— Sente algum ardor ou prurido no canal retal? —, perguntara o doutor.

— Não — respondera, de forma brusca.

— Senhor, sangramento interno pode ser perigoso, mas creio que no seu caso tem a ver com vermes, tênia. Se me disser quando pode ir até o Hospital Militar Integrado, providenciarei um exame médico completo.

O outro murmurara algo a respeito do Alerta Vermelho e dispensara o médico. Embora este fizesse parte do Estado-Maior e tivesse passado pelo controle de segurança, o general Zia não queria que ele enviasse seus exames para outros laboratórios nem consultasse os colegas doutores. A própria filha do dignitário acabara de se formar em medicina, mas o pai não queria conversar com ela sobre algo desse tipo.

Então, o príncipe Naif ligara, e o general lembrou-se de que o nobre sempre viajava com o médico particular, o único em sua comitiva a usar ternos, carregar uma valise de couro preta e a permanecer calado, sem contar piadas nem rir das eternas palhaçadas do chefe.

— Não compartilho meu médico com ninguém — comentou o príncipe com seriedade zombeteira quando o general Zia pediu que lhe permitisse uma consulta particular com o doutor. — Ele já viu mais de mim que muitas de minhas esposas. Mas, faço qualquer coisa por você, meu irmão, qualquer coisa. Até mesmo compartilho minha arma secreta. — Fez um gesto em direção ao clínico, que permaneceu sentado, fingindo que os dois conversavam a respeito de outra pessoa.

— É só um problemazinho particular. Não quero que meu médico militar saia por aí discutindo meus assuntos pessoais. Sabe como são os paquistaneses, adoram mexericos.

— Ele cuida de todos os meus assuntos pessoais. — O príncipe Naif deu uma risadinha. — E nunca fala com ninguém. — Em seguida, virou-se para o médico e disse: — Cuide dos assuntos pessoais de meu irmão como se fossem os meus. — Soltou uma gargalhada. O general forçou um sorriso, levantou-se e rumou para o gabinete. O médico não aderiu à brincadeira e o seguiu, taciturno.

Após passar oito anos cuidando da libido do príncipe Naif, nada mais relacionado àqueles dirigentes surpreendia o Dr. Sarwari. Todos gastavam energia e tempo demais mantendo os pênis em forma. Se canalizassem parte desse zelo para seus trabalhos diurnos, o mundo seria bem melhor, pensara o médico, em momentos de desespero. Já pedira os fígados de tantas aves com o intuito de preparar afrodisíacos e esfregara tantos unguentos feitos de testículos de tigre-de-bengala no órgão do príncipe que ele próprio perdera por completo o apetite por sexo. Até mesmo seus colegas na comunidade médica saudita conheciam sua posição de guardião do membro real. Afinal de contas, na folha de pagamentos do príncipe Naif constavam seu próprio cardiologista, dermatologista e até um cirurgião plástico. No entanto, o que o nobre considerava mais importante era sua saúde sexual, e o Dr. Sarwari fora o homem escolhido para cuidar desse aspecto. Chamavam-lhe de "Médico do Caralho Real" pelas costas.

Com essa descrição de trabalho, não se podia culpar o doutor quando ele fechou a porta do gabinete do general Zia e perguntou em seguida:

— Deseja um maiorr ou mais longo?

O dirigente, que nunca o ouvira falar antes, ficou perplexo tanto com a mistura de sotaques árabe e norte-americano quanto pela estranha pergunta. Ignorou os gestos feitos pelo outro.

O Dr. Sarwari sentiu-se agradavelmente surpreso assim que o general explicou seu problema. Sorriu pela primeira vez.

O paciente já estava pronto quando o médico sugeriu que permitisse examiná-lo ali mesmo. Pensara tanto nisso que se virou para ele de forma automática, desafivelou o cinto e abaixou a calça. Sentia o movimento por trás dele e, em seguida, uma das mãos enluvadas tocando seu traseiro.

— *Birather*, incline-se, porrr favorrr. — Aquele sotaque norte-americano não saía da mente do general. Este sempre o ouvira falar em árabe com o príncipe. Pôs os cotovelos na mesa. — Mais — ordenou o doutor. Apoiou a maçã do rosto direita no móvel e tentou pensar em outro assunto, para se distrair.

Sua cabeça repousava entre duas bandeiras: de um lado, a nacional, do Paquistão — verde e branca, com o crescente delgado voltado para a direita — e, do outro, a do Exército do país. Ele quase se decidira a mudar a posição da meia-lua, depois que um estudioso islâmico lhe dissera que se tratava de uma lua descendente, não ascendente; não obstante, seus conselheiros lembraram que a bandeira estava assim havia quarenta anos e que, como ninguém via problema algum com a direção do crescente, era melhor não mudar nada.

O general Zia ficou aliviado ao sentir que o dedo perscrutador do médico fora lubrificado.

Ele contemplou a bandeira do Exército. Sob as espadas cruzadas encontravam-se as famosas palavras, oferecidas pelo fundador da nação como lema e presente de aniversário para ela: “Fé. União. Disciplina”. De súbito, elas pareceram ao general não apenas banais e inexpressivas como também seculares demais, evasivas e quase heréticas. Fé? Qual? União? Disciplina? Os soldados precisavam desse preceito? Não deviam ser unidos e disciplinados pela própria natureza de sua profissão? Ele sentiu a respiração do doutor em suas nádegas. O dedo emborrachado foi substituído por um tubo metálico gelado, que não machucou, mas provocou certo desconforto.

Também ficou claro para o dirigente que, quando o fundador criou aquele lema, tinha em mente os paisanos, não as Forças Armadas. Aquelas palavras, disse a si mesmo, têm de desaparecer. Pôs a cabeça para funcionar, buscando os termos que refletiriam a verdadeira natureza da missão de seus soldados. Alá precisava ser incluído. *Jihad* também era muito importante. Sabia que agradaria seu amigo Bill Casey. Não conseguia se decidir pela terceira expressão, mas sabia que surgiria alguma.

O Dr. Sarwari deu tapinhas em seu bumbum e disse:

— Pode se levantar, porrr favorrr.

O general Zia colocou a cueca antes de virar-se, certificando-se de que o médico não entrevisse a parte frontal. Ainda se recordava de sua primeira pergunta.

O doutor dava um largo sorriso.

— Você comer açúcarrr?

O paciente balançou a cabeça, confuso.

— Como, como sim. Adoro doces.

— *Birather*, por isso o senhor é tão doce. — O médico deu umas palmadinhas em sua maçã do rosto com a mão enluvada, e o general Zia enrubesceu ao pensar onde ela acabara de estar. — Está com vermes, senhorrr. — Abriu a mão esquerda e mostrou diminutas larvas mortas.

— Por que coça tanto?

O doutor arreganhou ainda mais os dentes.

— Eles parecem prisioneiros. São vermes. Depois do consumo de açúcarrr, sentem energia, desejam escaparrr. Querem encontrarrr saída. Coça porque... — Tentou pensar em uma expressão; em seguida, fez o movimento de quem cava, com as mãos. — Coceira é uma movimento de bichos abrindo passagem. Cavando túneis.

O paciente assentiu, movendo a cabeça devagar. Era a segunda vez em três dias que recebia avisos a respeito de túneis. Ali estava ele, ansioso ante a possibilidade de ficar preso dentro de uma baleia, enquanto o inimigo consumia suas entranhas. Um pensamento blasfemo ocorreu-lhe: e se houvesse um exército de Jonas, presos em seu estômago, rezando para sair?

— Vou diminuir o açúcar.

— Nada de diminuir açúcarrr. — O Dr. Sarwari pegou um pacote de adoçante. — Cortarrr açúcarrr. Está bom? Nenhum mesmo. Usarrr isto.

O médico fechou a valise. O paciente segurou seu rosto com ambas as mãos e beijou-o nas duas bochechas, à maneira árabe.

Então, deu-se conta de que a calça ainda estava em seu tornozelo.

Mais tarde, durante o jantar, saboreando o amargor do melão-de-são-caetano, Bill Casey falou como um espírito com o dom da visão retrospectiva.

— Irmão Zia. — Passou o guardanapo no canto dos lábios para limpar a baba. — Acha que a sua gente está tentando assassinar você? Precisa ver aqueles abutres no Capitólio. Já me mataram.

Nove

A primeira luz do dia me encontra cochilando de pé, com as costas apoiadas na parede, os dedos encolhidos nos coturnos, a camisa cáqui ensopada de suor aberta até o umbigo. O raio longo e delgado penetra pelo minúsculo espaço entre a porta de metal e a parede do banheiro. Ilumina as partículas de poeira antigas da prisão do Forte de Lahore e destaca a parede do banheiro à minha frente, revelando fragmentos de pichações, dando-me algo a fazer além de bolar planos de fuga impossíveis. Quando a jornada de carro com o major Kiyani terminou ali, eu esperava uma cela digna de um cadete e uma equipe de especialistas em interrogatórios. O que recebi foi aquela espelunca e minha própria companhia.

O fedor invadiu meus poros e tornou-se parte de mim. Sinto-me zonzo pela falta de sono, meus lábios estão rachados e meus pés, inchados, após a noite sem deitar. A caminhada ao longo da madrugada — três passos em uma direção, dois na outra — não me deu, obviamente, o exercício de que precisava. Penso em tirar os coturnos. Eu me curvo para fazê-lo, mas, então, vejo de perto o lodo amarelado no piso e mudo de ideia. Estico os braços e me concentro na leitura da parede.

A pichação está em três idiomas, e os escritores usaram diversos materiais. Consigo ler dois deles; o terceiro, tenho de adivinhar. Dá para distinguir as inscrições feitas com unhas. O tom de ferrugem seco na certa é sangue, e nem quero pensar no que mais podem ter usado.

Há martelos, foices, colunas de datas e 15 variedades de seios. Alguém que, pelo visto, conseguiu levar uma caneta esferográfica desenhou um caminho de entrada, ladeado de macieiras, que conduzia a uma casinha. Meus predecessores naquele lugar tinham muito a dizer, tanto no âmbito pessoal quanto político.

Eles me açoitaram cem vezes e eu gostei.
Reze por um fim tranquilo.
A Ásia está vermelha com o sangue de mártires.
A Ásia é verde, e que Alá a mantenha assim.
As rosas são vermelhas. As violetas, azuis. Este país, cáqui.
Foda a primeira-dama, não este país.
Grite no primeiro açoite. E não desmaie, porque quando eles reiniciarem a contagem, vão começar do um.
Querido filho, fiz isso por seu futuro.
O major Kiyani é minha puta.
Lenin vive.
Eu amo a Nadia.
Lenin era boiola.

Vejo também uma parelha de versos persas, que consigo apenas decifrar vagamente: *amante, cachos longos, serpentes.* Acho que dá para entender.

Penso em dar minha própria reles contribuição. Algo do tipo: "Em uma tarde muito quente, o suboficial Shigri teve um lampejo de genialidade...

Não há espaço suficiente na parede.

A conspiração do treinamento silencioso, que o major Kiyani está tentando desvendar, foi uma ideia destrambelhada, que, como quase todas elas, surgiu em um dia muito quente na Academia. Atirávamos contra um pôster de Bruce Lee no dormitório de Bannon, após um dia movimentado no campo de desfiles. Todo o calor que nossos corpos haviam acumulado durante o treinamento começou, de repente, a fluir. A goma das fardas tinha grudado em nossa pele como cola endurecida, o suor escorria como lagartixas percorrendo nosso corpo, os pés haviam sufocado e agonizado em seus caixões de couro reluzentes. O quarto de Bannon, com seu ar-condicionado supereficaz e barulhento, era o esconderijo óbvio. Ele o projetara como uma casamata; não havia cama, apenas um colchão extragrande no piso, coberto por um toldo camuflado, que ele improvisara com quatro varas de bambu. No chão, um Buda pequeno e gorducho encontrava-se sobre um exemplar do jornal *Stars and Stripes*, das Forças Armadas norte-americanas. A estátua possuía um compartimento secreto na barriga, em que ele guardava o estoque de haxixe. As fardas ficavam penduradas organizadamente no armário sem porta. As únicas liberdades que ele tomara naquela casamata personalizada foram o condicionador de ar e o pôster em tamanho natural de *Jogo da Morte*, que cobria toda a parte interna da porta. Este consistia em uma foto do clímax do filme, após o último vilão ainda vivo, Kareem Abdul-Jabbar, ter conseguido enfiar suas garras na lateral direita da caixa torácica de Bruce Lee, deixando quatro arranhões paralelos. As mãos do herói, na clássica postura de defesa, mostravam-se perfeitamente limpas; a boca ainda estava por sangrar.

A razão oficial para nossa ida constante ao quarto de Bannon era que planejávamos os detalhes da apresentação do treinamento silencioso para a revista do presidente. Precisávamos revisar o progresso do esquadrão, traçar cada manobra específica e aperfeiçoar a nossa cadência interior.

Mas, na verdade, íamos até lá todos os dias após o treino porque Obaid adorava colocar a maçã do rosto próxima à abertura do ar-condicionado, e eu gostava de brincar com a faca Gung Ho, da Fairburn & Sykes, de Bannon e ouvir as histórias dele a respeito da Operação Arroz Sangrento, no Vietnã. Ele servira lá em duas ocasiões e, quando estava no astral certo, conseguia nos transportar para as patrulhas noturnas e nos fazer sentir o movimento de cada folha durante a operação. Ressaltava as histórias com o uso rudimentar e generoso de *Cha obo*, *Chao Ong*, *Chao co*, na certa as únicas palavras vietnamitas que conhecia. Chamava os chinelos de "Ho Chi Minhs". Obaid tinha suas dúvidas.

"O que um instrutor de treinamentos fazia caçando comunas na guerra?"

"Por que não pergunta para ele?", perguntava eu e, em seguida, procurava exibir meu próprio conhecimento a esse respeito, oriundo de duas aulas sobre a história da Guerra do Vietnã. "Foi uma guerra, Bebê O, a maior em que os Estados Unidos combateram. Todos tiveram de lutar. Até os barbeiros e os padres do Exército estiveram na frente de batalha".

Naquele dia, porém, Bannon achava-se em um daqueles dias obscuros, mais a fim de atirar facas. Difícil fazê-lo conversar sobre algo que não estivesse relacionado à pureza de sua Gung Ho. Nós nos encontrávamos deitados sob o toldo camuflado. Um baseado apagado estava pendurado na boca do tenente, enquanto ele segurava a faca pela ponta e contemplava seu percurso até Bruce Lee.

— Sugere um alvo, vai — pediu, para ninguém em especial.

— Terceira costela, contando de cima para baixo — disse Obaid, sem tirar a face de perto do ar-condicionado. Bannon segurou o cabo da faca próximo aos lábios por um momento. Em seguida, fez um movimento ágil com o pulso; o instrumento rodopiou no ar e foi parar entre a terceira e quarta costela do ator.

— Porra. O ar-condicionado — comentou ele. — A Gung Ho funciona melhor lá fora. — Sugeriu desligar o aparelho e fazer outra tentativa. Mas Obaid não quis saber. Apontou para o mamilo direito de Bruce Lee e errou, atingindo o espaço azul acima do ombro direito.

Tirei a faca do pôster e fui andando para trás, visando o olho direito do ator, meu alvo designado. Quando você tem uma meta a curta distância, geralmente é a sua própria visão que falha, não o seu jeito de segurar a arma. O objetivo precisa estar focado na sua mira. Se não estiver ali, você pode manter as mãos tão firmes quanto quiser e prender a respiração até ficar azul, mas não haverá garantia de que você acertará. Quando a faca saiu da ponta dos meus dedos, cerrei os olhos e só os abri quando ouvi Bannon exclamar:

— Puxa, cara! Puxa, cara!

Levantei do colchão, fui até a foto, tirei a faca da íris do olho direito de Bruce Lee e atirei-a por sobre o ombro para o dono do quarto. Não precisei me virar para saber que ele a pegara. Obaid gritou:

— Não dê uma de exibicionista babaca, Ali. Isso não passa de um truque circense.

Bannon guardou a faca na bainha de couro e acendeu o baseado.

— Em Da Nang, nós capturamos um vietcongue que tinha matado nove dos meus homens com uma faca. O sujeito mais parecia um maldito macaco. Costumava se esconder nas árvores e, pelo que sei, ia de uma para outra como um Tarzan oriental. Ninguém nunca via o cara. Ele pegou todos da mesma forma: durante a patrulha. Nossos rapazes estavam lá, com as M-16 apontadas para o mato, prontos para uma emboscada. Daí, escutavam um galho se mover. Olhavam para o alto e, então, *vapt.* — Pôs dois dedos no pomo-de-adão. Veias avermelhadas formavam-se em seus olhos e a fala tornava-se ligeiramente inarticulada. O ar-condicionado se recusava a dissipar a grossa camada de fumaça do quarto. — Mandei colocarem minas terrestres em torno do nosso acampamento e coloquei uma placa: “Ho Chi Minh é baba-ovo de lacaios”. Para atrair o inimigo, sabem, a gente fazia isso o tempo todo. Mas o tal vietcongue não deu as caras.

O baseado apagou. Ele acendeu-o de novo e tentou se lembrar onde havia parado.

— Então, a questão é que, quando finalmente conseguimos pegar o cara, meus rapazes queriam fazer pedacinhos dele. Mas eu disse que a gente tinha de interrogar o sujeito e seguir as regras. No fim das contas, o miserável trabalhava num circo. Dá para acreditar? Ele tinha ido até Taiwan atirando punhais em volta de uma gostosona. Mas, então, o pai, de 80 anos, foi assassinado trabalhando no arrozal, simplesmente levou um tiro em meio ao ataque surpresa. Daí, o cara desistiu da boazuda e da tenda de circo. Simplesmente se meteu na selva com o punhal. — Deu uma tragada profunda e formou círculos com a fumaça. — É isso aí, Bebê O, essa é a moral da minha historinha capenga. Se você atira punhal num circo, em torno de uma mulher peituda, é um maldito show de horror. Mas, se pegar a mesma faca, afiá-la e acrescentar um pouco de determinação, vira um homem. Um de verdade, não uma porra de soldado preocupado com ar-condicionado, como você.

Estendi a mão na direção de Bannon. Ele fez mímica, simulando uma pergunta.

Tem certeza?

Eu tinha. Obaid lançou-me um olhar estarrecido. O tenente passou o baseado para mim; dei uma tragada e prendi a respiração até meus olhos lacrimejarem. Foi entre exalar aquela fumaça pungente e adocicada e vomitar, meia hora depois, que tive a infeliz ideia que acabou me levando até esta espelunca.

Dez

Ao ler os jornais na manhã seguinte, após seu discurso oficial transmitido ao país pela mídia televisiva, o general Zia animou-se. Espalhou as publicações diárias na mesa de jantar, uma por uma, até a superfície de mogno reluzente ficar coberta com suas fotos e palavras. Pôs de lado a esferográfica vermelha, sorveu o chá e fez um gesto de aprovação com a cabeça para o garçom em serviço, no canto. O que gostava de seu ministro da Informação era que, embora ele fosse um canalha inescrupuloso com diploma de mestrado falso que ganhava muito dinheiro encomendando livros inúteis, os quais nunca chegavam às bibliotecas militares, sabia como lidar com os editores de jornais. O próprio general tentara se aproximar desses sujeitos e descobrira que se tratavam do tipo de intelectuais que rezavam de modo fervoroso com ele e, em seguida, iam rápido se embebedar nos quartos de hotéis fornecidos pelo governo, com a birita levada pelo ministro da Informação. No dia seguinte, os editoriais eram transcrições confusas do que o general Zia lhes dissera entre suas preces e suas sessões de bebedeira.

Naquela manhã, no entanto, fora diferente. A imprensa do país mostrara, por fim, algum entusiasmo. Os editores usaram a imaginação ao tratar de seu discurso. Todos os jornais o colocaram na primeira página. A mensagem fora passada com clareza. A LUTA POR NOSSAS FRONTEIRAS IDEOLÓGICAS COMEÇOU. O general Zia ficou especialmente satisfeito com a ideia da sequência de três imagens usada pelo *Pakistan Times* para mostrar os principais pontos da parte improvisada de seu discurso. *Em primeiro lugar, sou muçulmano*, foi a legenda sob uma fotografia sua, mostrando-o coberto com um manto de algodão branco, com a cabeça apoiada na parede de mármore preto da *Khana Kaaba*, em Meca. *Em segundo, um soldado do Islã*, aparecia abaixo de seu retrato oficial, no qual usava a farda de general de quatro estrelas. *Em terceiro, como chefe eleito do Estado muçulmano, sou um servidor de meu povo* era o que se lia na terceira fotografia, que o mostrava no traje presidencial, parecendo majestoso com um *sherwani* preto e os óculos de leitura — não imponente, mas autoritário, não um governante militar, mas um presidente.

Chefes de Estado, sobretudo os de países emergentes, quase nunca têm tempo de sentar-se e admirar seus próprios feitos. Aquele foi um desses raros momentos em que o general Zia pôde recostar-se na cadeira, com o jornal no colo, pedir outra xícara de chá e deixar a boa vontade de seus 130 milhões de súditos embalar seu corpo e sua mente. Com a esferográfica vermelha, escreveu uma observação na margem do jornal mandando que o ministro da Informação indicasse o editor do *Pakistan Times* para receber um prêmio literário nacional. Também ressaltaria para o ministro que, quando se fala do coração, as pessoas *de fato* escutam. Decidiu que, dali em diante, todos os seus discursos incluiriam uma seção começando com "Meus caros compatriotas, quero agora lhes dizer algo do coração". Ele imaginou a si mesmo em comícios, lançando seu discurso escrito para a multidão, os papéis voando sobre as cabeças do público. "Meus estimados compatriotas, não quero ler um roteiro escrito. Não sou um fantoche que repete página após página de palavras escritas por um burocrata educado no Ocidente. Falo do coração..." Bateu o punho na mesa de jantar com tanta força que a xícara tremeu, o *Pakistan Times* caiu de seu colo e a esferográfica vermelha rolou e despencou. O garçom parado no canto ficou tenso, a princípio, mas, em seguida, notando o sorriso enlevado no rosto do general, relaxou e decidiu não pegar o jornal e a caneta no piso.

Em qualquer outro dia, o general Zia teria lido os editoriais, procurado comentários negativos e examinado os anúncios com modelos femininas inadequadamente cobertas, mas ficara tão satisfeito com a cobertura de seu discurso, e seu coração se enchera de tanta ternura para com os jornais e jornalistas, que não viu o verso do *Pakistan Times.* Não observou a foto em que aparecia com farda militar de gala, quepe com debrum dourado e dúzias de medalhas penduradas no peito. Uma faixa de seda com os emblemas de todas as Forças Armadas pendia transpassada em seu tronco; as mãos entrelaçadas sobre a virilha, como se quisessem conter uma à outra, baba formando-se no canto da boca, o olhar arregalado e fixo, como o de uma criança que entrou numa confeitaria, só para encontrar o dono profundamente adormecido.

A primeira-dama nem chegava perto dos jornais. Havia muitas palavras que não faziam sentido para ela, além de fotografias demais de seu marido. Ela mesma raramente aparecia nas publicações diárias e, se o fazia, era porque comparecera a algum festival infantil ou às competições femininas de recitação do Alcorão, para as quais o general Zia a despachava a fim de que representasse o governo e entregasse prêmios. O ministro da Informação lhe enviava recortes dessas fotos, e ela geralmente as escondia, porque o marido sempre achava algum defeito em sua aparência. Se usasse maquiagem, ele a acusava de imitar mulheres ocidentalizadas da alta sociedade. Se não usasse, afirmava que parecia um defunto, muito diferente da esposa de um governante. O general lhe dizia o tempo todo que, como primeira-dama de um Estado islâmico, devia ser um exemplo para as outras mulheres. "Veja só o que a Sra. Ceauşescu fez por seu país."

A esposa nunca conhecera essa senhora, e o marido jamais se deu ao trabalho de lhe explicar quem era e o que fizera. Ela levava outras mulheres de dirigentes para fazer compras; porém, não era divertido, porque ou os lojistas recusavam-se a aceitar seu dinheiro ou cobravam tão pouco que ela nem podia pechinchar. Retiravam os clientes das lojas antes de sua chegada e, então, a primeira-dama tinha a sensação de estar no cenário de uma novela. De vez em quando, o marido realmente a encorajava a ler jornais para manter-se a par das mudanças políticas e sociais que ele promovia no Paquistão, no entanto, ela nem se dava ao trabalho. "Estes jornais divulgam o tempo todo o que você disse e fez e com quem se encontrou. Mas está sempre aqui, perambulando relaxadamente pela casa. Já não o vejo o suficiente para que não tenha que observar você me fitar de cada página de cada jornaleco?"

Com tal indiferença à imprensa nacional, não podia ser coincidência a primeira-dama ter encontrado um exemplar do *Pakistan Times* em seu criado-mudo, dobrado de forma cuidadosa para revelar a fotografia no verso, a que destruiria sua confiança em todos os homens para sempre e resultaria na demissão sumária do editor desse jornal.

O primeiro detalhe que a chocou na foto foi a quantidade de pele revelada pela blusa da mulher branca. Ela percebeu de imediato que a moça usava um daqueles sutiãs novos com armação de metal, que erguia os seios, fazendo com que parecessem maiores. Muitas esposas de outros generais usavam acessórios daquele tipo, mas, ao menos, tinham a decência de usar blusas adequadas, que não expunham a pele e apenas insinuavam os contornos acentuados. A mulher da foto vestia uma blusa tão reveladora que metade dos peitos aparecia, empinados e tão espremidos que o pingente de brilhantes do colar repousava na ponta do decote.

E, então, lá estava o marido, o Homem da Verdade, o Homem de Fé, o homem que passara sermões nas mulheres, no horário nobre, a respeito da devoção, o homem que despedira juízas e apresentadoras de noticiários, as quais se recusaram a usar *dupattas* nas cabeças, o homem que se certificara de que dois travesseiros não fossem mostrados juntos em uma cama vazia em um programa de TV, o homem que obrigara os donos de salas de cinemas a ocultar quaisquer pernas ou braços expostos de atrizes dos pôsteres de filmes; esse mesmo homem estava lá, olhando fixamente para aqueles globos de pele branca com tanta persistência, que dava a entender que a própria esposa nascera sem eles.

A legenda da foto informava, de forma inofensiva: *O presidente sendo entrevistado pela famosa correspondente estrangeira Joanne Herring.*

Que entrevista que nada, pensou a primeira-dama. Tinha-se a impressão de que a Sra. Herring não o estava entrevistando e sim que o general interrogava seus seios. A esposa pôs o jornal de lado, tomou um copo d'água, pensou nos 38 anos que os dois estavam juntos, recordou a si mesma dos cinco filhos já crescidos, da filha mais nova ainda solteira. Por alguns instantes, duvidou do que acabara de ver e resolveu pegar a publicação de novo. Não restava dúvida. Não era o tipo de situação em que se escrevia uma carta para o editor exigindo retratação. Os olhos do general Zia, normalmente zarolhos, com o direito observando em uma direção e o esquerdo vagueando em busca de algo mais, estavam, pela primeira vez, concentrados na mesma direção, nos mesmos objetos. O ângulo de seu olhar era tão óbvio que, se ela traçasse duas linhas com um lápis, elas ligariam as íris dos olhos dele diretamente às esferas brancas empinadas e espremidas.

Tentou se lembrar do que aquela mulher usara na última vez que a vira. Recordou-se com clareza da fisionomia do marido quando ele viu a tal correspondente na última vez.

A primeira-dama começara a suspeitar de que o marido aprontava algo quando ele lhe pediu que colocasse na mala o velho terno para sua viagem aos Estados Unidos. As suspeitas dela aumentaram quando foi informada de que sua primeira parada não seria a capital, nem Nova York, mas Lufkin, no Texas, onde os dois iriam a uma festa beneficente. Jidá, Pequim, Dubai e Londres, ela entendia. Esses eram pontos de parada comuns para o general Zia. Mas Lufkin? Terno? O velho realmente tramava algo, pensara ela, examinando o terno de poliéster bege à cata de botões caídos.

O marido abolira todo tipo de roupas ocidentais de seu guarda-roupa, exceto as fardas militares. Sempre usava um *sherwani* preto em solenidades governamentais e, seguindo seu exemplo, os burocratas começaram a usar variações modestas da mesma vestimenta. Os mais ousados faziam experiências com cortes e cores e, de vez em quando, acessórios de cabeça, porém, basicamente se atinham ao que o general Zia passara a denominar "traje nacional". No entanto, como todos os homens de princípio, ele estava sempre disposto a abrir uma exceção em nome de uma causa nobre. E, se esta fosse a arrecadação de recursos para o *jihad* afegão, então nenhum princípio seria sagrado o bastante.

O baile beneficente em Lufkin estava sendo apresentado por Joanne Herring, âncora do noticiário no horário nobre da Televisão Comunitária de Lufkin e consulesa honorífica do Paquistão — uma indicação feita após a entrevista a portas fechadas de quatro horas com o general Zia. Joanne levava a cabo a missão de livrar o mundo do mal, mas insistia em se divertir ao longo dela.

E, por Deus, um pouco de diversão exótica não faria mal a Lufkin.

Ao contrário da crença popular, os magnatas do petróleo dessa cidade tinham vidas monótonas. Sua influência política era insignificante e apenas alguns desfrutavam do estilo de vida dos trambiqueiros projetada pela mídia fora dali. Em troca de sua doação de 10 mil dólares para o congressista local, eles receberam uma carta assinada por um assistente na Casa Branca. Os que tinham o bolso mais cheio podiam doar 10 mil dólares e ser convidados para o café da manhã anual com Ronald Reagan em Washington D.C., no qual o presidente participava das preces por 15 minutos e, em seguida, deixava-os com o café e o mingau de aveia morno. Então, a chegada do presidente — mesmo que fosse o do Paquistão, um país a respeito do qual não sabiam nada — e o fato de ele ser não apenas um dirigente, mas um general de quatro estrelas, chefe das maiores Forças Armadas muçulmanas do mundo e um dos sete homens interpostos entre o Exército Vermelho soviético e o Mundo Livre, tal como sua âncora de noticiário favorita lembrava-lhes diariamente, significava que chegara a hora de mandar os *smokings* e vestidos de gala para a lavanderia.

Joanne começara a usar a bandeira do Paquistão como pano de fundo do programa algum tempo antes do baile. O *crème de la crème* do leste do Texas e aspirantes a defensores do *jihad* contra os soviéticos receberam convites com a fotografia de uma criança afegã que havia morrido (legenda: *Antes morta que vermelha*); outros mostravam um *mujahid* afegão anônimo, usando um xale antigo, com um lançador de foguetes no ombro (legenda: *Seus 10 dólares podem ajudá-lo a derrubar um helicóptero Hind soviético*). "Então, não é incrível isso, minha gente? Não é a barganha do século?" Além das convocações por escrito, Joanne dera telefonemas entusiasmados, transformando a cidadezinha texana em um acampamento-base para os *mujahidin* que lutavam a 10 mil quilômetros dali.

O Holiday Inn da cidade de Lufkin designou o quarto andar como "presidencial". A âncora lhes fornecera uma bandeira do Paquistão e uma fita cassete com a recitação do Alcorão, a qual foi mandada de imediato para o fornecedor de carne para ser tocada quando o abate dos animais começasse. O presidente receberia carne *halal*. Os garçons aprenderam a dizer o *salaam* em urdu.

Apesar desses esforços, quando a escolta do general Zia parou na entrada do hotel, ele ficou desapontado ao ver apenas uma estrutura semelhante a de um diminuto escritório, com a bandeira do Paquistão drapejando no alto. Ele instalou a primeira-dama na suíte presidencial. Ela reclamou do tamanho do quarto e dos artigos de toalete de cortesia no banheiro, e realmente perdeu a calma quando pediu que a recepção do hotel ligasse para a Casa do Exército e a colocaram em contato com a instituição local do Exército da Salvação, em vez disso.

Nesse ínterim, o general vestiu o terno com certa dificuldade. A barriga projetava-se como uma bola de futebol e a camisa mal a disfarçava. Ele murmurou algo a respeito de encontrar-se com um ilustre senador do Texas, pegou a pasta e foi para outro quarto no mesmo andar, com uma placa na porta que dizia GABINETE PRESIDENCIAL. De fato sentiu que o hotel não estava à altura de sua posição. Embora fosse um homem humilde, que precisava apenas de um catre e de um tapete de oração, chefes de Estado precisavam ficar em hotéis presidenciais apropriados, para não perderem o foco. Tinha de manter a honra de seu país, porém dificilmente poderia tratar dessa questão com a âncora, depois de tudo o que ela havia feito pelo país dele e pela causa do Afeganistão.

Pôs a pasta na escrivaninha, pegou o bloco de anotações do hotel e tentou apaziguar o coração, que batia acelerado, escrevendo. Sua anfitriã, sua companheira na luta, Joanne, chegaria em breve e só de pensar no que estaria vestindo e no perfume que exalaria ficou nervoso. Uma onda de suor percorreu sua espinha. Para distrair-se, ele procurou anotar observações para o discurso no baile beneficente:

1. Gracejo comparando Islamabad e Lufkin. (Metade do tamanho e duas vezes mais inativa?)
2. Islamismo, cristianismo... forças do bem, comunismo diabólico. (Usar a palavra *ateísta*.)
3. Estados Unidos superpotência, mas Texas, na verdade, a verdadeira? E Lufkin, a alma da verdadeira superpotência? (Pedir uma máxima de caubói para Joanne?)

Alguém bateu à porta. O general Zia sobressaltou-se e levantou-se, ansioso. Seria melhor sair da escrivaninha e recebê-la à entrada? Dar um aperto de mão? Abraço? Beijo no rosto?

Ele sabia como cumprimentar homens. Ninguém que houvesse encontrado com o dirigente se esquecia de seu aperto de mão duplo. E nem mesmo os diplomatas cínicos podiam negar o calor genuíno de seus abraços. Políticos convertiam-se à sua causa ao toque da mão compreensiva em seus joelhos e do tapinha amigável nas costas. No entanto, o general Zia levara algum tempo para descobrir como lidar com as mulheres, sobretudo as estrangeiras. Inventara, em seguida, aperfeiçoara seu próprio estilo; quando se deparava com uma dama em uma fila de cumprimentos, colocava a mão direita no coração e inclinava a cabeça, em sinal de respeito. As que tinham feito seu dever de casa mantinham os braços no lugar e faziam que sim, com um gesto apreciativo. As decididas a testar os limites de sua devoção estendiam as mãos, recebiam um aperto frouxo de apenas quatro dedos e um desvio de olhar, pois ele se recusava a fitá-las.

Entretanto, Joanne era diferente. Quando fora entrevistá-lo pela primeira vez na Casa do Exército, ignorara sua mão no peito, a reverência e até a tentativa de um aperto de mão e lhe dera dois beijinhos no rosto, obrigando o brigadeiro TM a desviar o olhar. O general Zia se dera conta desde o primeiro encontro de que lidava com uma pessoa especial, a quem ele não aplicaria suas regras sociais relacionadas ao sexo feminino. Não havia mulheres guerreiras que lutaram lado a lado com os homens na primeira guerra muçulmana? Ela não era uma aliada em seu *jihad* contra os comunistas ateus? A âncora não prometera fazer mais que todo o Departamento de Estado? Não podia ser considerada um homem honorário? Até mesmo um *mujahid*? Àquela altura, a linha de raciocínio geralmente se interrompia conforme ele se recordava de seus cabelos dourados e alisados com escova, do colar com pingente de brilhantes em forma de coração que repousava entre seus seios, dos lábios rubros e carnudos e dos sussurros velados em seu ouvido, que fazia o comentário mais ordinário parecer um plano secreto.

Alá testa apenas aqueles de que realmente gosta, disse o dirigente a si mesmo pela enésima vez, sentando-se com muita determinação.

— Sim, pode entrar.

Assim que a porta abriu, um turbilhão de sândalo, seda em tom pêssego e batom violeta entrou, falando com delicadeza:

— Vossa Excelência. Bem-vindo à respeitável cidade de Lufkin.

General Zia levantou-se, ainda sem saber se deveria sair da escrivaninha, ainda sem tem certeza de se seria melhor beijar, abraçar ou estender a mão atrás da mesa, que lhe dava segurança. Então, quando Joanne se lançou em sua direção, o autocontrole que o ajudara a sobreviver a três guerras, um golpe de Estado e duas eleições desapareceu. Deixou a escrivaninha que atuaria como sua defesa contra a tentação e foi rumo a ela com os braços estendidos, incapaz de se concentrar em seu rosto ou suas feições. Durante o abraço, notou com satisfação que a âncora não estava de salto alto, que naturalmente a fazia ficar mais alta; de sapato baixo, estava da mesma altura que ele. O seio dela pressionou com suavidade o terno apertado, e ele cerrou os olhos, o queixo apoiado na alça de cetim do sutiã, em seu ombro. Por um instante, a face da primeira-dama surgiu repentinamente diante de seus olhos. Tentou pensar em algo diferente: os momentos da gloriosa carreira; o primeiro aperto de mãos com Ronald Reagan; o discurso na ONU; Khomeini aconselhando-o a ir com calma. O sonho acabou de forma brusca quando Joanne soltou-se do abraço, segurou o rosto dele com as duas mãos e deu-lhe dois beijinhos.

— Vossa Excelência precisa de uma aparada. — O general encolheu a barriga. Ela enrolou com amabilidade seu bigode com os dedos e prosseguiu: — Os texanos são generosos, mas, quando se trata de pelo no rosto, podem ser considerados bastante bitolados. Então, se o senhor pedir que o grandalhão boa-pinta diante da sua porta deixe o meu auxiliar entrar, podemos dar um jeitinho.

Pela primeira vez em sua vida, o general Zia gritou uma ordem para o brigadeiro TM.

— Deixe o indivíduo entrar, TM.

O único homem de negócios de Lufkin sem convite para o baile beneficente entrou, um velho afro-americano com uma bolsa de couro de barbeiro.

— *Salaam alaikum* — disse ele. — O pessoal chama isso de "filar", eu sei. Pois vou dar um jeito de graça em boa parte desse bigodão, Vossa Alteza. — Antes que o dirigente dissesse algo, ele colocou uma toalha branca em torno de seu pescoço e pôs-se a aparar o bigode, ainda tagarelando. — Vai se encontrar com o velho Ronnie? Posso mandar uma mensagem importante? Diga que ele não é nenhum John Wayne não. Que pare de tentar. Lufkin é uma cidade bacana, mas ainda tem gente racista. Quando os filhos dos moradores não querem comer, eles dizem para as crianças que tem nego à espreita no mato. Eu aviso para todo mundo: nego entrou no mato na Coreia, entrou no mato no Vietnã. Agora este nego aqui não está no mato não, mas bem aqui, com uma lâmina no seu pescoço, então, melhor ter cuidado com o que fala. — Ele segurou um espelho com moldura prateada diante do cliente. O bigode cheio e grosso do general se transformara em uma linha fina. Sem dúvida alguma, boa parte do bigodão foi tosada. — A primeira-dama vai achar incrível.

Não foi o que aconteceu; na verdade, mal recebera um olhar de esguelha da esposa.

— Só estou tentando agradar meus anfitriões. Tudo por uma boa causa — sussurra o general Zia enquanto a primeira-dama muda os canais da TV.

— Anfitriã, melhor dizendo — comentara ela, optando por uma reprise de *Dallas*.

A primeira-dama não era do tipo que agia precipitadamente, e seu primeiro impulso foi rasgar o jornal, jogá-lo fora e deixar o assunto de lado. O marido veria a foto e perceberia o papel de idiota que fizera. Aos 63 anos, com cinco títulos antes do nome e um país com 130 milhões de habitantes para administrar, trazia mulheres promíscuas do Texas e ficava ali, comendo com os olhos os peitos delas.

Então, ocorreu à esposa que havia milhares de pessoas por aí olhando para aquela imagem. O que estariam pensando? Ninguém se incomodaria com a famosa correspondente estrangeira, supôs ela. Tratava-se de uma profissional, uma norte-americana, que podia vestir o que bem entendesse. Se tinha de usar sutiã levanta-seios e vestidos com peitos de fora para conseguir entrevistas com os presidentes, bom, estava sendo paga para isso. Mas, e o marido? A primeira-dama não sabia ao certo o que a massa pensava do general, mas ele estava cercado de pessoas que diriam que tudo era uma conspiração por parte do jornal, que a foto fora adulterada e o editor deveria ser julgado em tribunal militar pela publicação de material obsceno.

Porém, mesmo que os cidadãos acreditem no que viram na foto, e daí? “Ele é um reles mortal como nós”, comentariam eles. “Por trás de toda aquela conversa sobre devoção e *purdah*, tem um homem viril, que não resiste a uma espiada.” Mas, então, ocorreu à primeira-dama que havia outra pessoa, a qual não se encontrava na fotografia nem fora mencionada na legenda, que seria o verdadeiro objeto do escárnio do país. Podia até ouvir as risadinhas abafadas nas reuniões ministeriais: “Não sabíamos que o presidente gostava dos grandes e brancos.” Podia até ouvir os risos dissimulados na casamata do Comando Nacional: “O velho soldado continua a se concentrar nos alvos. Belo par de antibalísticos, senhor.” E as begumes da alta sociedade: “Pobre coitado. Quem pode culpá-lo? Já viu a esposa? Parece que ela acabou de sair da vila depois de passar o dia todo pilotando o fogão.”

A primeira-dama teve a sensação de que, naquele momento, o país de 130 milhões observava a fotografia, sentia pena e se divertia à sua custa. Ouviu gargalhadas da costa do Mar da Arábia aos picos do Himalaia.

— Vou arrancar estes olhos — vociferou ela, observando a imagem. — Farei picadinho do seu pinto velho, seu miserável. — O garçom em serviço veio correndo da cozinha. — Darei uma caminhada. Diga para os homens de TM não me seguirem — ordenou ela, formando um bastão rígido com o jornal enrolado.

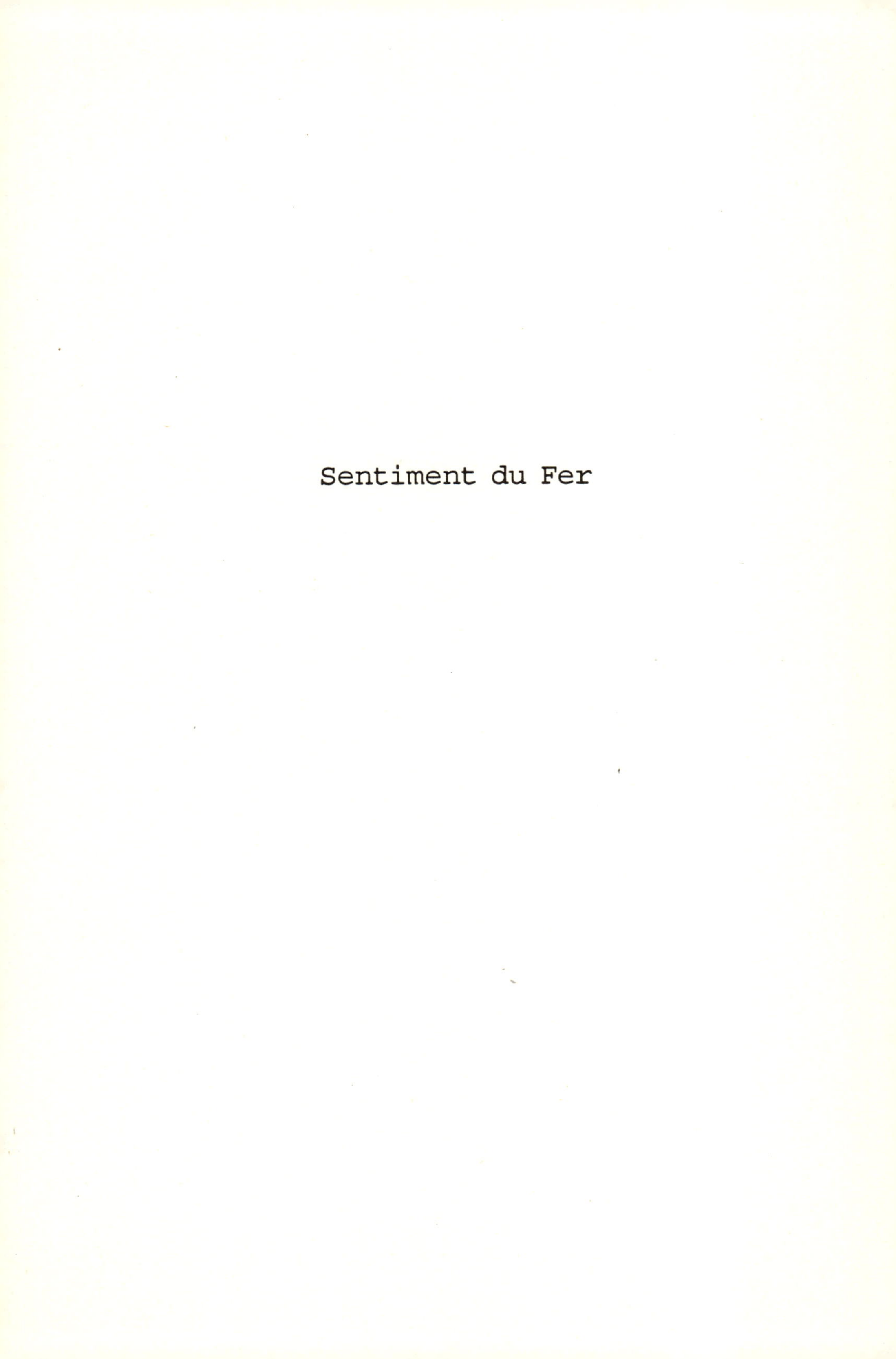

Sentiment du Fer

Onze

O homem que põe a venda nos meus olhos parece especialista nesse tipo de coisa. A cicatriz de meia-lua na maçã esquerda do rosto, recém-barbeada, o bigode fino e o *shalwar kameez* bem engomado davam-lhe o ar de um criminoso regenerado. Seus dedos são suaves e ele dá um nozinho com agilidade atrás da cabeça. Segura a minha mão e me conduz para fora. A venda está solta o bastante para que eu abra os olhos, porém, fixa o suficiente para que eu não capte nenhum raio de luz. Eu me pergunto se é melhor manter os olhos abertos ou fechados com ela. Assim que saímos do banheiro, respiro fundo diversas vezes, esperando livrar o corpo do fedor, porém, ainda posso senti-lo na parte posterior da garganta. Nem mesmo a coleção de perfumes de Obaid conseguiria acabar com aquele mau cheiro.

O corredor é largo, com pé-direito alto, e o piso sob os meus coturnos é feito de lajotas irregulares. O barulho de nossos calçados — que seguem um ritmo lento após os primeiros passos incertos — ecoa ali. Paramos. Ele presta continência. Eu fico parado, meio na posição de sentido, meio na posição de descansar. Suponho que não se pode saudar quem não se vê. O ambiente cheira a purificador de ar de rosas e fumaça de Dunhill. Um papel farfalha, um isqueiro é aceso e um arquivo, jogado na mesa.

— Faça o que tiver de fazer, mas não quero que deixe marcas nele. — A voz de major Kiyani é rouca, como se a garganta relutasse em dar essa ordem específica. O arquivo foi pego.

— Não sou um carniceiro como vocês — sussurra uma voz impaciente.

— Nada de delicadezas, por favor — acrescenta o major. Uma cadeira é arrastada. — Estou conversando com este rapaz, aqui.

Não dê atenção a ele, digo a mim mesmo. É o mesmo papo furado do bom/mau policial. Todos são filhos da mesma puta.

Ouve-se o ruído de passos no escritório. O lado aceso do Dunhill do major Kiyani aproxima-se de meu rosto por um instante; em seguida, afasta-se.

— Sente-se, por favor. — A voz que se dirige a mim pertence ao bom policial, mas é evidente que ele não olha para mim. Arrasto os pés para a frente e paro.

— Precisamos remover esse troço.

Permaneço imóvel. Será que eu mesmo deveria remover essa droga de venda?

— Pode tirá-la, Sr. Shigri.

O major do Exército sentado à minha frente usava uma insígnia do Serviço Médico no ombro direito da farda cáqui; no emblema redondo, de veludo vermelho, duas serpentes negras encontram-se enroscadas uma com a outra, as bocas entreabertas, como um beijo censurado. As costeletas longas e grisalhas desafiam as normas militares de corte de cabelo. Ele folheia com lentidão as páginas de um arquivo amarelo-esverdeado, a ponta da língua sob os dentes, como se houvesse acabado de descobrir que eu sofro de uma doença rara, nunca antes tratada.

— Eu não trabalho aqui — informou, indicando com um gesto o escritório.

O lugar possuía cadeiras de couro, uma mesa com a superfície em couro verde e um sofá com estofado de veludo. Um retrato oficial do general Zia enfeitava a parede. A imagem fora retocada de forma tão generosa que os lábios parecem cor-de-rosa sob o bigode preto-azeviche. Se o uniforme do major Kiyani, com a etiqueta de identificação, não estivesse pendurado na parede, eu diria que estávamos no escritório de um gerente de banco.

Sento-me na beirada da cadeira.

— Precisamos fazer alguns testes. É muito simples. As perguntas são de múltipla escolha no primeiro. Simplesmente assinale a resposta que julga correta sem pensar muito. Na segunda parte, vou lhe mostrar umas fotografias e você descreverá em poucas palavras o que acha que elas significam.

A princípio, minha lealdade para com o país foi questionada; agora, querem examinar os recônditos obscuros de meu cérebro para descobrir o que está causando todo o tumulto naquele Estado.

— Se não se importa, senhor, posso fazer uma pergunta?

— Pode perguntar o que quiser, meu jovem, porém, esta é uma avaliação de rotina. Mandaram-me de Islamabad e preciso voltar com os resultados. Creio que é melhor passar algum tempo comigo do que com as pessoas que estão fazendo o possível para não deixar marcas em você.

Como todos os bons policiais, o que diz faz sentido.

Ele empurra uma pilha de papéis grampeados para mim, põe um lápis em cima dela e tira o relógio de pulso.

— Não há respostas certas ou erradas aqui — afirma, tentando me tranquilizar. — Mas precisa concluir todas as sessenta perguntas em 25 minutos. O macete é não pensar.

Com certeza. Se eu não fosse do tipo que pensa, ainda estaria marchando para lá e para cá no campo de desfiles, infundindo certo respeito, em vez de estar ali, tentando passar em testes para desmiolados.

Dou uma olhada no material. Na capa se lê apenas "MDRS P8039". Não há pista do que há sob ela.

— Está pronto? — ele quer saber, dando-me um sorriso leve e encorajador.

Assenti.

— Já. — Ele coloca o relógio na mesa.

1: Você descreveria seu atual estado de espírito como:

A. deprimido
B. um pouco deprimido
C. feliz
D. nenhum dos itens acima

Meu pai foi encontrado pendurado em um ventilador de teto. Bebê O sumiu, junto com uma maldita aeronave. Passei a noite trancado numa espelunca civil. O Serviço de Inteligência está me investigando por crimes que obviamente não cometi. Acabei de tirar uma venda dos olhos com as próprias mãos. O que é que você acha?

Não deixaram espaço para escrever, apenas quadradinhos a serem assinalados.

Vai ser "um pouco deprimido", então.

Há indagações sobre minha saúde espiritual — "um pouco espiritual"; pensamentos suicidas — "nunca"; minha vida sexual — "sonho erótico esporádico". Acredita em Deus?

Gostaria que eles tivessem uma opção com "gostaria".

Marco o campo que diz "crente fervoroso".

Quando chego às partes que questionam se eu evitaria que o gatinho de meu melhor amigo se afogasse no rio ou diria a mim mesmo que o bichano pode nadar, começo a gostar do teste, e meu lápis assinala os quadradinhos com o floreio de alguém comemorando a própria sanidade.

O bom policial pega o relógio da mesa e sorri com satisfação. Quer que eu me saia bem.

Há aquela pergunta inevitável a respeito de narcóticos. Não oferece a opção "apenas uma vez". Nem quer saber se a pessoa apreciou a experiência.

"Nunca", marco.

Correndo do quarto de Bannon, em vez de seguir pela Martyrs' Avenue, saltei por uma cerca viva e comecei a caminhar pela mata ao redor do campo de desfiles. Um vaga-lume solitário surgiu do nada e voou à minha frente, como se liderasse o caminho. A cerca circundava o campo como um muro bem estruturado, de arestas niveladas. A grama sob meus coturnos estava úmida com o orvalho da tardinha. Eu estava quebrando a cabeça, como se faz quando seu sangue absorve o haxixe da região de Chitral e sobe rápido ao cérebro com mensagens urgentes do além, elucidando todas as suas dúvidas e transformando seus caprichos em planos impecáveis. As mensagens que eu recebia eram tão claras que chutei a cerca viva, só para me certificar de que tudo era real. A planta iluminou-se quando milhares de vaga-lumes cintilaram, saindo da letargia e iniciando a investida predestinada à noite. Isso mesmo, pensei, hora de acordar e espalhar a luz.

De acordo com a edição especial da *Reader's Digest* sobre a Guerra contra Narcóticos, nenhum cientista conseguiu mapear os efeitos dessa erva na mente humana. Não deviam nem manter o haxixe de Chitral no mesmo ambiente dos ratos de laboratório.

O que vi foi isto: uma sombra movendo-se próximo ao mastro em que se hasteava a bandeira paquistanesa, no estrado perto da extremidade do campo de desfiles. O homem subiu na base, olhou para a esquerda e para a direita e, em seguida, pôs-se a desamarrar a bandeira da peça, onde fora arriada para a noite.

Veio-me à mente naquele momento a bandeira que foi colocada no caixão de meu pai. Eu podia até ouvir as preces fúnebres em minha mente, cada vez mais altas. O féretro abriu-se e, pelo crescente e pela estrela da bandeira, vi-o fazendo uma careta para mim.

O que um Shigri deveria fazer?

Eu obedeci minhas próprias ordens. Joguei-me no chão e segui o rastro do alvo. Anos pegando atalhos proibidos e escalando os muros da Academia para assistir a filmes haviam me preparado para aquele momento. Fiquei bem junto da cerca viva e esperei.

Algum filho da mãe doente da cabeça tentava roubar nossa bandeira. Algum filho da mãe tentava roubar o túmulo de meu pai. Eu pensava com a clareza só proporcionada pelo haxixe de Chitral. Rastejei, movendo-me com a cautela de alguém decidido a salvar a honra do país e as medalhas do meu pai. Os vaga-lumes rodopiavam em torno de minha cabeça. A folhagem úmida penetrava nos coturnos e na camisa da farda, porém meus olhos se concentravam no ladrão, que se agachara no estrado, lutando para desprender a bandeira da corda usada para hasteá-la. Não aparentava ter pressa, mas tentei movimentar-me mais depressa, para pegá-lo em flagrante. Um espinho escondido debaixo da folhagem alojou-se bem atrás de meu cotovelo. Senti um leve ardor, seguido de uma umidade na manga, mas isso não deteve meu rastejo.

Pulei a cerca viva ao me aproximar do estrado e, antes que o ladrão pudesse me ver, saltei e o prendi no solo.

— Por que está lutando com um velho como eu? — A voz de tio Goma era tranquila. Ele não ofereceu resistência.

Senti como se alguém tivesse me pego fazendo o buraco no meu colchão. Nunca mais fume esse troço de novo, foi a promessa que fiz a mim mesmo.

— Achei que alguém estava arruinando a bandeira —, disse eu, levantando-me.

— Já está arruinada; eu vim tirar para lavar — explicou ele, examinando o estrado, como se tivesse perdido algo. A mão desapareceu sob a camisa, mexeu ali por uns instantes e, em seguida, saiu, segurando um saquinho de juta vazio. — Mas que atitude mais tola. Aonde pensa que vai? — perguntou, olhando ao redor em pânico.

Por um momento, achei que estivesse falando comigo. Eu me sentia um perfeito idiota, mas não ia a lugar algum, então, fiquei quieto e acompanhei seu olhar. Tio Goma ajoelhou-se, aproximou o rosto do estrado e começou a se mexer, como se seu filho tolo fosse um verme.

Ele demonstrava o estilo relaxado de um dependente de drogas crônico. Movia-se com tal agilidade e motivação, que passei a participar da busca sem nem saber o que procurávamos. Perscrutando o estrado, tio Goma observou algo no pequeno canteiro de grama entre a base e a extremidade do campo de desfiles; com a bandeira enrolada na mão, ele se lançou em cima. Vi-a por uma fração de segundo enquanto ela retorcia-se e erguia a cabeça verde-jade, as listras similares às de zebra convulsionando ao longo de seu comprimento. Em seguida, ela formou uma espiral. Tio Goma a pegou pelo rabo e afagou a parte posterior da cabeça dela com o indicador, como se acariciasse uma joia rara. A cabeça da serpente do gênero *Bungarus* escondeu-se em meio ao próprio corpo, e o lavadeiro embrulhou-a com a bandeira e segurou-a com dois dedos, longe de si.

Eu teria achado que ainda era alucinação se o próprio tio Goma não se houvesse posto a explicar.

— Não tem nada puro neste país, nem haxixe, nem heroína, nem chili em pó. — Perguntei-me que narcótico ele teria usado naquele dia. — Este é o néctar da natureza. — Agitou a bandeira entrouxada diante de meus olhos. A serpente parecia ter adormecido. A estrela e o crescente do tecido não se moviam.

— Tio, precisa se consultar com um médico. — Coloquei o dedo na altura do ouvido e formei pequenos círculos. — Andou tomando gasolina de novo.

— Combustível tem um cheiro horrível, e a língua da gente fica parecendo um pedaço de carne morta. Nojento. — Cuspiu, indignado.

— E isso? — Apontei para o embrulho em sua mão. — Pelo visto, é um animal peçonhento. Poderia matar você.

Ele deu um leve sorriso, tateou a trouxa com precaução e, em seguida, pegou algo com os dois dedos. Puxou-a com delicadeza, e pude ver a bela cabeça daquela pequena serpente; os olhos eram duas esmeraldas em miniatura, a boca aberta revelava o padrão irregular reluzente sob a língua bifurcada, mostrada em pequenas investidas raivosas.

Antes que eu me desse conta do que tinha em mente, ele abriu os botões da camisa, deixou o ombro à mostra e aproximou bastante a cabeça da serpente. Esta mordeu-o ali. Ele jogou a mão para trás, a cabeça inclinou-se para a esquerda em câmera lenta e quase se apoiou no ombro, de olhos fechados; deixou escapar um gemido. Em seguida, os olhos voltaram a abrir-se devagar. Ficaram alertas, como dois soldados iniciando o turno de serviço. A testa, de forma geral coberta por uma rede de rugas, relaxou. Até mesmo sua sombra aparentemente aumentara de tamanho, estendendo-se por todo o campo de desfiles.

Tio Goma deu um nó na bandeira, colocou-a no saco de juta e, após amarrar a prisioneira, fitou-me como se esperasse uma avaliação do espetáculo.

— Pode matar você — comentei, mostrando-me e sentindo-me protetor.

— Só se a pessoa for gananciosa — disse ele e, então, acrescentou uma reflexão posterior: — ou se injetá-lo.

— O quê?

— É um remédio quando se toma puro. Mas se for misturado com metal, vira veneno. Pode sentir que está baratinado por um tempo, mas, no fim das contas, mata você. Tenta só isso. Ponha uma gota na ponta de uma faca e passa na pele de um elefante; ele vai cair morto. O animal pode até dançar primeiro. Pensar que tem asas. Arrastar as patas. Mas vai cair mortinho no final.

A lua reluziu através de uma nuvem transparente, e a sombra de tio Goma voltou ao tamanho normal, como se ele houvesse sido dobrado até um tamanho manejável.

— Quanto por uma dose? — perguntei, colocando a mão no bolso vazio, totalmente ciente de que tio Goma nunca cobrava por suas mercadorias.

— O que acha que eu sou, senhor? Um traficante? — Voltou a agir como sempre, resmungando. A luz em seus olhos já se esvaía.

— Preciso cuidar de uns assuntos familiares — disse eu, desculpando-me.

— Ela está sem nada, agora. — Deu uns tapinhas no saco de juta. — Vai necessitar de uma semana para produzir o que você precisa.

No sétimo dia, quando eu desfazia a pilha de fardas recém-engomadas que ele depositara sobre minha cama, uma ampola de vidro do tamanho de um dedo saiu rolando, com algumas gotas de um líquido cor de âmbar no fundo.

O médico me oferece chá, provavelmente como recompensa por completar o primeiro teste dois minutos antes dos 25 permitidos. Odeio essa bebida, mas o líquido quente queima a parte de trás de minha garganta e, por um momento, o odor alojado no meu palato se esvai.

O segundo teste não tem nenhuma pergunta, apenas imagens. Não as normais, mas a versão abstrata de um idiota aloprado sobre a vida, na qual a pessoa não sabe se está diante de uma ameba ou de um mapa da capacidade de defesa estratégica da Índia.

Cuidado, digo a mim mesmo. Sorvo devagar o chá. É com esse tipo de teste que podem estabelecer a diferença entre doidões e gênios limítrofes como eu.

A primeira imagem, posso jurar, é a de uma raposa com a cabeça decepada.

— Lago. Triângulo das Bermudas, talvez — digo.

A cada três meses, surgia um artigo a respeito do desaparecimento de aeronaves nesse local. Tinha de ser a resposta mais sensata. Vejo que o médico anota o que eu falo; aliás, escreve muito mais do que comento.

Há um morcego gigante, pendurado de cabeça para baixo na segunda imagem.

— Gravata-borboleta.

— Algo mais vem à sua mente? — pergunta ele.

— Uma gravata-borboleta cor-de-rosa e preta. E bem grande.

Mostrou-me dois pênis atacando um ao outro.

— Coturnos militares — digo. — Coturnos militares em posição de descanso.

Um homem encurvado em meio a um cogumelo atômico.

— Furacão. Talvez um submarino debaixo d'água.

Bruxas sanguinárias lutam.

— Ferradura.

Dois porquinhos me fitam.

— Yoda na frente do espelho.

A última imagem é tão clara quanto o desenhista daqueles esboços podia fazê-la: um par de testículos sobre um bloco de gelo rosado.

— Mangas. Ou alguma fruta. Talvez no gelo.

Continuo sentado, fitando a xícara de chá vazia, enquanto o médico anota febrilmente as últimas observações no bloco.

Com certeza está com pressa. Joga as imagens, os papéis e o lápis na pasta, deseja-me sorte.

— Boa sorte, jovem — e já se coloca à porta, ajustando a boina, outro emblema do Serviço Médico, outra dupla de serpentes com as línguas de fora.

— Senhor, por que foi enviado...

— Lembre-se, jovem, nosso lema é "faça ou morra". Jamais questione...

— Senhor, o lema do Serviço Médico é "Sirva a Humanidade sem..."

— Escute, tenho de pegar um avião até Islamabad. Querem os resultados agora mesmo. Na certa pretendem descobrir se você sabe o que vem fazendo. Sabe?

— Não fiz nada.

— A resposta não aparece neste questionário, então, não posso realmente incluí-la em minha avaliação. Pode dizer isso para ele. — Fez um sinal para o soldado que me levara do banheiro e que aparecera de súbito no vão da porta. — Boa sorte. Parece que é de uma boa família.

O soldado não coloca a venda em mim. Leva-me até um ambiente em que se fez de tudo para dar a impressão de que se trata de uma sala de tortura. Uma cadeira de barbeiro com tiras de plástico nos braços está conectada a aparatos elétricos com aspecto amador. Uma série de bastões, chicotes de couro e foices encontram-se sobre a mesa, junto com um pote de vidro com chili em pó. Cordas de náilon pendem de um gancho na parede e dois pneus velhos acham-se presos ao teto com correntes de metal, provavelmente para pendurar os prisioneiros de cabeça para baixo. O único objeto novo é um ferro de passar roupa branco, desplugado da tomada. Uma sala de tortura usada também como lavanderia?, pergunto-me. Tudo parece fazer parte da decoração, como um cenário de teatro abandonado. Mas, em seguida, olho para o alto e vejo gotas espalhadas de sangue seco; então, observo o entorno mais uma vez e me dou conta de que toda aquela parafernália funciona. Não consigo entender como conseguiram borrifar o sangue de alguém no teto.

— Senhor, por favor, tire a farda — solicita o soldado, com respeito.

Pelo visto, vou descobrir em breve.

— Por quê? — pergunto, tentando manter ao menos alguma dignidade própria de oficial.

— Quero me certificar de que não há marcas no seu corpo.

Tiro a camisa, devagar. Ele a pega e a pendura em um cabide. Coloca os coturnos em um canto. Dobra com cuidado minha calça. Eu abro bem as mãos, desafiando-o a se aproximar e fazer o que quer que tiver de fazer. O soldado aponta para a cueca.

Obedeço.

Ele me circunda. Fico de pé, reto, com as mãos entrecruzadas atrás, sem me mexer nem me coçar. Se quer me ver pelado, não terá a satisfação de olhar para um veado tímido.

Aguardo o início do interrogatório, porém, ao que tudo indica o soldado não tem nada para perguntar.

— Senhor, por favor, fique num canto e não toque em nada. — Liga o ferro na tomada antes de sair.

Até mesmo os torturadores profissionais devem procrastinar de vez em quando, supus. Ou talvez fosse algum tipo de sistema de tortura faça-você-mesmo: a pessoa fica ali, fitando aqueles instrumentos e imagina como várias partes do corpo responderiam a eles. Tento não pensar na luz amarelada do ferro. O major Kiyani tinha dito que não deviam deixar marcas.

O soldado volta com o arquivo amarelo-esverdeado e um súbito interesse por minha família.

— É parente do falecido coronel Shigri?

Respiro fundo e anuo.

— Fui ao enterro dele. Na certa não se lembra de mim.

Perscruto seu rosto em busca de pistas a respeito de suas intenções.

— Espero que me perdoe, senhor. Só estou cumprindo minhas obrigações.

Assinto de novo, como se já o houvesse perdoado. Aparenta ser do tipo que quer ajudar, mas não deseja ser incompreendido.

— Sabe, ele construiu isto. Terminou com duas semanas de antecedência. Fui o supervisor da construção.

— Achei que os mongóis tinham construído este lugar.

Uma sala de tortura não é exatamente o lugar certo para discutirmos os feitos de nossos ancestrais.

Bom trabalho, pai.

No arquivo que ele segura há um "confidencial" e meu número na Força Aérea. Fico imaginando o que diz sobre mim. E Obaid. E nós.

— Meu pai ordenou isto também? Costumava... — Faço um gesto em direção à cadeira de barbeiro e às correntes penduradas no teto.

— O coronel cumpria apenas sua obrigação. — Fecha o arquivo e o coloca no peito, sob os braços cruzados. Eu sabia que meu pai fora encarregado pelo general Zia da logística de combate de guerrilha no Afeganistão. Ele estabelecia a ligação entre os norte-americanos, que financiavam a guerra, e o Serviço de Inteligência, que ficara responsável pela distribuição dessa verba para os *mujahidin*. Porém, nunca chegou a me dizer que o serviço envolvia a construção e administração de instalações como aquela.

— Todos estamos cumprindo nossa obrigação — sussurro e me lanço rumo à mesa ao lado da cadeira de barbeiro, na qual pego uma foice e a seguro próximo ao pescoço. O metal está frio, mas não parece estar afiado o bastante para cortar qualquer coisa.

— Não se mova. Se se mexer, vai encontrar um monte de marcas no meu corpo.

O soldado desdobra as mãos, ainda sem ter certeza do que quero dele.

— Passe esse arquivo para mim.

Ele o agarra com uma das mãos e estende o braço em minha direção.

— Senhor, não seja tolo.

— Por cinco minutos. Ninguém vai saber. — A ameaça em minha voz é ofuscada pelas palavras tranquilizadoras.

O soldado aproxima-se com hesitação, prendendo o arquivo na lateral do corpo. Provavelmente não tem experiência com chantagens de prisioneiros pelados.

— É o mínimo que pode fazer, depois de tudo o que meu pai fez por você — acrescento, incentivando-o.

Não faço ideia do que meu pai pode ter feito por ele, mas o rapaz afirmou que fora ao enterro.

— Cinco minutos. — Olha para a porta e coça a cicatriz em formato de meia-lua, que, de repente, fica vermelha.

Balanço a cabeça com veemência e estico o braço para ele, oferecendo a foice como sinal de minhas intenções pacíficas.

O rapaz pega o instrumento com uma das mãos e entrega-me o arquivo. Seus dedos tremem.

"Relatório preliminar feito pelo major Kiyani..."

Abro a capa. O primeiro documento é minha própria declaração. Viro a página e algo cai. Pego uma foto Polaroid no chão. A imagem é confusa: uma hélice destruída, uma capota esmagada, uma asa arrancada da fuselagem. Tudo indica um MF-17 destroçado. Há uma data na parte inferior: mostra o dia em que Obaid se ausentou sem permissão. Minha visão fica turva por um instante. Coloco a fotografia de volta no arquivo. Vejo outro formulário, mais um relatório com a assinatura de Bannon. "Perfil do militar: suboficial Shigri." Palavras como *oficial brilhante*, *perda pessoal*, *comportamento reservado* aparecem diante de meus olhos antes de eu escutar passos aproximando-se da sala.

— Depois — diz o soldado. Toma o arquivo de mim e, antes que eu preveja seu próximo passo, levanta-me pela cintura, enfia minha cabeça no pneu e puxa uma corrente de metal. Fico pendurado a meio caminho entre o piso e o teto.

A voz de major Kiyani soa rouca, e ele não fica satisfeito ao me ver oscilando tranquilamente no ar, com o tronco equilibrado no pneu.

— Eu disse sem marcas. — O major caminha ao meu redor. A fumaça do cigarro chega às minhas narinas, e inalo com ansiedade. — Não ordenei: "Comece o piquenique aqui".

Em seguida, pega o ferro e aproxima-se de minha cabeça, os cabelos cheios de gel e as sobrancelhas grossas no mesmo nível de meu rosto. Ele deixa a ponta do ferro bem perto de minha sobrancelha esquerda. Cerro os olhos, em pânico. Sinto o cheiro de pelo queimado e jogo a cabeça para trás.

— Tarzan, as pessoas estão fazendo perguntas sobre você. Melhor começar a falar antes que a boa vontade se esgote. Eu levaria menos de um minuto para arrancar a verdade a ferro, mas, então, você nunca mais iria querer tirar a roupa na frente de ninguém. Tenho certeza de que até você não conseguiria viver com isso.

Em seguida, vira-se para outro soldado, que fora com ele até ali.

— Ponha algumas roupas nele e leve-o para a sala VIP.

Doze

Segurando o jornal enrolado com ambas as mãos, a primeira-dama atravessou o gramado da Casa do Exército, ignorando o jardineiro em serviço, que levantou a cabeça de uma roseira e ergueu a mão suja de terra para fazer o *salaam*. À medida que se aproximava do portão principal da residência, os guardas saíram das cabines, abriram as portas de ferro e prepararam-se para segui-la. Ela fez um gesto com o jornal para eles, sem olhá-los, indicando que permanecessem em seus lugares. Os guardas a saudaram e voltaram às cabines. Os procedimentos-padrão para o Alerta Vermelho de Segurança que eles seguiam não diziam nada a respeito das ações da primeira-dama.

Ela não se lembrava da última vez em que passara caminhando por aqueles portões. Sempre saía em um minicomboio com dois batedores, seu próprio Mercedes-Benz preto seguido por um jipe conversível cheio de soldados armados. A estrada sob seus pés parecia uma pista abandonada, bem cuidada e interminável. A primeira-dama nunca reparara nas árvores antigas que ladeavam ambos os lados do caminho. Com os troncos caiados e ramos repletos de pardais cochilando, aparentavam ser o pano de fundo de uma história fantasmagórica. Ela ficou surpresa quando ninguém a parou na entrada do Escritório de Campanha adjacente à Casa do Exército, onde o marido se ocupava brincando de presidente.

— Entre na maldita fila — gritou alguém, e ela se viu de pé no final de uma longa sequência de mulheres, todas de meia-idade ou idosas, usando *dupattas* brancas nas cabeças. A primeira-dama podia notar, por seus rostos, que eram pobres, mas se esforçaram para usar as roupas mais arrumadas naquela ocasião. Os *shalwar kameez* de algodão mostravam-se ajeitados e bem engomados; algumas das senhoras haviam passado talco nas maçãs do rosto e nos pescoços. Ela notou ao menos dois tons de esmaltes vermelhos. Podia ver o marido no outro lado da fila, os dentes arreganhados, o bigode fazendo sua pequena dança para a câmera de TV, a divisão no meio dos cabelos oleosos reluzindo sob o sol. Ele distribuía envelopes brancos e, quando os entregava, afagava as cabeças das mulheres como se não fossem idosas sem recursos recebendo um dinheiro bastante necessário, mas estudantes em uma reunião matinal recebendo prêmios de consolação do diretor. A primeira-dama pensou em abrir caminho e confrontá-lo diante da equipe de televisão. Pensou em desenrolar o jornal na frente da câmera e em fazer um discurso, revelando ao mundo que aquele Homem de Fé, que aquele Homem da Verdade, Amigo das Viúvas, não passava de um venerador de peitos.

Mas foi apenas um capricho passageiro, pois ela sabia que seu discurso jamais apareceria nas telas de TV do país; daria início a um boato desagradável em Islamabad, que circularia nos quatro cantos do Paquistão antes do final do dia: a primeira-dama era uma doida que sentia ciúmes até das pobres viúvas auxiliadas pelo marido. Pensou em abrir o jornal e mostrar a foto para as outras na fila, mas deu-se conta de que achariam que estava exagerando. *Que é que tem de errado o presidente conversar com mulheres brancas?*, perguntariam. *Todos eles fazem isso.*

Observou a longa sequência diante de si, puxou a *dupatta* até a fronte com firmeza e decidiu aguardar pacientemente ali, avançando devagar à medida que as viúvas moviam-se rumo ao benfeitor. As mãos foram enrolando o jornal, formando um rolo cada vez mais apertado. A mulher na frente da primeira-dama lançou-lhe olhares suspeitos desde que ela entrou na fila. Observou o anel de brilhantes, os brincos de ouro, o colar de madrepérola e quis saber:

— Seu marido deixou todas essas joias, ou você teve de matar o pobre para conseguir tudo isso?

Com o general Zia recusando-se a sair da Casa do Exército até mesmo para funções estatais por causa do Alerta Vermelho, o ministro da Informação já estava ficando sem ideias para manter o chefe nas manchetes do noticiário. Quando o presidente mandou que o ministro conseguisse um horário nobre para seu Programa Presidencial de Reabilitação de Viúvas, este relutou, no início.

— Mas sempre fazemos isso durante o *Ramadã*, senhor — disse, entre os dentes, o ministro, desculpando-se. Não sabia ao certo onde encontraria tantas viúvas naquela época do ano.

— Há uma lei neste país que me impeça de ajudar os pobres no mês de junho? — vociferou o general. — Tem algum estudo econômico que diga que as viúvas só precisam de ajuda durante o *Ramadã*, mas não amanhã cedo?

O ministro da Informação cruzou as mãos sobre a virilha e balançou a cabeça, com veemência.

— É uma ideia brilhante, senhor. Vai ser uma mudança bem-vinda na pauta de notícias. As pessoas estão perdendo o interesse pelas histórias dos soviéticos voltando para casa e de nossos *mujahidin* afegãos atirando uns nos outros.

— E certifique-se de que as notas de 100 rupias sejam novas. Aquelas velhas adoram o cheiro de dinheiro novo.

A ordem foi enviada ao Ministério do Bem-Estar Social para que apresentassem trezentas viúvas adequadamente vestidas na cerimônia. Os caixas do banco estatal fizeram hora extra para pôr notas novas de 100 rupias nos trezentos envelopes brancos. Foi mandado um comunicado à imprensa anunciando que o presidente distribuiria donativos às viúvas dignas. O ministro da Informação escreveu uma observação adicional, que entregaria aos editores após o evento. Dizia que o presidente travara contato com as idosas e que a coragem de todas deixara seus olhos marejados.

Na manhã seguinte, um comboio de ônibus deixou 243 mulheres à guarita da Casa do Exército. Os funcionários do Departamento de Assuntos Sociais, apesar das melhores intenções, não conseguiram reunir o número requisitado de viúvas genuínas e, no último minuto, incluíram algumas funcionárias, amigas e parentes.

Um major em pânico em serviço de guarda telefonou para o brigadeiro TM e contou-lhe que centenas de mulheres aguardavam para entrar no Escritório de Campanha. Ele não tinha como revistá-las, pois não havia policiais do sexo feminino naquele momento e, de acordo com as normas operacionais padrão do Alerta Vermelho, não poderia deixar que passassem sem a revista apropriada.

— Mantenha todas aí — disse o brigadeiro de forma brusca, interrompendo o exercício matinal de quinhentas flexões. Em seguida, entrou em seu jipe, colocando o coldre com uma das mãos.

Havia uma multidão de mulheres do outro lado do portão da Casa do Exército. Algumas, que tinham participado dessa cerimônia antes, ameaçavam os militares em serviço e diziam que se queixariam com o presidente.

— Nós somos convidadas dele, não mendigas. *Ele* chamou a gente.

Os soldados, cada vez mais nervosos, ficaram aliviados quando o brigadeiro TM saltou do jipe e ordenou que eles formassem três filas.

Para o brigadeiro TM, um agrupamento só de mulheres era um pesadelo de segurança mesmo quando não estavam em Alerta Vermelho. Todos aqueles *shalwar kameez* folgados, todas as *dupattas* esvoaçantes, além das bolsas, das joias que acionavam detectores de metal e das malditas burcas. Como saber se elas não levavam um lançador de foguetes sob aquelas tendas? Como saber até se eram mulheres? O brigadeiro adotou uma postura firme de imediato no que dizia respeito à questão das viúvas de burca. Mandou chamar o ministro da Informação, que supervisionava a equipe de filmagem no gramado do Escritório de Campanha.

— Sei que essas burcas parecem ótimas na TV e que o presidente gosta delas, mas estamos em Alerta Vermelho e não posso permitir a entrada de nenhuma ninja cuja face não consigo ver.

O ministro, sempre ponderado ao lidar com homens uniformizados, concordou na hora e mandou que as que estivessem de burca entrassem no ônibus e fossem embora. Os protestos veementes e ao menos uma oferta de retirada do traje foram ignorados. Em seguida, o brigadeiro TM passou a se concentrar nas mulheres restantes, naquele momento caladas após o que ocorrera com as outras.

— As senhoras não sairão da fila — bradou ele. — Ninguém vai se curvar para beijar os pés do presidente. Ninguém tentará abraçá-lo. Se ele tocar em sua mão, não façam movimentos bruscos. Se alguém desobedecer a essas instruções... — Pôs a mão no coldre e, então, parou. Era certo exagero ameaçar um grupo de viúvas com o revólver. — Se alguma das senhoras quebrar essas regras, nunca mais será convidada para se encontrar com o presidente.

Ele percebeu como a ameaça fora patética quando as filas começaram a se desfazer e as mulheres passaram a tagarelar como estudantes contando as novidades após as férias de verão. Entrou no jipe e foi depressa para a marquise no gramado do Escritório de Campanha, onde a equipe de filmagem se preparava para filmar a cerimônia. Chegou a ver uma mulher sozinha, com um jornal, caminhar em direção às viúvas, as quais os guardas tentavam reorganizar em filas. Pensou em dar a volta e perguntar por que diabos não estava junto das demais, porém, notou que o general Zia conversava com o ministro da Informação. Gritou para a idosa, antes de ir correndo rumo ao chefe.

— Entre na maldita fila.

O general sempre sentia um formigamento sagrado na medula espinhal sempre que se via cercado de pessoas muito pobres e necessitadas. Conseguia diferenciar as de fato desesperadas das meras gananciosas. Ao longo dos 11 anos de seu governo, aprovara contratos multimilionários para estradas que ele sabia que desapareceriam ao primeiro sinal de uma monção. Autorizara empréstimos de bilhões de rupias para fábricas que sabia que não produziriam nada. Mas o fizera por questões políticas; precisara levá-lo adiante. Não sentia prazer ao agir assim. Porém, aquele ritual de entregar um envelope contendo 100 rupias para uma mulher sem um homem que tomasse conta dela o regozijava. A gratidão demonstrada por aquelas viúvas era genuína; as bênçãos que lhe davam, autênticas. Ele acreditava que Alá não ignoraria seus apelos. Tinha certeza de que aquelas preces eram prontamente atendidas.

Um produtor de televisão bastante observador foi até o ministro da Informação e apontou para a faixa, que serviria como pano de fundo para o evento. Dizia:

PROGRAMA PRESIDENCIAU DE REABILITAÇÃO DE VIÚVAS.

O ministro sabia por experiência que um erro de grafia podia arruinar o dia do general e sua própria carreira. O chefe fotocopiava os artigos de jornais, até mesmo os que o elogiavam, e os mandava para os editores com um bilhete de agradecimento, circundando os erros com caneta vermelha. O funcionário do setor de comunicação posicionou-se de forma estratégica diante da faixa e não arredou o pé dali durante toda a cerimônia. Essa, na certa, foi a primeira e a última vez em que ele não foi visto na filmagem oficial no lugar de costume, com o estado de ânimo de costume: sempre ficava atrás do chefe, com a cabeça esticada sobre os ombros do general, um sorriso tão largo que dava a impressão de que a sobrevivência do país dependia de seu bom humor.

— Reze para o futuro próspero do Paquistão e por minha saúde — disse o general Zia para uma viúva de 75 anos, uma mulher toda enrugada, que lembrava uma maçã murcha. Era uma estimada veterana daquele evento e, por conseguinte, a primeira da fila.

— O Paquistão está muito próspero — afirmou ela, agitando a carta perto de sua face. Em seguida, apertou a maçã do rosto dele com ambas as mãos. — E o senhor está tão saudável quanto um boi jovem. Que Alá destrua todos os seus inimigos.

Ele arreganhou os dentes, e o bigode moveu-se ligeiramente; em seguida, ele pôs a mão direita no coração e, com a esquerda, deu tapinhas no ombro da velha.

— Sou o que sou por causa de suas preces.

O general, que vinha se concentrando nos últimos dias no alerta de segurança provocado pelo versículo de Jonas, sentiu paz pela primeira vez em séculos. Observou a longa fila de mulheres com as cabeças cobertas, os olhos cheios de esperança e percebeu que eram seus anjos da salvação, sua última linha defensiva.

O brigadeiro TM permaneceu fora da imagem, irritando-se com a forma como aquelas mulheres desobedeciam às suas instruções. Mas como a câmera estava filmando, ele tinha educação o bastante para não interromper a gravação, controlar a raiva e se concentrar no final da fila, onde, pelo visto, uma briga se iniciara.

A maior parte das mulheres ali presentes sabia por que o presidente estava demorando tanto para entregar aquelas poucas centenas de rupias. Ele estava disposto a conversar, perguntando como andava a saúde de cada uma delas, escutando com paciência as respostas intermináveis e pedindo-lhes que rezasse por sua saúde.

Os noventa minutos reservados para o evento estavam prestes a se esgotar e mais da metade das viúvas ainda aguardava. O ministro da Informação pensou em dar um passo à frente e perguntar-lhe se, com sua permissão, poderia distribuir o restante dos envelopes, mas, então, lembrou-se da palavra errada que escondia e decidiu permanecer no lugar. O brigadeiro TM olhou para o relógio, em seguida, para o presidente tagarelando com as mulheres e chegou à conclusão de que não tinha de se preocupar com a agenda dele.

A primeira-dama não vinha recebendo o apoio fraternal que esperava das outras idosas na fila.

— Begumes como ela fazem com que a gente tenha má reputação — comentou a velha diante dela para a outra, à sua frente. — Olhe só todo o ouro que essa vaca está usando — ressaltou, falando mais alto. — O marido provavelmente morreu tentando manter a mulher toda enfeitada com esses ornamentos.

A esposa do presidente puxou ainda mais a *dupatta*. Fechou-a sobre o peito, na tentativa tardia de esconder o colar. Então, percebeu que, para aquelas idosas, deveria parecer uma fraude, uma begume rica fingindo ser viúva, tentando se aproveitar da caridade oficial.

— Meu marido não está morto — explicou, erguendo a voz, de modo que dez à sua frente podiam ouvi-la. Elas viraram-se e fitaram-na. — Mas eu o deixei. E, olhem aqui, podem ficar com isso. — Tirou os brincos e o colar e colocou-os nas mãos relutantes de duas mulheres à sua frente.

Correu o boato ao longo da fila de que alguém no final distribuía ouro.

Com o canto do olho direito, o general Zia notou o pandemônio no fim da fila. Com o esquerdo, buscou o ministro da Informação. Queria descobrir o que ocorria, no entanto, o subordinado encontrava-se postado diante do pano de fundo, como se estivesse defendendo a última casamata de uma linha de frente sob ataque.

Uma mulher bastante jovem, de uns 20 e poucos anos, recusou o envelope entregue pelo presidente e, então, tirou a *dupatta* da cabeça e desenrolou-a, como se fosse uma faixa, diante da câmera.

Estava escrito: LIBERTE A CEGA ZAINAB.

O general Zia moveu-se para trás, o brigadeiro TM foi correndo para a frente, com a mão direita pronta para sacar a arma. As câmeras de TV fizeram um *close-up* da jovem, que gritava.

— Não sou viúva — repetiu diversas vezes. — Não quero o seu dinheiro. Quero que solte aquela pobre deficiente visual agora mesmo.

— Nós construímos institutos especiais para os deficientes visuais. Separei uma verba especial para as pessoas especiais — sussurrou o presidente.

— Não quero a sua caridade, mas justiça para Zainab, a cega Zainab. É culpa dela não reconhecer os atacantes?

O general Zia olhou de soslaio para trás e arqueou a sobrancelha direita, perguntando sem abrir a boca ao ministro da Informação onde encontrara aquela viúva. O subordinado não se moveu e, supondo que a câmera fazia um *close-up* dele, sorriu. Balançou a cabeça, já pensando na legenda da foto dos jornais do dia seguinte: *O presidente compartilha de um momento tranquilo com o ministro da Informação.*

O brigadeiro TM podia controlar a bagunça numa das extremidades da fila. Porém, naquele momento, havia mulheres apontando os dedos e gritando em ambas as fileiras. As mais afastadas dele xingavam a última mulher da fila, aquela bem à sua frente desafiava o protocolo presidencial. Sacou o revólver e dirigiu-se ao cinegrafista.

— Pare de filmar.

— Esta filmagem está interessante, animada — disse o sujeito, com os olhos grudados na câmera. Mas, em seguida, ele sentiu algo rígido espetando a costela e desligou o aparelho.

O brigadeiro mandou tirar as mulheres que protestavam e a cerimônia recomeçou, daquela vez sem as câmeras de TV. Os movimentos do general Zia tornaram-se automáticos; ele mal olhava para as viúvas quando elas se aproximavam para pegar os envelopes. Até ignorou suas bênçãos. Se meus inimigos conseguiram se infiltrar em meio aos meus anjos da salvação, pensou ele, como posso confiar em alguém?

Quando a última da fila deu um passo à frente para receber o dinheiro, o presidente já se virara para o ministro da Informação. Queria trocar umas palavrinhas com ele. Estendeu o envelope para a mulher sem olhá-la; esta segurou sua mão e colocou um pequeno anel metálico nela. Ele só se voltou para fitá-la quando ouviu o ruído de vidro quebrando.

A esposa achava-se ali, golpeando as pulseiras de vidro ao bater um pulso contra o outro, algo que as mulheres só faziam quando ouviam as notícias do falecimento dos maridos.

Mais tarde, ela escutaria pacientemente o marido culpar os inimigos na imprensa, alegar interesse nacional e invocar seus 38 anos de casados. Diria tudo o que a primeira-dama achava que diria. Ela concordaria em continuar com suas obrigações cerimoniais como esposa do presidente — apareceria nos eventos oficiais e entreteria outras mulheres em sua posição — mas só depois de atirá-lo para fora do quarto.

Entretanto, ali, naquele momento, disse apenas o seguinte antes de sair andando:

— Acrescente meu nome na lista de viúvas. Você morreu para mim.

Treze

O soldado que me acompanha desde a sala de tortura desamarra meus pulsos, nem se dá ao trabalho de remover a venda; com uma das mãos, empurra meu pescoço para baixo, chuta o meu traseiro com o coturno e me joga para dentro de uma cela. Caio com a cabeça virada para o chão, a língua sentindo o gosto de areia. A porta que fecha atrás de mim é pequena. Sinto alívio ao notar que não estou no banheiro em que passei a noite. Mexo no trapo que cobre os meus olhos, o nó está apertado demais. Eu o puxo para baixo e o deixo pendurado no pescoço como a coleira do vira-lata de um pobre. Pestanejo diversas vezes, mas não consigo registrar nada. Abro bem os olhos, semicerro-os. Não vejo nada. Será que fiquei cego? Fico imóvel, com medo de mover as mãos e os pés e de me encontrar em um túmulo. Inalo, e o ar cheira a uma colcha que ficou no quintal durante uma monção, mas é melhor que o odor da noite anterior. Com hesitação, estico o braço e movo a mão direita. Ela não toca em nada. Estico a mão esquerda; ela agita-se no vazio. Estendo os braços para frente, para trás, dou uma volta de 360° com eles assim, mas não me deparo com nenhum objeto. Com a mão na frente do corpo, começo a andar, contando os passos. Após dez deles, toco em uma superfície atijolada. Passo os dedos pelos tijolos lisos e finos que os mongóis usaram para construir aquele forte. Conclusão: ainda estou ali. Colocaram-me em uma área do forte que não é uma ampliação construída pelas Forças Armadas. Dirijo-me para a esquerda. Doze passos e me deparo com outro exemplo da alvenaria mongol. Bato na parede e, como eu já deveria saber, há apenas o eco surdo dos nós dos dedos de encontro ao monumento histórico.

Não estou em um túmulo. O espaço é amplo, posso respirar. Eu me encontro em uma masmorra grande. Meus olhos ajustam-se à escuridão, mas ainda não conseguem enxergar nada. O breu parece aumentar. Trata-se do tipo de treva antiga, feita pela imaginação sádica dos mongóis. Esses pentelhos podem ter perdido o império, mas sabiam como construir calabouços. Eu me ajoelho e começo a fazer uma turnê engatinhando por minha morada. A areia é de verdade e, sob ela, o piso, lajes de pedra frias e intermináveis. Quem quer que desejasse cavar um túnel ali, teria de contratar uma mineradora. Nesse monumento aos valores arquitetônicos do século XVI, a única concessão aos tempos modernos é um balde de plástico no canto, no qual bato a cabeça. Provavelmente não é usado há muito tempo, mas o fedor concentrado que emana dele deixa claro que não devo esperar idas ao banheiro.

Sento-me com as costas apoiadas na parede e cerro os olhos, esperando que o breu fique menos escuro, como acontece no cinema. Abro-os de novo. Isso não é uma sala de exibição. Não posso nem visualizar sombras imaginárias.

Os minutos passam, as horas transcorrem. Como saber há quanto tempo estou ali? Se ficar parado, vou perder a visão ou partes do cérebro e, na certa, o uso de braços e pernas. Eu me levanto de um salto, em pânico. De pé, Sr. Shigri, mãos à obra. Obrigo-me a correr. Foi o que fiz no mesmo lugar, por um tempo; meu corpo esquenta. Mantenho a boca fechada e concentro-me em respirar pelo nariz. Não foi uma escolha muito boa de exercício, pois percebo que inalo a areia que começou a esvoaçar no ar. Paro. Ponho as mãos na nuca e dou início a agachamentos frenéticos. Faço quinhentos e, sem fazer pausa, dou um salto e caio com as mãos na areia, o corpo paralelo ao chão. Cem flexões; uma leve camada de suor cobre meu corpo, e um brilho interior me faz sorrir. Conforme me sento e recosto na parede, penso que Obaid na certa podia escrever um artigo a esse respeito, mandá-lo para o *Reader's Digest* e realizar o sonho de receber 100 dólares pelo correio: "Aeróbica para prisioneiros solitários".

Comecei minha breve carreira de esgrimista praticando com um lençol. Pendurei-o na cortina de meu alojamento e desenhei um círculo na altura em que a face de meu alvo ficaria. Eu fiquei de costas para ele e tentei espetá-lo de todos os ângulos possíveis, do alto dos ombros, com a mão esquerda, de costas. Após uma hora, o lençol ficou cheio de tiras cortadas e o rosto, mais ou menos intacto, zombando de minha perícia.

No dia seguinte, enquanto Obaid se preparava para passar o fim de semana fora, fingi que estava com febre. Ele foi até minha cama, pôs a mão na minha testa e balançou a cabeça, com falsa preocupação.

— Na certa, apenas uma dor de cabeça — disse, fazendo uma careta, desapontado diante da perspectiva de assistir a *Os canhões de Navarone* sem mim.

— Não sou um cara cosmopolita feito você. Venho das montanhas, onde só as mulheres têm dor de cabeça — comentei, irritado com a própria mentira.

Ele ficou perplexo.

— E o que é que você sabe sobre elas? — provocou, espalhando uma dose generosa de Poison nos pulsos. — Não lembra nem como era a sua mãe.

Cobri a cabeça com o lençol e comecei a me distanciar pouco a pouco.

Tranquei a porta do quarto assim que ele saiu e coloquei a farda — coturnos, quepe com debrum dourado, guia de espada, bainha e tudo o mais. Dali em diante, todo ensaio seria feito com toda a indumentária. Não havia por que fazer tudo de qualquer jeito; não fazia sentido não simular as circunstâncias exatas. Peguei uma toalha branca. Em vez do círculo, dessa vez tracei um formato oval com lápis, em seguida, dois olhinhos redondos e um sete invertido como nariz. Gostei especialmente de desenhar um bigode tipo vassoura. Pendurei minha criação na cortina, coloquei a mão direita no punho da espada e dei cinco passos atrás. Tomei posição de sentido, os olhos fixos na face de bigode da toalha. Saquei a espada e estiquei-a em direção ao alvo. Ela ricocheteou no ar a centímetros da toalha.

Cinco passos era a distância regulamentar entre o comandante do desfile e o convidado de honra que passa as tropas em revista, e ninguém podia mudar isso. Tentei atirar a espada. Perfurou, de fato, o queixo, mas essa não era uma possibilidade. Não se podia fazê-lo com um alvo vivo, porque, se a pessoa não acertasse, ficava ali parada, de mãos abanando. Não que eu pudesse me dar ao luxo de errar. Não que eu pudesse escolher a melhor tentativa dentre três.

Eu sabia qual era o problema. Não se tratava da distância. Nem de meu alvo em movimento; tinha a ver com a relação entre a mão, quando ela empunhava a espada, e a própria espada: duas entidades diferentes. Com a prática, eu podia melhorar a coordenação olho-mão — fazer com que funcionasse melhor —, mas, infelizmente, não era o bastante. O braço e a espada tinham de se tornar um só. Os músculos do tendão precisavam se mesclar com as moléculas que formavam a lâmina. Seria necessário manuseá-la como se fosse uma extensão do braço. Como Bannon destacara diversas vezes em nossas sessões de atirar facas, eu tinha de desenvolver o *sentiment du fer*.

Chegara a hora de buscar a sensação do aço dentro de mim.

Tirei a guia de espada, deitei na cama, de coturnos, fiquei olhando fixamente para os dois olhinhos redondos da toalha e me desprendi por completo, técnica que eu mesmo inventei. Era um exercício lento, e poucos tinham a perseverança mental requerida para fazê-lo, porque envolvia o total abandono dos pensamentos e o absoluto controle muscular. Eu aprimorei essa técnica durante aquelas férias em que o coronel Shigri pedia perdão pelos pecados debruçado diante do Alcorão durante o dia e, depois, planejava, com seus uísques, ao longo da noite, a próxima incursão no Afeganistão. Eu tinha tempo de sobra nas mãos.

O desprendimento total começava no couro cabeludo e ia avançando até os pés. Eu retesava, contraía por um tempo e relaxava os músculos tensos, um por um, enquanto o restante do corpo mantinha-se alheio.

Tanto a expectativa quanto a ânsia são contraproducentes. Não se trata de algo muscular. A sensação do aço está na cabeça. A espada deve captar sua vontade através das pontas de seus dedos.

Obaid ficou surpreso ao me encontrar de farda ao voltar. Ignorei o relato de *Os canhões de Navarone*, fiz uma venda de couro preto para os olhos com meu coturno velho e pedi que ele a colocasse. Pela primeira vez, não me fez perguntas, nem soltou piadinhas sobre o "Shigri exibicionista". Não disse uma palavra quando fechei as cortinas e desliguei todas as luzes, uma a uma.

Mas se manifestou quando ouviu o clique da fivela da guia de espada.

— Espero que saiba o que está fazendo.

Liguei o abajur, peguei uma garrafa de graxa branca de sapato e meti a ponta da espada ali. Obaid continuou a me olhar como se chifres estivessem saindo de minha cabeça bem na sua frente, mas teve o bom-senso de não dizer nada.

— Está bem, Bebê O. Pode se mover o quanto desejar, mas, se quiser manter ambos os olhos, fique o mais quieto possível. E eu sei o que estou fazendo. Guarde o seu sermão para mais tarde.

Desliguei o abajur. Caminhei na direção de meu colega e fiquei bem perto dele; podia sentir o hálito de cardamomo. Era o que ele julgava fazer parte da boa higiene oral e, por isso, sempre levava algumas bagas verdes no bolso. Comecei a marchar para trás. Um, dois, três, quatro, cinco passos. Coloquei a mão direita no punho da espada e mantive a bainha reta e firme com a esquerda. Em meio à escuridão, a arma branca reluziu por alguns instantes, sob o reflexo da luz do luar, que penetrava por uma diminuta fresta na cortina. É o que acontecerá durante o dia, se não houver nuvens, pensei. Mas o que eu achava era irrelevante. O comando já passara de minha mente para os tendões no antebraço, e as moléculas inanimadas da espada de aço avivaram-se. Minha vontade estendeu-se até a ponta dela, que tocou no centro da venda de couro. Embainhei a espada e pedi que Obaid acendesse a luz. Quando ele se virou após fazê-lo, vi o pontinho branco no meio da venda preta, sobre o olho direito. Os músculos dos meus ombros relaxaram, tamanha foi a satisfação que senti. Obaid acercou-se e parou na minha frente, tirou a venda de couro e mostrou a língua, oferecendo-me a baga de cardamomo parcialmente mastigada: um inseto verde na ponta aveludada e rubra da língua. Peguei-a e coloquei-a na boca, apreciando o aroma agradável. As sementes amargas já haviam sido consumidas por ele.

Meu colega aproximou-se mais e pôs as mãos nos meus ombros. Fiquei tenso. Com os lábios perto de minha orelha, disse:

— Como pode ter tanta certeza?

— Está no sangue — respondi, pegando um lenço branco do bolso para limpar a ponta da espada. — Se você encontrasse o seu pai pendurado num ventilador de teto, saberia.

— Nós conhecemos alguém que pode descobrir — informou, o queixo no meu ombro.

— Não confio nele. E o que vou dizer? "Oficial Bannon, pode usar suas conexões para esclarecer as circunstâncias do trágico fim de um tal coronel Shigri, que pode ou não ter trabalhado para a CIA e pode ou não ter se matado?"

— Tem de começar em algum lugar.

Limpei de forma enérgica a ponta da espada uma última vez, antes de embainhá-la de novo.

— Não vou iniciar nada. O que quero é dar um fim.

Bebê O sussurrou, de novo com os lábios perto de minha orelha:

— Às vezes, há um ponto cego bem debaixo dos seus olhos. — Seu murmúrio de cardamomo espalhou-se como as ondas de um mar calmo em meus ouvidos.

Devo ter cochilado, pois, assim que acordo, o choque de me encontrar no escuro é novo e alguém está tentando cutucar a parte posterior da cabeça com o que parece ser um tijolo. Minha reação inicial leva-me a supor que o breu está pregando peças em minha mente, e começo a inventar companhias imaginárias. Cerro os olhos outra vez e recosto a cabeça no mesmo lugar na parede e, novamente, sinto um leve empurrão do bloco de barro. Eu me viro e começo a delinear os contornos do tijolo com os dedos. Este projeta-se quase um centímetro e meio fora da divisória. Enquanto ainda o toco, com o coração tentando desesperadamente acreditar em milagres, ele se move outra vez. Está sendo empurrado do outro lado. Ponho a mão e o coloco de volta com suavidade. Dessa vez, ele é impulsionado de forma mais enérgica. Quase metade dele sobressai agora. Seguro-o e, com cuidado, retiro-o, esperando que a cela se encha de luz e cantos de passarinho. Nada acontece. Continua tão escuro quanto desejavam os mongóis. Meto a mão na abertura e toco em outro tijolo. Empurro-o e ele se move.

Pressiono um pouco mais e o bloco de barro desaparece. Ainda assim, nem um raio luminoso sequer. Noto que alguém prende a respiração no outro lado e, em seguida, exala. Ouço uma risadinha deliberada, profunda e agradável.

Então, ela para e um sussurro surge do buraco da parede — um casual, como se fôssemos dois cortesãos no Pátio do Povo do forte, aguardando a chegada de Akbar, o Grande.

— Está machucado?

A voz me faz a pergunta como se estivesse indagando qual é a temperatura da cela.

— Não — respondo. Não sei por que de modo tão enfático, mas foi assim que a palavra saiu. — Nem um pouco. Você está?

A risadinha de novo. Algum maluco que puseram ali e esqueceram, digo a mim mesmo.

— Guarde bem o tijolo. Ele tem de ser recolocado no lugar quando eu disser. Pode contar para eles o que quiser a meu respeito, mas não isso.

— Quem é você? — pergunto, sem me dar ao trabalho de aproximar o rosto do buraco. Minha voz ecoa na masmorra, e o breu começa, de súbito, a adquirir vida, cheio de possibilidades.

— Calma — murmura ele, de modo enérgico. — Fale pelo buraco.

— Por que está aqui? Como se chama? — sussurro, com metade da face à abertura.

— Não sou idiota a ponto de dar o meu nome. Este lugar está cheio de espiões. — Aguardo que prossiga. Mudo de posição e encosto o ouvido no vão. Espero. Após uma longa pausa, ele recomeça a falar. — Mas posso contar por que estou aqui.

Fico calado, na expectativa de que o homem me leia sua ficha; no entanto, ele fica quieto, talvez precisando de encorajamento.

— Estou ouvindo — incentivo.

— Por matar o general Zia — revela.

Malditos civis, quero gritar para ele. O major Kiyani fez isso de propósito: jogou-me numa cova extragrande, pôs um civil doido como vizinho e criou um canal de comunicação. Na certa era sua ideia de tortura de gente de boa família.

— É mesmo? — indago com o famoso sarcasmo Shigri. — Mas não fez um bom serviço. Falei com ele há dois dias, e ele me pareceu bem vivo.

Para um paisano, a resposta parece bastante comedida.

— Então é convidado pessoal dele? E o que foi que fez para merecer essa honra?

— Sou das Forças Armadas. Houve um mal-entendido.

Noto que está impressionado, pois fica um longo tempo calado.

— Não é mentira? — quer saber, o tom de voz ao mesmo tempo desconcertado e inquiridor.

— Ainda estou de farda — digo, ressaltando o fato, mas dando a impressão de estar tentando me reconfortar.

— Põe o rosto na frente do buraco; quero ver você.

Eu o faço e aproveito para indagar, animado:

— Você tem fósforo? — Se sim, talvez tivesse cigarros, também.

Fico perplexo quando o sujeito cospe no meu olho, atônito demais até para responder à altura. Quando por fim me veio o "Que diabos?", ele já tinha recolocado o tijolo. Só me resta esfregar os olhos e me sentir um perfeito idiota por ter recebido um cuspe no rosto de alguém cujo nome ignorava e cuja face não vira.

O que foi que eu disse? Eu me levanto, aborrecido, e começo a andar de um lado para o outro na cela; meus pés já sabiam quando parar e dar a volta. Tento me lembrar das últimas palavras que disse ao sujeito. Apenas comentei que ainda estava de farda. Achei que os civis as adoravam. Há canções no rádio, novelas na TV e edições especiais nos jornais que celebram esta farda. Meu vizinho civil talvez estivesse sofrendo de um caso agudo de ciúmes.

Como diabos vou saber como são os civis e o que pensam? Tudo o que sei a respeito deles aprendi na televisão ou nos jornais. Na Rede Estatal do Paquistão sempre há canções nos elogiando. A única publicação diária que recebemos na Academia é o *Pakistan Times*, no qual se vê o tempo todo uma dúzia de fotografias do general Zia; os únicos civis que aparecem nele são os que fazem fila para cumprimentá-lo. Nunca mencionam os malucos, que desejam cuspir em você.

Escuto o ruído do tijolo sendo puxado de novo e, em seguida, um assovio baixo chega a mim através do vão. Tenho vontade de pôr o meu tijolo na parede e de transformar minha solidão em reclusão, como Obaid costumava dizer. Porém, meu vizinho está com vontade de conversar. Encosto o ouvido próximo ao buraco, certificando-me de que nenhuma parte do rosto esteja na linha de ataque dele.

— Você vai pedir desculpas? — murmura o sujeito, claramente zombando de mim.

— Por quê? — pergunto, em tom casual, sem aproximar a face do vão nem abaixar a voz.

— Psiu! Vai acabar matando a gente! — exclama, bravo. — Foram vocês que me colocaram aqui.

— Vocês quem?

— Os de farda cáqui. O pessoal do Exército.

— Mas eu sou da Aeronáutica — ressalto, tentando criar uma divisão nas Forças Armadas do país.

— Qual é a diferença? Têm asas? Coragem?

Decido ignorar o escárnio e tento conversar direito com ele. Quero lhe dar uma chance de provar que não é um paisano totalmente biruta antes de bater o tijolo no rosto dele.

— Há quanto tempo está aqui? — indago.

— Desde dois dias antes de vocês enforcarem o primeiro-ministro Bhutto.

Ignoro sua tentativa de me envolver em crimes que, evidentemente, não cometi.

— O que você fez?

— Já ouviu falar do Sindicato dos Garis do Paquistão?

Vejo, pelo orgulho em sua voz, que esperava que eu o conhecesse, mas não, não tenho o menor interesse nas políticas dessa profissão, se é que limpar sarjetas pode ser considerada uma.

— Claro. O órgão que representa os faxineiros.

— Sou o secretário-geral — conta, como se isso explicasse tudo, desde a arquitetura mongol desta masmorra ao seu ódio irracional por compatriotas fardados.

— E aí, o que foi que andou aprontando? Não limpou direito a vala?

Ele ignora minha piada e diz, em tom sério:

— Eles me acusaram de conspirar para matar o general Zia.

Então, devo dizer que somos dois, mas não dá para confiar nesse cara. E se for um daqueles informantes metidos aqui pelo major Kiyani para conquistar minha confiança? Mas os homens dele não teriam nem imaginação nem vontade de representar o papel de um membro do Sindicato dos Garis.

— Você estava planejando matá-lo? E como ia fazer?

— Nosso comitê central enviou um convite para o general Zia para que inaugurasse a Semana de Limpeza Nacional. Fui contra essa convocação, porque o golpe de Estado dele foi um retrocesso histórico para a luta do proletariado contra a burguesia nacionalista. Está tudo registrado. Dá para ler minhas objeções nas atas da reunião. O Serviço de Inteligência se infiltrou no sindicato; nossos colegas maoístas traíram a gente, criaram um comitê central paralelo e convidaram o general Zia. Daí, os agentes dele encontraram uma bomba na sarjeta que ele ia varrer para dar início à Semana de Limpeza. Veja só como as mentes dos *fauji* funcionam. Fui contra a presença do general e não quis que se aproximasse das nossas sarjetas, mas quem foi a primeira pessoa que eles prenderam? Euzinho aqui.

— Então, você colocou a bomba?

— Todo filiado do Sindicato dos Garis do Paquistão acredita na luta política — diz, com altivez, dando o assunto por encerrado.

Ambos ficamos calados por um tempo e, por algum motivo, o local pareceu mais escuro ainda.

— Por que alguém iria querer matar o presidente? — pergunto. — Ele é muito popular. Já vi fotos dele em caminhões e ônibus.

— O problema com vocês de farda cáqui é que começaram a acreditar no próprio contrassenso.

Não faço nenhum comentário. Sei que o sujeito é um maldito paisano, mas de uma classe com a qual nunca me havia encontrado antes. Ele dá uma risada e recomeça a falar, em tom nostálgico.

— Sabe o que tentaram fazer com o nosso sindicato antes de colaborarmos com os maoístas?

— Não — respondo, farto de me esforçar para fingir que conheço fatos dos quais não faço a menor ideia.

— Procuraram infiltrar mulás, como fizeram com todos os sindicatos trabalhistas. Chegaram até a tentar se apropriar da Semana de Limpeza com o lema: "A limpeza é apenas metade da fé". — Começou a rir.

— E daí? — Realmente não entendo qual é a graça. Esse lema está escrito na metade dos banheiros públicos do Paquistão; não que alguém dê a mínima, mas, por outro lado, ninguém acha engraçado.

— Todos os garis são hindus ou cristãos. E vocês acharam que podiam mandar os mulás contratados e desestruturar o nosso sindicato.

Procuro visualizar barbudos tentando se infiltrar na comunidade de garis do país... Bom, não é um conceito muito brilhante...

— Mas vou dizer uma coisa que nunca revelaria em público — prossegue, com um sussurro penetrante. — Os maoístas provavelmente são piores que os mulás.

— Olhe, sei que você tem o cargo de secretário-geral e tudo o mais, mas acha mesmo que o presidente e seus generais estão concentrados em descobrir uma forma de acabar com o poder dos garis? Acho que é inteligente demais para acreditar nisso.

Talvez meu tom paternalista o levou a fazer uma pausa. Em seguida, teve um acesso de raiva.

— Você faz parte do sistema burguês reacionário, que nunca entendeu a dialética da nossa história. Quase consegui derrubar o governo.

Eu queria vê-lo. De repente, ele pareceu velho, rabugento e cheio de ideias que não entendo.

— Convocamos uma greve. Você se lembra daquela que o Sindicato dos Garis do Paquistão fez em 1979? Claro que não. Os faxineiros dos seus alojamentos não podem se filiar aos sindicatos. Mas, em três dias, as pilhas de lixo ficaram gigantes, todas as sarjetas entupiram e seus irmãos burgueses civis tiveram de levar as próprias porcarias para os depósitos de lixo.

Fico com vontade de interrompê-lo e de perguntar se isso de fato difere do período em que os garis não estão em greve, mas ouço um ruído de algo roçando na porta da masmorra.

Eu mesmo me surpreendo com a rapidez e a precisão com que recoloco o tijolo na parede. Estou pronto para sair deste buraco negro. Tenho certeza de que o joguinho do major Kiyani já terminou. Embora ele seja o animal de estimação favorito do general Akhtar, a correia de sua coleira não pode ser tão longa assim. Estou louco para escovar os dentes, pôr uma farda limpa e, acima de tudo, sentir os raios do sol penetrando nos olhos.

A única luz que vejo é um túnel brilhante que me cega por alguns momentos conforme alguém entreabre um pouco a porta.

Consigo visualizar apenas a mão do sujeito metendo uma bandeja de aço. Antes que eu me levante, cumprimente a pessoa detrás da entrada, receba ou envie uma mensagem, agarre a arma e o tome como refém ou implore por um cigarro, o cara fecha a porta e a cela fica escura, cheirando a comida quente.

Você quer a liberdade e lhe dão *korma* de frango.

Quatorze

O general Zia ul-Haq pegou a fotocópia do recorte de jornal com a marca *New York Times* da pilha dos jornais matinais e suspirou. Lá estava ela de novo: a cega Zainab, com uma *dupatta* branca cobrindo a cabeça e contornando o rosto, uns óculos de plástico baratos cobrindo os olhos. Ele já sabia que era aquela mulher antes mesmo de ler a legenda sob a fotografia e de ver a manchete: JUSTIÇA CEGA NA TERRA DOS PUROS.

As manhãs se tornaram insuportáveis desde que a primeira-dama parara de servir o café da manhã para ele. Com a esposa à mesa, ele podia ao menos dar vazão às frustrações relacionadas às manchetes do dia gritando com ela. Nos últimos dias, sentado sozinho à mesa de jantar de 24 lugares, ele parecia o bibliotecário do inferno: pegava um jornal, sublinhava as más notícias, circundava quaisquer trechos positivos, perfurava as fotos dos líderes da oposição e jogava os jornais no garçom, que ficava no canto, torcendo para que ao menos algumas das notícias fossem boas.

O que andava errado com a mídia ocidental? Por que era tão obcecada por sexo e mulheres? Tratava-se da terceira matéria na imprensa fora do Paquistão sobre a cega Zainab. Um caso simples de fornicação ilegal se havia transformado em questão internacional. Por quê?, perguntava-se o general. Talvez porque ela fosse cega, pensou, pois nem era lá uma mulher interessante. Só mesmo os norte-americanos para dedicarem espaço na primeira página à relação sexual pecaminosa das cegas. Pervertidos.

O general Zia lembrou-se do repórter do *New York Times* que o entrevistara: toda uma reverência, em meio à mastigação da tampa da caneta, sobre como ele nunca se deparara com tamanho líder erudito em todo o mundo muçulmano. O dirigente conversara com o sujeito por duas horas, chegara a lhe dar um pequeno tapete persa e o acompanhara até a saída, após a entrevista. Recordava-se de que o indivíduo indagara sobre o caso da mulher cega e de que ele lhe respondera o de sempre: "O assunto está no tribunal. O senhor faria perguntas para o presidente dos Estados Unidos a respeito de um processo penal em andamento na corte do país?"

Observou a fotografia de novo. Nunca acreditara totalmente que aquela mulher era cega. Pessoas que não enxergam não têm as imagens estampadas nas primeiras páginas dos jornais norte-americanos. Ajeitou os óculos de leitura, leu a história com cuidado e se deu conta de que não se tratava de um artigo tão ruim assim. Foi descrito como um "ditador sorridente", um "homem extremamente educado", "que contava piadas sobre si mesmo" e "conversava aberta e francamente em inglês fluente, mas se recusara a tratar do caso da deficiente visual". O alívio não durou muito, pois assim que ele deixou o artigo de lado, encontrou outro recorte, do editorial do *New York Times*: uma matéria de dois parágrafos, também intitulada "Justiça cega". Ele sabia que esses pontos de vista negativos publicados nos jornais norte-americanos significavam que os donos destes tentavam se vingar e, na certa, faziam-no com o aval do governo em Washington. Sublinhou as palavras *brutal*, *ditador ardiloso*, *o amigo fundamentalista de nossa administração*, *que conduz de modo implacável seu país de volta ao passado*. A cada termo ressaltado, sua pressão subia mais.

O olho esquerdo crispava. Viu no alto da página do editorial o nome Arthur Sulzberger; grifou-o também. Pegou o telefone e ligou para o ministro da Informação, que tinha organizado a entrevista e, então, salvado o emprego após o fiasco do evento das viúvas.

— Que tipo de sobrenome é esse, Sulzberger? — indagou, pulando a saudação de praxe ("Tudo bem? E como vão sua esposa e seus filhos?").

O ministro mostrou-se meio confuso.

— Senhor, perdoe minha ignorância, mas nunca ouvi falar nele.

— Eu perguntei se conhecia essa pessoa? Apenas quero saber que tipo de sobrenome é. Cristão, judeu, hindu?

— Não sei bem, senhor. Parece alemão.

— Sei que alguns jornais o chamam de "ministro da Desinformação", mas não precisa levar o apelido a sério. Descubra e me avise antes das preces noturnas. — Bateu o telefone.

A primeira ligação do subordinado foi para sua sala de controle, que mantinha arquivos de todos os correspondentes e editores. Ninguém ali ouvira falar em Sulzberger. Então, o ministro telefonou para um jornalista local, que lhe mostrara o cartão de visitas do *NYT* diversas vezes, mas ele trabalhava como enviado especial para o correspondente regional do jornal nova-iorquino e tampouco conhecia o nome.

Com muita relutância, o ministro passou o pedido para a unidade de informações do Serviço de Inteligência. Tinha consciência de que o general Zia ficaria a par disso e de que lhe perguntaria por que o país precisava de um ministro da Informação se o Serviço de Inteligência tinha de fazer todo o seu trabalho sujo.

Quando o Serviço de Inteligência lhe informou polidamente, no meio da tarde, que não sabiam nada a respeito de Arthur Sulzberger, sua frustração resultou no cancelamento de duas autorizações de publicação de duas revistas de filmes nacionais. Então, um lampejo de gênio: o *NYT* ficava em Nova York. Deu um tapa na testa e ligou para o adido de imprensa dessa cidade, que não dera uma resposta, mas tinha certeza de que conseguiria uma em meia hora, pois possuía excelentes contatos na sala de redação do jornal. Este, então, entrou em contato com um simpático taxista paquistanês que, ele sabia, lia todas as palavras de todos os jornais e sempre o avisava quando surgiam histórias sobre o seu país.

"Sulzberger", gritou o motorista pelo telefone do táxi, avançando o sinal vermelho em Manhattan. "Sulzberger... aquele judeu."

A notícia saiu de seu carro para o consulado paquistanês em Nova York, chegou ao Ministério da Informação em Islamabad por teletipo seguro e, cinco minutos antes do prazo final do ministro, ele recebeu um comunicado intitulado "Confidencial".

O proprietário do *New York Times* era judeu.

General Zia sentiu alívio ao receber a notícia. Sabia instintivamente quando tinha razão. Gritou para o ministro da Informação:

— O que é que está esperando? Mande um comunicado à imprensa dizendo que todo esse estardalhaço sobre a cega é propaganda judaica. E, na próxima vez que nós formos aos Estados Unidos, convide Sulzberger para almoçar. Leve um tapete persa grande para ele.

Ao final de tamanho dia caótico no gabinete, o subordinado achou melhor não revelar ao general que a primeira providência que tomara de manhã fora divulgar o informe sobre propaganda judaica. Seu gabinete possuía procedimentos operacionais quando se tratava da refutação de histórias negativas a respeito do general Zia. Esses se dividiam em duas categorias: campanha judaica e hindu. E, como o artigo surgira no *New York Times*, não se podia colocá-lo na divisão de propaganda hindu.

O general sabia que Arnold Raphel não ajudaria, mas telefonou para ele, de qualquer forma. Evidentemente, o embaixador lera a entrevista.

— Algumas boas citações — disse o outro, tentando animar o presidente.

— O editorial... — começou a dizer o general Zia, antes de fazer uma pausa. — O editorial foi lamentável. Não me importo com os insultos pessoais, mas alguém está tentando denegrir nossa amizade, solapar todo o trabalho positivo que fizemos juntos.

— Na certa, um bando de autores de artigos opinativos liberais num dia de poucas notícias, senhor presidente. Não me preocuparia muito com isso.

— Poderia pôr em jogo nossas chances para o Nobel, sabe. Eu esperava que o recebêssemos juntos. — Fez-se silêncio do outro lado da linha. — Por libertar o Afeganistão — acrescentou, concluindo que o colega Arnie não era muito esperto.

— Podemos tratar disso na festa, senhor presidente. Espero que possa vir.

Ciente de que um comunicado culpando a imprensa judaica e de que a conversa com o embaixador norte-americano não resolveria a questão da cega Zainab, o general Zia teve de lidar, no dia seguinte, com o protesto de outro grupo de mulheres em Islamabad.

— Todas begumes ricas — explicou o ministro da Informação. — Há mais *chauffeurs* que manifestantes.

Quando tinha de lidar com um dilema judicial como aquele, o general Zia sempre pegava o telefone e ligava para o nonagenário Qadi, seu conselheiro em Meca, um homem que se aposentara como juiz do tribunal da sharia na Arábia Saudita há trinta anos e, desde então, nunca perdia uma prece na *Khana Kaaba*. O sujeito praticamente vivia na Casa de Deus.

O telefonema começou, como ocorria de forma invariável, com o presidente expressando a vontade de morrer em meio a uma peregrinação por Meca e de ser enterrado aos pés de Qadi. Este lhe assegurou que Alá realizaria seu desejo e, em seguida, questionou o motivo da ligação.

— Com sua bênção, introduzi novas leis no Paquistão e, pela graça de Alá, centenas de pecadores já foram condenados: temos duzentos ladrões aguardando a amputação das mãos e milhares de beberrões já foram chicoteados em público.

— Que Alá o ajude, que Alá o ajude — sussurrava o outro o tempo todo.

— Acabamos de sentenciar uma pessoa à morte por apedrejamento; eu liguei por isso. — Não quis mencionar o nome de Zainab.

— Um verdadeiro teste, meu *birather*. Um verdadeiro teste. — A voz do nonagenário, de súbito, pareceu mais animada. — Nossos soberanos do reino saudita, que seu reinado dure até o Juízo Final, não têm coragem de fazer isso. Gostam de facilitar o que todos veem; decapitam após as orações de sexta-feira e todos vão para casa felizes. Não cortam apenas as cabeças dos criminosos, matam o espírito da lei. As pessoas se tornam reles espectadoras. O adultério é um crime contra a sociedade, e os cidadãos devem se encarregar pessoalmente da punição. Não se pode passar a responsabilidade para um carrasco contratado e achar que se fez o trabalho de Alá.

— É verdade, Qadi. Queria sua orientação em um ponto: o que acontece quando a acusada afirma que ela foi forçada a fornicar? Como saber se está dizendo a verdade? Sabe, às vezes, só de olhar para uma mulher, vemos que é adúltera, mas são necessários procedimentos legais para comprovar isso.

O outro falou como se houvesse ponderado a respeito disso por um longo tempo.

— As mulheres sempre dão essa desculpa depois de serem pegas fornicando, mas todos sabemos que não é fácil cometer estupro. O perpetrador precisa de no mínimo quatro cúmplices. Seriam necessários dois homens para segurá-la pelos braços, outros dois para prender suas pernas e um quinto entre as pernas dela, cometendo o ato. Mas a resposta é sim, uma mulher pode ser estuprada, e trata-se de um crime sério.

— Então ela precisa reconhecer todos os cinco criminosos no tribunal? — perguntou Zia.

— Nossa lei não é imutável, sabe, ela nos encoraja a usar o bom-senso. No caso dos dois homens que prendem a moça pelo braço, talvez ela não os consiga reconhecer e o juiz, então, pode abrir uma exceção.

— E se ela não viu nenhum dos atacantes? E se estivessem com máscaras?

O general notou que o velho ficou bravo.

— Por que um estuprador cobriria o rosto? É um ladrão de banco? Só estes usam máscaras. Sequestradores também. Em todos os meus quarenta anos como juiz, jamais ouvi falar em um agressor sexual ocultando a face. — O presidente sentiu-se um perfeito idiota enquanto Qaid prosseguia, desta vez com o tom de voz frio e censurador, como o de um professor. — Os violadores gostam de ver os próprios reflexos nos olhos das mulheres. É um dos motivos que os leva a não se cobrir.

— E se a mulher em questão fosse cega? — quis saber o presidente.

Era óbvio que o outro não o entendera bem.

— Quer dizer moralmente cega ou alguém a quem Alá não concedeu a capacidade física de enxergar?

— Cega. A mulher não vê.

— A lei não diferencia os que enxergam dos que não enxergam. Vamos considerar, visando à argumentação legal, que o estuprador era cego, nesse caso. Ele poderia receber algum privilégio especial? Então a vítima, deficiente física ou não, tem os mesmos direitos e está sujeita a escrutínio similar.

— Como ela pode reconhecer os agressores e os demais que a seguraram?

— Pode ser feito de duas formas: se é casada, o marido poderá confirmar no tribunal que se trata de uma mulher de boa índole; então, vamos precisar de quatro muçulmanos do sexo masculino, idôneos, que testemunharam o crime. E, como o estupro é um crime grave, provas indiretas não bastarão. "Ouvimos gritos, vimos sangue e escutamos quando o homem bateu nela" não é suficiente; as testemunhas precisam ter presenciado, de fato, a penetração. E, se a mulher não é casada, terá de provar que era virgem antes da terrível agressão.

No jantar, o general Zia sentia-se bem melhor. Já passara o conselho legal de Qadi ao presidente do Supremo Tribunal e, naquele momento, preparava mentalmente um discurso que pediria que a primeira-dama pronunciasse no bazar beneficente anual da Associação das Mulheres Trabalhadoras do Paquistão. Procurou testar alguns dos argumentos com a esposa, depois de lembrar que ela prometera levar adiante suas obrigações estatais. Ela escutou em silêncio a princípio, mas, quando ele chegou à parte a respeito da vítima ter de comprovar a virgindade, interrompeu-o.

— Nós estamos tratando do caso da cega Zainab?

— Bom, sim, mas tentamos, na verdade, estabelecer uma jurisprudência que protegerá a honra da mulher. De todas elas.

— Não sei nada sobre a lei e vou fazer esse discurso, se é o que ela diz. — A primeira-dama empurrou o prato. — Mas como é que essa mulher vai provar que é virgem se um bando de homens fez sexo com ela por três dias e três noites?

Quinze

Eu sigo o aroma de *korma* de frango e vou engatinhando rumo à porta. Pego o prato e volto a colocá-lo no lugar. Está quente. De repente, sinto muita fome. Sento-me com as costas apoiadas na porta e começo a comer. Meu mundo reduz-se à carne macia do frango, cheia de curry cremoso. Até mesmo os condimentos em grãos amargos que grudam nos meus dentes parecem presságios de um futuro cheio de prosperidade e liberdade. Eu tinha consumido apenas metade da comida quando o tijolo foi retirado. Vou com o prato até o buraco e tiro também o bloco de barro do meu lado.

— Quis ver se tinham dado comida para você, porque às vezes eles deixam os recém-chegados morrerem de fome. Pode ficar com metade da minha. Sopa de lentilha com cascalho e pão dividido ao meio, que é metade farinha e metade areia. Seus chefs militares são muito obsessivos. Recebo a mesma comida há nove anos.

Senti a culpa que os prisioneiros privilegiados devem sentir. Empurrei o prato.

— Não. Eles me deram comida.

Ficamos em silêncio por um tempo. A ausência de quaisquer perspectivas de liberdade no futuro próximo paira pesadamente no ar. De súbito, o prato de comida quente e saborosa aparenta ser a promessa de uma sentença longa. Sinto as paredes da masmorra aproximando-se de mim.

— Sua greve funcionou, então? — Anseio conversar sobre algo que não seja a qualidade da comida ou o breu absoluto naquela parte do forte.

— A ideia era que as pessoas, ao se verem diante de tanto lixo acumulado, acabariam se manifestando e apoiando a gente. Mas elas nem perceberam. O nosso povo se acostuma com tudo. Até mesmo com o fedor dos próprios dejetos.

— Tenho certeza de que alguém deve ter notado. Caso contrário, você não estaria aqui.

— Ah, sim, a sua gente notou. Depois que o pessoal da Inteligência se deu conta de que os mulás não podiam se infiltrar nos nossos quadros, começaram a estimular nossa própria facção maoísta. — Seu sussurro parece mais animado repentinamente. — Eu não diria isso em público, mas essa turma é pior que os mulás.

Não sei por que reclama dos maoístas, mas sei que quer provocar uma reação à sua confissão. Acontece que o único Mao que eu conheço é o cara chinês de boné, e não faço a menor ideia do que o pessoal dele faz no Paquistão, muito menos no Sindicato dos Garis.

— Provavelmente é verdade — comento, pensativo. — A China não produz nada positivo desde Sun Tzu. Até mesmo os caças que nos dão são caixões voadores.

É óbvio que o secretário-geral não está nem um pouco interessado na qualidade da defesa aérea da terra natal.

— Eu provei para eles, com uma análise empírica do nosso suposto movimento de camponeses, que nossos modos de produção eram determinados pelos burgueses mesquinhos e não pelo que chamavam de senhores feudais, mas aqueles maoístas tinham uma mente dogmática demais. No Paquistão, não se pode ter a revolução de camponeses. Você não acha? — Ele implora que concorde.

— Acho. Claro. Os camponeses paquistaneses estão satisfeitos; ninguém passa fome aqui.

— É o que ensinam para você nas Forças Armadas? Que eles são bem alimentados e que toda noite, antes de dormir, põem-se a dançar alegremente em torno da farta plantação? Vocês vivem noutro planeta. Algo até pior que a propaganda maoísta.

— Eles não ensinam isso para a gente — ressalto, e é verdade. — Só porque uso farda, você acha que não sei nada sobre o nosso povo. Sou deste país, também filho deste solo. Venho de uma família campesina. — Pode não ser uma informação precisa, mas nós tínhamos um pomar no quintal em Monte Shigri.

— Não me venha com esse papo pseudofeudal. É exatamente esse o problema com os nossos camponeses. Os maoístas pensam que a gente vive numa sociedade agrária. Mas veja só os nossos modos de produção, veja só os padrões de propriedade da terra. Vivemos numa era pré-agrária, pré-feudal. E os adeptos do maoísmo falam em revolução camponesa. É o pior tipo de romantismo burguês.

Penso nos interrogadores que tiveram de lidar com esse sujeito. Ele provavelmente lhes ensinou algumas coisas. O secretário ainda não tinha dado por encerrado o diálogo comigo.

— Por acaso viu algum camponês nesta prisão?

— Secretário-geral, você é a única pessoa que conheci.

O outro fica calado por alguns instantes, na certa se dando conta, subitamente, de que sou novo neste lugar e de que não sabe muito a meu respeito. Mas sua ânsia de concluir o argumento sobrepuja nosso diálogo estranho e ele continua.

— Não tem nenhum. Nem camponeses de verdade, nem os do tipo revolucionário. Os que eu conheci estão lutando *com* os seus senhores feudais, não *contra* eles. Procuram manter o *status quo*. Combatem para que os patrões mantenham todos eles nos grilhões. Estão subvertendo a luta de classes genuína de trabalhadores como eu e você.

Fico aliviado. Finalmente faço parte do grupo.

— De acordo com o manifesto do nosso partido, não há diferença entre um gari e um soldado — acrescenta, acho que apenas para salientar as regras do nosso compromisso. — As duas são formas de exploração de mão de obra que fazem o sistema industrial-militar prosperar.

Não vejo problema em ser chamado de trabalhador em sentido geral, mas não acho que daria um bom gari.

— Você foi gari? — pergunto. — Quer dizer, antes de se tornar secretário-geral.

— Não — responde, irritado. — Cultivava mangas antes de começar a organizar os garis.

— Posso destacar uma discrepância, aqui? Imagino que você se oponha à revolução dos camponeses porque teme, acima de tudo, que eles se apoderem dos seus mangueirais — digo-o, em tom triunfante, como se não estivéssemos numa prisão subterrânea, mas numa reunião de seu comitê executivo central. Suspiro fundo e imagino as salas repletas de fumaça com cinzeiros cheios.

O secretário-geral permanece em silêncio durante alguns momentos; em seguida, pigarreia e fala, em tom apologético.

— Eu mesmo fui maoísta. Organizei os donos de mangueirais por todo o país. Fui o presidente fundador. Em um ano, a gente fez alianças estratégicas com produtores de manga na Índia e no México. Mas os nossos filiados, no fundo, eram burgueses, todos inimigos da classe. Participavam dos nossos grupos de estudo durante o dia e, à noite, patrocinavam festivais de manga para os seus generais. Se ao menos eles tivessem entendido, a gente ia se tornar a maior comunidade coletivista de produtores de todo o mundo capitalista. Imagine o golpe na economia exploradora.

— Secretário-geral — digo, dirigindo-me a ele com formalidade de novo — posso destacar outra discrepância? Acha mesmo que pode acabar com a economia capitalista fixando o preço da manga?

Faz-se silêncio do outro lado. Fecho os olhos, e quando os abro, vejo pontos circulares fluorescentes dançando no ambiente parado.

— Eu percebi isso. Por esse motivo, deixei a minha classe e comecei a organizar os garis. Mas os militares têm medo até dos paupérrimos que limpam as sarjetas. — Com isso, recolocou o tijolo na parede.

No chão, com a cabeça voltada para o piso, a maçã do rosto esquerda encostada na areia fria, os braços esticados, as palmas das mãos viradas para o alto, tento tirar da mente garis, maoístas, camponeses e pontos fluorescentes. O secretário-geral parece ser culto demais para haver conspirado algo, ainda mais um plano envolvendo uma bomba na sarjeta. Será que vai acreditar em mim se eu contar meu plano? Talvez pudéssemos comparar observações, aprender com as falhas um do outro, trocar ideias sobre os interrogadores. Não escuto nada da cela dele. Acho que é minha vez de fazer um gesto de paz.

Pego a comida que sobrou e afasto o tijolo rumo ao secretário-geral.

— Tenho um pouco de frango aqui, se quiser — sussurro.

Ouço-o cheirando próximo ao buraco. A mão entra no vão, e ele empurra o prato em minha direção, derramando curry na minha camisa.

— Não como restos de colaboradores.

O tijolo é colocado no lugar, com determinação.

Pelo visto, não vou fazer parte da revolução.

Tiro a camisa e tento limpá-la, em meio ao breu, com a venda pendurada no pescoço. Não tem nada mais desagradável que uma mancha de curry na camisa da farda.

Alguém gosta de mim o bastante para me dar uma boa comida, mas não para libertar-me ou, ao menos, colocar-me em uma cela com janela.

O secretário-geral leu meus pensamentos. O tijolo move-se, e ele diz, como se estivesse conversando consigo mesmo:

— Sabe qual é a coisa mais bonita deste forte? Não é o Palácio dos Espelhos nem o Pátio do Povo. De jeito nenhum. É uma cela subterrânea com janela. Eles me colocaram numa por um mês. A gente pode até ver o céu. A janela dá para os jardins do forte. Os pássaros cantam ali o dia todo. Foi a época mais feliz da minha vida.

Um prisioneiro morrendo de saudades de outro xadrez; nunca vai acontecer comigo.

— E o que você fez para merecer esse privilégio? Dedurou os companheiros garis participantes da conspiração?

— Você passou tempo demais no campo de desfiles, marchando de um lado para o outro, para entender a complexidade da relação entre opressor e oprimido.

— Pode me ensinar.

— Eles mandaram os melhores homens me interrogar. O braço direito de Zia. O coronel Shigri. No primeiro dia, ele colocou fios elétricos nas minhas partes íntimas, mas, como não conseguiu me derrubar, ficou meu amigo. Acabou me colocando numa cela com janela. Um homem muito bom. Deve ser general, agora.

Pensar que as mãos que me embalaram também puseram fios elétricos nos testículos de alguém não é um pensamento muito animador. Um calafrio de repulsa percorre meu corpo. Sinto o estômago inchado.

— Eles me colocaram nesta masmorra depois da transferência dele. O cara acreditava em diálogo. O único sujeito de roupa cáqui com quem pude manter um diálogo decente. Eu me pergunto se ele conseguiu uma promoção ou...

— Ele morreu. Acabou se enforcando. — Quero que o secretário-geral cale a boca. É o que faz, por uns instantes.

— Não aparentava ser esse tipo de pessoa... — A voz do outro sai embargada.

— Eu sei — digo, de forma brusca. — Eles fizeram com que parecesse que ele se enforcou.

— Como é que você sabe? Fizeram uma lavagem cerebral em você para que acreditasse no que eles quisessem. — Não gosto de seu tom desdenhoso.

— Só porque estou usando farda, só porque me deram frango para comer, você parece achar que sou um idiota. Escute aqui, senhor secretário-geral, dispenso os seus sermões. Há certas coisas na vida denominadas fatos, realidades empíricas, acho que é assim que se chamam. Não tenho de ler um livrinho vermelho escrito por um chinês de bonezinho esquisito. Nem preciso que panfletos comunistas me expliquem os fatos da vida. Posso descobrir por mim mesmo.

Meto com força o tijolo no lugar e penso com meus botões que acabou. Realmente não sinto a menor necessidade de receber pregações de um desmiolado paisano. Não quero que outro perdedor me diga que o coronel Shigri mudou sua vida.

Deito outra vez, sem camisa, no chão. A sensação transmitida pela areia e pelo cascalho sob a costa nua é agradável. Pego as partículas com ambas as mãos e brinco de relógio de areia; deixo-as escorrer pelas palmas devagar, tentando coordenar o fluxo em ambas as mãos. É difícil, mas tenho tempo de praticar.

HÁ UM PONTO CEGO ATRÁS DE VOCÊ, anunciava a faixa vermelha, uma das várias colocadas na linha de voo para assinalar a Semana da Segurança em Voo, realizada anualmente. AMEAÇAS VELADAS CAUSAM DANOS, diziam as letras gigantes em tom laranja na pista de decolagem. Havia uma faixa de decolagem nova e brilhante pintada no meio da pista, e novas marcações amarelas para taxiamento. Até mesmo o contorno oxidado do galo acima da biruta apresentava uma nova crista de bronze.

— Nosso convidado deve estar entediado. Leve-o para dar um passeio no seu próximo voo — sugeriu o comandante, após desvelar uma placa com o lema da campanha naquele ano: A Segurança está nos Olhos de Quem Vê.

— Adoraria — disse Bannon. — Mostre algumas das manobras que você faz.

— Amanhã — marquei. — Vou providenciar um piquenique no céu para você.

Chegara a hora de fazer uma revisão de segurança no passado do coronel Shigri.

Pedi que tio Goma providenciasse um de seus especiais naquela noite. Ele tirou um cigarro amassado debaixo da camisa:

— Fume um todos os dias e nunca vai ter dor de cabeça. Além disso, sua esposa jamais vai reclamar. — O tio piscou o olho.

Endireitei o cigarro e coloquei-o no bolsinho da manga do meu macacão de voo.

— Tio Goma, sabe muito bem que não sou casado. Aliás, ninguém é, aqui.

— Preparação. Preparação — sussurrou ele, antes de chicotear com suavidade o jumento e partir com a carga de roupa suja.

Bannon apareceu usando um lenço de pescoço laranja, uma jaqueta de aviador e um boné de beisebol com uma águia-de-cabeça-branca. Observou-me com atenção enquanto eu fazia o pré-voo antes da decolagem. Deu a impressão de ter ficado desapontado com o tamanho da cabine, mas passou a mão pela capota e disse:

— Bela ave.

Depois de afivelar o cinto, inspecionou a parte de baixo do assento e, então, mostrou-se intrigado.

— Não tem paraquedas? — quis saber.

— Não se preocupe. Não vamos precisar deles.

SEGURANÇA... AQUI, ACOLÁ E NO AR, dizia outra faixa no final da pista, quando decolamos e começamos a nos dirigir à área de treinamento.

Contra o cenário do céu azul sem nuvens, nosso MF-17 de dois lugares não parecia se mexer; era como se estivesse pendurado por fios invisíveis em um museu de aviação. Eu me comuniquei com a torre de controle de tráfego aéreo. Tratava-se de um daqueles dias raros em que não havia nem vento de proa nem de cauda. Abaixo de nós, o Paquistão mostrava-se incrivelmente simétrico, os quadriculados campos verdejantes divididos por rios planos, refletindo os raios suaves do sol.

— Quer ver as montanhas?

Bannon manteve-se tenso no assento, como se não soubesse ao certo se podia confiar em minhas habilidades de voo.

— Já estive em muitos helicópteros com soldados que acabaram morrendo. Muitas lembranças me vêm à mente — comentou, mexendo no cinto de segurança.

— Isto daqui não é um helicóptero, e eu não estou morto — disse eu, imitando-o, numa tentativa de animá-lo. Ele deu um sorriso forçado. — Toma. Estou com o seu favorito. — Peguei o baseado no bolso e estiquei o braço na direção de Bannon. — Elevação a 10 mil para manobras — informei ao microfone, comandando o manche com cuidado, reposicionando os controles. O indicador de aceleração marcava 1,5, e a gravidade forçava com suavidade nossas maçãs do rosto.

O tenente ficou quieto, sem saber se acendia ou não o cigarro de maconha.

— Vá em frente, anda! — incentivei. — A segurança está nos olhos de quem vê. — Peguei um isqueiro, estiquei o braço esquerdo, abri o respiradouro que ficava na capota de vidro ao lado dele e acendi o baseado. O jato sacolejou um pouco, o padrão de vibração mudou e o som da hélice cortando o ar a 2.100 rotações por minuto passou a ser ouvido.

A cordilheira achava-se à nossa esquerda. As montanhas mais escuras estavam cobertas de pinheiros viçosos e arbustos densos, e as mais claras formavam uma cadeia árida, de tom acinzentado. O altímetro indicava 6 mil pés; a hélice direcionada um pouco acima da linha do horizonte: uma nuvem em forma de vaca foi ao encontro de nossa asa direita, em seguida, ficou para trás e desapareceu. Bannon, nervoso, consumiu mais da metade do cigarro de maconha com apenas duas tragadas. A cabine estava cheia de gases de combustível de aviação e fumaça. Prendi a respiração. Eu era o responsável pela segurança ali. Ele me ofereceu o restinho do baseado.

— A aeronave sabe quem está no comando — disse eu, balançando a cabeça. Os olhos dele mostravam-se sorridentes, um sorriso baratinado. — Quer se divertir? — Sem esperar pela resposta, dei um mergulho de 30 graus, inclinei ligeiramente o leme de direção para a direita, compensei os ailerons e comandei o manche para a direita. Bannon tentou remexer-se, sobressaltado, mas o jato exercia grande pressão e a gravidade o prendia ao assento. A asa direita continuou a dar a volta e, logo, estávamos de cabeça para baixo, pendurados nos cintos de segurança. Decidi manter a aeronave ali e pressionei o botão do interfone. — Quem enganou o coronel Shigri?

Ver o mundo daquela perspectiva privilegiada era ótimo: os pés apontados para o céu, os pescoços esticados e os olhos fitando a paisagem abaixo, da mesma forma que eu costumava ficar quando me pendurava de cabeça para baixo na macieira de nosso quintal em Monte Shigri.

— Porra — praguejou ele, a voz soando metálica ao interfone. — Me leva de volta para a terra, cacete!

Obedeci. Comandei o manche para a esquerda e empurrei o leme de direção para a direita; a aeronave completou a volta. Chequei o altímetro. Seis mil pés. Exatamente o ponto em que começamos.

— Não foi uma volta perfeita? — Olhei para Bannon, minha mão esquerda lidando com o compensador. Sua face estava amarela e sua testa, molhada de suor. Seu arroto espalhou na cabine o odor de refrigerante e omelete mal digerida. — *Fúria Dois* nivelando a 6 mil pés. — A torre de controle balbuciou algo por alguns instantes. — Recebido e entendido — disse eu, sem prestar atenção.

Bannon começara a falar.

— Nada a ver com a gente. Escutei alguns troços, mas tudo papo furado. É preciso olhar para o contexto, que, neste caso, era o seguinte... — Ele contou notas invisíveis com o polegar e o indicador de ambas as mãos. — Tinha muita grana indo para o Afeganistão. O *jihad* contra o comunismo resumia-se a pilhas e mais pilhas de dinheiro. Os *mujahidin* simplesmente adoravam as verdinhas norte-americanas, sabe. Está certo que levamos mulas da Argentina, baterias antiaéreas do Egito, Ak-47 da China e mísseis Stinger de Nevada, mas o que funcionava mesmo era o dólar. Olha, não estou aqui questionando as motivações dele. O típico *muj* fica feliz da vida com um xale em um ombro e um lançador de foguetes no outro; é o melhor guerrilheiro que temos. Meu Deus, eu teria empregado alguns deles no Vietnã, mas o que estou querendo dizer é que os líderes, os comandantes com seus palacetes em Dubai e os primos que negociam em Hong Kong: ninguém conseguia manter um registro de nada. Embora o dinheiro não fosse seu estímulo básico, os *mujahidin* eram loucos pelos dólares. Mas os sujeitos de alta patente também, então é natural que em uma situação assim uma parte da grana sumisse. — Ele continuava a segurar a ponta do baseado com uma das mãos. Eu a peguei e a joguei pelo respiradouro; ela intumesceu antes de cair rodopiando no ar.

— Pode me poupar da análise. Está dizendo que o coronel Shigri era um dos que queriam as verdinhas?

O gerente do banco de meu pai foi me ver no dia seguinte do funeral e transferiu a conta dele para meu nome. Trezentas e doze rupias de crédito.

— Não. De jeito nenhum. Nem de longe estou sugerindo isso.

Comandei o manche para a esquerda e empurrei o leme de direção para a direita, a fim de evitar a deriva da aeronave. Queria ver bem a cara do tenente. Ele respirou fundo e examinou a paisagem, perscrutando o Vale Preto, no qual algum idiota empreendedor cortara os pinheiros na encosta de uma montanha e ordenara a colocação de pedras caiadas para que formassem as palavras *Mard-e-Momin*, *Mard-e-Haq*, *Zia ul-Haq*.

— Sou todo ouvidos — comuniquei, inclinando lateralmente para me afastar daquela área. Eu não estava nem um pouco a fim de dar lições de urdu para ele nem de explicar o que o Homem de Fé fazia no alto de uma montanha no Vale Preto.

— Sabe quanto dinheiro estava passando pelas mãos do coronel Shigri? Sem contar os equipamentos, ou a ajuda humanitária, mas apenas a grana nas Samsonites? Três milhões de dólares em espécie. A cada trimestre. Dinheiro dos contribuintes norte-americanos, sem levar em consideração o dindim da realeza saudita. Então, 25 milhões sumiram: digo isso com toda sinceridade; sei que parece uma quantia enorme de verdinhas, mas não era nada. Ninguém do nosso lado chegou a pestanejar. Afinal, não se contam centavos quando se luta contra o pior inimigo desde Hitler. Mas... Mas... Vinte e cinco milhões é muito dinheiro para a sua gente. Você conhecia o seu pai melhor do que eu. Sei que ele tinha as fardas vistosas e os princípios rígidos, mas gostava de uísque, das acompanhantes, então, nunca se sabe.

Fitei-o sem pestanejar. Ele prosseguiu:

— Olhe, tudo o que estou dizendo é o seguinte: eu não sei e você também não sabe quanto custa uma prostituta na Suíça. Com certeza não 25 milhões de dólares norte-americanos.

— Tenho cara de quem herdou toda essa grana?

Bannon observou-me sem expressão, perguntando-se por que eu estava me sentindo ofendido. Remexi no bolso e peguei uma nota de 50 dólares amassada.

— Isto é tudo o que tenho. — Joguei-a no colo dele, onde permaneceu como uma acusação sem fundamento. Fiquei pensando se deveria contar-lhe que ajudei meu pai a dar um jeito naquele dinheiro. Bannon nunca teria acreditado em mim. Respirei fundo e apertei o botão do rádio. — *Fúria Dois*, iniciando treinamento silencioso via rádio.

Empurrei a alavanca para a frente até o ponto máximo, virei o leme de direção para a esquerda; a aeronave mergulhou de ponta, dando piruetas de 360 graus. Ela rumou para baixo, girando em todas as direções. O nariz perseguia a cauda; as asas rodopiavam como pás de liquidificador; a aceleração negativa fazia nossos intestinos irem à boca. Os campos quadriculados e os canais planos e reluzentes giravam e tornavam-se maiores a cada rotação. Olhei de esguelha para Bannon. As mãos do tenente agitavam-se no ar, a face contorcia-se, com um grito suprimido.

Papai transava com putas em Genebra enquanto eu acordava todos os dias às cinco da manhã para justificar seu investimento em minha educação na escola pública e passava as férias de verão inventando exercícios físicos para mim mesmo?

Bannon não passava de um falastrão.

O altímetro indicava 2 mil pés. Reduzi as manetes, empurrei a fundo o leme de direção para a direita, coloquei o manche aos poucos no lugar e a aeronave voltou, lentamente, a rumar para o alto. A vegetação perdeu-se na distância de novo. A voz do tenente saiu rouca e amedrontada:

— Está tentando matar um norte-americano?

— Só estou tentando conversar. — Apertei o botão do rádio e contatei o controlador de tráfego aéreo. — Término do silêncio via rádio. Fim da recuperação de parafuso.

Bannon começou a falar em um tom comedido, como se discursasse no enterro da tia favorita.

— Ele não tinha um agente de Inteligência ou coisa parecida. Foi um acordo flexível. Mas a gente sabia que o coronel era um dos sujeitos bons e, pode crer, não havia muitos assim. Nós ficamos desapontados. Naquela época, eu ainda não tinha me envolvido. Cara, não estava nem lotado na área do subcontinente indiano, mas conhecia alguns homens que trabalharam com ele e ficaram arrasados. Foi uma grande perda. Não que as pessoas não tenham feito um escarcéu, mas precisavam resistir até o final e dar continuidade ao trabalho, sabe como é esse papo furado diplomático.

— Então ninguém se deu ao trabalho de descobrir?

— Não. Porque sabiam. As ordens vieram lá de cima. Não queriam complicar a situação, por assim dizer. Não é segredo. Porra, claro que você sabe. — Fez um gesto em direção à montanha preta com pedras caiadas. — *Mard-e-Haq*.

Fiquei agradavelmente surpreso com seu domínio de urdu. Dei uns tapinhas em seu ombro e balancei a cabeça, como quem compreende algo.

— Então, o que você está fazendo agora? O que quer de mim? — quis saber Bannon.

— Caramba. Sou apenas o instrutor do Treinamento Silencioso. Conhece as regras. — Fiz uma pausa por alguns instantes. — Deve ter aflorado algo nas reuniões, nos memorandos. Afinal de contas, ele foi o seu padrinho de casamento. — Comandei o manche para a esquerda e comecei a me preparar para o pouso.

— O que é que eles iam dizer? "Olhem, deem um basta à Guerra Fria; nosso *Mard-e-Haq* zarolho não está combatendo de acordo com as regras"? Mas, pode crer, cara, tudo isso é suposição. Adivinhação fundamentada por parte do pessoal em Langley, que adora o seu pai, mas, ainda assim, adivinhação. Ninguém tinha certeza. A história toda foi muito baixo nível. Não faço a menor ideia de quem apertou o gatilho.

— Eu teria entendido se fosse o cano da arma do meu pai na própria boca. O coronel era esse tipo de pessoa. Só que foi o lençol — comentei, antes de pedir permissão para o pouso à torre e informar ao controlador que estava com um passageiro nauseado a bordo.

Os sussurros do secretário-geral ressoam na cela. Não sei bem se ele está delirando ou tentando me entreter.

— Camarada, acho que fiquei cego. Não vejo nada — diz o secretário.

Esfrego os meus olhos e tampouco enxergo algo, mas sei que não estou cego.

— Juro que não estou vendo nada. Eles trouxeram comida, abriram a porta e não vi nada. Absolutamente nada.

— Deve ser porque é noite, camarada — sugiro, tentando conter um bocejo. — Lembra-se da noite e do dia? Noite, dia e, em seguida, noite de novo.

Dezesseis

Após a unidade de contraespionagem do Serviço de Inteligência conduzir sua varredura semanal nas dependências da Casa do Exército à cata de microfones ocultos e dispositivos de interferência, o brigadeiro TM deu início à antiquada busca pessoal do recinto. Retirou as capas de seda cor de vinho, feitas a mão, das almofadas do sofá e percorreu com as mãos o forro macio. Deu uma boa sacudida nas cortinas, que combinavam com os estofados, passou os dedos pelas borlas de seda marrom e olhou com suspeita para as fitas prateadas do cortinado. Tirou do lugar cada um dos tapetes persas, saqueados dos palácios de reis afegãos e presenteados ao general Zia por comandantes *mujahidin* do Afeganistão. Com os coturnos, procurou por superfícies irregulares no revestimento sintético cinza. Ligou e desligou os cordões de seda das luminárias de cobre reluzente.

A desconfiança do brigadeiro com relação ao Serviços de Inteligência baseava-se em um princípio simples: policiais e ladrões deviam ser mantidos separados. A seu ver, a questão com essa agência era que tudo estava sendo feito pelas mesmas pessoas. Depois de examinar as dependências com os detectores de microfones ocultos e escâneres e de apalpar os assentos de poltronas de forma aleatória, eles simplesmente assinaram um documento afirmando que não haviam encontrado aparelhos de espionagem. O brigadeiro TM nunca sabia ao certo se devia confiar nessa papelada assinada. Afinal de contas, possíveis assassinos presidenciais não se dedicavam aos seus negócios assinando declarações juramentadas enquanto se aproximavam do alvo. Ele já tinha feito o curso de Comando e Estado-Maior e sabia por que um país precisava do Serviço de Inteligência e por que as Forças Armadas precisavam de espiões para bisbilhotar os próprios agentes e oficiais, e conseguia tolerar bem isso. Mas outro motivo o levava a desgostar daqueles agentes especiais militares: não usavam farda. Se já era difícil o bastante confiar em qualquer um que não a trajasse, como diabos confiar em alguém *com patente* que não a vestia? O brigadeiro TM considerava o Serviço de Inteligência uma ameaça igual à corrupta polícia paquistanesa e os preguiçosos príncipes sauditas, mas, como seu trabalho era manter os olhos abertos e ficar quieto, nunca fazia comentários na frente do general Zia. Ao vasculhar o armário de condecorações e troféus, concluiu que a simples quantidade de objetos na Casa do Exército já representava um risco à segurança. "Quem precisa de todas essas fotos?" Parou na frente de uma parede cheia de retratos emoldurados de antigos generais que governaram o país. Era inevitável notar que eles foram engordando cada vez mais e que as medalhas nos peitos multiplicaram-se. Ele foi até o final da fileira de fotografias e pôs-se diante de um quadro grande. Naquela pintura a óleo, Muhammad Ali Jinnah, o fundador do Paquistão, usava um terno novo da Savile Row e mostrava-se absorto, estudando um documento. Com um monóculo no olho esquerdo e o olhar intenso, Jinnah parecia um químico angustiado do século XVIII, prestes a fazer uma nova descoberta.

O brigadeiro TM observou o retrato do fundador com admiração; não se importava com paisanos se se vestissem de forma apropriada e se comportassem como civis. "Veja só esse homem."

Deu um passo para frente. “Um civil, que usava roupas paisanas e dizia coisas paisanas, mas que, no fundo, era um soldado.” TM não se importava em saudar Jinnah por pura devoção à pátria, o tipo de patriotismo que só um soldado condecorado pode sentir: deu um passo para trás e prestou continência. Enquanto o pé batia no tapete, a mão formava um arco no ar e a palma da mão aberta chegava à sobrancelha, a moldura inclinou-se. Foi somente um pouco, mas os olhos sempre alertas do brigadeiro perceberam o deslocamento e ele, de súbito, fitou ao redor. Sentiu-se constrangido e tímido, como uma criança que mexeu em um arranjo de *ikebana* na casa de um primo rico. Moveu-se para a frente, segurou os cantos da moldura com ambas as mãos, deu um passo para trás com o intuito de ver se estava nivelado e, estremecendo, soltou-o. Fez menção de levar a mão direita ao coldre, mas parou. O fundador piscara para ele detrás do monóculo. O brigadeiro podia jurar que vira o olho esquerdo dele mover-se.

— Eu mesmo já fiz isso algumas vezes.

Quando TM ouviu a voz do general Zia, deu a volta e prestou continência, dessa vez com menos veemência, movendo os pés com suavidade, de forma que o recém-chegado não visse a inclinação da moldura.

Sem a farda e a parafernália presidencial, o general Zia parecia ter encolhido. O camisolão de seda oscilava ao seu redor. O bigode, sempre grande e enrolado, pendia sobre o lábio superior. Ele o sugava, nervoso. Os cabelos, sempre oleosos e partidos no meio, estavam desalinhados, como um esquadrão de desfiles na pausa para descanso.

— Ele foi o único líder de verdade que tivemos — prosseguiu o general e, então, ficou quieto, como se esperasse que o brigadeiro o corrigisse.

O subordinado continuava em estado de choque. Não acreditava em superstição. Nem em coincidências. Sabia que se a arma estivesse lubrificada e destravada, ela dispararia. Sabia que se seus cálculos sobre a velocidade do vento estivessem corretos e soubesse controlar a descida, seu paraquedas pousaria exatamente no local desejado. Sabia que se mencionasse o nome da filha de um prisioneiro após mantê-lo acordado por três dias, ele falaria. Mas o brigadeiro TM não tinha nenhuma experiência com defuntos de monóculo em molduras de bordas douradas piscando em resposta à sua continência.

— Este quadro não passou pelo controle de segurança, senhor. O general Akhtar não deveria ter infringido o Alerta Vermelho.

— Meu filho, posso aguentar os rumores dos tabloides norte-americanos, mas preciso ter medo de quadros que me foram dados pelo meu próprio chefe do Serviço de Inteligência? O general Akhtar está sob suspeita agora? Você está querendo dizer que não estou em segurança nem na minha própria sala? — Fez uma pausa por um instante e acrescentou: — Ou não gosta do homem retratado no quadro?

— Foi um civil, senhor, mas nos deu este país.

O general pôs as mãos nos bolsos do roupão para ocultar a irritação; o brigadeiro não tinha a menor noção de História.

— Bom, se você o comparar com aquele baneane Gandhi e com aquele fornicador Nehru, então, claro que foi um grande líder. Mas, desde então, surgiram outros que, com seu próprio jeito humilde... — Olhou para a face sem expressão de TM, deu-se conta de que ele não o elogiaria e resolveu mudar de assunto. — Filho, eu me sinto como um prisioneiro nesta casa. Esse pessoal do Serviço de Inteligência é um bando de idiotas. Sabem como combater os soviéticos, têm agentes espalhados por metade do planeta, mas não conseguem descobrir quem está tentando assassinar seu próprio presidente.

Algo que o brigadeiro TM nunca fez foi dedurar seus irmãos de farda, mesmo se eles optassem por não usar uniformes. Também tentou mudar de assunto; deu uma sugestão e se arrependeu em seguida:

— Por que não faz uma *umra*, senhor?

O general ia a Meca no mínimo dez vezes por ano, e o brigadeiro precisava acompanhá-lo. Sabia que o dirigente sentia-se seguro lá, mas também que se comportava como um garoto de 12 anos durante um aniversário ruim. Fazia um escândalo, chorava, batia a cabeça contra o mármore preto da *Khana Kaaba*, contornava-a a toda velocidade como se estivesse em uma espécie de corrida, não em uma romaria.

— Você acha que Jinnah faria uma peregrinação nestas circunstâncias?

O subordinado sentiu o olho do fundador piscar, atrás de sua cabeça. Queria ressaltar que Jinnah nunca fizera tal viagem a Meca. Desejava dizer que, mesmo se houvesse tido tempo de se afastar em busca de renovação espiritual, o fundador na certa teria ido a um pub no oeste de Londres. O brigadeiro TM ficou de pé, em posição de sentido, ignorando a pergunta de Zia. Remexeu os dedos dentro dos coturnos; não tinha certeza se a cabeça do general vinha recebendo a oxigenação necessária.

— Será que Jinnah teve de tomar essas decisões? — O dirigente fez uma última tentativa desesperada de educar o subordinado a respeito dos indícios da História. — Será que teve de lutar contra os soviéticos de manhã e convencer os norte-americanos à noite de que ainda valia a pena continuar travando esse combate? Algum dia chegou a ser prisioneiro na própria Casa do Exército?

— Sim, senhor — gritou o brigadeiro TM, juntando os calcanhares.

— Acho que preciso permanecer no país.

O subordinado ficou aliviado. Não queria ir a Meca. Não desejava ficar no ambiente vazio de mármore preto de novo.

O brigadeiro TM sentia-se animado nos momentos de ação ou, ao menos, nos momentos que prometiam ação. Quando a pessoa está a 20 mil pés de altitude, em queda livre, ajeita a postura e deixa o corpo ser levado pelas correntes de ar, despenca, percorre mil pés, dá uma cambalhota, abre os braços e as pernas, puxa a corda de abertura e, de repente, o mundo é real, um pedaço de concreto na frente do palanque presidencial ou um arbusto denso atrás das linhas inimigas de combate.

Ele sentira a mesma expectativa ao caminhar atrás do general Zia e entrar na área murada da *Khana Kaaba*, em sua primeira visita. Recebeu um roupão branco, igual ao que todos os demais usavam, mas ao dar uma olhada nos policiais sauditas que os acompanhavam, recusou-o. Embora estivesse na Casa de Deus, isso não significa que deveria deixar sua obrigação de lado. Os agentes perguntaram ao general se podiam deixar o chefe de sua segurança entrar usando a farda de campanha, mas o dirigente chorava copiosamente e balançava a cabeça, em sinal afirmativo, o tempo todo. A polícia saudita não soube dizer se ele aprovara ou não. Zia fungou, escondeu a cabeça no roupão branco e começou a orar de forma ruidosa, enquanto eles caminhavam rumo à construção cúbica preta na parte central da muralha. O brigadeiro TM olhava ao redor, à cata de potenciais ameaças. Os poucos devotos ali presentes encontravam-se espalhados e prostrados; em suas diversas posições de adoração, lembravam toras lançadas de forma aleatória. A claridade ali era forte, mas fria. O chefe da segurança gostava de lugares bem iluminados. O foco de sua atenção era a construção cúbica de mármore preto, de pé-direito baixo, coberta por um manto de seda preta. O brigadeiro não esperava quaisquer riscos à segurança naquele local. Aquela edificação achava-se ali havia mais de 1.400 anos; não obstante, ele precisava ser cauteloso, pois sabia que seria aberta especialmente para o general Zia. Os demais peregrinos precisavam se contentar em tocar suas paredes externas e em beijar a seda preta bordada a ouro que as adornava.

O brigadeiro TM requisitara ao Serviço de Inteligência um dossiê a respeito do lugar ao fazer sua costumeira avaliação de risco, e eles lhe enviaram uma página fotocopiada de um livro de ensino médio sobre Estudos Islâmicos.

Tratava-se do lugar exato em que Abraão tentara matar o filho, onde Maomé destruíra ídolos e declarara que todos os não-muçulmanos que abaixassem as armas seriam poupados.

Os únicos armados naquela noite eram os agentes de segurança sauditas. O brigadeiro TM perguntou-se se eles tinham noção de como usar as armas. O ruído de reverência e preces ressoava no ambiente, e o chefe da segurança acabou tirando a mão do coldre. Seu olhar passou a ser o de um turista, efêmero, ligeiramente curioso e sem desconfiança. Ele observou com interesse que a maioria dos devotos era de pele escura, mas havia pessoas de outros países. Viu uma mulher branca sentada em um canto, recitando o Alcorão. Não conseguiu conter o sorriso ao ver um velho chinês segurando o rosário com uma das mãos e uma bengala na outra, arrastando os pés em torno da construção cúbica preta.

O brigadeiro pensou que, talvez, depois que se aposentasse, iria até ali como peregrino, para ver se sentia o mesmo que os outros.

Seus anfitriões, os príncipes sauditas com seus turbantes de seda com debrum de ouro, caminhavam na frente. TM perdera a conta de quantos deles havia naquele reino.

Assim que se aproximaram da construção cúbica de mármore preto, na parte central, o brigadeiro colocou-se na frente do grupo, dando-se conta, de súbito, de que entravam em local desconhecido. A porta abriu e nada aconteceu. Não havia ninguém os atacando de surpresa. Tampouco ninguém dava-lhes as boas-vindas.

O recinto estava vazio.

Não houve clarões de luz divina, nem trovões; as paredes daquela parte eram pretas, sem qualquer inscrição. E, se não fosse pela voz embargada do general implorando por perdão, teria sido um lugar silencioso, com ar bastante bolorento. A casa de Alá era um ambiente escuro e vazio. O brigadeiro deu de ombros, permaneceu parado à porta e ficou de olho nos peregrinos que circundavam a *Khana Kaaba.*

O brigadeiro TM sentiu o olho do fundador piscar atrás de sua cabeça de novo. O general Zia deu-se conta de que o subordinado não estava interessado em sua tagarelice. Fechou mais o camisolão em torno de si e saiu da sala resmungando algo, do qual o chefe da segurança só discerniu "dormir numa noite". O que o dirigente disse foi: "Quem vai conseguir dormir numa noite maldita como esta?"

O subordinado caminhou rumo ao quadro, tentando evitar olhar para o fundador. Meteu as mãos nos bolsos e protegeu-as com lenços brancos. Segurou a moldura pelas bordas e tirou a pintura do prego em que estava pendurada. Mantendo-a à altura do peito, carregou o quadro até o sofá e colocou-o ali com cuidado, com Jinnah voltado para baixo. Puxou a perna da calça com a mão direita e retirou o punhal da bainha de couro amarrada em cima de seu tornozelo. Arrancou os ganchos, um por um, meteu a ponta do punhal sob o papelão, ergueu-o e jogou-o de lado. Um pedaço de pano aveludado, verde e grosso cobria a parte de trás do retrato. O brigadeiro passou os dedos na área em que supunha estar a face do fundador. Atrás do olho com monóculo, encontrou um objeto rígido e redondo. Pegou o punhal de novo, cortou a área ao redor e arrancou um disco de metal cinza, do mesmo tamanho que uma moeda de cinquenta *paisas,* sendo que um pouco mais grosso. Segurou-o com a mão coberta pelo lenço e afastou-o do corpo como se fosse explodir.

Enquanto o chefe da segurança ainda examinava ambos os lados do disco metálico, tentando decidir se era algum tipo de mecanismo artístico usado pelo pintor do quadro ou um dispositivo letal programado para fazê-lo explodir, a superfície de metal começou a abrir desde a parte central, como as cortinas de um miniteatro, e uma diminuta lente côncava piscou para ele. As cortinas metálicas fecharam-se de imediato.

O brigadeiro TM apertou com força a câmera espiã, tentando esmagá-la, até os nós dos dedos doerem.

Bombas teleguiadas, projéteis reforçados, punhais atirados a distância, o brilho do fuzil de um atirador, mísseis terra-ar, guarda-costas ressentidos — o chefe da segurança podia lidar com tudo isso, sem que as batidas de seu coração sequer aumentassem. Mas aquela camerazinha sorrateira deixou-o tão furioso que se esqueceu de sua obrigação por um instante; em vez de chamar os peritos e identificar o alimentador da câmera, ele caminhou rumo ao quarto do general Zia. O brigadeiro TM hesitou diante da porta dos aposentos durante alguns instantes, respirou fundo três vezes para se acalmar e bateu.

A primeira-dama abriu a porta, posicionou-se no meio da passagem e fitou-o de forma zombeteira, como se fosse um garoto que batera à porta do quarto da mãe depois de fazer xixi na cama.

— O que houve agora? — perguntou ela. — Ele tem algum encontro à meia-noite com uma correspondente estrangeira? Ou a Índia está prestes a nos atacar de novo?

O chefe da segurança não sabia como responder à altura a uma mulher.

Abriu a mão e mostrou o que encontrara para a primeira-dama.

Ela lançou-lhe um olhar fulminante.

— Seu chefe não vive mais aqui. — Em seguida, virou-se e gritou no corredor: — Olhe, Zia, seu amigo trouxe um presente para você.

Dezessete

— Você gosta de manga? — O sussurro do secretário-geral é quase inaudível. A respiração, pesada. Pelo visto, estava sofrendo. Os idiotas não lhe tinham dado comida. Quanto tempo passara? Não mais do que três dias, com certeza. Vou engatinhando até o buraco na parede, derrubando as pequenas pirâmides de areia que vinha construindo para assinalar a passagem do tempo. Não que eu saiba quando é noite e quando é dia. Não houve uma única batida à porta, um ruído sequer de qualquer parte.

— Eu não gosto de manga — respondo. — Não vale a pena o esforço de comê-la. A gente tinha macieiras no jardim no Monte Shigri. Eu gosto de maçã. Basta pegar uma, esfregá-la na calça e comer. Sem nenhum esforço.

O outro ficou quieto por um longo tempo, como se colhesse minhas palavras no solo e tentasse formar uma frase com elas.

— Vocês são parentes?

— Somos.

— Irmãos?

— Pior.

O secretário-geral fez uma pausa; então, bateu com o punho na parede. Três vezes.

— Achou que podia fazer tudo sozinho? Não tem a menor noção de História. Devia ter feito alianças com seus colegas soldados. Camaradas de armas.

Se ao menos ele soubesse.

— Sou o único filho dele.

Enquanto eu caminhava do campo de desfiles ao alojamento, podia sentir a superfície do asfalto na rua liquefazer sob meus coturnos. À distância, a estrada evaporava, formando miragens vaporosas, cada uma delas desaparecendo, conforme eu me aproximava. Bannon e Obaid continuaram no campo de desfiles, dedicando-se a uma sessão adicional de treinamento. Não havia por que ir ao meu alojamento. Fui direto para o conforto da casamata de Bannon. O ar-condicionado estava ligado e minha camisa molhada de suor ficou tesa em questão de minutos. Eu a tirei e fiquei ali, de camiseta branca, olhando ao redor em busca de algo que tirasse minha mente dos comandos de treinamento, que continuavam a reverberar. Coloquei meus coturnos próximos à saída do ar-condicionado e deitei no piso, com a cabeça apoiada no colchão. Vasculhei debaixo deste e, como esperava, encontrei um envelope de papel pardo com o exemplar de julho. A beldade tailandesa Diana Lang e Yasser Arafat dividiam a capa: FOTOS EXPLOSIVAS DE LANG, POSES E ARMAS DE ARAFAT, lia-se na frente da edição internacional especial da *Playboy*.

Decidi deixar a entrevista de Yasser Arafat para depois e abri a página central. A porta também abriu e Bannon entrou, abanando-se com o bibico.

— Eu desisto. Seu amigo não vai conseguir.

O tenente ignorou minha mão, que tentava ao mesmo tempo meter a revista no envelope e colocá-lo sob o colchão. Gotículas de suor escorriam pela face pálida e envelhecida, os cabelos estavam grudados na cabeça e ele sussurrava para si:

— Duas semanas antes da revista presidencial e tenho elementos que não sabem nem marchar em fileira cerrada.

Tirei os pés de perto da saída do ar-condicionado e lhe perguntei a que se referia.

— Bebê O não vai ficar no Esquadrão de Treinamento Silencioso. Assim que iniciamos o desfile, ele começa a suar feito puta em igreja. Simplesmente não leva jeito para a coisa.

— Pode ser que Obaid não domine bem o campo de desfiles, mas tem muito entusiasmo — disse eu. — Nunca vi ninguém tão cheio de motivação como ele. De noite, fica no nosso alojamento imitando os movimentos.

— Teria sido um ótimo camicase, mas não tem jeito para enfrentar a desgraça do treinamento completo.

— É muito importante para ele. Talvez você possa...

Deixei a frase em suspense, em meio ao ar gelado. Com certeza o tenente sabia o que eu queria dizer. Não podíamos deixar nosso colega na mão.

— É para o próprio bem dele — disse Bannon, por entre os dentes. — A gente diz para virar à direita, ele vai para a esquerda. A gente manda jogar o fuzil e o Obaid fica lá, parado. E, isso, com os meus comandos verbais. Imagine o caos quando estivermos na zona de silêncio. A gente estava girando as armas hoje e, toda vez que ele jogava a dele, ela vinha na direção da minha cabeça. Vai acabar matando alguém ou sendo morto. Tente ver se ele cria juízo. Será um bom oficial, mas de forma alguma vai treinar conosco. Tenho de preencher o relatório final.

Saiu do dormitório sem olhar para trás, sem prometer nada.

Eu ainda me perguntava se deveria descobrir o que Yasser Arafat fazia em uma revista cheia de mulheres orientais com pelos púbicos em forma de coração quando a porta abriu de novo e Obaid entrou, fechando-a com o coturno; em seguida, apoiando-se no pôster de Bruce Lee, encarou-me como se eu fosse o único motivo por sua falta de coordenação.

A farda cáqui estava cheia de marcas de suor, o lenço azul tinha sido enrolado em sua mão direita e havia um hematoma em sua maçã do rosto direita. Seus olhos normalmente serenos faiscavam.

As causas de seu fracasso constante no campo de desfiles eram óbvias para mim. Podia-se tirar notas altas em história da guerra e simular os movimentos do treino a noite inteira, mas, quando a zona de silêncio entrava em vigor, não se podia olhar no manual para descobrir o que fazer e a forma como prosseguir. Obaid se encarregava de tudo relacionado aos estudos para mim. Desenhava minhas cartas de navegação, cuidava da minha incapacidade de me concentrar em qualquer livro-texto por mais de dois parágrafos e fazia anotações para mim. Apesar da ausência de qualquer talento acadêmico de minha parte, ou talvez por causa dela, eu ia de vento em popa no quesito treinamento, já comandando o esquadrão, ao passo que meu colega continuava no grupamento de reserva. Qualquer um que conseguisse se sentar para ler um livro fora da sala de aula por mais de dez minutos seguidos nunca seria um bom oficial, nem conseguiria coordenar de forma coesa os coturnos militares no campo de desfiles. E Bannon tinha certa razão: um passo errado, um único compasso errado na cadência silenciosa, poderia estragar a apresentação elegante que tínhamos idealizado para a revista de tropas do presidente. Também poderia arruinar a manobra de espada que eu tinha concebido para o dirigente.

Pensei em distrair Obaid com as fotografias de Yasser Arafat, mas ao observar seu semblante aborrecido, desisti da ideia. Ele abria e fechava a mão. Havia uma fúria em seus olhos que eu nunca tinha visto antes. Fui em sua direção, com o intuito de tocar seu ombro. Ele recuou, deu a volta, pôs as mãos no rosto e começou a bater a cabeça na parede.

— Vai dar tudo certo — consolei, sentindo-me como um daqueles médicos que dizem para você aproveitar a vida ao máximo depois de informar que só lhe restam seis semanas de vida.

Obaid ficou quieto por um instante; em seguida, deu um salto e se jogou na cama de Bannon, arrancando o bambu que apoiava o toldo camuflado sobre o colchão. Todos os livros que ele havia lido não haviam ensinado a regra básica militar: controla-se a raiva sendo durão, não mudando os móveis do quarto. Então, ele pegou o travesseiro e jogou-o contra a parede. Desapontado com a ausência de impacto, pegou o Buda de cerâmica. Eu me lancei à frente e o impedi.

— Isso não — disse, tomando-o das mãos dele. Os dedos de meu colega estavam cálidos no rosto de cerâmica da estátua, gelado pelo ar-condicionado. Ele olhou ao redor, à cata de algo para atirar. O vento frio do aparelho secara algumas das marcas de suor em sua camisa. Ao me aproximar para acalmá-lo, senti seu hálito de cardamomo e o odor almiscarado de seu suor quase seco. — Vamos conversar sobre isso. — Era o que ele costumava dizer em tais situações.

— Você está tentando me manter afastado — acusou meu colega.

— Olhe, Bebê O... — Busquei cegamente as palavras e tentei preencher o silêncio movendo a mão do ombro para a parte posterior do pescoço dele. Os pelinhos arrepiaram-se sob minha palma, mas a nuca continuava cálida, apesar do frio do quarto. Senti raiva de minha própria falta de empatia e deixei escapar: — Olhe, não estamos falando de um piquenique para o qual não estou levando você. É para o seu próprio bem, Bebê O.

Obaid ignorou meu tom de voz complacente.

— Tem um jeito muito mais fácil — comentou. — Este lugar está cheio de quê? Aeronaves? O que precisamos fazer? Pegar um avião e ir para...

— Não vamos discutir isso de novo — interrompi-o. Para um homem de farda, suas ideias sobre a instituição militar eram ingênuas. Considerava-se uma espécie de personagem de *Fernão*

Capelo Gaivota, o acréscimo mais recente à pilha de livros em sua mesinha de cabeceira, e falava sobre aeronaves como se não fossem máquinas de combate de milhões de dólares, mas algum tipo de veículo para sua busca espiritual.

— A brisa acariciava sua face, e o oceano mantinha-se calmo sob ele — disse, de olhos fechados. — Eu podia fazer tudo sozinho. — Deu uns tapinhas na maçã do meu rosto.

— Você mal sabe pousar aqueles troços. Pode esquecer.

— Quem precisa pousar? — Mostrou uma carta de navegação com coordenadas traçadas e um círculo vermelho em torno da Casa do Exército. — Vinte e três minutos, se não houver vento de proa nem de cauda.

Arranquei a carta de sua mão, joguei-a atrás de meus ombros e fitei-o. Ele me encarou, sem piscar. Pensei em falar para ele do néctar de tio Goma, mas mudei de ideia na hora.

— O coronel Shigri não se matou, e eu tampouco vou fazer isso — ressaltei. Então, aproximei a boca de seu ouvido e gritei — Fui claro? — Para o inferno com a cadência interior, pensei. — Fui claro? — vociferei outra vez.

Ele pressionou o ouvido contra minha boca, encostou-se em mim e pôs a mão em minha cintura.

— Se você quer fazer isso aqui, vai ter de me incluir no esquadrão. Precisará de apoio — comentou Bebê O.

Afastei a mão dele e dei um passo atrás.

— Escuta aqui, fique com o seu Rilke ou seja lá o que estiver lendo agora. O que vai fazer? "Olhem, esta é a minha espada. Lá vem o general. Vou atacar, está bom?" — Fiz um gesto de pulso mole com uma espada imaginária. — "Opa, foi mal, errei. Posso tentar outra vez?"

Acho que acabei com ele com aquelas palavras.

Não vi seu punho atingindo meu estômago e, ao me curvar, seu joelho atingiu minhas costelas e me fez cair, cambaleante, na cama de Bannon, de bruços. Fiquei esparramado na pilha de bambu e no toldo camuflado. A surpresa de ser atingido por Bebê O foi tão sobrepujante que não senti nenhuma dor. O pôster de Bruce Lee ficou fora de foco por alguns instantes. Obaid aproximou-se e parou perto de mim, olhando-me como se nunca tivesse me visto antes. Dei uma rasteira no meu colega, que caiu ao meu lado.

Esfreguei a parte inferior das costelas e suspirei. Obaid apoiou-se no cotovelo e observou-me com atenção. Sentou-se de repente, como se tivesse tomado uma decisão a respeito de algo. Circundando meu quadril com os joelhos, começou a tirar minha camiseta da calça. Com ambas as mãos, acariciou com suavidade o ponto em que me golpeara, olhando-me fixamente. Como não gostei da ideia de ele observar minhas reações, fechei os olhos, meu quadril ergueu-se de forma involuntária e, de súbito, minha calça cáqui pareceu apertada demais. Torci para que Bannon preenchesse o relatório sem pressa.

Obaid levantou minha camiseta; o ar gelado fez meu peito arrepiar e meus mamilos ficaram roxos e rijos despudoradamente. Ele tirou meu cinto. Contraí a barriga e contive a respiração conforme a mão dele foi entrando em minha calça. Não me segurou, apenas deixou a parte posterior da mão relaxar contra meu pênis, como se se tratasse de um encontro casual. Receei os lábios que percorriam um caminho rumo ao meu peito. Receei ser beijado.

Senti o aroma de óleo de jasmim em seu cabelo e me recostei no colchão; uma vara de bambu foi esmagada sob meu corpo e fiz menção de me levantar, em um acesso de pânico. A mão dele em minha calça me fixou no lugar. Os lábios traçavam o contorno de meu maxilar, as pontas dos dedos formavam círculos diminutos na ponta de meu órgão. Gemi, e meu quadril começou a se movimentar, mas ele o pressionou com o joelho. A boca foi explorando meu peito e dirigindo-se para baixo. Minha mente começou a trabalhar, enquanto eu mantinha os olhos fechados.

Havia um riacho perto de minha casa no Monte Shigri; eu me meti nele durante o inverno, testando a primeira ereção na água gelada. Meu corpo moveu-se para cima e meu pênis tocou a ponta de seu nariz; ele riu.

Fiquei ainda mais surpreso quando ele tirou a própria calça, contorcendo-se, e levou minha mão ao seu pênis. Quando dei por mim traçava uma curva, não uma suave, mas o semicírculo de uma lua nova. Seu membro era curvo como um arco, e sua ereção arqueava rumo ao umbigo. Ele deixou escapar um suspiro e deitou-se ao meu lado. Os olhos estavam cerrados, e um leve sorriso espalhava-se por seus lábios, um sorriso tão sereno, tão desairoso, mas amável, que ele pareceu ter batido em retirada para seu próprio mundo, em que a brisa acariciava sua face e o oceano mantinha-se calmo sob ele.

Não ousei dizer nada por um longo tempo. O ar-condicionado desligou, a certa altura, e o único som no dormitório era o de dois rapazes amedrontados respirando.

— Não, não — sussurrou Obaid no final. Suas mãos formavam um cálice na vã tentativa de não deixar traços no colchão. — No lençol, não. — Falou com o rosto voltado para o teto. — Você não cometeria uma estupidez.

— E você não vai fazer nenhuma bobagem.

— Não — assegurou.

De manhã, sumiu.

Dezoito

Mesmo se Zainab não fosse deficiente visual, não conseguiria ler a própria entrevista no jornal, pois era analfabeta. As notícias chegavam por aromas, aves e texturas dos ventos. E, naquela manhã, ela podia sentir as más notícias no ar, podia sentir a migração e as longas noites solitárias marchando em sua direção.

Prendeu a respiração por um instante, ignorando os presságios que circundavam o ambiente, e tentou se concentrar no que fazia.

De pé, apoiada nas grades de ferro da cela, Zainab tirava migalhas de um pedaço de pão e as jogava para um bando de pardais que ia até ali todas as manhãs. Como muitas cegas, ela podia contar o número de pássaros só de escutá-los voejar. Provavelmente havia 15 ali. Eles pegavam as porções galhofeiramente, a fome saciada com a fartura de alimentos para todos. Todas as manhãs, várias mulheres com migalhas de pão esticavam os braços pelas barras de ferro, tentando atrair o mesmo grupo de pardais, esperando vê-los pegar o alimento e, com sorte, comer nas palmas de suas mãos. Naquela manhã, no entanto, as aves estavam mais interessadas em brincar umas com as outras.

Zainab não se sentia como as demais reclusas na fila das condenadas à morte; elas rezavam, choravam, acompanhavam de forma obsessiva o progresso de seus pedidos de clemência e, quando seu último recurso era negado, dirigiam a atenção à vida após a morte e começavam a pedir perdão de novo. A deficiente visual não cometera nenhum crime e se sentia à vontade na cela — chamada de "cela fatídica", por acomodar as prisioneiras condenadas à pena capital. Vivia ali como se estivesse em casa. Ao acordar naquela manhã, limpara o recinto, massageara os pés da colega grávida e passara óleo nos próprios cabelos. Depois de alimentar os pássaros, iria a outros compartimentos de prisioneiras, fora das celas macabras, para massagear os pés de duas outras grávidas encarceradas. "Por que alguém iria querer matar uma pobre cega?" era sua resposta recorrente a todo o alvoroço que seu advogado e outros grupos de defesa da mulher criavam fora da penitenciária a respeito de sua pena de morte. Até mesmo a carcereira a admirava em virtude de sua amabilidade, pela forma como ela ajudava outras prisioneiras e ensinava os filhos delas a recitarem o Alcorão. Zainab era a presa favorita da superintendente do cárcere; fora esta que lhe presenteara com os óculos de sol que tanto enfureceram o general Zia. "Vão proteger você contra o sol." A deficiente visual aceitou-os com um sorriso, sem reclamar, sem demonstrar qualquer autocomiseração, sem explicar que os raios não podiam penetrar nas poças brancas sem vida que eram seus olhos. Detrás dos óculos de plástico, seu globo ocular apresentava a cor de neve. Ela nascera sem as córneas. Correu o óbvio boato de mau agouro quando Zainab chegara ao mundo, mas sua face era tão radiante e os outros sentidos tão intatos, que a cega fora aceita como uma criança azarada e tirara o melhor proveito possível de sua situação. Até mesmo naquele momento, em que se tornara a primeira mulher a ser condenada a morte por apedrejamento sob as novas leis, demonstrara uma coragem intrigante, que desconcertava as ativistas femininas, que lutavam em prol de seu caso nos tribunais e nas ruas. "Apedrejamento?" perguntara ela, após a sentença. "Como fazem com o demônio em Meca durante o *haj*? Repetem esse ritual há séculos e não conseguiram acabar com ele. Como vão matar uma mulher saudável como eu?"

Depois de usar os óculos por alguns dias, Zainab passou a gostar deles; diminuíram as dores de cabeça que sentia quando ficava sob a luz do sol por muito tempo. E as crianças das outras prisioneiras sempre davam risadinhas quando ela os tirava para mostrar-lhes os olhos leitosos.

A deficiente visual escutou um par de asas batendo com mais força que as dos pardais. Ouviu estes esvoaçarem em pânico, mas sem ir embora de todo. Alguns adejaram, outros afastaram-se dela. Zainab parou de atirar as migalhas durante alguns instantes, tentando proteger os pardais e evitar dar à gralha o que lhes pertencia. Então, lembrou-se de uma gralha de sua infância, que lhe fizera companhia em inúmeros dias obscuros. Outro mau presságio, disseram os aldeões, porém, a ave era sua amiga e a jovem sempre guardava pão para ela. Seria a mesma? Zainab começou a partir o pão e a jogar as migalhas de novo. E se a gralha estivesse realmente faminta? Ela sabia que todas as reclusas e até alguns funcionários do cárcere alimentavam os pardais.

Zainab ouviu os passos da carcereira aproximando-se. Podia dizer, pela forma como caminhava, que lhe trazia más notícias. Tentou ignorar a sensação de culpa nas passadas que chegavam perto e continuou a alimentar a ave. Dava para notar que a gralha tomara conta do território. Os pardais tinham ido embora, com exceção de dois, que circundavam a área reivindicada por ela, pegando uma migalha depressa quando a gralha dava as costas e, em seguida, posicionando-se rapidamente em uma distância segura. A deficiente visual sentia, nas pontas dos dedos, que suas asas estavam prontas para escapar. Sentia também que se tratava de um jogo, no qual um pardal distraía a gralha para ver o quão perto o outro conseguia chegar.

A sombra da carcereira bloqueou a luz solar. Pelo cheiro de suor da mulher, Zainab intuía que estava em apuros. A guarda respirava pesadamente, apoiando o corpo ora em uma perna, ora em outra, fingindo que não estava ali.

Sem dúvida alguma, as notícias eram ruins.

Que más notícias podia-se dar para uma prisioneira condenada à morte? Ela não tinha esperança no pedido de clemência solicitado por seu advogado, em seu nome. As demais reclusas de sua cela trataram desse assunto. Sabiam que, embora o general houvesse mudado de ideia muitas vezes no que dizia respeito a vários fatores, algo que nunca fazia era perder a oportunidade de rejeitar um pedido de clemência em um caso de pena capital. Tinha alguma coisa a ver com alguém chamado Bhutto, que governou antes dele. Zainab sabia que aquele primeiro-ministro fora enforcado, não apedrejado até morrer. Não tinha ideia de que delito ele cometera. Não esperava que sua sentença fosse revertida, então talvez a carcereira tivesse recebido a ordem de execução fatídica e estivesse preocupada com a forma como o apedrejamento seria feito. A deficiente visual sentiu-se mal por ela; por que uma mulher tão eficiente e boa tinha de enfrentar tantas provações?

Ela escutou a gralha voejar com insistência, mas, em vez de ir embora, a ave se acomodou de novo, na certa após ter expulsado o último pardal.

— Zainab, sua foto foi publicada num jornal — comunicou a carcereira. A reclusa pressentia que a guarda evitava o assunto principal ao tratar disso, em vez de lhe dar logo as notícias a respeito da ordem de execução fatídica. — Saiu ótima, com os óculos. — A prisioneira lançou a última migalha, esperando atingir a gralha na cabeça. Errou. — Vão transferir você para outra penitenciária. Por causa dessa foto e da entrevista que deu.

Zainab recordou-se dela. Seu advogado lera algumas perguntas e ela repetira a mesma história que contara no Tribunal Federal, no

Tribunal Superior, na apelação contra a sentença de morte, a mesma história que contara repetidas vezes às colegas prisioneiras, sem acrescentar nem omitir nada, apesar dos esforços de seu defensor.

— Sua foto circulou nos Estados Unidos. Ao que tudo indica, a ordem de levar você para um lugar em que não dará entrevistas veio lá de cima.

Zainab não tinha muito conhecimento de entrevistas nem de lugares de onde se podia ou não concedê-las; apenas contara o que acontecera: "Estava escuro, mas eles tinham tochas. Eram três. Talvez mais um no outro lado da porta. Cheiravam a gasolina e, como as mãos não eram calejadas, não podiam ser camponeses. Amarraram os meus pulsos e bateram em mim quando pedi, em nome de suas mães e irmãs, que me soltassem. Foram uns animais."

— Mas eu gosto daqui — disse ela à carcereira. — Minha colega de cela vai ter neném daqui a duas semanas. Tenho outras amigas aqui. Quero viver neste lugar. — Então, pensou no que acabara de dizer. — Quero morrer aqui.

— A ordem veio do presidente — informou a outra, usando um tom de voz que nunca empregara antes com Zainab e deixando claro que era definitivo, ainda mais que sua sentença de morte. A deficiente visual sentiu o temor na voz da mulher e se perguntou se ela seria punida também.

A ideia de ter de deixar as amigas para trás e de a carcereira que lhe presenteara os óculos de sol correr o risco de ser punida sobrepujou a prisioneira por alguns instantes, levando-a a fazer algo que nunca fizera antes. A cega Zainab, que escutara calada quando um juiz libertino a condenara à morte, que jamais dera aos seus agressores a satisfação de um grito, que passara a vida agradecendo a Deus e perdoando os homens pelo que fizeram com ela, acabou gritando e amaldiçoando.

— Que os vermes consumam as entranhas do indivíduo que está me tirando de casa. Que os filhos dele não vejam o seu rosto morto.

A carcereira sentiu-se aliviada. Ficava irritada com a coragem despreocupada da deficiente visual. Não queria que partisse sem protestar.

É um fato conhecido que as maldições são o último recurso de mães frustradas e armas inúteis para pessoas que não têm a coragem nem o vocabulário para usar uma injúria apropriada contra os inimigos. Também é fato conhecido que a maioria das maldições não funciona. A única maneira de funcionarem é se uma gralha ouvir as imprecações de alguém que acabara de lhe dar comida, deixando-a de barriga cheia, e levar tais pragas à pessoa amaldiçoada. Gralhas, notoriamente gulosas, nunca se sentem saciadas. Também são criaturas imprevisíveis; seus movimentos jamais podem ser previstos. Nunca se dão ao trabalho de carregar algo para parte alguma. Zainab nem percebeu quando a gralha, depois de perscrutar o chão à cata de alguma sobra de migalha, bateu as asas com languidez e foi embora. Quando a ave chegou a uma altitude considerável, acima da penitenciária, num ponto em que podia ver os outros bandos de pardais fazendo sua dança idiota na frente dos prisioneiros, sentiu uma corrente do oeste no ar, sobre si. Subiu mais, parou de bater as asas e, dois dias depois, cruzou a fronteira com a Índia, onde a época de colheita de trigo começava mais cedo e os postes elétricos eram mais seguros.

Zainab guardou os dois conjuntos de roupa e esperou que sua própria jornada começasse. Foi algemada e colocada na parte de trás de um jipe. Notou que não havia guardas com ela. Para onde uma deficiente visual com algemas iria? Ela rezou para que a colega de cela desse à luz sem dificuldades e se esqueceu por completo de quem havia amaldiçoado e por quê.

A gralha meteu as asas sob o corpo e deixou a corrente levá-la.

Pode ser que essas aves não tenham consciência, mas suas memórias duram noventa anos.

Somente depois que o jipe em que Zainab estava parou, assim permaneceu e ninguém a mandou sair, a prisioneira supôs ter chegado ao lugar em que ficaria. Pegou a trouxa de roupas, afastou a capa de lona e saiu do veículo. Sentiu o cheiro de muita fumaça e de muitos homens e, por um momento, julgou que a haviam enviado a uma cadeia masculina. Ouviu uma sirene e continuou a andar, esperando ser conduzida à cela para passar o resto de seus dias. As pessoas que a circundavam estavam impacientes. Nas penitenciárias, os reclusos sabiam como se manter quietos. Depois de caminhar alguns metros e evitar pisar nos pés de alguém, a deficiente visual segurou o braço de um homem, que parecia estar parado e ser paciente. Então, perguntou-lhe:

— Onde é que vou morar?

O sujeito pôs uma nota de duas rupias em sua mão e disse-lhe que esperasse, como todos os outros.

— Não sou uma pedinte — disse ela, mas ele já se afastara.

A mão de alguém segurou-a com força.

— Aonde pensa que vai, velha? Vamos deixá-la no forte. A imprensa não vai incomodar a senhora lá.

Dezenove

Acordo com os sussurros desesperados de meu vizinho ressoando em minha cela.

— Camarada. Camarada. — Meus punhos estão cerrados e minhas palmas, suadas, cheias de areia grudada. Quando por fim esfrego as mãos na parte de trás da calça e me dirijo ao buraco na parede, penso que talvez tenha sido aceito de novo na luta.

— Sim, camarada — digo, com o jeitão de um comunista veterano.

Sua voz parece rouca e empolgada.

— Está sentindo o cheiro de uma mulher? — pergunta.

— Posso farejá-las a 1 quilômetro de distância, camarada secretário-geral. Ainda mais se cheirarem bem.

Respiro fundo e sinto meu próprio mau hálito, pois não escovo os dentes há não sei quantos dias.

— Sentiu? Ela está perto, bem próxima.

— Próxima que nem a sua revolução?

— Não é hora de brincar. A gente precisa se unir. Acho que deve ser a cela ao lado da sua.

— Este é um forte. O que uma mulher poderia fazer para vir parar aqui?

— Você não conhece essa gente. São capazes de tudo. Com certeza está na cela ao seu lado. Conversa com ela.

— Não estou a fim de companhia feminina, secretário-geral. De barriga vazia, não gosto de mulheres. Fale você com ela.

— Os burgueses protegem os seus até mesmo na cadeia. Por que não colocaram a mulher na cela que fica ao lado da minha? Você ganha frango para comer e uma vizinha, e eu, o que ganho? Um desertor do Exército como vizinho e comida horrorosa.

— Não sou um desertor. Ainda estou fardado. — Faz-se silêncio entre dois homens famintos no escuro.

— Sabe o que podia fazer, camarada...? — Seu sussurro se torna, de repente, cheio de saudade genuína, e sua respiração fica pesada.

— Sou todo ouvidos.

— Pode encontrar o tijolo que dá para a parede dela. Pode conversar com a mulher. Pode pedir que coloque o peito no buraco, e então você apalpa.

— E por que acha que ela faria isso?

— Diga que é do Exército.

Ouço passos no corredor; eles param na frente da minha masmorra. Recoloco o tijolo no buraco e me sento, apoiado na parede.

Alguém bate à porta. Quem é que faz isso numa cela? Provavelmente querem verificar se estou vivo ou morto. Tento me levantar sem fazer barulho. Com as pernas bambas, coloco a mão na parede, em busca de apoio, umedeço os lábios rachados com a língua e digo em um tom de voz baixo, mas firme:

— Sim?

A porta abre, rangendo. A luz está fraca e opaca, e o forte aroma de perfume de jasmim caseiro me sobrepuja. O homem segurando algemas não está de uniforme, mas dá para notar pelo penteado paisano que é um dos homens do major Kiyani. Nem adianta perguntar a ele quais são suas ordens. Depois de me manterem faminto por uma eternidade neste buraco negro, decidiram me prender formalmente. A vida não está a ponto de melhorar. Queria que o secretário-geral me visse algemado. Ficaria orgulhoso. O soldado coloca a venda em mim com tranquilidade, ajustando-a sobre as sobrancelhas e o nariz, bloqueando quaisquer raios de luz, certificando-se de que respiro. Até mesmo com a faixa de pano, sinto o impacto da luz solar forte e esbranquiçada enquanto o homem me conduz pela escada até a passagem entre o Pátio do Povo e o Palácio dos Espelhos. Sinto o aroma de grama recém-cortada e regada no forte. Queria poder coçar a parte posterior da nuca.

O jipe passa por um mercado cheio. O cheiro de bolos e estrume de vaca e mangas frescas chega às minhas narinas. Ouço os gritos dos vendedores ambulantes, os apitos dos guardas de trânsito para os ônibus, que, em troca, buzinam para eles, em um dueto que me parece melodia após dias e noites no silêncio da masmorra. O jipe entra em uma avenida cheia de folhas. A atmosfera está cheia de pólen esvoaçante. O trânsito mostra-se organizado, os carros soam diferentes e param no sinal. As árvores que ladeiam a rua transmitem uma fragrância de eucalipto queimado pelo sol. O jipe para em um lugar com cheiro de polidor de metal e coturnos. Um portão abre, e o jipe acelera lentamente. A distância, escuto o ruído de uma aeronave preparando-se para decolar. E, em seguida, o odor bastante familiar de combustível de aviação e o som das hélices em marcha lenta.

Eles querem me levar de volta para a Academia com distinção, porque não encontraram nenhuma prova contra mim.

Ou querem me jogar da aeronave porque não encontraram nenhuma prova e nem precisam dela.

Li certa vez no *Reader's Digest* que as Forças Armadas de um país latino-americano faziam isso: metiam os prisioneiros em um avião e os jogavam de uma altitude de 20 mil pés no oceano. Algemados.

Dobro os braços quando alguém coloca a mão no meu ombro e me conduz até uma escada. Quem quer que tente me atirar desta aeronave, vai comigo. Não partirei sozinho.

Assim que deixamos a escada e pomos os pés no avião, noto que estou em um C-130 Hércules. Por que precisam de uma aeronave desse tamanho para transportar uma única pessoa? O C-130 é como um imenso caminhão voador; consegue carregar 20 toneladas, o peso somado de um jipe blindado e um carro de combate, e ainda ter espaço de sobra para as tripulações. A rampa traseira parece a entrada da prefeitura. Um veículo pode passar por ela, dúzias de paraquedistas podem saltar. Ou alguém pode ser jogado. O homem que segura o meu ombro pede que eu me sente em um assento reticulado, aperta meu cinto de segurança de náilon e me pergunta se prefiro manter as mãos na frente ou na parte de trás. Na frente, claro, seu idiota. Ele libera meus pulsos por alguns instantes. Não houve tempo de dar uma de valentão.

Sinto o cheiro de animais antes de ouvir seus berros abafados e o ressoar de diminutas patas nervosas no piso metálico da cabine. Seu odor é de ovelhas recém-banhadas, mas os balidos soam estranhamente sufocados. Remexo-me no assento, desejando anunciar que estou no voo errado. A rampa traseira foi fechada, as hélices começaram a ganhar velocidade e, de repente, o cheiro forte de mijo animal espalha-se na cabine. Conforme a aeronave decola, o fedor aumenta. É óbvio que os animais não estão acostumados a voar.

Distraído pelo zunido do C-130 e pelo mau cheiro dos bichos, eu me sobressalto quando alguém assanha meus cabelos e diz, em tom áspero:

— Não deveria ter feito isso, senhor.

— O quê? — pergunto, realmente perplexo.

— O que quer que tenha feito. Eles não algemariam o senhor se não tivesse feito nada.

Some daqui, quero dizer. Fico quieto.

— Quer que eu tire a venda?

— Tem certeza? — indago, subitamente muito cortês.

— Eles não disseram nada sobre o senhor. E estamos voando, o que poderia ver?

O rapaz tenta empurrar a venda para a minha testa, e os dedos gordos permanecem mais tempo nas maçãs de meu rosto do que o necessário para mover a faixa. Inclino a cabeça, mostrando o nó na parte posterior dela. A mão dele vai até meu pescoço e meus ombros. Então, ele coloca os dentes no nó, e sinto os lábios melados na parte posterior da nunca, centímetros abaixo de onde deveria concentrar os esforços. O rapaz se aproxima, percebo que pressiona o pênis contra o meu ombro. Durante alguns instantes, penso em levantar as mãos algemadas e esmagar o pau dele com a corrente entre as argolas.

Você pode estar a caminho da morte, mas sempre haverá alguém preocupado em satisfazer apenas seus próprios interesses.

Estou ajustando as mãos para deixá-las no ângulo certo de ataque quando os dentes dele chegam ao nó, no lugar certo; uma estocada forte do pênis dele na minha axila, e a venda sai.

O rapaz sua em bicas depois do esforço. Seu macacão verde-oliva de supervisor de frete está manchado de óleo e ergue-se como uma pequena barraca sobre a genitália. FAYYAZ, anuncia despudoradamente a etiqueta com seu nome. Fito seu rosto sem pestanejar, como se memorizasse seus traços patéticos. Ele volta, arrastando os pés, até seu assento, do outro lado da cabine.

Entre nós, no piso, encontram-se carneiros-monteses em vários estágios de angústia, tremendo debaixo dos caracoizinhos lanosos e firmes. As patas traseiras estão amarradas com corda, para que não se movam. Alguns acham-se deitados no piso, outros, agrupados. Sob os focinhos malhados, as faces expressam incerteza e perplexidade.

Desde quando a Força Aérea Paquistanesa começou a lidar com animais de fazenda? Quero perguntar a Fayyaz, mas ele não passa de um supervisor de frete gordo e excitado.

— Aonde eles vão? — indago.

— Para o mesmo lugar que nós — responde o sujeito, com um sorriso evasivo.

— Onde?

— Não tenho permissão para revelar — informa, observando os carneiros-monteses como se eles pudessem ouvir o destino e não gostar.

— Já esteve no Forte de Lahore? — pergunto, de forma casual.

— Não. Mas já vi na TV. — Ele fica intrigado.

— Não, supervisor Fayyaz. — Rumino seu nome antes de expelir claramente o que tinha a dizer. — Tem outro forte debaixo daquele que mostram na televisão. É para os colaboradores, como você. — Começo a olhar para os carneiros-monteses de novo.

— Eles vão para a festa — diz Fayyaz, com as mãos entrelaçadas, no colo. Pelo visto, consegue manejar a luxúria desenfreada. — Podem conseguir a melhor carne de cabra em Islamabad, mas querem carneiros afegãos. Duvido que estes durem até o Quatro de Julho.

— Os norte-americanos vão dar uma festa?

— É o Dia da Independência deles. A gente tem levado comida de todas as partes do país na última semana. Deve ser um festão.

Fecho os olhos e me pergunto se Bannon participará.

Os carneiros-monteses tinham acabado de se acostumar com o zunido da aeronave e a pressão variável da cabine quando o C-130 começa a descer bruscamente. Eles ficam nauseados e berram. O que estava com o focinho no chão levanta-se, ergue as patas dianteiras na tentativa de dar uma cabriola, mas cambaleia e cai na própria urina.

— Tenho de recolocar a sua venda — diz o supervisor, com um tom de voz cheio de expectativa. Faço um gesto com as mãos, pedindo que se aproxime e lanço um olhar fulminante. Ele é um rapaz experiente. Capta a mensagem e põe a venda sem encostar em um único pelo de meu corpo.

A rampa traseira abre assim que a aeronave pousa e para. Escuto os carneiros-monteses escorregando na rampa, seu primeiro e último voo certamente fora um pesadelo, mas já era coisa do passado. De novo a mão no meu ombro, que me conduz por uma escada. O ar lá fora cheira a asfalto fumegante, trem de pouso queimado e a mistura ar-combustível evaporando. É idílico, comparado com o odor no interior da cabine. Uma curta caminhada e, em seguida, a espera sob o sol. O jipe em que me jogam tem aroma de purificador de ar de rosas e Dunhills. Não acho que me trouxeram aqui para ir à festa.

Vinte

A lealdade do general Akhtar para com o chefe, general Zia, não era a comum, que um militar de três estrelas tem para com o de quatro. A dependência mútua não equivalia àquela entre dois soldados que contam um com o outro e sabem que o colega o carregará nas costas caso ele se fira em combate. O laço entre eles era o de dois cachorros presos em uma geleira, um avaliando o outro, tentando decidir se devia esperar o colega morrer antes de comê-lo ou deixar de lado as gentilezas e devorá-lo de imediato.

Mas havia uma diferença entre os dois: o general Zia, com seus cinco títulos, seus discursos na ONU e suas esperanças de ganhar o prêmio Nobel, estava saciado. O general Akhtar, sempre desempenhando um papel secundário em relação ao chefe, estava faminto e, quando olhava ao redor na paisagem congelada, via apenas Zia — gordo, bochechas rechonchudas, marinando na própria paranoia. Publicamente, o subordinado negava qualquer ambição; encorajava os jornalistas a descreverem-no como um soldado silencioso, satisfeito em comandar seus exércitos fantasmas em guerras secretas. No entanto, quando parava diante do espelho no escritório, dia após dia, e contava as três estrelas no ombro, não conseguia negar a si mesmo que se tornara uma sombra do dirigente. Sua própria carreira seguira as ambições do general de quatro estrelas como um filhotinho fiel.

Se o general Zia quisesse se tornar presidente eleito, Akhtar não só precisava assegurar que as urnas ficassem abarrotadas como também se encarregar de organizar comemorações espontâneas por todo o país após a contagem dos votos. Se o dirigente anunciasse uma Semana de Limpeza Nacional, o subordinado tinha de se certificar de que as sarjetas fossem desinfetadas e passassem por controle de segurança antes de o presidente aparecer para que tirassem sua foto. Nos dias bons, o general Akhtar sentia-se como um nobre carrasco durante o dia e um apreciador da corte durante a noite. Nos ruins, como uma dona de casa sofrida, eternamente limpando a sujeira do marido bagunceiro. Ele começara a ficar impaciente. A designação de "segundo homem mais poderoso da nação", de que ele gostara no início, começara a parecer um insulto. Como alguém podia ser o segundo mais poderoso se o chefe era um todo-poderoso?

O filhotinho havia crescido e se sentia faminto o tempo todo.

O general Akhtar aprendera a pôr o filhotinho na coleira e a levá-lo para dar caminhadas breves, pois sabia que não podia deixá-lo fora do controle. Não ainda.

Foi em uma dessas caminhadas de filhotinho-na-coleira que o general Akhtar se pôs a percorrer o corredor da sede do Serviço de Inteligência minutos depois de a transmissão de sua câmera na Casa do Exército interromper-se de súbito. Ele conduzia suas operações de um inconspícuo prédio comercial, com quadro andares. Não havia nenhum letreiro na edificação para identificá-la, nenhum endereço postal para aquela instituição e até mesmo os Corollas brancos que entravam e saíam do estacionamento não possuíam placas. Não obstante, todo taxista da cidade sabia, de alguma forma, quem eram os ocupantes daquele prédio e a natureza de seus negócios. O general Akhtar caminhava sobre um velho tapete cinza, os ouvidos captando os sons familiares do turno da noite; a maior parte da equipe já terminara o expediente diurno e partira, mas ele escutava o som abafado de vozes atrás das portas fechadas. Os operadores noturnos conversavam com seus funcionários em países distantes, que não suspeitavam de nada — Etiópia, Nepal, Colômbia. Havia um consolo para o general Akhtar: podia ser o segundo homem mais poderoso em um país do Terceiro Mundo, mas o Serviço de Inteligência que conduzia era digno de uma superpotência.

Como nenhuma mulher trabalhava no prédio comercial, nos banheiros só havia placas indicando OFICIAIS e HOMENS. O general passou por eles e entrou em uma sala sem identificação, no final do corredor. Mais de uma dúzia de operadores observava fitas em rolo instaladas em um painel na parede e conectadas a escutas telefônicas; as fitas começavam a girar assim que um elemento sob vigilância pegasse o aparelho. Os telefones grampeados não eram apenas os do grupo usual de políticos, diplomatas e jornalistas: muitos dos colegas mais próximos do general Akhtar teriam ficado surpresos ao descobrir que todas as suas ligações, todas as suas indiscrições eram gravadas ali.

Os operadores que trabalhavam na sala de escuta tinham ordens rigorosas de dar continuidade às atividades normais independentemente do posto do elemento em questão. Os doze que usavam fones de ouvido assentiram em silêncio quando o general Akhtar entrou ali.

Ele deu um tapinha no ombro do primeiro agente da fila, que parecia totalmente concentrado no trabalho. Este retirou o fone e olhou-o com uma mistura de respeito e empolgação. Ao longo dos 11 meses em que trabalhava no serviço de informação, o general nunca se dirigira a ele. O sujeito teve a sensação de que sua vida estava prestes a mudar.

O chefe tirou o fone de ouvido de sua mão e colocou-o. Ouviu os gemidos de um homem claramente no meio de uma sessão de prazer enquanto uma mulher do outro lado da linha o incitava com voz calorosa. Olhou com desgosto para o operador; este, evitando contato visual com o chefe, informou:

— O ministro da Informação, senhor.

O subordinado sentiu pesar, embora apenas estivesse cumprindo sua obrigação.

— Não preciso saber — disse o general, retirando o fone. — Venha até o meu gabinete. Com uma dessas. — Apontou para a caixinha preta que conectava a linha telefônica ao gravador. — Traga uma nova. Das que Chuck Coogan nos mandou. — E, então, foi embora, com um coro de cabeças assentindo.

O operador lançou um olhar triunfante aos colegas, suprimiu os gemidos do ministro da Informação e começou a preparar a caixa de ferramentas para a primeira ida ao gabinete do general Akhtar. Sentiu-se como um homem pessoalmente escolhido pelo segundo homem mais poderoso do país para fazer um trabalho muito importante em sua sala pessoal. Ao fechar a caixa e ajeitar a camisa, teve a sensação de ser o terceiro homem mais poderoso da nação.

O gabinete do general assemelhava-se ao de qualquer outro burocrata de alto escalão no auge do poder — uma mesa enorme com cinco telefones, a bandeira nacional, uma fotografia de Akhtar e de Bill Casey rindo enquanto o general entregava ao diretor da CIA a cápsula do primeiro Stinger que derrubara o primeiro Hind soviético. Em um canto, havia uma pequena TV e um aparelho de videocassete. Na parede atrás da cadeira fora colocado um retrato oficial do general Zia, da época em que seu bigode ainda lutava para achar um formato e as maçãs do rosto eram encovadas. O general Akhtar tirou o quadro com cuidado e digitou a combinação do cofre atrás dele; em seguida, pegou uma fita de vídeo e colocou-a no aparelho de videocassete. A imagem estava em preto e branco, e granulada; embora ele não pudesse ver o rosto do general Zia, conhecia bem seus gestos, e a voz era inconfundível. A outra fala que se ouvia saía meio abafada, e o locutor não aparecia na tela.

— Filho, você é a única pessoa neste país em que realmente confio.

O general Akhtar fez uma careta. Ele escutara a mesma coisa repetidas vezes nos últimos dois meses, com exceção da palavra *filho*, claro.

— Senhor, sou eu que zelo por sua segurança, e esse é o tipo de trabalho em que não posso receber ordens de ninguém. Nem do general Akhtar, nem da primeira-dama e, às vezes, nem mesmo do senhor.

De repente, a cabeça do brigadeiro TM dominou a imagem.

— Senhor, todas estas mudanças não passaram por meu controle de segurança.

A mão de um indivíduo apareceu na tela, entregando um pedaço de papel ao dirigente. O general Zia examinou o documento com os óculos, guardou-o no bolso e levantou-se. O outro homem então surgiu na imagem, e os dois se encontraram na parte central; o presidente abriu os braços. O general Akhtar moveu-se para a frente, na cadeira, e tentou escutar suas vozes, que, por causa do abraço, ficaram ainda mais abafadas. Ouviu soluços. O corpo do dirigente tremia; ele deu um passo atrás e pôs ambas as mãos no brigadeiro TM.

— Filho, não precisa obedecer às ordens de ninguém, nem mesmo às minhas.

Alguém bateu à porta. O general Akhtar desligou o aparelho de videocassete e mandou o operador entrar. Em seguida, levantou-se e andou de um lado para o outro enquanto o rapaz mexia em um dos cinco telefones da mesa.

O general Akhtar parou na frente do espelho e observou o próprio rosto, bem como a parte superior do corpo. Era três anos mais velho que o general Zia, mas estava em bem melhor forma que ele. Ao contrário do dirigente, que odiava atividades ao ar livre e ficara com a maçã do rosto inchada, ele conseguia jogar golfe uma vez por semana e fazia excursões até os postos de comando do Exército situados na fronteira. O golfe dava-lhe a oportunidade de exercitar-se e pôr-se em dia no que dizia respeito às questões de segurança nacional com o embaixador dos Estados Unidos.

Os cabelos do segundo homem mais poderoso do país escasseavam nas laterais, mas o barbeiro fazia um bom trabalho ao combinar o corte à escovinha com uma dissimulação engenhosa da careca cada vez maior. Ele tinha ficado ali na frente do espelho diversas vezes, imaginando a quarta estrela no ombro e a pose para a capa da *Newsweek*. Ensaiara o discurso de aceitação do Prêmio Nobel da Paz. "Todas as batalhas que travei, toda a liberdade de que o povo da região desfruta, a Guerra Fria que se transformou em uma paz vibrante e genuína..."

— O senhor quer que eu ative a escuta, senhor? — perguntou o operador. Este não demonstrara nenhuma curiosidade, resistira à tentação de bisbilhotar e se comportara como um espião profissional. Nunca pergunte por quê, apenas quem, quando e onde. O rapaz ficou satisfeito consigo mesmo.

O general Akhtar começou a dar um número de telefone ao operador sem se virar do espelho; observou de perto a face do funcionário. Uma sombra cruzou o rosto do rapaz enquanto ele terminava de anotar o número. As mãos, que vinham se movendo com tanta concentração e eficiência antes, tremularam enquanto ele inseria o número na pequena caixa preta. O superior perguntou-se o que o operador pensaria daquilo. Tinha certeza de que não diria nada — não que alguém fosse dar atenção a um operador de escuta — mas examinou com cuidado o reflexo do homem. O operador voltara a agir como um profissional e, naquele momento, guardava o equipamento na caixa de ferramentas.

O rapaz pensava que assim que saísse daquele gabinete, terminaria as duas horas restantes do turno e começaria o trabalho de meio-expediente como pintor de cartazes em um cinema. Pensava que mesmo que lhe oferecessem trabalho em tempo integral no Serviço de Inteligência, continuaria a pintar no fim de semana. O operador nem pensou no fato de o segundo homem mais poderoso do país ordenar que grampeasse a linha telefônica do homem mais poderoso do país.

Muitos dos colegas generais de Akhtar descreviam-no como um homem cruel, frio e calculista. Mas, na verdade, sua crueldade era sempre uma reconsideração, quase inerente ao seu trabalho. Ele não gostava do que fazia porque podia escutar as conversas mais íntimas das pessoas ou mandar matá-las. Não tinha nenhuma sensação genuína de poder ao pegar o telefone e passar aos agentes uma lista de indivíduos que se tornavam uma ameaça para a segurança nacional. Porém, quando de fato pegava o telefone, esperava que o Serviço de Inteligência atuasse como uma arma bem lubrificada. Teria achado melhor se situações desse tipo nunca surgissem, mas, quando precisava lidar com elas, queria que tudo fosse feito com eficiência. Não gostava de histórias sobre projéteis emperrados nas câmaras ou alvos desaparecendo no último minuto.

Quando o operador chegou à porta e pôs a mão na maçaneta, o general Akhtar agradeceu.

O rapaz hesitou por alguns instantes, virou-se para trás e sorriu; foi quando o chefe deu-se conta de que não sabia como se chamava.

— Qual é o seu nome, operador?

O funcionário, que ensaiara a resposta na mente ao longo dos 11 meses em que trabalhava ali, respondeu com um floreio, quase certo de que dava um passo adiante na vida. Esperava ser promovido a operador-sênior e ser acolhido pela organização, obtendo posto de oficial e talvez até recebendo um dos velhos Corollas dos quais o oficialato se desfazia anualmente quando chegavam os novos modelos.

— Igual ao do senhor: Akhtar, mas com *e*. Akhter Masih.

O general Akhtar não ficou impressionado. Havia, na certa, um milhão de Akhters naquele país, pensou, e 2 milhões de Masihs. E aquele espertalhão não conseguira ficar de bico calado a respeito de uma coincidência tão irrelevante quanto aquela. Será que teria condições de manter a boca fechada? Será que teria condições de esquecer-se dos números, dos nomes, das transcrições de ligações com as quais lidava o dia inteiro? Era sensato contratar um cristão quando todos sabiam que adoravam fofocar? Os únicos cristãos que trabalhavam no Serviço de Inteligência do general Akhtar eram garis. Deve haver um motivo, pensou.

— Sabe o que Akhtar significa?

— Sim, senhor. Uma estrela, uma estrela muito brilhante.

— Você é muito inteligente para um operador. Mas lembre-se de que algumas das estrelas que vê durante a noite não são estrelas de fato. Morreram há milhões de anos, mas estavam tão distantes que sua luz só está chegando aqui agora.

O operador caminhou com certa jovialidade ao se dirigir ao ponto de ônibus naquele dia. Sentia-se vivo. O ar cheio de fumaça parecia perfume em suas narinas, os ouvidos prestavam atenção no canto dos pássaros e as buzinas dos coletivos aparentavam ser melodias românticas prontas para serem absortas e transformadas em canções. Não apenas compartilhava um nome com o chefe; sua perspicácia inerente fora reconhecida; “muito inteligente para um operador”, “muito inteligente para um operador”, ecoavam as palavras do general Akhtar em sua mente. Os que achavam que o general era arrogante obviamente não tinham sido dignos de sua atenção, pensou o operador Akhter.

Pode-se dizer que esse rapaz foi um pouco descuidado — como as pessoas que acabam de receber as boas notícias pelas quais vêm esperando a vida inteira. Também é preciso ressaltar que ele não estava inebriado, nem fora imprudente. Pisou na rua como um indivíduo cuja sorte mudara há pouco. Pode-se dizer que não olhou para a esquerda nem para a direita; foi quase como se esperasse que o tráfego se abrisse para ele. Esses são fatos e não há como negá-los. Mas o motorista do carro que se lançou contra o operador Akhter estava decidido e, quando se fixou no alvo, não hesitou. Não queria puni-lo por sua má-educação de pedestre ao atravessar a rua; não visava quebrar suas pernas ou deixá-lo aleijado como punição por se sentir otimista. Não, o condutor daquele veículo agia com extrema lucidez e determinação demais para se tratar do atropelamento casual de um animal na estrada. Antes de a vida se esvair do corpo do operador, logo depois que as costelas quebradas perfuraram os pulmões e o coração começou a bombear sangue de forma frenética, em uma tentativa derradeira e fútil de mantê-lo vivo, ele ficou perplexo — a última surpresa de sua vida — ao ver que o Corolla branco que o atropelara não tinha placa.

O general Akhtar pegou o receptor do novo telefone conectado pelo operador Akhter, ligou para o general Zia e pôs o cargo de chefe de inteligência à disposição.

— Não devia ter confiado naquele cristão, senhor.

— Quem era ele?

— O pintor daquele quadro. Akhter Masih.

— Ele revelou quem estava por trás daquilo?

— Não, senhor, ele sofreu um acidente de carro.

O dirigente suspirou.

— Você é o único homem deste país em quem ainda posso confiar.

— É uma honra, senhor.

— Houve uma mensagem do filho de Shigri...

— Não precisa retornar a ligação, senhor. Ele já está em nossas mãos. Vou levar a declaração dele comigo. Foi uma pequena operação encoberta, e conseguimos muito mais do que esperávamos. Esse elemento é apenas a ponta do iceberg, senhor...

— Não deixe de conversar com ele pessoalmente. Diga que envio *salaam*.

— Há outro problema urgente, senhor. O desfile do Dia da República.

— Como vou participar em pleno Alerta Vermelho?

— Senhor, não existe nenhum país no mundo em que não se tenha o Dia da República.

— Não poderíamos comemorar o Dia sem o desfile? — O general Zia gostou da própria ideia e animou-se bastante. — Teríamos um Dia da República apenas aqui, na Casa do Exército. Chamaríamos algumas viúvas. Não, talvez fosse melhor trocar essa designação por Dia Nacional dos Órfãos. Traga umas crianças para cá e instale umas atrações de parque de diversões.

— Senhor, as pessoas esperam por um desfile militar no Dia da República. Querem ver carros de combate e acenar para os caças passando no alto...

— Mas o protocolo de segurança...

— Podemos fazer o desfile quando o senhor quiser. Então, gravamos tudo e o transmitimos no Dia da República.

Naquele momento, o general Zia percebeu por que nunca conseguira se livrar de Akhtar. Ele estava sempre um passo à frente do inimigo, mesmo quando este era invisível.

Corretamente, o chefe do Serviço de Inteligência interpretou aquele momento de silêncio como o consentimento presidencial para que desse continuidade à organização do desfile do Dia da República.

— Diga ao brigadeiro TM que fico muito grato por ele ter descoberto aquela maldita câmera. Eu o recomendaria para uma promoção, mas sei que o senhor quer mantê-lo ao seu lado. Ele é o único herói verdadeiro deste país.

Vinte e um

— Você está pronto? — pergunta o major Kiyani, do assento dianteiro.

Balanço a cabeça em sinal afirmativo, sem dizer uma só palavra. Ele vem até a porta de trás e a abre. Respiro fundo e começo a me mover em direção a ela; fico tonto por causa do esforço, mas movimento o pé, e o piso sob meus coturnos me parece sólido e acolhedor. O major desamarra o nó da venda. Estamos em um estacionamento cheio de Corollas brancos, a maioria sem placa. A única exceção é uma Mercedes preta com três estrelas de bronze na placa sem número e uma bandeira coberta com um pequeno forro de plástico. Estamos rodeados de prédios comerciais, com fachada amarela desbotada e portões com barras de ferro que davam acesso a escadas. Mais além das antenas e das parabólicas colocadas no telhado, vejo as montanhas enevoadas de Islamabad.

Não vamos nos encontrar com o general Zia.

O major Kiyani caminha diante de mim sem olhar para trás e entra em um dos portões. Escuto o ruído das máquinas elétricas atrás das portas fechadas. No final do corredor, há outra porta grande. Um soldado uniformizado presta continência para o major, abre-a e repete a saudação. Kiyani nem se dá ao trabalho de responder. Olho para o rapaz e assinto com a cabeça. Meu acompanhante entra na primeira sala à direita e sai com uma maleta de viagem preta, que entrega para mim. Paramos diante de uma porta branca, na qual se lê SOMENTE OFICIAIS. Entro e sinto o cheiro agradável de desinfetante e ouço o barulho de água correndo. O major Kiyani permanece à ombreira e diz:

— Pode se lavar; vai almoçar com alguém muito importante. — Ouço-o afastar-se. Examino a maleta de viagem e encontro um sabonete, um barbeador, uma escova de dente, um uniforme limpo e um frasco de perfume: Poison.

Quem seria essa pessoa com quem eu almoçaria, que os levara a me querer cheiroso?

Será que um dos amigos do meu pai está vindo me salvar?

Vislumbro meu reflexo no espelho do banheiro e vejo um fantasma. Os olhos são duas poças rasas avermelhadas e a face, um cactus seco; a camisa do uniforme está manchada de curry.

Uma onda de autocomiseração surge de meu âmago. Tento suprimi-la dizendo a mim mesmo: "Tudo bem, estou parecendo um sujeito que vive em banheiros imundos e masmorras de mongóis, mas, ao menos, recebo de vez em quando um convite para almoçar."

Movimento-me com lentidão. Abro a torneira e coloco a ponta do indicador na água. Olho-me no espelho. O indivíduo que me fita continua me parecendo um estranho. É bem possível que já tenham limpado o armário de Obaid, lacrado seus livros e suas roupas em uma caixa e guardado-a em um depósito. Enviaram o frasco de perfume para que eu não me esqueça do motivo por que estou aqui. Eu me pergunto como explicaram tudo ao pai de Obaid e se ele pensa que o filho é um mártir. Meus olhos ardem.

Jogo água neles primeiro e, em seguida, no rosto. Tiro a camisa e os coturnos; então, fico na frente do espelho, nu da cintura para cima. Olho ao redor, em busca de janelas. Há um exaustor, mas a abertura é pequena demais e, na certa, dá para uma sala cheia de guardas armados.

Vamos almoçar, então.

O major Kiyani grita do lado de fora:

— Não quer que o general fique esperando, quer?

Estou em uma sala de jantar, uma maldita sala decente, com toalhas de mesa brancas, porcelana desse mesmo tom e uma jarra de suco de laranja. As tampas de metal reluzente não contêm os aromas, que se espalham pelo ambiente. Pelo visto, o prisioneiro morreu e foi para o céu.

O major Kiyani fica parado à soleira, fumando o Dunhill, brincando com o anel de ouro no dedo médio. A comida que aguarda na mesa parece ser a menor de suas preocupações. Mal posso esperar para que aquelas tampas sejam levantadas. Até mesmo as rodelas de cebola no prato de salada fazem meu coração bater mais rápido. O major Kiyani olha para o corredor e dá alguns passos, afastando-se. Eu pego depressa a jarra de suco de laranja e encho um copo. Minha boca, desgastada pelos gostos horríveis das últimas noites, arde, mas minha garganta aceita o líquido de bom grado e esvazio o copo com um só gole. Os passos no corredor aproximam-se. Calcanhares batem. A risada do major é baixa e nervosa. O general Akhtar entra na sala, seguido de Kiyani e um garçom de turbante e uniforme brancos. Eu me levanto e bato os calcanhares, sentindo-me, de repente, como o anfitrião do almoço. O general senta-se à cabeceira da mesa, o major, na beira de sua cadeira; fico sem saber o que fazer.

— Sente-se, filho. — O general Akhtar me dá um sorriso compassivo, como se fosse o único homem no mundo que me entendesse. Suas ações o contradizem. Eu quero comer. Ele deseja conversar. — Vi sua ficha — diz, reorganizando o garfo e a faca no prato. — Você tem a mente brilhante de seu pai, mas é óbvio que esse rapaz, esse seu amigo...

Olha para o major Kiyani, que complementa:

— Obaid, senhor. Obaid-ul-llah...

— Isso, esse rapaz Obaid não era muito inteligente. Não vou perguntar aonde ele tentava ir com a aeronave, porque você já disse ao major Kiyani que não sabe. Mas só vou dizer que esse sujeito provavelmente leu livros demais e evidentemente não entendeu a maioria deles. Tenho certeza de que você teria tido uma ideia melhor.

Eu o olho pela primeira vez e começo a perder o apetite.

O general Akhtar está enfeitado, como uma vaca a ser sacrificada, cheio de galões dourados e medalhas cintilantes. Sem dúvida alguma não se deu a esse trabalho só para se encontrar comigo. Está vestido para ir à festa. Dois homens de farda encontrando-se na hora do almoço: um todo arrumado para o baile de Quatro de Julho, o outro de licença, por um curto período de tempo, de uma masmorra mongol.

Por que comer antes de uma festa?, pergunto-me. E ele lê meus pensamentos. Não é à toa que é o chefe do Serviço de Inteligência.

— Sempre como antes de ir a uma festa, nunca se sabe o que se vai encontrar lá. E hoje tenho duas. Também vamos fazer o desfile do Dia da República — comenta, erguendo uma das tampas de metal. Pega uma codorna de um monte de avezinhas assadas e empurra a bandeja em minha direção.

Coloco uma no prato e olho fixamente para ela por um longo tempo, como se esperasse que a ave criasse asas e fugisse, mas ela continua ali, com a pele dourada e tostada, carbonizada nas juntas.

— Olhe para mim quando me dirigir a você — ordena o general Akhtar, fitando o próprio prato. Em seguida, levanta o rosto e me dá um sorriso paternal, dando a entender que se preocupava apenas com minhas boas maneiras à mesa.

Ergo os olhos e vejo um homem ficando careca, de lábios finos e pálidos, que na certa nunca pronunciaram uma palavra sem falsidade.

Seguro o garfo com uma das mãos e desço sorrateiramente a outra para apertar meus testículos. Preciso da dor para lembrar a mim mesmo das circunstâncias daquele banquete de ave assada.

A codorna aparenta ser ainda mais diminuta na mão de boxeador aposentado do general. Um pedaço inteiro de peito vai para a boca de Akhtar, que tira um monte de ossinhos limpos de dentro dela. Em seguida, ele dá um sorriso amarelo e limpa o canto dos lábios finos com um guardanapo branco engomado.

— Não é fácil para mim. — Levanta outra tampa e começa a degustar uma fatia de pepino. — Há amizade e há lealdade para com o país. Se você não é leal ao seu pai, pode ser leal a um amigo? Veja, estamos no mesmo barco.

Fico surpreso com a rapidez com que aquela fraternidade aumenta cada vez mais.

Também fico surpreso por meu pai costumar chamá-lo de "General Chimpanzé". Porque, evidentemente, o homem é um réptil. A evolução pegou o caminho errado e esse sujeito se tornou mamífero, em vez de receber garras e escamas.

— Espero que o esteja mantendo em um lugar confortável — comenta o superior com o major Kiyani, que solta o garfo e a faca e sussurra algo por trás do guardanapo a respeito da quantidade de celas disponíveis no forte. — Você o colocou naquela espelunca? — Olha para o major com olhos queixosos. — Por acaso sabe quem ele é? — Kiyani recoloca o guardanapo no lugar e fita-o com um brilho no olhar. — Trabalhou alguma vez com o coronel Shigri?

— Não, senhor, nunca tive o prazer. Apenas investiguei as circunstâncias da morte trágica do coronel. Creio que ajudei o rapaz aqui a preencher a papelada.

— Foi um homem de princípios. Viveu e morreu com base neles. — O senso de humor do general não está ajudando muito meu apetite. — Mas, meu filho — ele se vira para mim —, o que é óbvio aqui é que você manteve a dignidade. Mesmo nesses tempos difíceis, manteve a cabeça erguida. — Pegou migalhas de pão invisíveis do colo. — E isso, meu querido filho, vem do sangue, de gente de boa família. Seu pai teria se orgulhado, meu filho.

Por que diabos ele fica me chamando de "meu filho"? Nem mesmo meu pai me chamava assim.

— Como deve imaginar, é muito difícil para mim. De um lado, está o filho de meu amigo falecido, jovem que já viu tragédia suficiente na vida. De outro, está a segurança do país, pela qual sou responsável. — O general Akhtar ergueu os braços, apontando o garfo e a faca para o próprio peito, ressaltando a enormidade da tarefa. — O que faria em meu lugar?

Tenho vontade de dizer que pararia de me entupir de aves miúdas enquanto decido o destino de alguém.

— Não sei o que sabe, senhor — digo de forma evasiva, incluindo muita humildade. — E, obviamente, não tenho a sua experiência. — Noto que ele quer ouvir mais e acrescento uma conclusão relacionada à eterna queixa do secretário-geral contra mim e meu uniforme. — É por isso que está nessa posição e eu, nesta. — Mas não incluo o que o camarada costuma dizer logo depois: "Nós dois estamos ficando cegos e vamos morrer sem nunca mais tocar numa mulher."

— Vou lhe contar uma história que pode explicar meu dilema — prosseguiu o general —, uma história verdadeira. Eu tinha a sua idade e era tenente das Forças Armadas indianas; deve ter sido alguns meses antes da divisão. Recebi a ordem de acompanhar um trem cheio de hindus que iam para Amritsar, e de me certificar de que ele chegaria lá em segurança.

"Você já deve ter ouvido falar dos trens da Punjab indiana, que chegam a Lahore com muçulmanos. Cheios de corpos retalhados. Todas aquelas histórias sobre fetos sendo arrancados do útero da mãe e de suas cabecinhas sendo espetadas em lanças eram verdade.

Eu mesmo não vi, mas sabia que ocorriam de fato. Mas ordens eram ordens, então peguei o trem, dizendo ao meu pelotão que cada um dos passageiros ali estava sob a minha responsabilidade.

"Assim que saímos de Lahore, encontramos grupos de pessoas com facões, paus e garrafas de querosene, tentando bloquear o trem, buscando vingança. Eu as despachei rápido, todas as vezes. Disse para elas que a segurança estava sob a responsabilidade das Forças Armadas. Que nosso novo país precisaria daqueles trens. Que não devíamos destruí-los. Conversei com os passageiros, assegurando-lhes que chegariam sãos e salvos em Amritsar. O trem foi devagar, quase parando. Eu fiz o possível para manter os agressores afastados. Mas, a certa altura, o treinamento militar falou mais forte. Percebi que meu novo país precisava de mim. Chamei meu subtenente e disse a ele que pararíamos o trem para a prece noturna. Eu ficaria a cerca de 200 metros do trem para rezar. E voltaria depois de terminar. 'Sabe qual é a duração da prece noturna?', perguntei ao major. Não escutei a resposta. 'É o tempo que você tem', eu disse.

"Vê, foi difícil, mas lógico. Não desobedeci às ordens que me deram e o que precisava ser feito foi feito sem muito estardalhaço. Eu não queria quaisquer fetos espetados em lanças durante meu turno. Mas, ao mesmo tempo, também não queria ficar de fora, fingindo ser um profissional. A história faz com que essas grandes varreduras e esses fatos desagradáveis aconteçam. Pelo menos, minha consciência está limpa."

Afastei com tranquilidade o prato, a codorna intacta, exceto pela coxa parcialmente mordida.

— Meu querido filho, vou fazer tudo o que estiver ao meu alcance para tirá-lo desta, mas o que posso fazer por alguém que está se metendo com o país? Por acaso sabe onde esse seu amigo...

Olha para o major Kiyani, que interpõe:

— Obaid, senhor, Obaid-ul-llah.

— Isso, sabe para onde ele ia?

— Não sei, senhor, não sei.

— Bom, nós dois sabemos aonde ele ia, mas tenho certeza de que não tinha nada a ver com isso. Então, não me desaponte; faça o que for necessário.

Eu quero saber como descobriram. Também pretendo descobrir até onde ele conseguiu chegar. Como foi que o pegaram? Míssil terra-ar? Um míssil lançado de um caça que o perseguia? Será que ele tinha entrado em contado com a torre de controle uma última vez? Haveria mensagens na caixa-preta?

Bebê O não deixou nada além de um frasco de perfume para mim.

— Você não precisa fazer nada. O major Kiyani, aqui, escreverá a declaração em seu nome. Assine-a, e eu me encarrego de todo o resto. É a promessa do general Akhtar para você. Pode voltar para a Academia e dar continuidade à missão de seu pai.

O que ele sabe a respeito da missão de meu pai?

Tiro o guardanapo do colo e ponho os pés com firmeza no piso.

— Senhor, é possível que nem sempre seu pessoal lhe diga a verdade. Vou obedecer às suas ordens, mas esqueça do meu caso por um momento. Tem um sujeito na cela ao lado da minha, o representante dos garis, que está ali há nove anos. Todos se esqueceram desse homem, que nunca foi acusado formalmente.

O general Akhtar olha para o major Kiyani.

— Isso é o cúmulo da incompetência. Você ainda está com aquele gari revolucionário idiotizado. Acho melhor soltá-lo. — Pega o quepe, lança-me aquele olhar "Meu querido filho, fiz o que me pediu, então, agora, seja um bom menino" e sai da sala.

Levanto da cadeira, fito de forma triunfante o major e presto continência para as costas do general Akhtar.

Vinte e dois

A banda militar começou a tocar "Acordem os guardiões de nossas fronteiras" — uma melodia que o general Zia teria cantarolado junto em outra ocasião, mas não o fez naquele momento por olhar nervosamente para a coluna de carros de combate que se aproximava. Ele inspecionava o desfile do Dia da República do palanque presidencial, e o cordão de veludo vermelho que o circundava de súbito pareceu uma defesa inadequada contra os canos obscenamente longos dos M41 Walker Bulldogs. Tentou não pensar no falecido presidente egípcio Anwar Sadat, que fora assassinado em um palanque como aquele, vistoriando um desfile como aquele, aceitando a saudação de uma coluna de carros de combate como aquela.

O general Zia compartilhava o palanque com o general Akhtar, que, com seus argumentos veementes sobre enviar os sinais corretos para o país, convencera o dirigente a participar do desfile; naquele momento, porém, este aparentava estar entediado com o evento. Era a primeira vez que o presidente saía da Casa do Exército desde a manhã em que se deparara com a prece de Jonas. O desfile estava sendo realizado sob Alerta Vermelho, e até uma ave não convidada que tentasse invadir o espaço aéreo naquela área seria alvo de um atirador de elite. O próprio Zia revisara as listas de convidados, cortando todas as pessoas não familiares. Então o brigadeiro TM cortou todos os nomes de indivíduos que, no passado, podiam ter estado relacionados a alguém que pudesse ter dito algo negativo a respeito do bigode do dirigente ou de sua política externa. Não havia multidão com a qual se misturar após o desfile. O general Zia queria que este terminasse antes mesmo de haver começado. A apresentação parecia um conjunto turvo de galões dourados, uniformes cáqui engomados e fileiras de sapatos Oxford lustrosos. O dirigente sentia-se vulnerável sem o brigadeiro TM ao seu lado; não havia ninguém para manter a multidão afastada, ninguém que se interpusesse entre ele e o projétil de um assassino. Sua ansiedade foi captada em todos os seus detalhes suados pelas câmeras de TV que registravam o evento para a Rede Estatal do Paquistão. Em nítido contraste, o semblante do general Akhtar não transmitia nenhuma emoção, apenas o orgulho tranquilo de um soldado silencioso.

As câmeras mostravam a coluna de carros de combate que se aproximava. O comentarista da TV, escolhido a dedo pelo ministro da Informação por seu talento em descrever a maquinaria militar por meio de metáforas emprestadas de *ghazals* em urdu, disse:

— Esses são carros de combate. Os castelos de aço móveis que instauram o temor de Alá no coração de nossos inimigos.

Conforme os veículos começaram a virar os canos rumo ao palanque para saudar o dirigente, o torso atingido por um projétil de Anwar Sadat veio de súbito à mente do general Zia. Ele olhou para o general Akhtar, cujos olhos encontravam-se fixos na linha do horizonte. Não entendeu para onde o outro estava olhando, uma vez que o céu se mostrava de um azul límpido e a exibição aérea só ocorreria dali a algumas horas. Por um instante, suspeitou de que o general Akhtar estava mais interessado em posar para as câmeras de TV, tentando parecer um visionário.

O general Zia tinha familiaridade com a rotina do desfile e sabia que o brigadeiro TM pousaria no círculo branco, bem diante do palanque, com a equipe de paraquedistas, depois que a tropa marchasse na frente da tribuna. Queria acelerar o evento para ter o brigadeiro ao seu lado. O desfile avançou lentamente na frente do palanque, os carros de combate com os canos abaixados. O dirigente recebeu a saudação com um olho fixo nos morteiros Rani que inclinavam os canos para baixo, em sua direção. Não se sentia ameaçado pelas armas de artilharia. Estas davam a impressão de ser brinquedos gigantes e, além disso, ele sabia que não havia munição a bordo.

— O general Zia, ele próprio veterano do corpo de blindados, compreende a vida árdua levada pelos comandantes — disse o comentarista, conforme a imagem mostrou o general prestando continência de forma sombria, com a mão vacilante. — É a vida de um falcão solitário, que nunca faz um ninho. O presidente saúda sua coragem.

O general Zia olhou de esguelha para o general Akhtar de novo. Estava começando a se perguntar por que o outro vinha evitando contato visual.

O dirigente passou a se sentir melhor quando os caminhões com mísseis balísticos de 5,5 metros iniciaram seu desfile. Embora fossem imensos, eram inofensivos naquele contexto. Ninguém lançaria um míssil balístico em um alvo a 6 metros de distância. Inertes nos lançadores, eles lembravam modelos em grande escala preparados pelo clubinho de aeromodelagem escolar. Fora ideia do próprio general Zia dar nome de reis mongóis e aves de rapina aos mísseis. Ele observou com certo orgulho que as designações que lhes dera estavam escritas em letras enormes, em urdu e inglês: Falcon 5 e Ghauri 2. Seu coração disparou, de súbito, quando a banda militar começou a tocar a marcha da infantaria e os soldados iniciaram o desfile a pé, as baionetas caladas voltadas para o céu. Formações de unidades de assalto bastante exóticas vieram logo depois dos esquadrões da infantaria; em vez de marchar, eles correram, levando os joelhos à altura do peito e batendo os calcanhares com força no chão. Em vez de prestar continência, esses comandos esticaram os braços direitos e acenaram com os fuzis ao passar pelo palanque.

— Esses homens corajosos anseiam por martírio como amantes anseiam pelo abraço da amada — ressaltou o comentarista, com a voz embargada de emoção.

O general Zia passou a respirar com mais tranquilidade conforme a banda militar por fim concluía o número e os carros alegóricos apareciam. Nenhuma arma a vista lá. O primeiro deles representava a vida rural: homens fazendo a colheita e puxando as redes cheias de peixes de papel, mulheres batendo nata em potes de cerâmica de tons chamativos, sob as imensas faixas da Pepsi, patrocinadora dos carros alegóricos. Outro veículo similar passou com tocadores de tambor e cantores sufistas com roupões brancos e turbantes laranjas. O presidente percebeu que seus movimentos eram artificiais e que eles pareciam estar dublando uma trilha sonora pré-gravada. Ele aproveitou o barulho para se inclinar em direção ao general Akhtar e perguntar, sussurrando furiosamente:

— O que há de errado com eles?

O outro virou-se com lentidão, olhou-o com o sorriso de um vencedor e murmurou com calma ao seu ouvido:

— São os nossos rapazes à paisana. Por que correr o risco?

— E as mulheres?

— Garis do quartel-general. Passaram pelo controle de segurança mais rigoroso.

O general Zia sorriu e acenou para os homens e as mulheres no carro, que naquele momento realizavam uma mistura estranha de treinamento militar e dança da colheita. A Rede Estatal do Paquistão mostrou um *close-up* dos dois generais sorridentes, e o comentarista falou mais alto, para transmitir o astral festivo.

— É óbvio que o presidente está muito contente com a vitalidade pitoresca de nossa cultura campesina. O general Akhtar está satisfeitíssimo com a visão dos filhos e das filhas deste solo compartilhando sua alegria com os defensores do país. E, agora, nossos Corações de Leão...

As câmeras mostraram quatro jatos T-Bird voando na formação diamante, deixando para trás rastros de fumaça de tons cor-de-rosa, verde e laranja no horizonte azul, como uma criança desenhando o primeiro arco-íris. Os narizes das aeronaves mergulharam conforme elas passaram pelo palanque, formando uma estrada colorida, de quatro faixas, no céu. Em seguida, elas viraram, executaram um oito preguiçoso perfeito e alguns *loops*. O general Zia acenou para eles, o punhado de espectadores paisanos agitou as bandeiras, e os T-Birds afastaram-se. O presidente ouviu o ronco familiar de um Hércules C-130 aproximando-se, uma baleia verde-oliva, flutuando devagar rumo ao desfile. Adorava essa parte do evento. Observar os paraquedistas saltando da rampa traseira de um C-130 sempre foi um imenso prazer para o dirigente, que não conseguia desviar os olhos. Os soldados pulavam da parte de trás da aeronave como se alguém houvesse jogado um punhado de botões de jasmim no céu azul; caíam por alguns segundos, aumentando cada vez mais e, a qualquer momento, floresciam, formando os velames imensos e reluzentes, verdes e brancos e, em seguida, planavam com elegância rumo ao campo de desfiles, com seu líder, o brigadeiro TM, pousando em um círculo branco de 1 metro de largura bem diante do palanque. O general Zia sempre achava a experiência revigorante, melhor que golfe, melhor que discursar para o povo.

O presidente se deu conta de que havia algo errado quando seus dois olhos ficaram concentrados em um dos botões do C-130 que ainda não florescera, ao passo que os outros já tinham aberto e começado a planar. Esse ainda estava em queda livre, precipitando-se de encontro ao campo de desfiles, aumentando cada vez mais.

O brigadeiro TM, como muitos paraquedistas veteranos, costumava atrasar a abertura do paraquedas. Gostava de esperar alguns segundos antes de puxar a corda de abertura, desfrutando da queda que antecedia esse momento. Gostava de sentir os pulmões encherem-se de ar, de lutar para exalar, da perda momentânea de controle sobre as pernas e os braços. Para um homem que estava além das fraquezas humanas, podia-se dizer que se tratava de um vício: ceder à gravidade para sentir vertigem por alguns segundos. Mas o brigadeiro TM era também um profissional que calculava os riscos e, em seguida, eliminava-os. Enquanto colocava o paraquedas antes de embarcar naquela missão, ele notara que a correia em torno de seu dorso penetrava em sua pele. Ficou furioso consigo mesmo. "Caramba, fico na Casa do Exército o dia todo sem fazer nada. Estou engordando. Tenho de fazer algo a esse respeito." Parado à rampa traseira do C-130, minutos antes do salto, o brigadeiro TM resistiu à tentação de flutuar no ar gelado um pouco mais, bolou um plano de emagrecimento e puxou a corda de abertura cedo. Seu corpo se preparou para o solavanco que viria quando o velame abrisse e enchesse de ar. Nada aconteceu.

O general Zia sentiu gotículas de suor percorrerem sua espinha, e sua coceira pareceu voltar. Cerrou os punhos e olhou para o general Akhtar. Este não contemplava os paraquedistas. Seu olhar perscrutava os carros alegóricos, que ficaram estacionados entre a artilharia e as colunas de carros de combate. Em sua mente, ele ensaiava o discurso fúnebre do brigadeiro TM; tentava escolher entre "O homem mais admirável a saltar de uma aeronave" e "O homem mais corajoso a caminhar por este solo sagrado".

O brigadeiro TM segurou com firmeza a corda de abertura e puxou-a de novo. Pelo visto ela não estava ligada ao paraquedas. Enquanto ele esticava os braços e as pernas para fora com o intuito de estabilizar a queda, deu-se conta de algo que teria sido um alívio sob circunstâncias diferentes: não engordara. Estava usando o paraquedas de outra pessoa.

O general Zia observou o homem tombando do céu em sua direção e pensou que, talvez, tivesse interpretado mal o versículo do Alcorão. Talvez Jonas e sua baleia não tivessem nada a ver com a história. Talvez aquela fosse a forma como ela terminaria: um homem despencando do céu o esmagaria em pedacinhos diante das câmeras de TV. Ele olhou ao redor, à cata de um objeto sob o qual se esconder. A marquise fora retirada no último instante, pois o ministro da Informação queria tomadas panorâmicas de um helicóptero.

— Olhe para cima — sussurrou o presidente, furioso, para o general Akhtar, que fitava os próprios sapatos, tendo chegado à conclusão de que não deveria mencionar as palavras *saltar* e *aeronave* na eulogia. Não seria de bom-tom. Fingiu não ter escutado a besteira dita pelo general Zia e mostrou o perfil de maxilar forte para as câmeras de TV.

A multidão — extasiada pelo sujeito caindo a toda velocidade, com as pernas e os braços esticados, paralelos ao solo, ultrapassando os paraquedas que planavam e rumando ao palanque presidencial — começou a agitar as bandeiras e a aclamar, supondo que aquela era a apresentação final.

Até mesmo antes de puxar a corda de emergência, o brigadeiro sabia que ela não funcionaria. O que realmente o surpreendeu foi que o gancho que deveria acionar o paraquedas reserva nem se moveu. Ficou agarrado na parte inferior da costela como uma criança carente. Se as circunstâncias fossem outras, o brigadeiro TM teria colocado as mãos diante dos olhos e dado um sorriso zombeteiro. As mãos que podiam fraturar um pescoço com um só golpe, as mãos que já haviam caçado uma cabra-montesa e a esfolado sem usar uma faca, fracassavam diante de um gancho emperrado de 2 centímetros, que poderia liberar o paraquedas reserva e salvar sua vida.

Seus pulmões rebentavam de ar, seus braços estavam dormentes, e ele tentava ignorar o campo de desfiles, com as bandeiras coloridas e os civis tolos e barulhentos. O brigadeiro TM colocou o polegar na corda de abertura do paraquedas reserva outra vez, agarrou com firmeza a parte inferior da costela com os quatro dedos, deu o berro mais alto de sua vida — conseguindo exalar todo o ar de seus pulmões — e puxou.

O general Zia deu um passo para trás. Ainda não havia percebido que o homem que caía em sua direção era o brigadeiro TM. Recuou mais, tentando esconder-se atrás do general Akhtar, que se manteve no lugar, permanecendo sem olhar para o alto. Este já não precisava pensar mais a respeito do que diria na eulogia. O próprio brigadeiro TM o escreveu quando o corpo despencou no círculo branco na frente do palanque: "Um profissional que não errou o alvo nem ao morrer".

Os paramédicos que removeram o corpo esmagado do círculo branco notaram que havia um grande talho nas costelas inferiores do lado esquerdo. Depois, viram a mão direita agarrando com firmeza um gancho de metal, um pedaço de tecido cáqui arrancado da camisa e três de suas próprias costelas.

Vinte e três

Nós estamos tomando chá e discutindo a segurança nacional no gramado do forte quando os prisioneiros começam a surgir da passagem que conduz às celas subterrâneas. Uma fila longa de homens maltrapilhos com cabeças raspadas, algemas e grilhões, interligados ao longo de uma corrente, sai arrastando os pés do vão da escada enquanto o major Kiyani analisa as ameaças internas e externas que o país enfrentava. Ele pega um punhado de amêndoas assadas e joga uma a uma na bocarra, enquanto assinala seus desafios estratégicos. Olho de soslaio para os reclusos, pois seria indelicado me virar para observá-los. Não quero que o major Kiyani pense que não dou importância à segurança nacional.

O contingente militar que administra o forte tem estado à minha disposição desde meu encontro com o general Akhtar. Eu saí dali como um prisioneiro vendado. Voltei como um príncipe perdoado: declaração assinada e apresentada, nome limpo, honra restaurada, glória prometida. Se o que o major Kiyani diz é verdade, estamos apenas aguardando alguns papéis e, em seguida, vou ser enviado para a Academia. Minha experiência me diz que não devo acreditar nele, mas é divertido vê-lo me bajulando, certificando-se de que estou bem alimentado e no melhor quarto do forte. É outro homem. Nós estamos comemorando o início desta nova relação. Cortesia e respeito mútuo são a ordem do dia.

— Os hindus são covardes por natureza, e é compreensível que nos apunhalem pelas costas, mas nós já aprendemos a lidar com aquele país de comedores de lentilha. Para cada explosão de bomba que mata algumas pessoas em Karachi, vamos contra-atacar com uma dúzia de detonações em Délhi, Bombaim, Bangalore, ou quaisquer outras cidades. Se eles usarem temporizadores taiwaneses, nós enviaremos as belezuras RDX teleguiadas — O major mastiga bem cada uma das amêndoas antes de jogar outra na boca. Sua pontaria é muito boa. — Então, os hindus não são a ameaça. O nosso inimigo interior, nossos próprios irmãos muçulmanos, que se autodenominam paquistaneses, mas falam a língua *deles,* é que são a verdadeira ameaça. Precisamos aprender a lidar com eles.

Sob o sol da tardinha, o forte parece um rei muito velho tirando uma soneca. As sombras dos arcos gastos do Pátio do Povo estendem-se pelos gramados; os girassóis, totalmente desabrochados, mostram-se imponentes, com as corolas inclinadas como cortesãos de turbante, aguardando sua vez na corte. No centro de interrogatório subterrâneo, alguém provavelmente está sendo espancado tão desenfreadamente que o teto recebe espirros frescos de sangue. Eu e o major Kiyani estamos sentados em cadeiras de jardim, diante de uma mesa com louça delicada e os melhores petiscos para o lanche da tarde que Lahore tem à oferecer.

A vida pode dar uma boa reviravolta quando se é de uma família de bem e tudo transcorre às mil maravilhas no encontro com o general Akhtar.

— Qualquer um pode capturar um ladrão, um assassino ou um traidor — diz o major, mastigando ruidosamente um pedaço de torta de frango. — Mas o que é gratificante no meu trabalho é que tenho de estar sempre um passo à frente deles.

Assinto com educação e mordisco o biscoito.

Ele me oferece um Dunhill e eu o aceito com um sorriso comedido, semelhante ao de um oficial.

Os prisioneiros circundam a fonte de mármore diante do Palácio dos Espelhos, as cabeças raspadas aparecem e somem de vista atrás da cerca viva aparada, cobertas de buganvílias roxas.

Não os trouxeram para tomar chá conosco.

Eles parecem promessas traídas: quebradas e, em seguida, reunidas na lembrança, nomes desconhecidos, apagados de requerimentos de *habeas corpus*, rostos esquecidos que nunca chegarão à galeria da fama da Anistia Internacional, habitantes de masmorras que saíram para a meia hora diária de sol. Os reclusos começam a fazer fila, de costas para nós. As roupas estão esfarrapadas, os corpos são um mosaico de ataduras improvisadas e feridas purulentas. Percebo que a regra do "sem marcas" é aplicada de forma seletiva no forte.

No abafador do bule de chá à minha frente, vê-se a insígnia da Força Aérea, um desenho simples e elegante: uma águia planando, com um dístico persa sob ela: *Seja na terra, seja nas águas, tudo está sob nossas asas.*

— Há muitas formas de se servir a um país — comenta o major Kiyani, cada vez mais filosófico —, mas apenas uma maneira de mantê-lo fora de perigo. Apenas uma. — Eu coloco a xícara no pires, inclino-me para a frente na cadeira e escuto. Sou seu discípulo atento. — Eliminar o risco. Atacar o inimigo antes que ele possa dar um golpe. Privá-lo do próprio oxigênio que respira. — Ele dá uma tragada profunda no Dunhill.

Pego minha xícara e tomo outro gole. O major Kiyani pode ser um bom anfitrião de chá da tarde, mas não é um Sun Tzu da vida.

— Digamos que você capturou alguém que não era mesmo uma ameaça para a segurança nacional. Todos nós somos humanos, cometemos erros. Suponhamos que capturamos alguém que pensamos que ia explodir a Casa do Exército. Mas, se após o interrogatório acabamos percebendo que não, que ele não ia fazer isso e estávamos errados, o que você faria? Deixaria o cara ir embora, claro. Mas, com toda sinceridade, ia chamar o ocorrido de erro? Não. É uma eliminação de risco, menos um pentelho com que se preocupar.

Continuo a olhar de esguelha para os prisioneiros, que arrastam os pés e oscilam como um coro de tragédia grega que se esqueceu da fala. Seus grilhões ressoam como os sinos de vacas voltando para casa à noitinha.

A mão do major Kiyani desaparece sob seu *kameez*. Ele saca a pistola e a coloca entre uma bandeja de biscoitos e uma tigela de castanhas. O cabo de marfim da arma lembra um rato morto.

— Já entrou no Palácio dos Espelhos?

— Não — respondi. — Mas já vi na TV.

— Fica bem ali. — Apontou para o corredor com arcos e uma cúpula no alto. — Devia dar um pulo lá antes de ir. Sabe quantos espelhos há ali?

Eu molho o biscoito no chá morno e balanço a cabeça.

— Milhares. Você olha para o alto e vê seu rosto o fitando de milhares de espelhos. Mas eles não estão refletindo sua face e sim os reflexos dela. Pode-se ter um inimigo com um milhão de faces. Entende o que eu quero dizer?

Na verdade, não. Quero ir dar uma olhada nos reclusos. Procurar o secretário-geral.

— Ideia interessante — digo.

— O trabalho no Serviço de Inteligência é um pouco assim. Destrinçar os rostos de seus reflexos. E, em seguida, os reflexos dos reflexos.

— E eles. — Aponto para os prisioneiros e os observo bem pela primeira vez. — Você já os destrinçou?

— Todos eles representam riscos à segurança. Neutralizados agora, mas ainda classificados como probabilidade de perigo. — Os reclusos estão de pé, em uma fila reta, com as costas voltadas para nós.

Com os trajes esfarrapados, não aparentam ser um risco para ninguém, exceto à própria saúde e higiene.

Mas não digo isso. Assinto de forma receptiva para o major Kiyani. Por que iniciar uma discussão quando se está sentado em um gramado verde viçoso, ao crepúsculo, fumando o primeiro cigarro depois de um século?

— Este foi um caso interessante. — Pedaços de torta de frango destacam-se no bigode do major. Ele me fita compassivo, como um cientista olha para um macaco depois de pôr eletrodos no cérebro. — Aprendi muito com você.

A atmosfera de respeito mútuo que cerca esse chá da tarde requer que eu retribua o elogio. Balanço a cabeça em sinal positivo, como um macaco com eletrodos no cérebro.

— Não se esqueceu dos amigos mesmo quando estava... — A mão do major Kiyani mergulha no ar. Ele tem a decência de não mencionar os nomes dos lugares em que me manteve. — Mas, ao mesmo tempo, você não foi piegas. O que passou, passou; vamos reduzir as perdas e seguir adiante. Acho que o general Akhtar ficou impressionado. Você se saiu bem. Perca um amigo, salve o outro. Simples aritmética. O general gosta de situações em que tudo faz sentido no final.

Os prisioneiros, agora, aparentam seguir algumas ordens inaudíveis ou talvez apenas conheçam a rotina. Andam devagar para a esquerda e depois para a direita; em seguida, sentam-se sobre os grilhões. Ouço gemidos.

Se foram trazidos para se exercitar, não estão fazendo muito. Se precisam dar um espetáculo para mim, eu não estou me divertindo.

— Sempre se aprende algo. — O major come a cereja em calda da torta de geleia. — No meu ramo de ocupação, sempre se aprende algo. No dia em que isso não ocorrer, a pessoa está acabada. — A sombra de um pássaro atravessa o gramado entre nós e os reclusos.

Será que o secretário-geral estaria junto com eles? Na certa estava de malas feitas, pronto para ir para casa e dar início de novo à luta. Seria bom me despedir dele. Gostaria de ver seu rosto antes que o soltassem.

— Deem a volta — grita o major Kiyani. Então, olha para mim, os olhos castanhos delirantes, como se gargalhassem de alguma piada que ele não quer compartilhar comigo. — Vamos ver se você reconhece alguém.

Fico aliviado ao perceber que o major não se esqueceu da promessa. Sua boa vontade floresce, como os girassóis. Pego outro biscoito. Fiz um trato com o general Akhtar — assino a declaração e eles deixam o secretário-geral partir — e esse acordo está prestes a ser honrado. Essa é a vantagem dos homens de farda. Mantêm a palavra.

Espero ver um homem com boné ao estilo Mao. Isso vai contra o atual sistema de crenças políticas do secretário-geral, mas o meu instinto de prisioneiro recém-libertado me diz que eu deveria procurar essa indumentária.

Examino os rostos, os olhos vidrados e as cabeças tosadas como as de carneiros. Não vejo bonés ao estilo Mao. Não vejo nenhum mesmo. Há uma mulher de *dupatta* branca no final da fila. Não sei o que fizeram com ela. Seus olhos estão completamente brancos. Sem córneas.

Meus olhos se detêm em uma cabeça com uma mancha vermelha brilhante em forma de triângulo. Alguma infecção cutânea esquisita, penso.

Não, os desgraçados passaram ferro no crânio dele.

A cabeça se ergue, os olhos fitam-me sem expressão e a língua umedece os lábios feridos e rachados. Sob as sobrancelhas passadas, os longos cílios foram poupados.

Bebê O fecha os olhos.

O major Kiyani empurra uma bandeja de tortinhas em minha direção. Eu a arrasto para o lado e tento me levantar. Ele agarra meu ombro e me prende na cadeira; seu olhar está sério, agora.

— Tenho muita curiosidade a respeito de algo que você não mencionou na declaração. Por que ele tentou usar o seu código de chamada?

Quando alguém morre, tem-se a liberdade de inventar qualquer velha história sobre essa pessoa. Não se pode trair os mortos. Se eles ressuscitam e o pegam traindo, então você está frito.

De súbito, tenho a sensação de que Obaid me trapaceou ao estar vivo. *Assinei a maldita declaração porque você estava morto. Fiz uma desgraça de um acordo porque, teoricamente, você foi explodido em pedacinhos por causa da própria estupidez. Agora está de pé aí, pedindo explicações. Não podia ter continuado morto?*

De repente, quero estrangular Bebê O com as próprias mãos.

Dou uma batidinha no ombro do major. Olho-o nos olhos. Tento recorrer à camaradagem que ambos estávamos desenvolvendo no chá da tarde.

— Major Kiyani, só um profissional como você pode compreender isto — digo, tentando evitar que a voz saísse embargada, disfarçando a surpresa que se sente ao se ver alguém que se pensou ter sido atingido por um míssil terra-ar. E buscando encobrir o mais surpreendente: minha própria vontade de vê-lo morto. — Só pode ter sido um caso de ciúmes no âmbito profissional.

Obaid abre os olhos e põe a mão no ponto em que outrora estavam as sobrancelhas, com o intuito de tapar o sol, que deve estar cegando-o. A mão encontra-se coberta por uma atadura ensanguentada.

— Qual de vocês é o filho do coronel Shigri?

Se não tivesse sido a voz do secretário-geral, eu a teria ignorado. Se não fosse por suas mãos algemadas, erguidas no ar, como se ele tentasse levantar uma questão na assembleia do comitê central, eu não o teria reconhecido. Sempre o imaginei velho, enrugado e careca, com óculos fundo de garrafa. Ele é muito mais jovem do que sua distinta carreira levaria a crer. Nos cabelos curtos, havia apenas uma mecha diminuta, mas branca como leite, e no lado esquerdo do peito sem pelos, o conceito de um tatuador de aldeia do que seria uma flecha perfurando o âmago de um coração. O secretário-geral tem o físico de um camponês e uma face franca e radiante, como se os anos morando em masmorras obscuras lhe tivessem dado um brilho estranho. Seus olhos concentram-se ora no major Kiyani ora em mim. Eu não ficaria surpreso se ele me confundisse com o major. Meu ex-vizinho de cela examina a mesa cheia de comida e, em seguida, nossos rostos. Pelo visto, tenta decidir quem é quem. A sombra de uma nuvem percorre o gramado. Semicerro os olhos. O major Kiyani pega a pistola. Antes de o tiro ressoar, ouço a voz profunda do major.

— Eu, camarada. Eu sou o filho do coronel Shigri.

Vinte e quatro

A equipe de três fuzileiros navais de serviço no portão da residência do embaixador estava tendo dificuldade de encontrar na lista os nomes dos convidados que chegavam. Os soldados esperavam os usuais sujeitos de *smoking* do corpo diplomático e de fardas cáqui com galões dourados das Forças Armadas paquistanesas, mas, em vez disso, anunciavam um fluxo constante de pessoas com turbantes esvoaçantes, trajes tribais e conjuntos de *shalwar kameez* bordados. Se aquela era uma festa à fantasia, o embaixador se esquecera de comunicar à equipe encarregada de vigiar o portão principal. O convite, de fato, dizia algo sobre um churrasco com o tema Texas/Cabul, mas parecia que os convidados tinham decidido ignorar a parte relativa ao sul dos Estados Unidos e resolvido adotar o tema nativo naquela noite.

O holofote pendurado na árvore sobre a guarita dos fuzileiros navais — uma cabana de madeira enfeitada com bandeiras nas cores vermelho, azul e branco para aquele evento — era tão forte que os pardais normalmente barulhentos que ocupavam as árvores ao redor, à noite, ou ficaram calados ou foram para outro lugar. A monção resolvera ignorar Islamabad naquele ano, e a brisa suave carregava apenas pó e pólen disperso.

Os fuzileiros, comandados pelo cabo de 22 anos Bob Lessard e estimulados por um fornecimento constante de cerveja e cachorro-quente levado de forma sorrateira por um colega que trabalhava no bufê, conseguiam manter-se alegres diante do fluxo interminável de convidados que não condiziam nem um pouco com os nomes na lista da prancheta.

O chefe local da CIA, Chuck Coogan, fora um dos primeiros a chegar, com um chapéu de astracã e um coldre de couro bordado pendurado no ombro esquerdo. A adida cultural norte-americana foi de burca afegã, uma daquelas parecidas com peteca, que ela prendera de modo a revelar parte da cabeça e o decote profundo do vestido turquesa reluzente.

Os fuzileiros navais tinham iniciado a comemoração cedo. Revezavam-se na guarita para dar grandes tragos nas garrafas de cerveja Coors que gelavam no isopor enquanto o cabo Lessard riscava outro nome da lista e cumprimentava os convidados do embaixador com um sorriso forçado. Ele deu as boas-vindas a um casal hippie trajando mantas afegãs, que cheiravam como se houvessem sido usadas para embalar haxixe puro.

— São da ONG Medicina da Liberdade? — perguntou o cabo.

— Saúde básica para os refugiados afegãos — disse a loura com as contas de tom neon nos cabelos.

— Para os *muj* feridos no combate de guerrilha — sussurrou o rapaz de cavanhaque louro, como se estivesse compartilhando um segredo muito bem guardado com o cabo Lessard. Este os deixou entrar, cobrindo o nariz com a prancheta. Em seguida, recebeu enfermeiras texanas usando pulseiras de vidro até os cotovelos e um contador militar de Ohio, que exibia uma medalha do Exército Vermelho na certa tirada do uniforme de um soldado soviético morto pelos *muj* e vendida em um brechó.

A paciência do cabo esgotou-se quando um professor da Universidade de Nebraska apareceu usando um uniforme de fuzileiro naval.

— Aonde pensa que vai, amigo? — quis saber o cabo Lessard.

O professor contou-lhe, em voz baixa, que seu Movimento de Alfabetização de Adultos era, na verdade, um programa para treinar os *mujahidin* afegãos de maneira que filmassem e editassem as gravações em vídeo de seus ataques de guerrilha.

— Alguns desses rapazes têm muito talento.

— E isto? — perguntou o cabo, apontando para as insígnias no ombro no uniforme de camuflagem novo.

— Bom, nós estamos em guerra, não estamos? — O professor deu de ombros e meteu ambos os polegares no cinto.

O cabo não tinha muita paciência com soldados que se comportavam como paisanos e nenhuma com paisanos fingindo ser soldados, mas, dadas as circunstâncias, não podia fazer nada. Naquela noite, não passava de um lanterninha pretensioso. Não tinha escolhido a lista de convidados, muito menos como deveriam ir trajados, mas não deixaria aquele palhaço escapar impune.

— Bem-vindo à linha de frente — disse, entregando a prancheta a ele. — Aqui está. Considere-se na ativa agora. — Então, o cabo foi para a guarita, sentou-se em um banco, de onde podia observar o professor, e aderiu ao torneio da cerveja com seu pessoal.

Após a guarita, os convidados tinham a liberdade de escolher entre duas imensas tendas de bufê. Na primeira, o prato principal era uma salada do tamanho de uma pequena granja, repolho roxo e mirtilo, sanduíches enormes de presunto com molho picante de mirtilo, tudo arrumado no formato da bandeira norte-americana. Diante de uma série de churrasqueiras a gás, havia fuzileiros navais de shorts e boné de beisebol, assando cachorro-quente, hambúrgueres e pilhas de espigas de milho. Garçons paquistaneses com chapéus e gravatas de caubói perambulavam com jarras de ponche e copos descartáveis, esquivando-se de crianças, que já tinham começado a jogar cachorro-quente umas nas outras, oferecendo bebidas às poucas pessoas que se tinham dado ao trabalho de entrar naquela tenda. Uma longa fila formava-se na parte externa da segunda, na qual oito cordeiros inteiros assavam em longos espetos de ferro em uma fogueira. Um chef afegão estava por perto para assegurar a todos que ele mesmo matara os cordeiros e que tudo ali era *halal*.

A esposa do embaixador se sentia nauseada desde que vira esse chef enfiar uma haste de ferro de 2 centímetros no primeiro de oito filhotes de cordeiro naquela manhã. Fora a própria Nancy Raphel que tivera a ideia do tema Cabul/Texas, mas já se arrependera, porque a maior parte dos convidados chegara usando uma variedade de tradicionais roupas afegãs e, de súbito, seu modesto *shalwar kameez* de seda mostarda parecera ridículo. A visão de tantos norte-americanos vestidos como senhores de guerra afegãos lhe provocou repulsa. Ela ficou feliz ao ver que o marido usara o costumeiro traje de noite, um blazer azul com duas fileiras de botões e calça bege.

A embaixatriz planejara uma noite com churrasco culturalmente sensível, mas acabara com uma fileira de pequenas carcaças assando em espetos de ferro, os presentes em fila segurando pratos descartáveis com a bandeira dos Estados Unidos, fingindo serem convidados em um banquete tribal. Sob tais circunstâncias estressantes, Nancy quase desmaiou ante o alívio que sentiu quando o marido recebeu uma ligação da Casa do Exército e informou-lhe que o presidente Zia ul-Haq não compareceria. Ela pediu licença à esposa do embaixador francês, que estava vestida de noiva uzbeque, e foi até o quarto acalmar os nervos.

Os fuzileiros navais na guarita podiam se dar ao luxo de festejar em serviço, não por ser Quatro de Julho, mas pela segurança do local estar sendo comandada por um contingente das Forças Armadas do Paquistão. A 500 metros daquela entrada, na estrada de três faixas que conduzia à residência do embaixador, os convidados tinham de parar em uma barreira improvisada, montada pela Brigada 101. Os soldados, sob o comando atento de um subtenente, saudavam os convidados com os rastreadores de bombas e detectores de metal. Eles colocavam os rastreadores sob os veículos, pediam que os festeiros não brancos abrissem as malas dos carros e, por fim, faziam um gesto para que seguissem rumo à guarita, na qual um grupo cada vez mais alegre de fuzileiros navais lhes dava as boas-vindas. O contingente dessas Forças Armadas havia instalado os próprios holofotes para iluminar a estrada. Ali também as árvores estavam iluminadas por uma luz tão intensa que os ninhos de aves construídos nas árvores que ladeavam a rodovia foram abandonados. Uma van com refeições, enviada pela administração distrital, entregara o jantar desses soldados cedo, e o subtenente ficou furioso ao constatar que o samovar que enviaram estava vazio. "Como meus homens vão ficar acordados sem chá?", gritou para o motorista paisano da van, que deu de ombros e foi embora sem responder.

As cerimônias da embaixada costumavam ser acontecimentos seletos, mas, ao observar os convidados que chegavam à guarita, o cabo Lessard concluiu que o embaixador devia ter convidado todos os que algum dia puseram uma atadura em um *mujahid* afegão ferido, além de todos os comandantes afegãos que atiraram, até sem pontaria, em um soldado soviético. O cabo liberou o professor de seu trabalho quando viu o primeiro convidado de terno, um homem magricela, com barba farta.

— OBL — disse o barbudo, erguendo a mão como se estivesse se identificando para um porteiro de festa, mas saudando um grupo invisível. O cabo Lessard checou a lista e olhou para o sujeito de novo. — Da Construtora Laden & Co. — O homem acariciou a barba com impaciência, e o fuzileiro naval deixou-o passar gesticulando a mão de forma afetada.

Ao se dirigir ao isopor de cerveja, o cabo Lessard contou uma piada:

— O que um cabeça de turbante usa para se disfarçar? — Em seguida, engasgando na própria cerveja, falou sem pensar: — Um terno.

O embaixador tinha motivos para incluir todos. Após um ano naquela função, Arnold Raphel sentia-se cada vez mais isolado, conforme dezenas de agências norte-americanas conduziam os próprios pequenos *jihads* levados a efeito contra os soviéticos na fronteira entre o Afeganistão e o Paquistão. Havia os que queriam ir à desforra por causa do Vietnã, os que faziam a obra de Deus e as caridades com nomes tão obscuros e missões tão inacreditáveis que ele tinha dificuldade de acompanhar todas. Agora que os soldados soviéticos estavam prestes a sair do Afeganistão e os *mujahidin* sitiavam Cabul, alguns norte-americanos vinham se engalfinhando para reivindicar o mérito, outros apenas continuavam ali, relutando em voltar para casa, esperando que outra frente de batalha surgisse. Na semana anterior, o embaixador fora incumbido de checar um grupo de professores da Universidade de Minnesota, os quais escreviam os novos livros islâmicos para o Afeganistão e os enviavam para a Ásia Central. Ele investigou e recebeu instruções de não interferir, por se tratar de mais uma ramificação de outro programa secreto. Todo norte-americano que ele conhecia em Islamabad alegava ser "de outra agência".

Arnold Raphel tinha certeza de que, se quisesse controlar aquele caos, teria de ter todos sob o mesmo teto e fazer um gesto simbólico, para que ficasse claro que havia um chefe: ele. E que melhor forma de fazê-lo se não dar uma festa? Que melhor época de fazê-lo se não no Quatro de Julho? O embaixador esperava que aquela fosse uma despedida na qual os malucos norte-americanos tivessem a oportunidade de se encontrar com os comandantes afegãos que realmente tinham lutado, tirassem as fotos e, então, voltassem para casa, de maneira que ele pudesse dar continuidade à função delicada de implementar a política externa dos Estados Unidos. Arnie não preparara um discurso, mas estava com algumas frases prontas para lançar nas conversas importantes que pretendia ter com os convidados de seu país: "A vitória é um desafio maior que a derrota"; "As preces atendidas podem ser mais problemáticas que os ecos tristes das orações não respondidas".

O embaixador queria que fosse uma festa do tipo "bom trabalho; agora, pode se mandar para seja lá de que lugar veio".

Ao lado de Arnold Raphel, enojado ante a visão de homens respeitáveis roendo ossos, estava o general Akhtar. Ele também se sentia deslocado e bem vestido demais. Estava com a farda de gala completa, com galões dourados e medalhas de cobre reluzentes e, naquele momento, encontrava-se circundado de pequenos grupos de homens brancos trajando *shalwar kameez* folgados e a variedade de acessórios para cabeça mais espantosa que o general vira desde sua última visita ao Bazar de Contadores de Histórias de Peshawar. Sabia, antes de todos, que o general Zia não iria à festa. "Ele não está se sentindo bem, sabe", explicou Akhtar ao embaixador, analisando-o em busca de quaisquer reações. "A perda do brigadeiro TM foi um grande infortúnio. Era como um filho para o presidente. Um dos meus melhores soldados." Quando Arnold Raphel lhe deu os pêsames com indiferença, só aumentou a determinação do general Akhtar de ajustar as contas com os norte-americanos uma última vez. Ele ganhara para eles sua guerra contra o comunismo. Agora, queria sua parte do espólio. Pegou um morango do bolo de frutas em seu prato e disse ao embaixador:

— A Sra. Raphel organizou tudo de forma magnífica. Por trás de todo grande homem...

OBL estava conversando com um jornalista, que bebericava uma cerveja em copo descartável e se perguntava o que colocaria no jornal agora que o general Zia não aparecera.

— Sou OBL — disse, aguardando quaisquer sinais de reconhecimento por parte do repórter. Este, um veterano de festas diplomáticas, acostumado a conhecer funcionários obscuros do governo de países remotos com motivações estranhas, pegou o bloco de anotações e perguntou:

— Então, qual é a história?

Na guarita, o professor da Universidade de Nebraska, naquele momento totalmente aceito como o fuzileiro naval honorário da noite, ergueu a garrafa e fez um brinde ao espírito guerreiro dos afegãos; em seguida, fez uma breve pausa.

— E nossos anfitriões paquistaneses?

— O que é que tem eles? — quis saber o cabo Lessard.

— Os caras nos caminhões. Nossa primeira linha defensiva. O que estão fazendo?

— Cumprindo a própria obrigação. Como nós.

— Não, estão cumprindo a *nossa* obrigação — disse o professor. — Eles mantêm os inimigos afastados. Agora nos defendem enquanto desfrutamos deste banquete, deste banquete para comemorar a nossa liberdade. Temos de compartilhar nossa fartura com eles.

O cabo Lessard, já ébrio com as Coors, o patriotismo e o amor que se sente pelos demais seres humanos em dias como aqueles, ofereceu-se para levar uma bandeja de comida para os soldados paquistaneses. Pensou em acrescentar umas cervejas, mas tinham lhe ensinado no curso de Sensibilidade Cultural que não deveria oferecer bebida para os nativos, exceto se houvesse um motivo velado ou se os habitantes locais insistissem muito. O cabo Lessard cobriu uma bandeja de inox com papel-alumínio, apoiou-a na cabeça e começou a caminhar rumo às tropas do Paquistão. Caminhou no meio da estrada. Para sua mente entorpecida, os galhos das árvores que ladeavam o caminho sibilavam como cobras.

OBL e o jornalista acharam-se igualmente banais. Este escutou com um sorriso afetado nos lábios quando o construtor alegou que suas escavadeiras de terraplanagem e suas betoneiras haviam sido providenciais na derrota dos soviéticos no Afeganistão.

— Meu editor acha que foram os artigos dele que forçaram o Exército Vermelho a se retirar, e ele mal sabe escrever uma frase — comentou o jornalista, com expressão séria.

OBL desistiu do repórter quando se ofereceu para posar para uma foto e ele disse:

— Não tenho máquina fotográfica e, mesmo que tivesse, não me deixariam trazê-la para uma festa diplomática.

— É pouco profissional de sua parte — sussurrou o construtor, observando vários grupos de convidados divertindo-se. Ele viu o general Akhtar no meio do gramado, rodeado de vários norte-americanos de *pakul*, o chapéu afegão. Foi até lá e parou atrás deles, esperando que o círculo se abrisse para incluí-lo. Ficou à espreita por alguns minutos, tentando ser notado pelo general Akhtar. Para seu pavor, ele o viu e não deu sinal de reconhecê-lo, mas o chefe local da CIA acompanhou o olhar do general, moveu-se para a direita, abrindo espaço para ele no círculo, e disse:

— Belo terno, OBL.

Os olhos do general Akhtar iluminaram-se.

— Nunca teríamos ganhado essa guerra sem os nossos amigos sauditas. Como andam os negócios, irmão? — perguntou o general, segurando-o pela mão. OBL sorriu e respondeu:

— Alá tem sido muito generoso. Não há nenhum negócio melhor que o da construção durante a guerra.

Arnold Raphel conversava com um grupo de idosos afegãos e olhava o tempo todo de soslaio para a esposa, que reaparecera com calça cáqui e uma camiseta preta simples, após tirar o traje étnico folgado que usara no início da festa. Por um lado, sentia-se aliviado pelo general Zia não ter comparecido, mas, por outro, sentia-se menosprezado, como diplomata e profissional. Tinha consciência de que não se tratava de um evento oficial do país, mas o presidente nunca deixara de aceitar um convite de seu gabinete. Sabia que o dirigente perdera a cabeça desde a morte de seu chefe da segurança, mas com certeza devia ter em mente que um Quatro de Julho na residência do embaixador norte-americano era um dos lugares mais seguros naquele país bastante perigoso.

— O irmão Zia não vem. Não está se sentindo bem — informou Arnold Raphel ao afegão barbudo com um xale nas cores do arco-íris.

O idoso do Afeganistão fingiu que já sabia, mas não se importava.

— Este é o melhor cordeiro que como desde que a guerra começou. Tão macio. Parece que você o tirou do útero da mãe.

Uma onda de enjoo surgiu no fundo do estômago de Nancy e subiu depressa. Ela colocou a mão na boca, murmurou algo e correu até o banheiro.

OBL desfrutava da atmosfera, rindo de forma cortês dos gracejos despreocupados entre os norte-americanos e o general Akhtar. Sentiu a empolgação genuína que surge quando se está no meio de uma festa. Então, de repente, o chefe da CIA pôs a mão no ombro do general, virou-se para o construtor e disse:

— Prazer em vê-lo, OBL. Bom trabalho, continue assim!

Os outros o seguiram e, em um piscar de olhos, o grupo o abandonou. Ele notou um homem de blazer azul-marinho conversando com alguns de seus conhecidos afegãos. O sujeito parecia importante. Aos poucos, começou a se dirigir para aquele círculo.

A festa continuava no andar de baixo, no porão, uma sala grande no subsolo com sofás de couro, uma tela de televisão de 42 polegadas e um bar; uma demonstração flagrante de nostalgia suburbana. Arnold tomara providências para que alguns membros de sua equipe na embaixada tivessem a oportunidade de ver a gravação do jogo dos Redskins contra os Tampa Bay Buccaneers na eliminatória da NFL, na semana anterior. O porão estava cheio de norte-americanos ruidosos e fumaça de charuto. Em vez de cerveja, que parecia ser a bebida escolhida no andar de cima, as pessoas serviam-se de uísque. O embaixador saudita encontrava-se sentado em um divã, com um maço de notas de 50 dólares à frente, recebendo apostas para o jogo. Alguém se esquecera de lhe explicar que a partida ocorrera oito dias atrás e que os Redskins massacraram os Buccaneers.

Um norte-americano alto, de cafetã e lenço laranja de aviador no pescoço, entregou ao general Akhtar um copo quase cheio de Bourbon. Este teve vontade de jogar a bebida na cara do estranho, mas, em seguida, olhou ao redor, não viu nenhum rosto familiar além dos norte-americanos e do embaixador saudita, que aparentava estar bêbado demais para se importar. Decidiu, então, segurar o Bourbon. O barulho no porão, concluiu o general, com sua ampla experiência em espionagem, era o pano de fundo perfeito para investigar Coogan. Nem mesmo a escuta mais sofisticada conseguiria distinguir sons em meio ao burburinho incompreensível, que ficava cada vez mais alto.

— Pegue o cara, Jack, pegue o cara. Faça com que eles comam poeira, Jack, faça com que eles comam poeira.

O general Akhtar ergueu o copo, como todos os demais, mas apenas cheirou a bebida. Fedia como uma velha ferida.

Da parte de trás do caminhão em que os soldados paquistaneses descansavam, após o controle de segurança dos últimos convidados, o subtenente pediu que o cabo Lessard se identificasse, apontando seu Kalashnikov para a testa do rapaz e mandando-o parar.

O fuzileiro naval ergueu a bandeja sobre a cabeça, fazendo com que a luz do holofote controlado por um dos soldados no caminhão refletisse no papel alumínio que a cobria e reluzisse.

— Trouxe um rango. Para vocês, homens corajosos.

O subtenente abaixou o fuzil de assalto e desceu do veículo. Duas fileiras de soldados observaram atentamente o norte-americano cambaleante, que tentava equilibrar a bandeja sobre a cabeça.

O cabo e o subtenente ficaram de frente no círculo de luz formado pelo holofote.

— Cachorro-quente — disse o cabo Lessard, empurrando a bandeja na direção do subtenente.

O general Akhtar passou o copo de uma das mãos para a outra e pigarreou. Então, pensando bem, ergueu os dedos da direita e gesticulou, fazendo o desenho do bigode do general Zia, um sinal universal usado nas salas de estar de Islamabad quando as pessoas não queriam pronunciar o nome medonho. Seu polegar e seu dedo enrolavam pelos invisíveis sobre o lábio superior.

— ...tem tido sonhos — disse Akhtar, fitando Coogan nos olhos.

Este, com o coração correndo junto com o *quarterback* que acabara de percorrer 51 metros, sorriu e disse:

— Ele é um visionário. Sempre foi. Esses tipos não mudam. Tenho certeza de que a queda livre de TM não ajudou. A propósito, bela frase, Akhtar: "Um profissional que não errou o alvo nem ao morrer". Se seu chefe tivesse metade de seu senso de humor, esta sua Paquislândia seria um lugar muito mais animado. — Coogan piscou o olho e virou-se em direção à TV.

O general Akhtar sentiu-se um pouco nervoso. Ele jogava aqueles jogos há tempo o bastante para saber que não receberia um contrato por escrito para derrubar o presidente. Caramba, certamente não receberia nem uma garantia verbal. Mas com certeza o conheciam e confiavam nele o bastante para assentir com a cabeça.

— Ele não vai dar um basta na guerra até vocês lhe darem o Prêmio da Paz. — O general decidiu exercer pressão. Tinha olhado ao redor e constatado que ninguém estava nem um pouco interessado em sua conversa.

— Que prêmio? — gritou Coogan, por sobre o burburinho. — Pegue o cara, Jack, pegue o cara.

— O Prêmio Nobel da Paz. Por liberar o Afeganistão.

— Ah, isso é um troço da Suécia. Nós não fazemos esse tipo de coisa. E você não conhece aqueles suecos arrogantes. Eles nunca o dariam para alguém com... — Ele gesticulou, fazendo o desenho do bigode do general Zia e virou-se de novo para a TV, rindo.

O general Akhtar podia sentir a total falta de interesse da parte de seu interlocutor quanto ao assunto em questão. O chefe da CIA havia ganhado sua guerra e queria comemorar. O general tinha plena consciência da curta capacidade de manter atenção dos norte-americanos. Sabia que, na arte sutil da espionagem, aquele não comprometimento era uma espécie de comprometimento. Mas o general queria um sinal mais claro que esse. De súbito, sentiu o cheiro pungente de haxixe no porão e olhou ao redor, em pânico. Ninguém mais parecia estar incomodado. Continuavam ocupados exortando Jack a pegá-los e fazê-los comer poeira. O general notou que o homem que lhe servira o uísque estava de pé atrás de Coogan, fumando um baseado.

— Este é o tenente Bannon. — Coogan piscou para o general Akhtar. — Ele tem ensinado o treinamento silencioso para os seus rapazes. Nosso homem de confiança.

O general voltou-se para ele e lhe deu um sorrisinho amarelo.

— Estou ciente de todo o bom trabalho que ele tem feito. Acho que seus rapazes estão prontos para o combate de verdade — comentou ele, observando o baseado na mão de Bannon.

Quando deu por si, OBL caminhava pelos gramados vazios, entre pratos descartáveis jogados, cachorros-quentes parcialmente consumidos e ossos mordiscados. De súbito, lembrou-se de que ainda não havia comido. Foi até a tenda em que sentira o cheiro de gordura de cordeiro.

Dentro da tenda de Cabul, o chef afegão inspecionava de forma minuciosa os restos de sua criação culinária. Oito esqueletos pairavam sobre as cinzas fumegantes do fogo do churrasco. Ele esperava levar alguma sobra para a família, mas nem mesmo sua faquinha podia recuperar porções de carne daqueles ossos.

— Meu Deus — sussurrou, guardando as facas de trinchar —, esses norte-americanos comem feito porcos.

A atenção de Coogan dividia-se entre a angústia pela qual passavam os Redskins naquele momento e o general, que estava sentado ali há séculos segurando a bebida, sem dar um só gole. O norte-americano ergueu o próprio copo para o paquistanês, um olho fixo no quarterback dos Redskins, que vinha arrasando com a defesa dos Buccaneers, e o outro piscando para ele. Então, gritou:

— Acabe com ele.

O general Akhtar sabia que ele tinha a resposta. Não queria deixar aquele momento passar. Ergueu o copo e tocou-o no de Coogan.

— Céus, vamos acabar com ele — repetiu. Em seguida, tomou um gole generoso do copo e, de repente, o aroma da bebida não lhe pareceu tão terrível quanto um segundo atrás. Era amargo, mas não tinha um gosto tão ruim quanto ele achou a vida inteira que teria.

O subtenente olhou para a bandeja e para o rosto do fuzileiro naval e entendeu.

— Chá? Tem um pouco? — quis saber o paquistanês.

— Chá? — repetiu o cabo Lessard. — Não dê uma de inglês para o meu lado. Aqui está. Rango. Coma.

O fuzileiro naval tirou o papel-alumínio da bandeja, pegou um cachorro-quente e começou a mordê-lo de forma ruidosa.

O subtenente deu um sorriso compreensivo.

— Cachorro? *Halal*?

O cabo Lessard estava começando a perder a paciência.

— Não. Não é carne de cachorro. Carne bovina. — Deu um mugido e fez o gesto da faca cortando o pescoço da vaca.

— *Halal*? — quis saber o outro, de novo.

Um pardal voou de forma desajeitada rumo ao holofote e chilreou, como se tentasse transpor o fosso de comunicação entre os dois. O cabo Lessard sentiu saudade de sua própria casa.

— É um maldito pedaço de carne num maldito pedaço de pão. Se a gente não consegue concordar com isso, o que diabos estou fazendo aqui? — Jogou a bandeja no chão e começou a correr em direção à guarita.

Nancy Raphel meteu a cabeça no travesseiro e esperou o marido ir se deitar.

— Melhor nós mantermos o cardápio de aperitivos no futuro — comentou ela, antes de cair no sono.

Um major bastante transtornado dirigiu-se ao general Akhtar assim que este passou caminhando pelo portão da residência do embaixador.

— O general Zia desapareceu — sussurrou ele, ao ouvido de Akhtar. — Não há sinal dele em lugar algum.

Vinte e cinco

A noite na masmorra é longa. No meu sonho, um exército de Maos faz a marcha fúnebre, segurando os bonés semelhantes ao desse estadista, tal qual pedintes com latas. Seus lábios estão selados com fios carmesins.

O tijolo na parede ressoa.

O fantasma do secretário-geral já está trabalhando, digo a mim mesmo.

— Descanse um pouco! — grito.

O bloco de barro move-se de novo. Não tenho medo de assombrações; já vi muitas na minha vida. Todas voltam para mim, como seu eu administrasse um orfanato para elas.

Eu tiro o tijolo, coloco o rosto perto do buraco e grito:

— Durma um pouco, secretário-geral, durma um pouco. A revolução pode esperar até amanhã cedo.

A mão do outro lado estende-se e traça os contornos de meu rosto. Os dedos são macios, de mulher. Ela me passa um envelope amassado.

— Eu achei na minha cela — explicou. — Não é meu, não sei ler. Achei que talvez fosse para você. Sabe ler?

Coloco a correspondência no bolso.

— Ninguém pode ler aqui — digo, tentando terminar a conversa. — Está escuro feito breu neste maldito lugar. Estamos todos totalmente cegos nesta parte.

Um momento de silêncio.

— Parece ser uma mensagem do morto. Fique com ela. Acho que alguém está prestes a iniciar uma jornada. E não vou ser eu. Deve ficar preparado.

Vinte e seis

O general Zia decidiu pegar emprestada a bicicleta do jardineiro para sair da Casa do Exército sem os seguranças, mas precisava de um xale primeiro. Não o queria por causa do frio, mas para se disfarçar. A decisão de se aventurar fora dali fora provocada por um versículo do Alcorão. Sair disfarçado de homem comum fora ideia de seu amigo Ceauşescu.

O plano era um casamento fortuito entre o divino e o sorrateiro.

Ele voltara do enterro do brigadeiro TM e se trancara no gabinete, recusando-se a lidar até mesmo com o parco trabalho governamental ao qual vinha se dedicando desde que ordenara o Alerta Vermelho. Folheou o arquivo grosso que o general Akhtar lhe enviara a respeito da investigação em andamento sobre o incidente. No resumo, este recebia elogios por ter se certificado de que o triste fim do brigadeiro não tivesse sido transmitido ao vivo pela TV. Teria sido um grande golpe na confiança que o país depositava no profissionalismo das Forças Armadas.

O general Zia chorou e rezou sem parar na tentativa de impedir a si mesmo de fazer o inevitável; no entanto, como um viciado reincidente, quando deu por si já estava pegando um exemplar do Alcorão com capa de veludo verde. Beijou sua lombada três vezes e abriu-o, com as mãos trêmulas.

Os joelhos tremeram de ansiedade quando o Livro não revelou a prece de Jonas, como ele vinha receando, e sim um versículo simples, mas prático. *Saí mundo afora, fiéis...*

As lágrimas transformaram-se em um sorriso de cumplicidade. Até mesmo a coceirinha no reto do general pareceu-lhe uma chamada para ação; ele coçou o traseiro na beira da cadeira. Em meio ao alívio, lembrou-se do conselho que Nicolae Ceauşescu lhe dera em uma reunião bilateral durante a conferência de cúpula do Movimento dos Países Não Alinhados. Fora uma daquelas nas quais os chefes de Estado não tinham nada a discutir, e os intérpretes tentavam prolongar o encontro com traduções floreadas e detalhadas das afabilidades. Os dois líderes vinham de países tão distantes e tão diferentes que Ceauşescu não podia nem ao menos conversar com o general Zia a respeito do incremento do comércio bilateral, pois não havia intercâmbio entre a Romênia e o Paquistão. E o dirigente deste não tinha como pedir o apoio do romeno na questão de Caxemira, uma vez que ele na certa nem sabia onde ficava a região, muito menos quais eram os problemas que enfrentava. Porém, um detalhe a respeito de Ceauşescu interessava muito ao presidente paquistanês: ele estava no poder havia 24 anos e, ao contrário de outros soberanos com sua longevidade e reputação, que não recebiam convites de quaisquer nações decentes, fora recebido pelo secretário-geral Brejnev e pelo presidente Nixon e acabara de ser nomeado cavaleiro pela rainha da Grã-Bretanha.

E ali estava ele, na conferência de cúpula do Movimento dos Países Não Alinhados, embora seu país nem fosse membro. Tinham lhe dado *status* de observador, mas, sem dúvida alguma, o sujeito sabia como se alinhar.

O general Zia ficava realmente impressionado e intrigado com qualquer um que tivesse conseguido se manter no poder por mais tempo que ele. Perguntara a vários veteranos do cenário mundial qual era o segredo, mas nenhum deles chegara a lhe dar qualquer conselho que pudesse usar no Paquistão. Fidel Castro lhe dissera que devia manter-se fiel à missão e beber muita água junto com o rum. Kim Il-Sung lhe sugerira que não assistisse a filmes deprimentes. Reagan dera uns tapinhas no ombro de Nancy e aconselhara: "Bons cartões de aniversário." O rei Abdul Aziz, da Arábia Saudita, fora o mais direto de todos: "E eu lá sei? Pergunte para o meu médico."

Com Ceauşescu, o general Zia tivera a vantagem de ser um total estranho, então pudera se dar ao luxo de ser direto.

O encontro ocorrera em uma pequena sala de reuniões no quadragésimo terceiro andar do Hilton de Manila. A intérprete, uma jovem roliça de 26 anos com terninho de ombreira, ficou chocada quando o general Zia deixou as banalidades de lado e disse que queria usar os dez minutos programados para aprender a arte de governar com o presidente. Ceauşescu abriu o largo sorriso de Drácula; pôs a mão na coxa da intérprete e murmurou:

— *Noi voi tot learn de la each alt.*

O general supôs que ele dissera que todos deveriam tomar meio litro de sangue fresco diariamente.

— Temos de aprender um com o outro — traduziu a jovem.

— Como conseguiu manter o poder por tanto tempo?

— *Cum have tu conducere la spre stay in serviciu pentru such un timp indelungat?* — perguntou a intérprete ao romeno, colocando uma pasta de couro sobre as pernas.

Ceauşescu falou por uns dois minutos, apontando os dedos, abrindo e fechando os punhos e, por fim, estendendo a mão rumo à coxa da jovem. Quando deu por si, acariciava a pasta de couro.

— Acredite apenas em 10 por cento do que os seus serviços de informações lhe disserem sobre a opinião pública. A chave é que o povo deve amá-lo ou temê-lo; seu declínio vai começar no dia em que ele começar a vê-lo com indiferença.

— E como sei que a população já não se interessa?

— Descubra em primeira mão. Surpreenda o povo, vá a restaurantes, compareça às competições esportivas. Vocês gostam de futebol? Vá ver as partidas, caminhe à noite. Ouça o que as pessoas têm a dizer e, então, acredite apenas em 10 por cento, porque quando elas estiverem com você, também mentirão. Mas, depois de conhecê-lo, com certeza vão adorá-lo e acabarão espalhando isso para os amigos, que também gostarão muito de você.

O general Zia assentiu com ansiedade enquanto Ceauşescu falava. Em seguida, convidou-o para ser o convidado de honra no desfile do Dia da República, sabendo perfeitamente que ele nunca iria. Já se levantava para se retirar quando o romeno gritou algo para a intérprete. O general virou-se para a jovem, que naquele momento abrira a pasta e a espalhara sobre a perna.

— Antes de ir para as partidas de futebol, certifique-se de que seu time ganhe.

O dirigente paquistanês tentara ir a alguns desses eventos públicos, mas, assim que deixava a área VIP e se misturava com as pessoas, dava-se conta de que estava no meio de uma multidão contratada, com motes e acenos de bandeirinhas bem ensaiados. Muita gente simplesmente retesava-se quando ele passava, e o general notava que se tratava de soldados à paisana. Às vezes davam a impressão de ter medo dele, mas, então, o presidente via o brigadeiro TM ao seu lado, usando os cotovelos para afastar a multidão, e percebia que não o temiam; simplesmente não queriam ser notados pelo chefe da segurança. O general chegara a ir a algumas partidas de críquete, mas descobrira que a torcida estava mais interessada no jogo e nem um pouco preocupada em adorá-lo ou temê-lo.

Havia apenas uma coisa a fazer agora que o brigadeiro TM não estava ao seu lado; pôr à prova o conselho do camarada Ceauşescu. Sair da Casa do Exército sem os guarda-costas.

Em vez de ir ao gabinete após as preces noturnas, o dirigente foi para o quarto da primeira-dama, no qual ela se achava sentada em uma cadeira, lendo uma história para a filha mais nova. Deu um beijo na cabeça da menina, sentou-se, e aguardou a esposa terminar. Seu coração batia acelerado diante da perspectiva da aventura iminente. Ele olhou para as duas mulheres como se estivesse partindo para um combate longínquo, do qual podia ou não voltar.

— Você me empresta um xale?

— Qual?

Ele esperava que ela perguntasse por que precisava dele. Alimentava esperanças de ter a oportunidade de contar ao menos a uma pessoa antes de embarcar naquela missão, mas a primeira-dama simplesmente perguntara "qual".

— Quanto mais velho, melhor — disse o marido, tentando parecer enigmático. A esposa foi até o vestiário e pegou um xale antigo, de tom castanho-avermelhado, com bordado delicado. Não quis saber por que ele o pedia.

Sentindo-se um pouco decepcionado antes mesmo do início da aventura, o general abraçou a filha de novo e começou a se retirar.

— Não suje o xale — ressaltou a primeira-dama. — É da minha mãe. —Ele fez uma pausa e pensou que, talvez, pudesse desabafar com ela, mas a esposa pegou o livro outra vez e perguntou, sem fitá-lo: — Não era o califa Omar que saía à noite disfarçado de homem comum para ver se os súditos viviam em paz?

O general Zia balançou a cabeça, concordando. A esposa realmente conhecia história, pensou o marido. Ele não se importaria em ser lembrado como califa Omar II.

— Não foi ele que disse que não encontraria salvação se encontrasse sequer um cachorro dormindo faminto às margens do Eufrates?

— Foi — confirmou o marido, o bigode fazendo uma pequena dança.

— Ele precisava ver a nossa República Islâmica agora. Vira-latas vagabundos estão governando o país.

O general ficou triste, e o bigode murchou, mas ele sussurrou o versículo que o estimulara a sair mundo afora. Retirou-se depressa do quarto com mais determinação ainda.

Ele perguntou ao jardineiro se poderia pegar emprestada a bicicleta dele, e o funcionário o fez sem questionar o motivo. Quando o general Zia saiu da residência, os dois soldados em serviço à entrada bateram continência e começaram a segui-lo. Ele mandou que aguardassem em seus postos.

— Vou exercitar as pernas — informou.

Em seguida, amarrou o xale com firmeza na cabeça e no rosto, deixando os olhos e a testa descobertos. Montou na bicicleta e começou a pedalar; ela cambaleou nos primeiros metros, foi para a esquerda e para a direita, mas o general conseguiu se equilibrar e pedalou devagar, mantendo-se na lateral da rua.

Quando se aproximou do portão da Casa do Exército, o dirigente começou a pensar duas vezes. Quem sabe não fosse melhor voltar? Talvez informar o brigadeiro TM, que enviaria alguns de seus homens à paisana para segui-lo. Então, a imagem do caixão do chefe da segurança, coberto com a bandeira, surgiu de súbito diante de seus olhos, e a bicicleta vacilou. O general Zia continuava indeciso quando chegou à sentinela, no portão, e este abriu-se. Ele desacelerou, olhou para a direita e para a esquerda, esperando que alguém o reconhecesse e perguntasse o que diabos pensava que estava fazendo. Enquanto sua mente procurava uma desculpa adequada, uma voz gritou da guarita.

— Não quer voltar para a casa não, velho? Está com medo da esposa?

O dirigente olhou para a casinhola, mas não viu ninguém. Pedalou com mais força. Os portões fecharam-se após sua passagem. A ideia de que seu disfarce estava funcionando animou-o. As dúvidas se esvaíram; ele ficou de pé na bicicleta e empenhou-se mais, os olhos lacrimejando em virtude do esforço e da emoção. O general Zia aguardou no sinal vermelho do cruzamento que levava à avenida da Constituição, embora não houvesse um único veículo a vista. O semáforo permaneceu fechado por um longo tempo, sem nenhum indício de que ficaria verde. O dirigente olhou para a esquerda, para a direita e, outra vez, para a esquerda e entrou na avenida.

Ela estava totalmente deserta, sem uma alma nem um carro sequer. Uma via pública de oito faixas que não fora projetada para o tráfego — que era esparso naquela parte da cidade até mesmo durante o dia — mas para acomodar os carros de combate e artilharia pesada do desfile do Dia da República. A avenida, ainda molhada após a garoa da tarde, apresentava um brilho amarelado sob a iluminação de rua. As colinas que a circundavam pareciam silenciosas e melancólicas. O general prosseguia lentamente. As pernas, desacostumadas com aquele movimento, começaram a doer. A princípio, ele manteve-se ao longo do acostamento, mas depois foi para a parte central e começou a ziguezaguear. Se alguém o enxergasse dos morros, veria um velho de xale, cambaleando na bicicleta, e acabaria concluindo que, na certa, estava exausto, após um dia inteiro de trabalho árduo na Casa do Exército.

Após percorrer 800 metros sem ver uma única pessoa, ele começou a ter uma sensação estranha: e se estivesse governando um país sem nenhum habitante? E se fosse uma nação-fantasma? E se não houvesse ninguém por ali? E se todas as estatísticas do censo, segundo as quais 130 milhões de pessoas viviam no país, 52 por cento do sexo feminino, 48 por cento do sexo masculino, 98 por cento muçulmanas, fosse simplesmente o trabalho de seus burocratas supereficientes. E se todos houvessem migrado para outra parte, e ele estivesse administrando um Estado em que ninguém vivia, exceto suas Forças Armadas, seus burocratas e seus guarda-costas? Ele estava ofegante, divertindo-se com as teorias de conspiração bizarras que podiam passar pela cabeça quando se é um simples mortal numa bicicleta, no instante em que um arbusto à beira da avenida se moveu e uma voz gritou:

— Vem cá, velho. Andar de bicicleta sem farol dianteiro? Por acaso acha que o seu pai é o dono da rua? Já não tem desordem suficiente neste país?

O general Zia pôs os calcanhares no asfalto, em vez de usar os freios, e a bicicleta parou, oscilando. Uma figura surgiu detrás da mata, um homem com um velho xale marrom. Observando-a sob o seu, o dirigente conseguiu entrever sua boina de policial.

— Saia desta bicicleta, tio. Aonde acha que vai sem um farol, hein?

O policial segurou o guidom como se o general estivesse prestes a sair pedalando dali. Este saiu da bicicleta, trôpego por causa do xale que o envolvia com firmeza. Sua cabeça zunia de empolgação diante do primeiro encontro com um de seus súditos, sem nenhum cordão de isolamento separando-os, sem quaisquer armas apontadas para o indivíduo com quem falava.

Parado na senda ao longo da avenida da Constituição, sob os olhos alertas de um policial velho e cansado, o presidente se deu conta do verdadeiro significado do que o velho Drácula lhe aconselhara. O que é democracia? Qual é sua essência? Você tira forças de seu povo e se torna ainda mais poderoso, e era exatamente o que o general Zia fazia naquele momento. Zelado pelas colinas silenciosas que rodeavam Islamabad, um ritual bastante antigo desenrolava-se: o soberano e seu súdito encontravam-se face a face, sem qualquer burocrata para complicar sua relação, sem qualquer pistoleiro para corromper seu encontro. Por um instante, o temor da morte evaporou na névoa seca gelada e o dirigente sentiu-se tão forte e invencível quanto os morros que os circundavam.

— Segure as suas orelhas — mandou o policial, pegando um cigarro detrás da própria orelha e tirando um isqueiro debaixo do xale. Quando o acendeu, espalhou-se no ar o cheiro de vapor de querosene. O general tentou apoiar a bicicleta no asfalto, mas o policial deu um chute nela, que se moveu violenta e rapidamente pela trilha e tombou.

O presidente tirou as mãos debaixo do xale e segurou as orelhas. Tratava-se de uma lição a respeito da boa governança, mas estava sendo divertido também. Ele já redigia um discurso mentalmente: "Toda a sabedoria de que preciso para governar este país, aprendi de um policial solitário cumprindo com sua obrigação em uma avenida deserta no meio da noite, em Islamabad..."

— Assim não. — O sujeito balançou a cabeça, desapontado. — Galo. Imita um, vai. Um galo. — O general Zia pensou que chegara a hora de se apresentar, mas o policial não lhe deu a oportunidade de mostrar o rosto; pegou sua cabeça coberta com o xale e empurrou-a para baixo. — Não finja que não sabe agir como um galo.

O presidente sabia agir como um, mas a última vez que o fizera fora há mais de meio século, quando estava na escola, e a ideia de que havia gente por ali dando aquele castigo infantil o desconcertou. Suas costas recusavam-se a curvar-se, mas o homem baixou tanto sua cabeça que ela quase tocou seus joelhos; por fim, com relutância, o general Zia passou ambas as mãos pelas pernas e tentou tocar as orelhas. Sua coluna parecia um bloco de concreto, recusando-se a inclinar-se, suas pernas tremeram; ele teve a sensação de que ia desmaiar e sair rolando. Tentou erguer os olhos assim que o policial tirou a mão de sua cabeça, mas ele trocou-a por um pé em seu pescoço. O dirigente falou com a cabeça baixa:

— Sou o general Zia ul-Haq.

A fumaça chegou à garganta do sujeito, o qual teve um acesso de tosse que se transformou em gargalhada.

— Um general Zia não basta para este pobre país? Precisamos de malucos como você perambulando no meio da noite fingindo ser ele?

O dirigente moveu a cabeça sob o xale, esperando que o policial vislumbrasse seu rosto.

— O senhor deve ser um homem muito ocupado. Deve estar louco para voltar rapidamente para a Casa do Exército e governar este país. Me conte uma piada que eu deixo você ir. Por acaso já conheceu um policial mais generoso em sua vida? Vamos lá, conte uma piada sobre o general Zia.

Isso é fácil, pensou o presidente. Já entretivera vários jornalistas contando anedotas sobre si mesmo.

Pigarreou e começou.

— Por que a primeira-dama não deixa o general dormir no quarto dela?

— Ah, cala a boca — ordenou o homem. — Todo mundo já sabe. E não é piada. Na certa, é verdade. Diz apenas "O general Zia é um veado zarolho" três vezes, que deixo você ir.

O dirigente nunca ouvira essa antes. Propaganda indiana, pensou, pestanejando apenas para se certificar de novo. O olho esquerdo viu apenas os sapatos de lona cheios de lama do policial, já o direito seguiu um sapinho, que atravessava a avenida da Constituição. Mas as costas estavam acabando com o general, que queria endireitar a coluna. Sussurrou em voz baixa:

— O general Zia é um...

Ouviu o som de sirenes sendo ligadas a distância, as mesmas usadas pelos batedores de seu comboio presidencial. Por um instante, o dirigente se perguntou se alguém ocupara a Casa do Exército enquanto ele estava ali, conversando com aquele policial pervertido.

— Dá para notar que você não está se esforçando. Faço isso com todo mundo que eu paro aqui nesta avenida e juro que nunca ninguém me decepcionou. Parece ser o único castigo que eles apreciam.

O policial chutou-o no traseiro, e o general cambaleou para a frente; a coluna endireitou-se, enviando fisgadas de dor pelo corpo. O sujeito arrastou-o para trás do arbusto.

— O verdadeiro caolho está a caminho. Vou lidar com ele primeiro. Daí a gente vai ter uma longa conversinha — informou o homem, tirando o xale e jogando-o no general.

O policial ficou em pé, em posição de sentido, à beira da avenida e prestou continência enquanto o comboio passava com as sirenes ligadas, soando alto. Tratava-se de um conjunto de veículos menor que o normalmente usado na presidência. Uma Mercedes preta, seguida de dois jipes conversíveis, no qual encontravam-se equipes de comandos em estado de alerta, com as armas apontadas para a margem da estrada. Quando o policial voltou para começar a negociar os termos da libertação com o general Zia, ouviu o comboio dar ré a toda velocidade; as sirenes soluçaram e, em seguida, pararam, como uma criança que chora e de repente cai no sono. Antes que o policial tivesse tempo de entender o que acontecia, os comandos partiram para cima dele com os *Kalashnikovs* e as lanternas. Um idoso trajando um *shalwar kameez* e ainda sentado no jipe apontou para a bicicleta e disse com a voz calma:

— Essa é a bicicleta que ele pegou.

Durante a curta jornada de volta a Casa do Exército, o general Zia sentou-se no banco traseiro da Mercedes e fingiu que o general Akhtar não estava ali. Prendeu com força o xale ao redor da cabeça e permaneceu sentado com a cabeça inclinada, como alguém que acabara de acordar de um pesadelo.

Mas, no fundo, sabia o que tinha a fazer. Akhtar, com todos os seus espiões e grampos, nunca lhe dissera o que 130 milhões de habitantes realmente pensavam dele. Não lhe contara nem 10 por cento da verdade. O dirigente não chegou a fitar o general, mas podia-se dizer, pelo cheiro no carro, que ele enchera a cara de uísque na festa do embaixador norte-americano. O que viria a seguir, hein? Carne de porco? A do próprio irmão?

O general Zia disse algo pela primeira vez ao sair do carro.

— Pode soltar aquele sujeito — ordenou, certo de que ninguém acreditaria na história bizarra do policial. — Só estava cumprindo sua obrigação.

O dirigente foi direto para o gabinete, mandou chamar o taquígrafo e ditou duas cartas de nomeação. Em seguida, pegou o telefone, ligou para um tenente-general encarregado das operações militares. Após se desculpar longamente por acordá-lo no meio da noite, pediu que ele dispensasse o general Akhtar de suas obrigações.

— Gostaria que você assumisse o comando agora. Quero que examine pessoalmente todas as fichas de todos os suspeitos. Quero que vá a todos os centros de interrogatórios dirigidos pelo general Akhtar e traga a informação direto para mim.

Enquanto o general Beg começava a assumir o comando no lugar de Akhtar, o dirigente fez a última ligação da noite.

— Sim, senhor. — O general Akhtar estava acordado, aguardando o telefonema de agradecimento do presidente.

— Obrigado, Akhtar — disse ele. — Não tenho palavras para demonstrar minha gratidão. Não é a primeira vez que salvou minha vida.

— Estava cumprindo minha obrigação, senhor.

— Decidi promovê-lo. Quatro estrelas.

O general Akhtar mal acreditou no que ouviu. Será que Zia renunciava ao posto de comandante das Forças Armadas? Será que estava se aposentando e indo morar em Meca? Não precisou esperar muito para descobrir.

— Eu o estou nomeando chefe da Junta de Comandantes de Estado-Maior. De certa forma, indiquei-o para ser meu superior...

O subordinado interrompeu-o, com voz suplicante.

— Senhor, meu trabalho na agência ainda não terminou. Os norte-americanos estão dialogando com os soviéticos pelas nossas costas...

Uma vida de glorioso tédio burocrático perpassou diante dos olhos do general Akhtar. Ele contaria com três assistentes, um da Aeronáutica, outro da Marinha e mais um do Exército, mas não exerceria nenhum poder sobre essas instituições. Teria o próprio comboio decorado com bandeirinhas, mas lugar algum para ir, exceto a inauguração de outra ampliação de mais uma vila militar para oficiais. Seria o primeiro em todas as filas de recepção organizadas para todos os dignitários estrangeiros de segundo escalão de todos os países do Terceiro Mundo. Em vez de conduzir o próprio Serviço de Inteligência, controlaria uma organização tão cerimonial quanto a crista de um galo de briga.

— Assim é a vida, Akhtar. O trabalho continua. Pedi que o general Beg assumisse o controle por enquanto.

— Eu gostaria de solicitar a passagem de cargo formal... — O general Akhtar fez a última tentativa de se aferrar às suas salas de interrogatórios, gravações e redes de espionagem. Tudo que lhe dava poderes estava sendo tomado, o subordinado seria colocado em uma gaiola, que, embora dourada, continuava sendo uma gaiola.

— Você mereceu, Akhtar — acrescentou o general Zia. — Realmente fez jus à quarta estrela.

Vinte e sete

Os portões do forte abrem-se, o jipe no qual estamos passa pelas barreiras de segurança e continências são prestadas e aceitas. Apenas quando o motorista me pede permissão para ligar o rádio sinto o impacto das circunstâncias de minha nova vida: não há vendas nem algemas; estamos livres e temos uma semana de licença antes de voltar à Academia. Se este fosse o final de *Desafio das águias*, estaríamos nos recostando nas cadeiras, acendendo os charutos e rindo de alguma piada nazista previsível. Mas nos mantemos calados; um par de assassinos fracassados, perdoados pela própria pessoa que planejamos matar. Desertores insignificantes, dois rapazes repreendidos e mandados para casa, nem mesmo dignos de serem considerados uma ameaça para a segurança nacional.

Nossos rostos exercem pressão contra as janelas do jipe, observando o próximo marco, contemplando a fumaça que sai dos escapamentos de riquixás superaquecidos, à cata de objetos familiares. Inspecionamos o mundo como crianças na primeira ida à zona rural; o assento de estofado cáqui entre nós dois estende-se como a longa lista de nossas desilusões mútuas.

— Você está machucado? — Minha tentativa de iniciar uma conversa é débil, mas espontânea. Fito a paisagem enquanto falo Um outdoor enorme, com a fotografia do general Zia, deseja-nos uma boa viagem.

— Não. E você? — O jipe cheira a desinfetante e Burnol, a pomada antiqueimadura passada na cabeça de Obaid.

Na manhã de nossa libertação, as primeiras horas do dia no forte iniciaram-se em meio à movimentação convulsiva. Uma equipe de jardineiros perambulava com irrigadores de aspersão; comandos armados assumiam suas posições no telhado do Palácio dos Espelhos. Um comboio de três estrelas parou com uma guinada ruidosa no bulevar principal, entre os vastos gramados.

Nosso salvador usa Ray-Ban e não os tira quando nos arrastam até ele. O major Kiyani e seus criminosos regenerados não estão a vista.

O general Beg fala como um homem cujo destino resolveu fazer uma transformação completa. Tudo nele é reluzente, novo e imperturbável. As mãos impacientes parecem exigir recomeços.

— Meu avião está aguardando — diz ele a um coronel, que parece ser o novo encarregado do forte e ter mais medalhas no peito que neurônios cerebrais. — Este lugar foi muito mal administrado. — Não se trata de uma explicação dirigida a nós, mas de um enunciado geral sobre o estado do país. — Você. — Apontou o dedo para o peito do coronel. É óbvio que o general Beg viu filmes demais a respeito de "técnicos de beisebol que se tornam odiosos". — Você vai pôr tudo em ordem. Renovar todo o ambiente. Contrate um arquiteto para reformá-lo. Chame um decorador de interiores se precisar. Este lugar precisa de um clima melhor. Ao menos abra algumas partes para turistas. Para que precisa de todo o maldito forte para conduzir um centro de investigação?

O coronel faz anotações como um secretário principiante louco para ter um trabalho permanente. O general Beg volta-se para nós.

— Vocês são o nosso futuro. Merecem algo melhor. Vieram parar aqui por causa de um bando de idiotas incompetentes. Tudo resolvido agora, tudo resolvido. Que perda de tempo. Tenho de visitar três acampamentos hoje. Embora meu próprio avião esteja me aguardando no aeroporto, o dia só tem uma quantidade limitada de horas. O comandante do Estado-Maior lhes deseja boa sorte. Vou mandar arquivar os processos. Voltem e trabalhem duro. As batalhas de amanhã são ganhas nos treinos de hoje. O país precisa de vocês.

Assim mesmo. De repente, o país precisa de nós.

O motorista do jipe, um soldado fardado, quer saber aonde vamos. Sei que posso confiar nele.

— Aonde gostaria de ir hoje, senhor? — pergunta o rapaz, assim que o comboio parte com as sirenes ligadas, abrindo caminho, e os soldados descem depressa dos telhados. Pelo visto o general Beg não queria ficar muito tempo longe do avião.

Não existem quaisquer sinais das cadeias subterrâneas, das masmorras escuras, dos tetos com borrifos de sangue, da poesia nos banheiros fedorentos. Há apenas o aroma de grama recém-molhada e de história virando uma nova página

— Para fora daqui — respondo.

Obaid está encurvado, apoiado na janela ao seu lado. As narinas tremulam e ele mordisca os lábios rachados. Evidentemente não gosta do cheiro repugnante de Burnol que predomina dentro do carro. Reviro a mochila e retiro seu frasco de Poison. Ele o pega com um sorriso contorcido e o envolve com as mãos como se não fosse o perfume favorito, mas uma bola de tênis que peguei para distraí-lo de nossa atual situação.

Agimos como um casal que não se lembra por que se reuniu em primeiro lugar.

— Bannon — disse ele, por entre os dentes. — Acha que eles o pegaram?

— Está maluco? — Olho-o com desprezo e, em seguida, controlo-me. Não sei por que sinto que deveria parecer gentil, educado e compreensivo. Um vendedor de jornal gesticula um exemplar para nós; outra foto do general Zia me fita. — Imunidade diplomática. Eles nunca tocariam nele.

— Você acha que ele ainda está na Academia? Depois de tudo isso?

— Sempre tem algum outro trabalho para um norte-americano. Eu não me preocuparia com ele.

— Foi ideia dele — disse Obaid, como se estivéssemos voltando de um piquenique cancelado num dia chuvoso e culpássemos o meteorologista.

— Foi uma ideia de merda. — A irritação diante das frases cadenciadas e lentas dele dominou-me. Apoiei a testa na janela e contemplei o grupo de pessoas pendurado na porta traseira de um ônibus. Um adolescente presta uma continência zombeteira para mim; o sujeito ao seu lado agarra a virilha e se oferece para foder a minha mãe. Não sei por que os paquistaneses são tão fervorosos no que diz respeito a homens de uniforme.

Uma das irmãs indianas gordas está cantando uma das tristes baladas românticas no toca-fitas do jipe.

— Eu gosto dessa música — vocifero para o motorista. — Dá para você aumentar o volume? — Ele obedece.

— Nós estamos vivos — comenta Obaid. Eu me viro e observo sua cabeça coberta com a pomada amarela. Ele não se encontra lá em um estado em que eu quisesse iniciar uma discussão sobre o que significava estar vivo.

— E o general Zia também — ressalto.

Mas o secretário-geral está morto.

— Aquele homem que perguntou sobre o seu pai, quem era ele? Você já conhecia o sujeito? — A curiosidade de meu colega é superficial. Está me perguntando se eu fiquei bem na cadeia, se a comida estava razoável e se eu tinha gente interessante com quem conversar.

— Já ouviu falar do Sindicato dos Garis do Paquistão? — Obaid me olha como se eu tivesse aprendido a falar grego durante a curta estadia na prisão. — Aquele cara era o secretário-geral. Fomos vizinhos. E ele provavelmente morreu achando que eu o matei. Na certa faleceu pensando que eu era um maldito espião colocado na masmorra pelas Forças Armadas.

— Por que ele não reconheceu você, então? Quero dizer, se foram vizinhos.

— É uma longa história. Não importa agora. — Estendo o braço sobre o banco e pego a mão dele.

— Está bem — diz Obaid, o primeiro esboço de sorriso formando-se nos lábios. — Não venha dar uma de sensível para cima de mim. Não é o Shigri que eu conheço. Ou será que conseguiram mudar você em questão de dias?

Não quero relatar a experiência que deixaria sequelas por toda a minha vida para ele, quando ainda não sei como e quando ele voltou do além.

— Até onde você foi? — perguntei.

— Não cheguei a decolar.

— Babacas.

— Eles já estavam lá. Antes mesmo que eu chegasse à pista.

— O major Kiyani? — indago, sentindo-me idiota na hora. — Tem de ser ele. Como acha que descobriu?

— Já pensei nisso. Sabia que você acharia que foi o Bannon que contou para eles, mas por que faria isso? Foi ele que me deu a ideia. E é apenas um instrutor militar.

— É um cara cheio de ideias, não é mesmo? Especialmente para um instrutor militar.

Bebê O acredita que a vida é a uma série de coincidências felizes. Como a poesia que ele gosta de ler, na qual metáforas e sentimentos fortuitos caminham de mãos dadas no crepúsculo, enquanto causa e consequência perecem lentamente na calçada, como gêmeas recém-nascidas ilegítimas. Eu gostaria de mostrar para ele o mundo com os olhos mortos e esbugalhados do coronel Shigri.

— Escuta, Ali. — Quando meu colega usa meu primeiro nome, geralmente está prestes a me dar um sermão a respeito do significado da vida, mas, dessa vez, não sinto a intensidade que tornava seu discurso tão bom de ignorar. Sua voz parte de um corpo inanimado. — Tentei fazer aquilo porque não queria ver você metendo a espada nele e, depois, sendo morto pelos tiros dos guarda-costas dele bem diante dos meus olhos. Eu estava com medo. Queria fazer algo.

— Você fez aquilo para salvar o meu pescoço? Simplesmente achou que decolaria num avião roubado, rumo a Casa do Exército, e eles ficariam de braços cruzados, monitorando o seu progresso? Por acaso tem noção de quantas baterias antiaéreas rodeiam aquela porra de lugar? É bem provável que eles matem até gralhas errantes lá. — Aperto a mão dele para enfatizar meu argumento.

Obaid estremece. Deixa escapar um gemido, e me dou conta de que sente dor. É óbvio que os idiotas não lhe deram uma cela VIP.

— Você continua a não me ouvir, Shigri. Não sou um camicase. Você tem todas essas expectativas dos seus amigos. Acha que eu o faria por você? Sinto muito, eu quis apenas desviar a atenção. Usei o seu código de chamada para que você não pudesse colocar em prática seu plano idiota. Uma espada, pelo amor de Deus. Uma espada?

Aperto a mão dele de novo. Ele geme alto. A atadura escorrega. O polegar está cheio de sangue seco, e sem a unha.

Bebê O quer continuar a dar sua explicação, embora eu tenha perdido todo o interesse pelos fatos.

— Eu não estava indo para lugar nenhum. Queria apenas salvar sua vida, tal como o Bannon.

— Devia ter prevenido você sobre aquele ianque traiçoeiro. Não posso acreditar que tenha confiado naquele viciado em vez de mim.

— Era um plano bastante razoável. Decolar num avião não autorizado, provocar um alerta de segurança e, então, a revista do presidente seria cancelada. Depois, ao menos, eu poderia conversar com você. Teria tempo para tentar meter um pouco de bom-senso nessa sua cabeça.

Muitíssimo obrigado. O plano simples de alguém acaba com o trabalho que você vem desenvolvendo a vida inteira e ainda é preciso demonstrar gratidão.

— Tem outra forma de ver as coisas, Bebê O. Você traiu um amigo, quase foi morto e fez tudo isso para salvar a vida do general Zia.

— Não. A sua. — Fechou os olhos.

Penso em contar para ele sobre o néctar de tio Goma e os aspectos poéticos do meu plano; talvez fosse bom explicar claramente o significado de *sentiment du fer* para meu colega, mas ao olhar para ele de soslaio, sei que não devo.

Pego o envelope que a deficiente visual me deu e começo a abanar a cabeça dele. Não sei exatamente qual é a sensação, mas se a pele de uma pessoa foi queimada com um ferro de passar, deve doer.

— Obrigado por salvar minha vida.

— Você acha que o meu cabelo vai voltar a crescer? — quis saber Obaid.

A outra irmã indiana gorda começa a interpretar uma nova balada. Algo sobre uma conversa tão longa, que se tornou um boato na calada da noite. O destinatário da carta é a Cooperativa de Produtores de Manga do Paquistão. Na certa o último sermão do secretário-geral para seus antigos companheiros de jornada.

— Então, o que foi que você escreveu na sua declar... — Ambos começamos a indagar ao mesmo tempo, com as mesmas palavras. Nossas perguntas colidem no ar e a resposta encontra-se contorcida no piso do jipe, como um inseto tentando alçar voo depois de quebrar uma asa.

O que resta a fazer quando a sua única missão na vida fracassou?

Volta-se para o local em que tudo começou.

— Você já foi para o Monte Shigri? — Dou uns tapinhas no ombro do motorista. — Não? Pegue a próxima saída. Vou mostrar o caminho. Pare se vir uma agência de correio. Preciso mandar uma carta. — Eu me viro para Obaid. — Asha ou Lata?

— Lata. A mais velha, a mais triste — responde ele.

Vamos levá-lo para casa, Bebê O.

Vinte e oito

O Monte Shigri encontra-se envolto por uma névoa. Estremecemos quando o jipe nos deixa no início do caminho estreito que conduz à casa. Estamos em julho, e as planícies transformaram-se na frigideira de Deus; contudo, o ar na colina está rarefeito e gelado. Como dizia o coronel Shigri, ainda traz uma mensagem ocasional da Sibéria. O Monte Shigri pode fazer parte do Paquistão, mas seu clima sempre foi diferente, nunca acompanhando o destino meteorológico da região baixa. Os picos dos Himalaias que circundam a colina estão cobertos de neve. O K2 destaca-se sobre as montanhas como uma matriarca lúgubre de cabelos brancos. Nuvens de um tom acinzentado translúcido flutuam abaixo, no vale. Esbarramos nas amendoeiras cobertas de folhagem conforme andamos até a casa. Obaid está ofegante por causa do esforço da caminhada na subida íngreme.

— Por que vocês não construíram uma estrada aqui? — ele quis saber, recostando-se no tronco fino de uma amendoeira para recuperar o fôlego.

— Nunca tivemos tempo — informo, agarrando a mão dele e prosseguindo.

Deixamos o bosque de amendoeiras para trás ao pegar uma curva acentuada e, aí está, um chalé de madeira com pretensão de palacete de veraneio, no qual ninguém vive. Telhados inclinados, apoiados em arcos de madeira, uma longa varanda desse mesmo material ao longo da lateral, voltada para o vale. A pintura em tom verde viscoso, que descascou inúmeras vezes durante as décadas de abandono, agora apresenta manchas sombrias na cor turquesa. A residência fica no alto da montanha; de longe, parece até que alguém pôs uma casinha de boneca no cume e se esqueceu de brincar com ela. Olhando-a de perto, dá a impressão de ser ao mesmo tempo lúgubre e majestosa, situada ali, isolada, como se observasse o mundo com desprezo.

Obaid, que nunca antes estivera em uma estância nas montanhas, dá um soco em uma nuvem que passa e abre um largo sorriso quando volta com a mão ligeiramente úmida.

A pomada em sua cabeça secou, e nas fissuras do lado queimado de seu couro cabeludo se vê um tom de azul-cobalto. Eu me pergunto se é o processo de cicatrização ou o início de uma infecção. O interior da casa está uma verdadeira bagunça, como se crianças houvessem tido uma festa ininterrupta. Os tapetes estão enrolados e largados; tábuas de assoalho foram erguidas e colocadas no lugar com displicência. Passamos por pilhas de roupas tiradas dos armários e jogadas nos corredores.

Os idiotas não deixaram este lugar em paz nem mesmo depois que seus ocupantes o fizeram. A única coisa de que tenho certeza é que não encontraram o que procuravam.

A sala de estar principal possui uma janela de ponta a ponta, com cortinas. Eu as abro e sinto Obaid perder o fôlego diante da vista. A janela dá para a beira da montanha, que se inclina abruptamente. Estamos na encosta de um vale verde viçoso, percorrido por um rio sinuoso e cintilante.

— Quem construiu este lugar?

— Não sei, talvez o meu bisavô. Esta casa sempre esteve aqui.

— Uma pena você não se interessar pela história da sua família — diz Obaid. Em seguida, provavelmente ele se lembra da história da minha família e não espera a resposta. — É fenomenal! — Ele está parado com o nariz colado no vidro.

Nós nos sentamos na frente da lareira e contemplamos as estrelas do lado de fora. Estão próximas e brilhantes. As montanhas adormecem, como gigantes que se perderam.

— A noite é diferente aqui — comenta Obaid.

— Eu sei. Tudo é muito tranquilo. Sem trânsito.

— Não. Ela chega de repente. Daí se desloca lentamente. Parece uma embarcação percorrendo o vale. Escuta, dá para ouvi-la em movimento, dá para ouvi-la avançando com o remo. O salpicar suave da água...

— É o rio lá embaixo, no vale. Não dorme à noite. Mas eu estou ficando com sono — digo.

O dia chega como alguém que lhe dá um soco amigável no ombro. O sol é um espelho brincando de esconde-esconde com os picos cobertos de neve; em um momento, um disco prateado ardendo no próprio fogo branco, no outro, escondido detrás de uma faixa escura de nuvem.

Obaid está parado diante da janela, contemplando a névoa, que encosta com suavidade no vidro.

— Posso deixá-la entrar? Posso? — pergunta ele, como se estivesse pedindo emprestado meu brinquedo favorito.

— Pode.

Meu colega tem dificuldade para soltar o ferrolho. Quando por fim consegue abrir a janela, a névoa já foi embora, deixando para trás uma leve garoa.

— O que a gente vai preparar hoje? — pergunta ele, da cozinha. A ideia nunca teria me ocorrido, mas ele comprou víveres para um mês quando estávamos a caminho dali.

O coronel Shigri fica fora dos meus sonhos. Obaid não faz perguntas a respeito da última noite dele na casa. Não indaga onde e quando o encontrei. Acho que sabe.

A porta do escritório está aberta, mas me mantenho longe daquele ambiente. Meu colega quer ver as fotografias. Estão todas na parede, misturadas, fora de ordem, como se a carreira do coronel Shigri tivesse progredido ao acaso: ele e o general Akhtar rodeados de comandantes *mujahidin* afegãos com xales e lançadores de foguetes apoiados nos ombros; ele com os oficiais barbudos do Serviço de Inteligência à paisana, segurando partes dos destroços de um helicóptero soviético como troféus; ele com Bill Casey abraçando-o pelo ombro, contemplando Khyber Pass, o caminho que liga o Paquistão ao Afeganistão. Em seguida, as fotos de início de carreira: seus colegas oficiais estão magros, com poucas medalhas, bigodes aparados e nenhuma barba a vista.

"Um companheiro fardado é potencialmente o peso morto que você vai ter de carregar um dia." O coronel Shigri vinha sorvendo devagar o uísque, 12 horas antes de ser encontrado enforcado, pendurado no ventilador de teto. Acabara de voltar de outra viagem de trabalho com a Samsonite do tamanho de um caixão, e me ensinava a história militar do Paquistão, ressaltando o seu padrão de treinamento físico decadente. "Você tem a obrigação para com os colegas soldados de se manter em forma, magro, porque um dia você será atingido numa batalha e alguém vai ter de carregá-lo nas costas. É o que um combatente faz pelo outro: a dignidade de ser levado para a casamata, mesmo que esteja moribundo. Caramba, até mesmo se já estiver morto", acrescentou, falando mais alto. Em seguida, fez uma pausa. "Mas olhe só para eles agora, com os corpos inchados. Sabe por que ficaram relaxados desse jeito?"

Eu o fitei. Então, olhei para a mala e me perguntei o que trouxera para casa daquela vez.

"Porque sabem que não vão mais participar de combates. Não senhor, são soldados de sala de estar, que se sentam nos sofás confortáveis e engordam. Esta é a primeira coisa que passa por suas cabeças: que nunca mais vão ter de lutar numa batalha de novo. Mas, no fundo, também sabem que, se por acaso precisassem combater e fossem atingidos, ninguém os carregaria de volta para as casamatas. Entende?"

Eu não entendi. "Por que ninguém carregaria os caras de volta para as casamatas?"

"Porque estariam gordos demais para serem carregados."

Eu tinha carregado Obaid nas costas, durante nosso curso de sobrevivência na selva, depois de uma falsa emboscada. Meu colega apoiou com força os calcanhares nas minhas coxas, e os braços ao redor do meu pescoço foram me apertando cada vez mais. Eu o joguei no chão quando ele mordiscou o lóbulo da minha orelha.

"Cadete Obaid. A primeira regra de sobrevivência é que você não pode foder com o seu salvador."

"Nem mesmo se for bom?", perguntara ele, com os olhos semicerrados.

Na nossa última noite na casa, Obaid se depara com uma garrafa pela metade de uísque Black Label na cozinha. Eu o fito. Não lhe conto que achei essa garrafa no escritório do coronel, na manhã em que ele foi encontrado pendurado no ventilador de teto.

Nós tomamos a bebida com muita água.

— É muito amarga — comenta Obaid, fazendo uma careta. — Posso colocar um pouco de açúcar?

— Ficaria horrível.

Ele a sorve de novo e contorce o rosto como se alguém lhe tivesse dado um soco no estômago.

Após o segundo copo, passa a gostar dela.

— Não é tão ruim assim, na verdade. É como beber fogo líquido — diz meu colega.

Outro trago e seus olhos ficam marejados. A verdade estava na ponta da língua ébria.

— Dei o seu nome para eles. Contei sobre você. Avisei que estava treinando com a espada.

Segurei a mão dele.

— Eu teria feito a mesma coisa.

Não revelo que *fiz*, de fato, a mesma coisa.

— Por que eles soltaram você, então? — sussurra.

— Pela mesma razão que deixaram você sair.

As estrelas começam a aparecer, uma a uma, como se Deus tivesse resolvido fechar Sua loja durante a noite.

— Eles nunca se interessaram pelo que íamos fazer e por quê. Só queriam pôr os nossos nomes nos arquivos deles — diz Obaid, informativo como só um cara embriagado pela primeira vez pode ser. — Nós éramos os suspeitos do general Akhtar; o general Beg vai encontrar os seus próprios suspeitos.

— E se eles, na verdade, gostaram do meu plano? — Sugiro, tomando os últimos goles da garrafa. — E se apenas quisessem ver se eu conseguiria colocá-lo em prática?

— Está querendo dizer que as pessoas que supostamente devem protegê-lo estão tentando matá-lo? Que estão libertando gente como nós? Está bêbado? As próprias Forças Armadas?

— Quem mais pode fazer isso, Bebê O? Você acha que os malditos paisanos têm chance?

O coronel Shigri continuara a falar até mesmo depois do sexto copo. Eu tentara interrompê-lo no meio de uma longa história sobre a última viagem atrás das linhas inimigas no Afeganistão. Ele pedira que eu acendesse a lareira na sala, mas, pelo visto, acabara se esquecendo da ideia.

"Não temos gelo."

"Mas, água, sim", dissera o coronel, e prosseguira. "Tem gente lá que realmente está lutando e tem gente sentada em Islamabad, contando dinheiro. Homens de uniforme." Fez uma pausa e tentou focalizar os olhos turvos e injetados no meu rosto. "Você deve estar achando que eu estou bêbado."

Olhei para o copo em sua mão e balancei a cabeça, negando sem entusiasmo. Como se conversa com um indivíduo que só o conheceu por meio do boletim escolar da escola pública e, de repente, quer contar toda a vida dele tomando uísque?

Ele tentou continuar a me olhar, mas os olhos já estavam pesando com o fardo da honestidade.

Pela primeira e última vez em sua vida, ele conversava comigo sobre seu trabalho.

"Eu estava indo pegar um dos meus oficiais, que tinha perdido uma perna ao instalar minas antipessoal. Daí, recebi a mensagem de que devia me esquecer do sujeito e trazer esse troço. Esse troço." Então, apontou para a mala como se lhe houvessem requisitado que carregasse um porco morto. "'Volte abrindo caminho com explosivos', disseram para mim."

Acho que ele notou certo interesse em meus olhos.

"Eu não matei ninguém." Fitou-me e, em seguida, deu uma risada arrastada. "Quer dizer, não dessa vez. Você sabe, é o meu trabalho." Deu de ombros. "O que acontece com esses afegãos é que não estão combatendo para matar. Eles até lutam, mas querem se certificar de que estão vivos quando a luta termina. Seu negócio não é matar, mas lutar. Os norte-americanos estão lutando para ganhar. E a gente?"

O coronel Shigri percebeu que saía pela tangente e murmurou algo a meia voz que me pareceu ser "cafetões e prostitutas".

"Como está o fogo, meu jovem?". De súbito, tornou-se pragmático. Ebriamente objetivo. Como se eu estivesse achando que ele estava embriagado e estivesse tentando enganá-lo. “Vamos lá, então, meu jovem. Vá cumprir a sua obrigação.”

Pegou a garrafa de uísque e serviu mais, com a mão trêmula. A bebida salpicou, fez um redemoinho e gorgolejou no copo. À porta, o coronel virou-se e perguntou: “Pode pegar a minha mala?”.

Quando levei-a para a sala, o coronel já estava suando. Acender a lareira não fora uma ideia muito boa. O céu estava claro e nossas companheiras flutuantes, as nuvens, tinham voltado para a Sibéria ou seja lá de que parte vieram. Até mesmo o rio lá embaixo, no vale, corria silencioso.

Por que os rios decidem ficar mudos certas noites?

Arrastei a mala até o meio da sala e fiquei prestando atenção no fogo. A madeira estava seca, o clima, agradável; não precisávamos da maldita lareira acesa.

“No meu tempo, salvei algumas vidas. Ou, pelo menos, acho que o fiz. Essa desgraça dessa situação afegã. Eu já fiz mais de quinhentas viagens. Todas missões impugnáveis. E, agora, acabo com esse troço.” Ele olhou para a lareira com satisfação. Eu observei a mala.

As maçãs do meu rosto enrubesceram. Estava um forno naquela sala.

“Levei três dias arrastando essa mala” informou, com a voz cheia de remorso.

Levantou-se com o copo a postos, na frente do peito. Ergueu a bebida para mim e deu um giro de 360 graus. Ele parecia querer incluir a última dança numa festa que se prolongara demais.

“Abra a mala”, ordenou.

Pela janela, em meio à noite bastante límpida, surgiu uma nuvem cinzenta, com os contornos cheios de matizes alaranjados, como uma ferida cicatrizando, dando a impressão de que o coronel Shigri convocara uma testemunha.

Eu abri a Samsonite. Estava cheia de dinheiro. Dólares.

"Esta foi minha missão. Recuperar este dinheiro de alguém que estava morto. E eu abandonei meus homens lá e trouxe isso para cá. Por acaso tenho cara de contador? Prostituo os meus soldados por causa disso?"

Eu o fitei. Nós nos entreolhamos, sem desviar o olhar. Acho que, por um instante, ele se deu conta de que falava com o filho.

"Jogue na lareira", mandou.

Se eu não estivesse tão sonolento, teria tentado ponderar com ele. Diria que, seja lá quais fossem seus princípios morais durante a guerra, o dinheiro não era dele para que o queimasse. Em vez disso, obedeci. E, logo, comecei a gostar de observar centenas de presidentezinhos norte-americanos mortos, Casas Brancas e dólares enrugando-se e transformando-se em montes de cinzas. Usei ambas as mãos e joguei maços e mais maços de dólares no fogo. Dali a pouco a sala estava cheia de fumaça esverdeada, e o equivalente a 25 milhões de dólares em cinza. Peguei uma nota da última pilha e coloquei-a no bolso. Só para confirmar de manhã que não fora um sonho.

"Vá dormir, meu jovem. Eu vou ficar de olho. Pedi que eles viessem e pegassem o dinheiro de cafetões." Olhei para o coronel e dei uma gargalhada. Sua face ficara coberta com a fuligem que se espalhara na sala. Ele parecia um escravo negro mal maquiado de um filme de Bollywood. "Lave o seu rosto antes de dormir", aconselhou. Essas foram suas últimas palavras para mim.

A chuva bate na janela.

— A monção começou? — pergunta Obaid, distraído pelos golpes fortes da água no vidro.

— Monção é para vocês, da planície. Aqui é só chuva mesmo. Vai e vem.

O festival da manga

Vinte e nove

Os ventos iniciais da monção pegaram a gralha empanturrando-se de flores de mostarda em um mar de flores amarelas recém-desabrochadas no leste de Punjab, mas no lado errado da fronteira paquistanesa. O verão da ave fora bom, ela engordara e sobrevivera a algumas emboscadas de gangues de garudas — as *Haliastur indus* — as quais pareciam águias, mas comportavam-se como abutres, dominando soberanas a região nos meses quentes; apesar de seu nome cheio de pompa, elas não se interessavam pela vegetação abundante e caçavam, em vez disso, gralhas comuns como aquela visitante do outro lado da fronteira. Esta, evidentemente, atribuía a sobrevivência à própria astúcia, mas a maldição que carregava a vinha salvando por um propósito, para uma morte mais dramática que ser comida viva por um bando de garudas gulosas, sem o menor respeito pelas regras alimentícias.

A 210 quilômetros do campo de mostarda, na cela quatro do Forte de Lahore, a cega Zainab dobrava o tapete de oração, quando ouviu o sibilar de uma cobra. Era uma pequena, na certa do tamanho de seu dedo médio, mas ela captou de imediato sua movimentação quase inaudível. A prisioneira ficou imóvel e, em seguida, pegou o chinelo e aguardou a cobra rastejar de novo. Tendo em mente uma superstição de infância, ela só se moveu quando teve certeza de que poderia atingi-la com precisão. Abaixou rápido o chinelo e matou-a com três golpes certeiros. Ainda segurando o calçado, continuou imóvel e suas narinas captaram o cheiro da carne esmagada. Os vapores do sangue da cobra morta ficaram suspensos no ar da masmorra. A dor de cabeça da cega Zainab voltou com toda força, dois martelos invisíveis golpeavam suas têmporas com monotonia excruciante. Ela se recostou na parede da cela, atirou longe o chinelo e praguejou por entre os dentes. Amaldiçoou o homem que a colocara naquele poço obscuro, no qual não tinha ninguém com quem conversar e se via forçada a matar criaturas invisíveis para sobreviver. "Que seu sangue vire veneno. Que os vermes comam suas entranhas." A cega Zainab pressionou as têmporas com as palmas de ambas as mãos. As palavras sussurradas viajaram pelos dutos de ventilação antigos do forte e foram até a depressão tropical que se formara sobre o mar da Arábia e se dirigia à fronteira ocidental.

As correntes da monção deixaram a gralha meio inquieta e ela partiu, de carona com o vento. O ar estava bastante úmido. A ave voou um dia inteiro, sem parar e sem ter nenhuma sede. Passou a noite no controle fronteiriço entre a Índia e o Paquistão, ciscando um pote de barro cheio de arroz doce que os soldados haviam deixado do lado de fora para esfriar. O recipiente estava em uma cesta pendurada na corda de varal; a gralha dormiu nela, com o bico metido na sobremesa. No dia seguinte, ela se viu voando sobre um campo infrutífero; o vento da monção acabou se tornando uma promessa vazia. Estava com sede. Voava devagar, a cata de quaisquer sinais de vegetação. Por fim, pousou em um poço seco abandonado, onde comeu a carcaça apodrecida de um pardal. Seu almoço quase a matou. Sedenta, com dor de barriga, mudou de rumo e seguiu a direção do vento, até ver luzes cintilando a distância e colunas de fumaça erguendo-se no horizonte. Apoiava a asa esquerda e a direita sob o corpo, alternadamente, e voava como um soldado ferido, mas determinado. As luzes haviam desaparecido, mas a alvorada trouxera o aroma delicioso de mangas apodrecendo. Ela arremeteu contra um pomar e, em seguida, viu um garotinho levado sair correndo de uma pequena choupana de barro com um estilingue. Antes que a gralha pudesse fazer uma manobra evasiva, um seixo atingiu seu rabo e ela voou para o alto, para ficar longe do alcance do menino. Sua inquietude sumiu. Seus instintos e seu destino, juntos, disseram-lhe que devia encontrar um jeito de ficar naquele pomar.

O destino da gralha estava interligado com o de duas grandes aves de alumínio, que passavam pelas últimas revisões de rotina no hangar do Esquadrão de Transporte VIP da Força Aérea do Paquistão, a 800 quilômetros dali. As hélices já haviam sido testadas, as avaliações tinham sido positivas e os sistemas de reserva não apresentavam quaisquer avarias. Ambos Hércules C-130 estavam em excelente estado e condições de voar. Porém, de acordo com as normas de segurança presidencial, a aeronave que levaria o general Zia até uma demonstração de carros de combate na Guarnição 5, em Bahawalpur, só seria escolhida algumas horas antes do voo. O próprio suboficial Fayyaz se encarregara de fazer uma boa faxina no contêiner de fibra de vidro VIP, de 4 metros. De fora, a estrutura parecia uma daquelas cápsulas que a NASA lança no espaço. De dentro, lembrava o escritório compacto de um gângster. O suboficial tirou a poeira dos sofás de couro bege com seus apoios de camurça para cabeça e passou o aspirador no tapete branco felpudo. Poliu o bar de alumínio vazio e pôs um exemplar do Alcorão no armário de bebidas. Era obrigatório que todos os veículos e aviões usados pelo general tivessem um exemplar. Não que o presidente o recitasse ao longo da viagem. Ele acreditava que dava outra camada de proteção invisível à sua complexa barreira de segurança. Naquele momento, só restava ao suboficial Fayyaz pôr o novo purificador de ar no duto do ar-condicionado e o contêiner estaria pronto. Por questões de segurança, essa estrutura somente seria levada a um dos dois Hércules C-130 seis horas antes da decolagem. Somente quando ela era colocada em um deles, dava para saber qual seria o avião presidencial. Então, receberia automaticamente o código de chamada de *Pak One*. O suboficial Fayyaz estava com bastante tempo livre, o suficiente para tirar a poeira e polir tudo outra vez antes de ir pegar o novo purificador de ar com o oficial aprovisionador do Esquadrão de Transporte VIP, major Kiyani.

A gralha circundou o pomar, fora do alcance do estilingue, até que o garotinho viu um periquito de bico vermelho e começou a preparar uma emboscada. Ela desceu rápido e se acomodou no galho de cima da mangueira mais alta, escondendo-se nos ramos preto-esverdeados e bicando a primeira manga. Tal como sugerido pelo aroma, a fruta estava madura demais, suculenta e doce, muito doce.

No momento em que solicitam que eu vá ao gabinete do comandante, estou ocupado ensinando dois soldados do Esquadrão de Treinamento Silencioso a se comportarem como indianos: é preciso dar uma volta de 360° com os pés e a cabeça apoiados no chão e as mãos no ar. Eu os peguei sussurrando durante o treino e agora estou dando uma lição sobre as virtudes da quietude. Ambos gemem como um bando de homossexuais. Talvez as tampinhas de garrafa de refrigerante que coloquei sob as cabeças deles estejam causando certo desconforto. Se acharam que eu voltaria de coração mole de minhas tribulações, com certeza já mudaram de ideia. Com ou sem Bannon, as regras do treinamento não podem mudar. Se acharam que alguns dias na cadeia iam transformar um militar num santo, deveriam tentar passar uma semana no forte. Só os paisanos aprendem as lições atrás das grades; os militares simplesmente seguem adiante. Ponho meu cigarro parcialmente fumado na boca do mais barulhento; suas mãos debatem-se no ar e seus gemidos se tornam mais altos à medida que a fumaça penetra em suas narinas.

— Precisa aprender boas maneiras — digo, e começo a marchar rumo ao gabinete do comandante.

O comandante nos aceitou de volta na comunidade como se fôssemos seus filhos errantes. Foi até nosso alojamento na noite em que chegamos do Monte Shigri e olhou-nos pensativo do portal. Obaid e eu ficamos de pé, em posição de sentido, ao lado das camas.

— Não gosto quando tiram meus rapazes de mim — disse ele, em um tom de voz desanimado, cheio de preocupação paternal. Como se não fôssemos dois prisioneiros recém-libertados da masmorra, mas dois delinquentes que chegaram a casa após o toque de silêncio. — Para mim e para a Academia, vocês estiveram fora em um curso de sobrevivência na selva. O que, no fundo, não está muito longe da verdade.

Eu sempre achei seu sentimentalismo típico de Sandhurst repugnante, mas suas palavras saíram sem corte e improvisadas, como se realmente estivesse sendo sincero. Não senti a costumeira náusea quando ele disse coisas do tipo "superar o que passou" e "deixar o que aconteceu para trás". Ele virou-se para sair e perguntou em um sussurro: "Fui claro?" Ambos gritamos: "SIM, SENHOR". Por um instante, a surpresa levou-o a deixar a depressão de lado; ele nos deu um sorriso orgulhoso e foi embora.

— Lá vai outro general querendo agir como seu pai — comentou Obaid amargamente, deixando-se cair na cama.

— A prisão deixou você cínico, Bebê O. Somos todos uma grande família.

— É — prosseguiu o colega, bocejando e cobrindo o rosto com um livro — Uma grande família. Uma casa grande. Belas masmorras.

O que será que o comandante quer comigo agora? Um relatório a respeito do progresso do Esquadrão de Treinamento Silencioso? Outro sermão sobre a cadeia ser a universidade da vida? Quem sabe alguém do esquadrão não reclamou da minha paixão recente por tampas de garrafa de refrigerante? Ajeito a boina, endireito o colarinho, entro no gabinete e presto continência com entusiasmo.

Ele está com os óculos de leitura na ponta do nariz, e sua saudação com dois dedos é mais animada que a minha. Paira um clima de "Eu tenho boas notícias". Será que conseguiu a terceira estrela? Mas o comandante está sorrindo para *mim*. Pelo visto, sou a fonte de seu bom humor. Formando círculos no ar com o papel que segura, ele olha para mim como quem diz: "Adivinha?".

— Você deve ter causado muito boa impressão no alto escalão — informa, meio intrigado com o que quer que dizia o papel. — "Convidamos o Esquadrão de Treinamento Silencioso a se apresentar após a demonstração de carros de combate na Guarnição 5, em Bahawalpur, em 17 de agosto." — Lê no papel e me olha, esperando que eu pule de alegria.

O que administro, hein? Um esquadrão de treinamento de elite ou um maldito circo errante? Esperam que eu vá entreter as tropas de quartel em quartel? Onde fica a Guarnição 5, aliás?

— É uma honra, senhor.

— Você não sabe nem da metade, meu jovem. O presidente em pessoa estará lá, junto com o embaixador norte-americano. E, se o chefe supremo vai comparecer, pode ter certeza de que todos os oficiais de alta patente também. Você tem razão, meu jovem. É uma honra e tanto.

Eu me sinto como o cara que foi considerado morto e deixado sob uma pilha de cadáveres e que, então, escuta alguém chamando o seu nome. Quais são as chances de a corda romper antes do seu pescoço? Quantos assassinos conseguem uma segunda chance?

— Tudo por causa da sua liderança, senhor.

Ele dá de ombros e, de imediato, percebo que *ele* não foi convidado.

Com isso, eu me dou conta pela primeira vez de que, sob os cabelos grisalhos sebosos, a farda feita sob medida e a evidente ambição, há um homem que crê que fui injustiçado. Está sentindo um remorso colossal. Bom ter idiotas como ele ao meu lado, mas o único detalhe deprimente em sua postura empertigada, em sua aproximação lenta e nas mãos que põe sobre meus ombros é que realmente acredita em cada palavra do que diz. Orgulha-se de mim. Quer que eu vá a lugares aos quais ele mesmo teria gostado de ir.

Observo por sobre os ombros dele o armário com troféus. O homem de bronze foi movido para a direita. Seu lugar foi ocupado pela estátua de um paraquedista. O velame é de folha metálica, os cintos de segurança estão presos ao dorso de um sujeito que segura as cordas de abertura e observa a parte interna do paraquedas. A temperatura do gabinete cai de súbito assim que leio a inscrição no bloco de madeira preta reluzente em que se apoia a estátua: Troféu Comemorativo de Paraquedismo Brigadeiro TM.

— Vamos lá, meu jovem! — As mãos do comandante no meu ombro parecem pesadas, e sua voz me traz à mente o sermão regado a uísque do coronel Shigri. Assim que saio dali, presto continência de forma exagerada para o subcomandante e vou correndo para o alojamento.

Sei que o frasco está ali, no meu estojo para manutenção de farda, um vidrinho em segurança entre o polidor de bronze e a graxa de coturno, um vidrinho de aparência inofensiva. Sei que se encontra naquele local porque pensei em jogá-lo fora várias vezes, sem conseguir fazê-lo. Eu preciso voltar a vê-lo de novo, segurá-lo e usá-lo para umedecer a ponta da espada. "Ele amadurece muito bem." Lembro-me do sussurro de tio Goma. "Vai suavizando e espalhando devagar. Mas um pobre como eu não tem condições de manter isso por muito tempo.” Vou descobrir se realmente amadureceu bem. Vou descobrir de que cor fica na ponta da espada. Vou descobrir se a sensação do meu aço ainda se mantém viva ou se está morta.

Acidentes no treinamento silencioso são raros, mas não sem precedentes.

Trinta

O general Akhtar escrevia no papel com a intensidade de um homem que tem certeza absoluta do que quer dizer, mas não consegue chegar ao tom certo. Olhava de relance o tempo todo para o telefone verde, o qual colocara diante de si, no meio de um pequeno conjunto de bandeirinhas de mesa representando suas inúmeras responsabilidades para com o Exército, a Marinha, a Força Aérea e os regimentos paramilitares. Como chefe do Serviço de Inteligência, nunca tinha de esperar por uma ligação, sobretudo quando se tratava de uma informação tão trivial quanto aquela. Mas agora, na qualidade de chefe da Junta de Comandantes de Estado-Maior, ele supervisionava análises estratégicas e inaugurava uma vila militar após a outra. Às vezes, ficava sabendo das atividades do general Zia pelos jornais. Isso o irritava, mas o general Akhtar aprendera a cultivar uma falta de interesse calculada em assuntos do Serviço de Inteligência. "Fico feliz em servir meu país da forma que meu chefe julgue melhor" dizia todas as vezes que ficava perto do presidente. A informação por que ele esperava tinha sido fácil de obter: havia duas aeronaves e apenas um contêiner VIP. Tudo o que precisava descobrir era em qual das duas a estrutura de fibra de vidro seria anexada, ou seja, qual das duas se tornaria *Pak One*. O general Akhtar tentou não pensar no assunto e procurou se concentrar na última frase de sua mensagem.

O discurso seria simples. Ele o manteria curto e dinâmico. Não se deteria nas formalidades enfadonhas como o general Zia — "meus irmãos e irmãs e tios e tias". Seu recado seria breve. Em apenas dez linhas, que não tomariam mais que um minuto e meio, mudaria o curso da história. "Meus caros compatriotas. O avião de nosso querido presidente sofreu um lamentável acidente no ar logo após decolar de um aeródromo em Bahawalpur..."

O general Akhtar releu a frase. Não a julgou muito verossímil. Havia algo nela que não parecia verdadeiro. Talvez fosse melhor explicar o que acontecera. Não poderia dizer abertamente sabotagem, mas insinuá-la, sim. Riscou a frase "sofreu um lamentável acidente" e substituiu-a por "explodiu". Isso parece mais dramático, pensou. Colocou outra frase na margem. "Estamos cercados de inimigos, que visam tirar o país do caminho da prosperidade..." Depois, acabou decidindo deixar "lamentável acidente", mas acrescentou: "As razões deste trágico desastre de avião são desconhecidas. A investigação já está em andamento e os culpados, se houver algum, serão julgados com presteza, de acordo com a lei desta terra."

Ele pegou o telefone, distraído. Ainda estava funcionando. O general Akhtar pensou detidamente na parte final do discurso. Precisava de algo que arrematasse tudo, algo original e enaltecedor. Tinha havido muita exaltação religiosa durante o governo do general Zia, e Akhtar achava que os norte-americanos apreciariam um bom gesto secular, algo que parecesse sábio, reconfortante e citável. O presidente da Junta de Chefes de Estado-Maior ainda se dividia entre "nós, na qualidade de Estado na linha de frente contra a maré ascendente do comunismo" e "nós, na qualidade de Estado na linha de frente contra a torrente comunista" quando o telefone tocou. Sem qualquer introdução, o major Kiyani leu-lhe o boletim meteorológico.

— Duas zonas de baixa pressão que se formaram no sul dirigem-se ao norte. Delta Um sem dúvida alguma sobrepujará Delta Dois.

Em vez de pôr o receptor no aparelho, o general Akhtar pressionou o botão do gancho com o indicador e repassou uma lista mental, a qual ele checara tantas vezes que, a seu ver, não podia mais ser mais imparcial com respeito a ela. Decidiu conferi-la de trás para diante.

9. Discurso para o país: quase pronto.
8. *Sherwani* preto a ser usado no discurso à nação: provado e passado.
7. Reação dos EUA: previsível. Ligar para Arnold Raphel e reconfortá-lo.
6. Onde devo estar quando a notícia for dada? Inaugurando o novo Clube de Oficiais no Quartel-General.
5. Se o rapaz Shigri tentar a sorte, o problema será resolvido antes da decolagem.
   Se o rapaz Shigri perder a coragem, o plano seguirá adiante.
4. Se o purificador de ar não funcionar: nada acontece.
3. Se o purificador de ar funcionar: nenhum sobrevivente. NENHUMA NECROPSIA.
2. Ele merece morrer? Tornou-se uma ameaça efetiva para o país.
1. Estou pronto para a responsabilidade que Alá está prestes a me conceder?

O general Akhtar balançou a cabeça devagar e discou o número. Dispensando as saudações, leu o boletim meteorológico; em seguida, fez uma pausa e, antes de desligar, disse, em voz alta e clara:

— Alfazema.

De súbito, sentiu-se sonolento. Disse a si mesmo que resolveria a última frase do discurso pela manhã. Talvez algo lhe fosse revelado durante os sonhos. O general contemplou o guarda-roupa antes de ir dormir e fitou o *sherwani* preto com o qual se apresentaria ao país no dia seguinte. Sua esperança de solucionar a última frase do discurso enquanto sonhava acabou indo por água abaixo. Ele dormiu como alguém que sabe que acordará rei.

O que despertou o general Akhtar foi o telefone vermelho ao lado de sua cama, uma ligação do general Zia.

— Irmão Akhtar. Mil perdões por incomodá-lo tão cedo, mas estou tomando a decisão mais importante de minha vida hoje e quero que esteja aqui ao meu lado. Venha comigo no *Pak One*.

O C-130 que transportava meu Esquadrão de Treinamento Silencioso fedia a urina de animal e combustível de aviação. Meus rapazes estão sentados nos assentos reticulados, de frente uns para os outros, com as pernas esticadas para não amassar os vincos engomados das fardas. Levam os quepes em sacos plásticos para manter as insígnias de fios dourados da Força Aérea brilhando. Obaid está com a cabeça metida num livro fino desde a decolagem. Olho de esguelha para a capa — a imagem grosseira de uma gorda. Parte do título encontra-se coberta pela mão dele... *de uma morte anunciada* é só o que consigo ler.

— É sobre o quê? — Tomo a obra dele, abro na primeira página e leio a frase inicial. — Então, o Nasar morre mesmo?

— Acho que sim.

— É o que diz aqui, na primeira linha. Por que continuar a ler se você já sabe que o herói vai bater as botas?

— Para ver como ele morre. Quais foram suas últimas palavras. Esse tipo de coisa.

— Você é um pervertido, cara. — Jogo o livro de volta para ele. — Que tal um simulado? — grito mais alto que o zunido da aeronave.

Meu esquadrão me fita com olhar enfastiado; Obaid pragueja por entre os dentes. Eles formam colunas lentamente no meio da cabine. Dá para notar que não estão nem um pouco entusiasmados. A cabine fedorenta de um C-130, que foi usada há pouco para transportar animais doentes, voando a 30 mil pés, não é lá o melhor cenário para nosso treino elegante. No entanto, a busca da perfeição não pode esperar o ambiente ideal.

Estamos no meio de uma saudação com fuzis quando a aeronave entra em uma zona de turbulência. Fico parado, observando suas reações. Apesar da perda de altitude repentina, seguida do sacolejo constante do C-130, meus rapazes seguram com firmeza os fuzis e mantêm as posições. Levo o punho da espada aos meus lábios; a ponta dela está com um tom azul-acinzentado, com o néctar de tio Goma. Eu a recoloco na bainha revestida de veludo e os observo. A aeronave faz uma curva de 30 graus e, de repente, eu me vejo deslizando rumo ao esquadrão, tentando manter o equilíbrio. Obaid circunda minha cintura com o braço para me firmar. O supervisor de frete grita da parte de trás do C-130:

— Sentem, por favor. Sentem. Vamos iniciar a descida para o pouso.

A aeronave começa a baixar. Minha cadência interior me diz que minha missão começa agora. Minha espada com a ponta envenenada me diz que já está pronta.

Um Corolla branco sem placa iniciou a jornada em Rawalpindi com a intenção de percorrer a distância de 850 quilômetros em cinco horas e trinta minutos. Os que se depararam com o automóvel e seu motorista maníaco ao longo do caminho tiveram quase certeza de que ele não sobreviveria aos 15 quilômetros seguintes. O veículo atropelou vira-latas e dispersou manadas, que se dirigiam a aterros sanitários na periferia. Passou voando por cruzamentos urbanos lotados, ameaçou e ultrapassou os caminhoneiros mais machos. Não parou para crianças que aguardavam nas faixas de pedestres; buzinou para carroças vagarosas; desviou de repente e esquivou-se de ônibus de transporte público; ameaçou passar direto por cruzamentos ferroviários; percorreu o acostamento quando não conseguia acesso nas ruas congestionadas; foi perseguido inutilmente por um fiscal de pedágio rodoviário; foi xingado por operários das estradas; parou para reabastecer em um posto de gasolina e saiu sem pagar. Era óbvio que o motorista do veículo estava com pressa. Muitas das pessoas que viram o carro passar a toda velocidade tinham certeza de que o sujeito pretendia se matar. Estavam enganadas.

Longe de qualquer sentimento suicida, o major Kiyani encontrava-se em uma missão para salvar vidas.

Supervisionara pessoalmente a última limpeza do contêiner VIP e borrifara purificador de ar de alfazema no duto do ar-condicionado. Achava-se no local quando o contêiner foi erguido por uma grua, colocado no interior do C-130 pela rampa traseira e amarrado ao piso da cabine pelos técnicos da Força Aérea. Teve de deixar a área VIP e ir até seu gabinete quando a comitiva do general Zia começou a chegar; em seu novo emprego, não possuía autorização de segurança para ficar próximo ao tapete vermelho.

Foi somente depois que o *Pak One* decolara do aeroporto militar de Rawalpindi rumo a Bahawalpur que o major Kiyani pôs os pés na mesa, acendeu um Dunhill e passou os olhos casualmente pela lista de passageiros que fora deixada em seu gabinete antes da saída do avião presidencial. Tirou os pés da mesa quando viu o nome do general Akhtar logo abaixo do nome do general Zia. Como a maioria dos agentes do Serviço de Inteligência, ele acreditava que a pessoa não precisava saber mais do que o necessário. Com certeza o general Akhtar sabia quando embarcar no *Pak One* e quando desembarcar, pois sempre estava por dentro de toda a conjuntura. Após 18 nomes, começando com os postos militares mais altos, o major Kiyani viu o primeiro nome de um civil. O Sr. Arnold Raphel, o embaixador norte-americano. O major levantou-se. Mas por que o representante dos Estados Unidos viajava no *Pak One*, e não em seu próprio Cessna?

O medo era a especialidade do major Kiyani. Ele sabia como provocá-lo nos outros e como evitar senti-lo. Mas o tipo de temor que o dominava naquele momento era diferente. O major sentou-se de novo. Acendeu outro cigarro e, então, deu-se conta de que já havia um aceso no cinzeiro. Será que não entendera bem alguma instrução do general Akhtar?

Foram necessários oito minutos e mais três Dunhills para Kiyani se dar conta de que suas opções eram limitadas. Não havia ligações telefônicas que pudesse fazer sem deixar seu nome para sempre nos registros; não havia alertas de segurança que pudesse dar sem se implicar. A única coisa que podia fazer era estar lá fisicamente, antes que o *Pak One* decolasse para voltar. Precisava chegar àquele local e conversar com o general Zia antes que ele entrasse no avião de novo. Se o general Akhtar estava tentando brincar de jogos de guerra com o *Pak One*, tratava-se de uma questão de segurança interna. Mas, se ele pretendia derrubar um avião com o embaixador norte-americano a bordo, então, com certeza, tratava-se de uma ameaça à própria sobrevivência do país, e o major tinha a obrigação de impedir que isso acontecesse. Kiyani sentia ser o único homem interposto entre um dia pacato de agosto e o início da Terceira Guerra Mundial. Olhou para a lista de passageiros de novo e perguntou-se quem mais estaria na aeronave. Todos, pensou, ou talvez ninguém.

A hora de ficar fazendo suposições já passara havia muito tempo.

Uma rápida olhada no horário dos voos comerciais eliminou a possibilidade de pegar um avião até a cidade mais próxima. O major pensou em dar alguns telefonemas e pegar uma aeronave da Força Aérea, mas isso requereria autorização de um general, e não o deixariam pousar em Bahawalpur de jeito nenhum. Então, pegou as chaves do Corolla e já se dirigia correndo à porta quando olhou para o relógio. Deu-se conta de que teria de usar a farda. Nenhum civil faria uma viagem tão longa de carro sem ser parado inúmeras vezes ao longo do caminho. E ainda teria de negociar com o cordão de isolamento de segurança do general Zia. O major não conseguiria fazer isso sem uniforme. Pegou um do armário do gabinete. Estava passado e engomado, mas com uma grossa camada de poeira. Ele não se lembrava da última vez que o usara. A calça cáqui estava rígida demais e apertada demais na cintura; o major foi obrigado a deixar o botão de cima aberto e a encobrir a falha com a camisa da mesma cor. Tirou os sapatos Oxford cheios de pó do armário, mas, em seguida, deu-se conta de que seu tempo se esgotava e de que ninguém veria seus pés no carro, de qualquer forma. Resolveu manter os chinelos de Peshawar. Não se esqueceu de pegar o coldre. Deu uma última examinada em si mesmo no espelho e ficou satisfeito ao constatar que, apesar de o uniforme parecer estranho, de seus cabelos cobrirem suas orelhas e dos chinelos de Peshawar, ninguém o confundiria com outra pessoa que não fosse um apressado major das Forças Armadas.

Trinta e um

O general Zia examinava as dunas com o binóculo, aguardando o início do desfile de blindados, quando viu a sombra de um pássaro deslocando-se pela extensão de areia. Ergueu o binóculo e procurou a ave, mas o horizonte mostrava-se infinitamente vazio e azul, exceto pelo sol, um disco prateado fulgurante mais baixo que qualquer objeto celeste deveria estar. O general se encontrava sob uma tenda com camuflagem de deserto, acompanhado, de um lado, pelo embaixador norte-americano, Arnold Raphel e, de outro, pelo subcomandante do Estado-Maior do Exército, o general Beg, com suas novas três estrelas nas insígnias, e óculos escuros. O general Akhtar achava-se um pouco afastado, como os binóculos pendurados no pescoço, manuseando nervosamente o bastão de mogno que começara a carregar desde a promoção. Atrás deles havia uma fileira de generais de duas estrelas, comandantes da formação de corpo de blindados, e ventiladores com pedestal movidos a bateria que provocavam uma minitempestade de areia sem oferecer qualquer alívio contra a umidade de agosto. Ao menos a tenda de fato os protegia do sol, que incidia na área de treinamento delimitada com bandeiras vermelhas, transformando-a em um mar de areia parado e luzente. Com os binóculos com capas de couro fornecidos pelos fabricantes dos blindados, os generais viram o cano cáqui de um MI Abrams aparecer atrás de uma duna. O carro de combate, notou o general Zia com interesse, já fora pintado com os tons opacos de verde do Exército paquistanês. *Seria uma amostra grátis*, perguntou-se ele, *ou um de meus ansiosos generais do Setor de Aquisição já tinha feito o cheque?*

O MI Abrams abaixou o cano para saudar o general e manteve-o nessa posição em sinal de respeito para a recitação do Alcorão. O oficial religioso do Corpo de Blindados escolheu o versículo favorito do presidente naquelas ocasiões: *Segurai com firmeza o elo com Deus e mantende os cavalos selados.*

Abaixando os binóculos, o general Zia escutou a recitação de olhos fechados e tentou calcular a porcentagem de propinas. Assim que a declamação terminou, ele virou-se para conferir com o general Beg a forma de pagamento daquelas viaturas blindadas. Viu seu próprio rosto contorcido refletido nos óculos do colega. Não se lembrava de haver visto o general Beg usando aqueles óculos antes de o presidente tê-lo nomeado seu subcomandante e de praticamente ter lhe dado o comando operacional do Exército. Quando o general Zia fora felicitá-lo no primeiro dia no novo gabinete, seu subcomandante o recebera com aqueles óculos, embora estivesse nublado em Islamabad — uma prova adicional, se é que se precisava de uma, de que o poder corrompe. O dirigente odiava aquele acessório de Beg, mas não descobrira uma forma de levantar a questão. Na certa se tratava de uma transgressão do regulamento de uniformes. E o que era pior: fazia com que ele parecesse ocidental e vulgar, mais como um general hollywoodiano que o comandante-em-chefe do Exército de uma república islâmica. E o general Zia não conseguia olhá-lo nos olhos.

O general Akhtar viu os dois cochichando um para o outro com intensidade e sua determinação aumentou. Assim que a exibição terminasse, ele daria uma desculpa e voltaria depressa para Islamabad em seu próprio Cessna. Pelo visto, o general Zia não se lembraria de que convidara o chefe da Junta de Comandantes de Estado-Maior... Não se recordava de que queria consultar o "irmão Akhtar" a respeito da decisão mais importante de sua vida. Se aquele era um teste, então ele passara. Naquele momento, precisava ficar perto do quartel-general, perto da estação da Rede Estatal, perto de seu *sherwani* preto. Precisaria se dirigir ao país em menos de duas horas. Aquela viagem imprevista acrescentara outro nível de profundidade a seu plano. Àquela altura, ninguém poderia dizer que ele ficara para trás de propósito, em Islamabad. Comentariam apenas que teve sorte de não ter ficado para almoçar no rancho da guarnição. Para se distrair dos procedimentos, ele começou a ensaiar, em silêncio, o discurso que faria à nação.

Escutando a resposta interminável do general Beg a respeito do pagamento dos blindados, o general Zia fez uma nota mental de que, após a negociação desse armamento, ele solucionaria de uma vez por todas a questão daqueles óculos escuros. O subordinado ainda discorria sobre a ligação direta entre a negociação dos carros de combate proposta e a ajuda militar norte-americana — tudo dentro dos objetivos de aquisição estabelecidos no pacto de defesa — quando ouviu-se o primeiro tiro.

O general Zia interrompeu a conversa no meio, levou os binóculos aos olhos e vasculhou o horizonte. Tudo o que via era uma parede de areia. Tentou reajustar o foco; conforme a areia começou a se assentar, ele viu uma bandeira vermelha, do tamanho de um lençol de solteiro, com um martelo e uma foice gigantes pintados nela, esvoaçando intacta sobre um veículo de tiro ao alvo acionado por controle remoto, que lembrava um carrinho de golfe com um cartaz de propaganda. Era óbvio que o condutor do M1 Abrams não podia ver muito bem. O general Zia observou Arnold Raphel, que, como os binóculos grudados nos olhos, ainda perscrutava o horizonte, com otimismo. Teve vontade de contar uma piada sobre a viatura blindada ser de um simpatizante comunista, mas o embaixador não se virou em sua direção. Outros veículos de tiro ao alvo começaram a descer a duna de areia, carregando outros pontos de mira: uma imitação de MiG indiano, uma bateria de armas feita de madeira e pintada de rosa-shocking, uma casamata de papelão com bonecos de soldados.

O canhão do M1 Abrams disparou mais de nove projéteis e conseguiu errar todos os alvos. Depois, virou-se lentamente para a tenda dos observadores e abaixou o cano de novo, devagar, como se tivesse se cansado de todo o esforço. Todos os generais prestaram continência; o embaixador pôs a mão direita no coração. O M1 Abrams deu a volta e tornou a subir pesadamente a duna de areia. Os veículos de tiro ao alvo acionados por controle remoto, com os bonecos-alvo ainda intactos, alinharam-se na base do monte. Uma rajada de vento desértico surgiu atrás da duna, e uma coluna de areia arrastando-se em torvelinho avançou rumo à tenda dos observadores; todos deram meia-volta e aguardaram que passasse. Quando eles se viraram de novo, sacudindo a areia dos quepes e das fardas, o general Zia percebeu que a bandeira vermelha se havia soltado de sua plataforma no veículo e esvoaçava sobre o areal. Arnold Raphel falou pela primeira vez.

— Bom, pegamos essa daí. Mesmo que não tenha sido nosso poder de fogo, mas essa força desértica anticomunista.

Ouviram-se risadas forçadas, seguidas de um momento de silêncio, durante o qual todos escutaram os débeis, porém inconfundíveis, ventos uivantes. O general Beg tirou os óculos escuros com um gesto pomposo.

— Ainda resta outro teste, senhor — comentou ele, fazendo uma pausa dramática. — Almoço. E, depois, as melhores mangas da estação. — Apontou para um caminhão do Exército cheio de caixas de madeira. — Um presente da Cooperativa de Produtores de Manga do Paquistão. E, no almoço de hoje, nosso anfitrião será o chefe mais respeitado da Junta do Estado-Maior, o general Akhtar.

Trinta e dois

A avenida dos Mártires, que divide o rancho da guarnição recém-caiado e o gramado do tamanho de um campo de futebol diante dele, está repleta de sirenes barulhentas e comandos com Kalashnikovs entrando e saindo de jipes conversíveis. Cada general com mais de duas estrelas nos ombros é acompanhado por seu próprio grupo de guarda-costas e anunciado por sua melódica sirene pessoal, como se a ocasião não fosse um almoço no rancho, mas um desfile de gladiadores no qual quem tivesse os guarda-costas mais truculentos e a sirene mais estridente ganharia. O conceito do comandante da guarnição a respeito das boas-vindas gira em torno de pintar de cal todos os objetos inanimados a vista. A trilha seixosa no gramado diante do rancho está caiada, os bancos de madeira, pintados de branco, os postes de eletricidade e telefone, desse mesmo tom, mas reluzente, e até mesmo o tronco de uma solitária Babul, sob a qual perfilei meu Esquadrão de Treinamento Silencioso, está coberto de um esbranquiçado rústico e sem graça.

Nesta ópera de sirenes ruidosas e Kalashnikovs brilhantes, ninguém parece se incomodar com um bando de cadetes à beira da avenida. Meus rapazes estão com os ombros caídos sob o peso dos fuzis de assalto G3, tentando coçar os corpos molhados de suor sob as fardas cáqui sem ser notados. O comandante da guarnição foi falar comigo assim que descemos do caminhão, a grandiosidade da ocasião parecendo sobrepujá-lo.

— Sei que não é um bom momento, mas o general Akhtar pediu — comentara, fazendo um gesto em direção aos meus rapazes. — Dá para você não se prolongar muito?

Eu lhe dei um sorriso compreensivo e disse:

— Não se preocupe, senhor. Não vamos ocupar o general por muito tempo.

A única pessoa que realmente está satisfeita em nos ver é o maestro posicionado na frente da formação da banda militar, três fileiras de homens arrumados demais no meio do gramado recém-cortado, diante do rancho. Depois de me observar por alguns instantes, ele vem em minha direção com o bastão de penacho cinza, as abas da casaca xadrez arrastando atrás e a pena vermelha falsa oscilando na boina. Faz uma expressão de incredulidade quando lhe digo que não precisamos que a banda nos acompanhe.

— Como vai marchar sem um compasso?

— Nossa exibição é silenciosa. Não requer música. E, seja como for, nós não vamos marchar.

— Pode desfilar em silêncio, mas seus rapazes vão precisar dos nossos tambores para manter o ritmo. Vai embelezar sua demonstração. — Apesar das penas, da casaca xadrez e do penacho, seu rosto está totalmente seco. Nenhuma gota de suor. Eu me pergunto como ele consegue isso.

Meneio a cabeça.

— Apenas uma saudação com fuzis de assalto, sem nenhum comando — acrescento, tentando tranquilizá-lo. — O presidente a receberá. Nesse ínterim, seus homens podem descansar. — Ele examina com cuidado minha mão enluvada, sobre a bainha da espada. Em seguida, contempla meus rapazes, que remexem os dedos nos coturnos na tentativa de manter a circulação sanguínea, e balança a cabeça. Lança-me um olhar ressentido, como se eu tivesse inventado todo o procedimento do desfile silencioso para tirar seu emprego; em seguida, volta e levanta o bastão bem alto, com o intuito de dar o sinal para a banda começar a tocar. Na certa é o único grupo em situação bem mais infeliz que a nossa, com os drapeados xadrez nos ombros, gaitas de foles cobertas de pele e tambores de latão polido, tão reluzentes que não se pode olhar para eles sem entrecerrar os olhos. Mas eles continuam a tocar, desprezando o sol e a movimentação dos comandos agitados entrando e saindo dos jipes com as armas apontadas para o horizonte vazio; continuam a tocar como se o rancho revestido de cal da guarnição, com os seixos igualmente caiados, fossem a plateia mais apreciativa que já encontraram na vida.

O punho de minha espada queima através da luva branca. Uma leve camada de areia acomodou-se em meus sapatos. Inspeciono o esquadrão mais uma vez. Os rapazes estão alertas, apesar do suor que escorre debaixo de seus quepes e percorre as maçãs de seus rostos. Os cabos de madeira dos fuzis G3 provavelmente estão fazendo a pele de suas mãos derreter. Estamos sob a sombra da Babul, mas seu tronco caiado não muda o fato de que há mais espinhos nela que folhas. Sua sombra tece uma rede de galhos secos em um piso de concreto, marcado com quatro linhas brancas para nossos movimentos de exibição. Obaid pisca, indicando algo no alto. Olho para ver se está indicando a aproximação de nuvens. Nada. Só vejo mesmo uma gralha pousada num galho, cochilando, com o bico metido sob as asas.

Dentro do rancho da guarnição, o almoço aguarda. Os brigadeiros e os generais formaram fila diante da entrada, e seus comandos assumiram as posições nos telhados das construções ao redor. O maestro da banda está se impacientando com seus homens; seu bastão dança no ar, pelo visto fazendo-os tocarem a mesma música repetidas vezes. Ele joga o bastão para cima, pega-a e me lança um olhar triunfante.

Ao que tudo indica o general Zia está a caminho.

Ouço o barulho das sirenes antes de ver os dois batedores em motos brancas. Usam capacetes também dessa cor, e andam paralelos um ao outro. É possível que o comboio do presidente esteja atrás deles, mas vejo apenas um turbilhão de areia após o outro; a tempestade parece estar perseguindo os motociclistas. Alheios aos redemoinhos que os perseguem, dirigem-se à entrada do rancho e dividem-se com perfeição, cada um indo na direção oposta, as sirenes sufocadas em meio a uma nota aguda.

O comboio de jipes surge aos poucos da areia que vem em nossa direção em ondas furiosas. Os primeiros a chegar são os conversíveis, com sirenes estrondosas. Os uivos do vento e dos instrumentos de som agudo competem entre si, estes sendo desligados conforme os veículos vão chegando à entrada do rancho. Os soldados saem e os motoristas vão estacionar os jipes. Atrás deles, vêm duas limusines pretas conversíveis; os comandos que chegam nela pertencem a uma estirpe diferente. Com uniformes de combate e boinas carmesim, não estão apenas ali, segurando suas armas; as Uzis estão apontadas para fora, para nós, para a banda e para as colunas serpenteantes de areia. Atrás deles chegam três Mercedes pretas com janelas escuras. Na primeira veem-se as bandeiras dos Estados Unidos e do Paquistão; na segunda, uma bandeira com os logotipos das três forças armadas e na terceira, uma paquistanesa de um lado e, do outro, a do comandante-em-chefe do Exército. Olhando de relance para o vidro escuro da terceira Mercedes, vislumbro os dentes brancos grandes, o bigode preto-azeviche e a mão que acena para as colunas de areia dançando no concreto. Uma questão de hábito, talvez, digo a mim mesmo, comprimindo com força o punho da espada. De súbito, ele já não está tão quente. Caramba, nem parece metal, mas uma extensão de minha própria mão. Meu próprio sangue está escorrendo na lâmina de metal.

Há um momento de confusão na entrada do rancho da guarnição. Um garçom de turbante branco abre a porta, e por um instante chego a suspeitar que uma tempestade de areia pode ter convencido o general a cancelar o desfile, mas a porta fecha de novo. Vejo um grupo de comandos vindo apressados em nossa direção, seguidos de três generais.

Não tenho nada a tratar com os auxiliares.

O bastão do maestro é erguido de novo, e a banda começa a tocar a trilha sonora de um filme: "O tempo tem outras ideias hoje/O tempo traz outra mensagem ao coração". É preciso dar as mãos à palmatória para o maestro, penso; o cara conhece mesmo as canções apropriadas para a estação. O general Zia também dá a impressão de apreciar seu gosto musical. Em vez de rumar para meu esquadrão, ele se dirige à banda. O bastão do maestro rodopia de forma frenética no ar antes de descer e interromper a música.

O general Zia dá uns tapinhas nos ombros do maestro, enquanto os outros dois generais mantêm-se atrás. Suas mãos tocam uma gaita de foles imaginária. O maestro arreganha os dentes, como se tivesse encontrado o tocador de gaita de foles que sempre quisera em sua banda; a pena em sua boina tremula com a empolgação, como a crista de um galo que acabou de ganhar o concurso de beleza da vila.

Eles estão caminhando em minha direção agora. O general Beg, com os óculos Ray-Ban de *Top Gun – Ases Indomáveis*, à direita do general Zia e o general Akhtar dois passos atrás dos dois. Cada vez que este anda o bastão esbarra na perna. Ele me fita, sem demonstrar qualquer lembrança de nosso encontro com o prato de codorna assada. Tudo o que vejo do general Zia é uma imagem distorcida com dentes brancos grandes e um bigode tão preto que parece falso. Coloco o punho de minha espada diante dos lábios para a primeira saudação, e meu esquadrão assume posição de sentido ao mesmo tempo. O presidente encontra-se a exatos cinco passos de mim, fora do alcance de minha espada. É a distância regulamentar entre o comandante do desfile e o sujeito revistando-o. Ele me faz uma saudação com a mão flácida e então, rompendo todo o protocolo de exibições, inclina-se para trás e sussurra algo para que os dois generais o escutem.

— Quando um filho dá continuidade ao bom trabalho do pai, tenho certeza de que Alá não perdeu todas as esperanças em nós, pecadores.

— Permissão para iniciar o desfile, senhor? — grito. E, de repente, como se em respeito à nossa exibição, a tempestade se aquieta. O vento silencia, com apenas um ocasional zumbido; as partículas de areia, finas e dispersas, ainda esvoaçam no ar. Nesse momento, entre o meu pedido de permissão e o consentimento dele, olho pela primeira vez diretamente para ele. Em vez do general Zia, ele aparenta ser seu próprio imitador. É muito mais baixo do que se vê na TV, bem mais gordo do que parece em seus retratos oficiais. Dá a impressão de usar uma farda emprestada. Tudo, do quepe à faixa colocada em diagonal diante do peito, mostra-se ligeiramente mal-ajustado, esmagando a região posterior do tronco. Há uma marca cinzenta saliente em sua testa, na certa o resultado de cinco preces diárias. Seus olhos encovados estão enviando mensagens confusas, um contemplando-me com benevolência, o outro indo além de mim, observando o esquadrão com desconfiança. Ele deixa transparecer sua calma, como se tivesse todo o tempo do mundo para mim. Abre a boca, e tudo o que passa por minha cabeça é que aqueles dentes são falsos.

— Por favor — diz. — Em nome de Alá.

Dou um, em seguida, dois passos atrás, meia-volta e, assim que meu pé direito pousa no concreto, meu esquadrão presta continência. Bom começo. Minha espada cintila no ar e encontra abrigo na bainha, o punho encaixando-se na abertura. Minha esquadra se divide em duas, dá dez passos em marcha, em direções opostas, e para. Estou no meio de ambas quando elas se viram, dão nove passos em marcha e param. Os líderes das colunas de ambos os lados esticam os braços e jogam os fuzis G3 para mim. Minhas mãos treinadas pegam as armas com facilidade e agilidade. Eu as giro como peões exatamente trinta vezes e, então, elas voltam para o controle seguro e firme dos líderes das colunas. Todo o esquadrão joga os fuzis para o alto, as baionetas caladas voltadas para cima, e os pega atrás dos ombros.

Tiro a espada para a revista final. Não há nada distraindo minha mente; vejo tudo com os olhos mortos e esbugalhados do coronel Shigri. Marcho rumo ao general Zia com a espada paralela à parte superior de meu corpo. Paro. Meu esquadrão se divide em duas colunas atrás de mim. Levo o punho de minha espada à altura de meus lábios e, em seguida, eu o volteio para frente e para baixo. Minha arma fica paralela ao corpo, com a ponta voltada para o chão entre os nossos pés. O general Zia presta continência.

— Esquadrão de Treinamento Silencioso. Pronto para a revista, senhor.

Seu pé esquerdo está hesitante, mas o meu direito já deu o primeiro passo da marcha lenta, e ele não tem outra escolha a não ser me acompanhar. Aqui estamos por fim, ombro a ombro, minha espada afastada, à minha frente, os braços dele ao lado do corpo. Marchamos devagar, prestes a entrar na zona de silêncio. Quarenta e cinco anos de serviço militar e ele ainda não consegue controlar seus movimentos. Se não fosse por minha agilidade com os pés, o general estaria fora de sintonia. O Esquadrão de Treinamento Silencioso divide-se em duas fileiras de frente uma para a outra, encarando-se, de fuzis a postos. Entrevejo a cabeça do presidente mover-se para trás involuntariamente à medida que o primeiro conjunto de armas formava uma espiral de um lado ao outro de nosso caminho. Mas, agora que ele se encontra no meio do túnel formado pelos fuzis voadores, não lhe resta outra opção a não ser mover-se ao meu ritmo.

O homem mais bem protegido do país está em um círculo de baionetas rodopiantes e a centímetros da ponta ávida e envenenada de minha espada.

O general se dá conta de que, para enfrentar aquela situação, precisa continuar a olhar para a frente, mas não se contém: sinto um de seus olhos observando-me de soslaio. É um milagre genuíno meus rapazes não terem calculado mal a hora de jogar as armas e perfurado nossos rostos com as baionetas. O último par está pronto, com os fuzis a postos, quando pisco para o rapaz à minha esquerda. Nunca vou saber ao certo, mas acho que nesse mesmo momento o olho direito errante do general Zia trava contato com o rapaz de pé à nossa direita. Os dois cadetes perdem a cadência, a mesma maldita cadência e, em seguida, jogam os fuzis. As baionetas reluzem no ar conforme os fuzis completam a metade de um círculo e, em vez de as armas passarem próximas uma à outra, colidem no caminho, formando um X momentâneo, como se pousando a fim de serem fotografadas para o distintivo da infantaria. Shigri ao resgate, então; meu coturno atinge a parte inferior da perna do presidente e, quando ele cambaleia para trás, minha mão esquerda amortiza a queda e minha mão direita põe-se a trabalhar; nada fora do comum, nada que alguém notaria, apenas uma estocada suave com a ponta da espada em sua mão agitada, tirando uma única gota de sangue. Não deve ter doído mais que uma picada de mosquito. A reação dos espectadores — brutamontes apressados, fuzis apontados, comandos posicionados e o médico de plantão gritando instruções para os paramédicos — é exagerada, mas não inesperada.

— Se Alá quer proteger alguém, ninguém pode fazer mal a ele — comenta o general Zia depois que o médico de plantão limpou a gota de sangue e declarou que seu ferimento era um arranhão sem importância. Tento não olhar para os comandos posicionados no telhado do rancho e balanço a cabeça, concordando. O presidente tira um relógio de bolso da camisa do uniforme e olha para o general Akhtar, que, pelo visto, não está reagindo muito bem ao calor; manchas de suor monstruosas começam a aparecer sob seu uniforme.

— O que acha, Akhtar, não é melhor rezarmos antes do almoço?

O general Zia coloca um dos braços em meus ombros e começa a caminhar rumo ao rancho, sem fitar o general Akhtar. Noto que este quer dizer algo. Chega a abrir a boca, mas as palavras não saem e ele nos segue, quase arrastando os pés. O embaixador norte-americano aproxima-se.

— Que coincidência, senhor presidente. Tenho de ir rezar, também. Há uma igreja a 8 quilômetros daqui e um orfanato que tenho de visitar...

— Ah, claro. Mas volta conosco, certo? Não vou deixá-lo neste deserto. E, como o irmão Akhtar está aqui, vamos resolver a questão dos blindados no voo de regresso.

— Estarei aqui antes da decolagem — afirma Arnold Raphel. Conforme caminha para o estacionamento, uma face comum o saúda. Bannon, de terno, balança a cabeça para mim e me faz um aceno, a mão como se lembrasse de meu rosto e não de meu nome. Ainda bem que ele não apareceu durante a exibição. Eu precisava de minha concentração. Uma equipe de comandos surge apressada para acompanhá-los.

Um garçom de turbante branco abre a porta do rancho e nos introduz em um mundo em que o ar não tem areia e está gelado, em que armários de vidro grandes expõem modelos de blindados e troféus de tênis, em que paredes brancas estão cobertas de quadros de cavaleiros, também de turbante, caçando cervos-nobres. O comandante da guarnição nos leva até um grande corredor branco, lamentando-se, com sussurros, pela mesquita ainda estar em construção. O general Akhtar passou a caminhar ao meu lado. Tento andar mais rápido, esperando evitar o inevitável braço em meu ombro. Mas ele coloca o braço em meu ombro.

— Tudo saiu muito bem. — Parece desapontado. Em seguida, inclina-se em direção ao meu ouvido e murmura: — Eu disse a eles para soltarem você; sabe que foi um erro. Por sinal, você realmente sabe controlar essa espada. Poderia ter ido parar em qualquer lugar. Seu pai nunca sabia quando parar.

— Tudo vem com a prática. — Faço uma pausa e então digo, em voz alta: — Senhor.

Ele tira o braço de meu ombro de forma brusca, como se não quisesse mais ser visto comigo. Obaid pode ter contado a eles meu treinamento com a espada, mas ninguém no mundo inteiro sabe do néctar de tio Goma.

Meus olhos perscrutam os pés do general Zia, a cata de quaisquer sinais. Ele anda reto e firme, como se seu sangue nunca tivesse entrado em contato com a ponta de minha espada.

"Suave e devagar", lembro a mim mesmo a promessa de tio Goma.

Nós nos sentamos diante de um cano d'água com uma série de torneiras de aço inoxidável, para nossas abluções. Minha lembrança de como fazê-lo é vaga, então, olho de esguelha para os lados com o intuito de ver o que os demais estão fazendo. Mãos primeiro, em seguida, água na boca três vezes, narina esquerda, narina direita, borrifar água na parte de trás das orelhas. Fico olhando de soslaio para o general Zia. Há algo mecânico em seus movimentos. Ele pega água com a mão em forma de concha, joga-a na outra e deixa o líquido escorrer antes de esfregar ambas as mãos no rosto. Nem chega, na verdade, a usar a água. Tenho a sensação de que nem está fazendo a ablução, mas apenas simulando-a. Quando por fim termino, minha farda está cheia de respingos. O zelo do devoto ocasional, suponho.

Durante a oração, também olho de relance para a esquerda e para a direita para saber quando me ajoelhar e quando levar as mãos às orelhas. Parece um pouco como colar na prova, mas espero que o supervisor aqui seja mais compreensivo. Ao que tudo indica o general Beg acha que sim, pois está com os óculos Ray-Ban de *Top Gun - Ases Indomáveis*. Que tipo de pessoa não quer que Deus o olhe nos olhos durante a oração? Em seguida, eu me controlo e começo a recitar a única prece que conheço. A mesma que disse no funeral do coronel Shigri, a oração pelos mortos.

Trinta e três

O general Akhtar presta continência com cuidado especial, certificando-se de que a palma está reta, o olhar firme, as costas retas, com cada músculo do corpo palpitando com respeito. Aquele rapaz Shigri perdeu a cabeça no final, mas o avião em que o general Zia está prestes a embarcar tem gás neurotóxico suficiente para aniquilar uma vila inteira.

O general Zia é um homem morto, e homens mortos de uniforme merecem respeito.

Sob quaisquer outras circunstâncias, o general Akhtar teria caminhando com ele até o avião, aguardado o presidente subir as escadas e a porta do avião fechar antes de voltar pelo tapete vermelho. Mas os 180 metros desse tecido, que se estendia entre eles e a aeronave, são a distância que ele está determinado a não percorrer. Akhtar já mudou sua estimativa de chegada a Islamabad duas vezes e agora precisa partir, neste exato momento, mesmo correndo o risco de parecer brusco, grosseiro ou desrespeitoso. Afinal de contas, tem um país a governar.

Em vez de devolver a continência, o general Zia dá um passo à frente e abraça o general Akhtar pela cintura.

— Irmão Akhtar, quero lhe contar uma história. Eu liguei porque queria compartilhar esta história com você. Quando eu estava no ensino médio, meus pais não tinham condições de comprar uma bicicleta para mim. Eu tinha de pegar uma carona com um garoto do meu bairro. E olhe só para nós agora. — Faz um semicírculo com o braço e aponta para o C-130 e os dois jatinhos Cessna parados na pista de decolagem. — Todos nós viajamos em nossos próprios aviões, até quando vamos para o mesmo lugar.

— Alá tem sido generoso com o senhor — afirma general Akhtar, com um sorriso forçado. — E o senhor tem sido bondoso comigo. Conosco. — Ele olha para o general Beg, cujos olhos estão fixos no horizonte, onde um pequeno caça da Força Aérea acabou de decolar para um voo de reconhecimento. A missão da aeronave é vasculhar as redondezas em busca de quaisquer perigos naturais e atuar como alvo não identificado caso alguém na área quisesse atirar contra o *Pak One*.

A 8 quilômetros do ponto em que estão os generais, a gralha ouve o ruído de uma aeronave se aproximando. Tendo despertado sobressaltada do cochilo de barriga cheia, a ave agita as asas, em pânico; em seguida, distrai-se com uma manga em putrefação no galho acima dela e resolve dar continuidade à soneca.

O general Zia não se dá conta de que o general Akhtar está se remexendo em meio ao seu abraço, esforçando-se para escapar. Continua a discorrer.

— As pessoas sempre falam do passado, dos velhos e bons tempos. É, bons tempos aqueles, mas até mesmo naquela época não havia nada como uma carona. Toda semana, meu vizinho, o dono da bicicleta, levava-me para um mangueiral perto da nossa escola, e esperava do lado de fora enquanto eu subia o muro, entrava lá e voltava com algumas mangas roubadas. Espero que Alá tenha perdoado as imprudências de uma criança. Olhem para mim agora, irmãos. Alá me trouxe até um ponto em que tenho meu próprio veículo e minhas próprias mangas, presenteadas pelo meu próprio povo. Então, vamos ter um festival da manga no *Pak One*. Vamos reviver os velhos tempos.

O general Beg sorri pela primeira vez.

— Sou um dos azarados a quem Alá não deu os botões gustativos para desfrutar do sabor sublime das mangas. Sou até alérgico ao cheiro. Mas espero que aproveite o festival. Há vinte caixas delas; pode levar uma para a primeira-dama, também. — Presta continência e vira-se para sair.

— General Beg. — O general Zia tenta se imbuir de uma autoridade que parece estar lhe abandonando. O outro dá a volta, a expressão impaciente e respeitosa, mas os olhos escondidos atrás do revestimento escuro dos óculos. O presidente esfrega o olho esquerdo e diz: — Caiu algo no meu olho. Posso pegar emprestado os seus óculos? — Mantém os olhos fixos no rosto dele, aguardando o objeto solicitado ser retirado, aguardando a oportunidade de olhá-lo bem nos olhos. Lembra-se do perfil do dossiê que solicitara antes de dar a promoção a Beg. Havia algo sobre seu gosto por perfumes caros, BMWs e Bertrand Russell. Mas nada a respeito de alergias, nada sobre mangas e nenhum detalhe em relação aos óculos.

As mãos do general Beg movem-se ao mesmo tempo. A esquerda tira os óculos e os entrega ao general Zia, e a direita vai até o bolso de sua camisa, pega outros idênticos e os coloca. No instante em que seus olhos ficam expostos, o presidente descobre o que já sabe: Beg está escondendo algo dele.

É o olho direito do general Zia que dá o veredicto. O esquerdo está vagueando além do general Beg, além do rapaz Shigri espadachim, que tenta conter o riso. Tal pai tal filho, pensa o dirigente, nenhuma noção de propriedade. A distância, surge a miragem de um homem correndo na pista de decolagem. O sujeito está de uniforme e dirige-se depressa e imprudentemente em sua direção, rompendo os cordões de isolamento, ignorando as ordens de parar e os Kalashnikovs apontados, e sem nem fazer ideia da coceira nos dedos indicadores dos franco-atiradores confusos. Eles já teriam atirado se este não estivesse com a farda de major e com as mãos para o alto, mostrando suas intenções pacíficas. O general Akhtar reconheceu-o antes de todos os demais e ergueu a mão para indicar aos atiradores que não disparassem. Estes mantêm as pernas e o rosto do major na mira, aguardando que o homem enlouquecido faça qualquer movimento precipitado.

O alívio do general Akhtar é o de um sujeito na forca, com a corda já metida no pescoço e um capuz preto prestes a ser enfiado no rosto, o carrasco ajustando a alavanca ao mesmo tempo em que recita a prece do algoz; o homem com a corda no pescoço olha para o mundo uma última vez e vê, a distância, um mensageiro a cavalo, galopando rumo à cena, agitando as mãos no ar.

O general Akhtar sente alívio ao ver o major Kiyani. Não tem certeza de que mensagem este pode estar trazendo, mas sente alívio assim mesmo. Exatamente no momento em que pensa em desistir de rogar pela intervenção divina, seu próprio homem aparece para resgatá-lo.

O general Zia, ainda estupefato com a manobra tranquila do general Beg, ainda segurando os óculos, olha apenas de relance para o major, que começou a desacelerar e a se aproximar deles como um corredor de maratona na última volta. É somente quando Kiyani para a alguns metros do grupo e presta continência, que o presidente, então, ao ouvir o som de um *chappal*, o chinelo típico de Peshawar, pisando forte no concreto em vez do baque ruidoso de coturnos, olha para os pés do major e comenta:

— Caramba, major, por que está correndo por aí de chinelos?

Esse seria o último pensamento lúcido do general Zia, sua última elocução que faria sentido para os companheiros viajantes no *Pak One*.

Trinta e quatro

É possível que tenha me visto na televisão, após o desastre. O vídeo é curto e, além disso, está meio desbotado, com excesso de luz. Foi retirado do ar após as transmissões nos primeiros noticiários, aparentemente por provocar um impacto negativo na moral do país. Não se nota no filme, mas caminhamos em direção ao *Pak One*, o qual, ainda conectado a geradores e a uma bomba de gasolina auxiliar, e ainda cercado por um grupo de comandos alertas, encontra-se estacionado atrás do cinegrafista. Espirais de calor circundam as asas da aeronave, e os vapores de combustível erguem-se como redemoinhos de fumaça esbranquiçada. O avião parece uma baleia encalhada, cinza e viva, ponderando como voltar rastejando ao oceano. No vídeo, podem-se ver os dentes brancos brilhantes do general Zia, mas percebe-se, de imediato, que ele não sorri. Ao olhar de perto, talvez dê para notar que está pouco à vontade. Percorre o caminho andando como um homem constipado. Os lábios do general Akhtar estão comprimidos, e, embora o sol houvesse cozinhado tudo à sua frente, requerendo total submissão, e subtraído toda a cor dos arredores, pode-se notar que a tez normalmente pálida do dirigente mostra-se úmida e amarelada. Está arrastando os pés. O general Beg mostra-se impenetrável detrás dos óculos escuros, mas, quando presta continência e parte, caminha de forma enérgica. Anda como alguém que sabe aonde vai e por quê. Na filmagem eu apareço por apenas alguns instantes atrás deles, minha cabeça surgindo por trás dos ombros dos generais e, se o telespectador olhar realmente de perto, notará que eu sou o único a sorrir, talvez o único a ansiar pela viagem. Meu esquadrão já regressou em outro C-130 com as quentinhas de frango assado e os pãezinhos. Fui convidado para viajar no *Pak One* e participar de um festival da manga. Detesto essa fruta, mas comerei algumas se puder ver o assassino do coronel Shigri com a boca espumando, dando o último suspiro.

O vídeo também não mostra que, quando presto continência para o general Zia e começo a caminhar rumo ao *Pak One*, meu sorriso desaparece. Sei que estou saudando um homem morto, mas isso não muda nada. Quando se está de farda, é o que se faz; e ponto final.

Trinta e cinco

Os registros telefônicos mantidos na Sala de Operações Militares de Langley revelariam mais tarde que o setor do Subcontinente Indiano assinalou 112 ligações na tentativa de localizar Arnold Raphel, o embaixador norte-americano no Paquistão. A procura por ele foi desencadeada pelo aviso que o chefe da CIA local recebeu de um major do Exército paquistanês: havia mangas demais no *Pak One*, e talvez o ar-condicionado não funcionasse. Chuck Coogan não teve paciência nem tempo de lidar com códigos culturais específicos. Informou a Langley e, quando o perito em serviço disse-lhe que haviam interceptado uma mensagem de um general do Paquistão sobre o *Pak One* e mangas, Chuck preocupou-se.

— Vamos manter o embaixador fora desse avião.

Chuck Coogan procurou gravar na memória que deveria incluir em seu relatório mensal um parágrafo sobre o rompimento da cadeia de comando no Exército paquistanês e começou a dar telefonemas.

As ligações foram feitas pela Agência do Subcontinente Indiano em Hong Kong, pela embaixada em Islamabad e, por fim, pela unidade de comunicação em Peshawar. Em uma última tentativa desesperada, mudou-se a órbita de um satélite de comunicação para se chegar à posição do receptor de telefone celular por satélite do embaixador. O livro de registros não mencionaria o motivo dessa urgência. Tampouco diria que Arnold Raphel decidira visitar um orfanato associado a uma igreja local na tentativa de não ficar retido com o general Zia e evitar o pós-morte constrangedor relacionado ao desempenho do M1 Abrams.

O receptor de satélite, uma geringonça prateada deselegante, guardada em uma caixa de plástico rígida, está desligado e guardado sob o banco traseiro da Mercedes preta do embaixador. Esta encontra-se estacionada no pátio murado de uma igreja católica em construção. Os andaimes foram cobertos com plástico branco para a visita de Arnold Raphel; o símbolo das irmãs carmelitas, com suas três estrelas e uma cruz prateada, está pendurado, inerte, no mastro do telhado da igreja. Atrás da Mercedes, os comandos do Exército paquistanês estão estirando os braços e as pernas nos jipes conversíveis, refrescando-se sob a sombra escassa das tamareiras, ouvindo as melodias pela porta aberta da igreja.

O embaixador encontra-se na construção de pé-direito baixo, sentado no banco da frente, cercado de freiras descalças, escutando o coral mais estranho de sua vida. Um sujeito toca o harmônio e um garoto de 12 anos, sentado ao lado dele, a tabla.

— Na escola do que foi crucificado, na escola do que foi crucificado — canta o sujeito tocando o harmônio, e um coral de crianças bem-arrumadinhas, com shorts cáqui e camisas brancas de manga três-quartos estica os bracinhos e inclina as cabeças para a direita, imitando o que foi crucificado. O ventilador de teto, o refrigerante gelado, o som do inglês norte-americano apropriado naquela vila remota do deserto embalam o embaixador, que sente uma estranha calma e, por alguns instantes, esquece-se do terrível teste dos carros de combate e da iminente viagem de regresso com o general Zia. Essa não é o tipo de igreja a qual ia de vez em quando no subúrbio de Washington, a capital. Há um incenso no altar, e as freiras sorriem para ele o tempo todo. Um Jesus rechonchudo, pintado em um pano de fundo em vários tons de dourado e cor-de-rosa, com uma guirlanda de calêndulas no pescoço, contempla a congregação com os olhos delineados de lápis preto.

— Não se paga nenhuma taxa. Não se paga nenhuma taxa. — Arnold Raphel inclina-se para a frente a fim de ouvir o sussurro da freira que lhe traduz o hino religioso. — Na escola do que foi crucificado.

Seu olhar se fixa nos pés descalços da freira. Há fileiras e mais fileiras de cruzes delicadas tatuadas em ambos, com hena. Com um leve sorriso, o embaixador decide permanecer ali até o final da apresentação. *O general Zia pode ter o próprio maldito festival da manga no* Pak One, pensa; *melhor eu voltar no meu próprio Cessna.*

— Tem de se pagar com a própria vida. Tem de se pagar com a própria vida, na tábua de cortar. — Os órfãos cortam os pescoços com espadas imaginárias e prosseguem. — Na escola do que foi crucificado, na escola do que foi crucificado.

O superintendente de comunicações em Langley levanta as mãos para o alto e informa que o embaixador, na certa, está tirando uma longa soneca.

— O *Pak One* recebeu permissão de taxiar. Vai decolar daqui a minutos — informa o encarregado do satélite de comunicação captando as chamadas do controle de tráfego aéreo da guarnição.

O perito em serviço, do setor do subcontinente indiano, examina as ligações anotadas no registro, começando com o primeiro telefonema feito por um general com o nome inacreditável de Beg, que rogara que o embaixador norte-americano não participasse do festival da manga no *Pak One*, e decide que não há necessidade de investigar mais esse assunto.

— Típico desses generais paquistaneses se empolgarem por causa de uma desgrama de uma fruta fedorenta — comenta ele com os colegas, batendo o ponto para se retirar.

Trinta e seis

O major Kiyani olha para os chinelos e, por alguns instantes, não se recorda por que não está usando os coturnos. Sente-se tonto, como se tivesse acabado de sair de uma montanha-russa. Aspira com a avidez de um peixe moribundo. Ao longo de toda a jornada de 850 quilômetros, ele ensaiou uma frase: "É uma questão de vida ou morte, senhor; é uma questão de vida ou morte, senhor." O major observa seu entorno. Arnold Raphel não está à vista. Não há um único norte-americano na pista de decolagem. O general Akhtar o fita com olhos suplicantes, implorando que diga sabe-se lá o quê. De súbito, o major Kiyani sente que deveria prestar continência, voltar para o carro, regressar dirigindo ao gabinete, dessa vez em velocidade normal e retomar suas atividades. Mas sente também as armas dos franco-atiradores apontadas para a parte posterior de sua cabeça e dois pares de olhos bastante curiosos inspecionando seu rosto, aguardando uma explicação. Uma questão de vida ou morte, senhor, ele diz a si mesmo outra vez, mas, então, entre inaladas de outros pés cúbicos de ar, deixa escapar:

— É uma questão de segurança nacional, senhor.

Uma sombra escura percorre a face amarelada e tensa do general Akhtar. Quer dar um tiro na cabeça do major Kiyani, embarcar em seu Cessna e viajar de volta para Islamabad. Ele espera que os seus homens tomem atitudes decisivas, cubram seu flanco em combate, ofereçam-lhe uma saída quando precise de uma, e não que se comportem como maricas, discutindo a segurança nacional.

Mordisca os lábios e agarra com força o bastão. De repente, o major Kiyani não lhe parece o paladino a cavalo agitando a prova irrefutável de sua inocência, mas o Anjo da Morte em pessoa.

Os olhos do general Zia iluminam-se, ele dá um soco no ar com o punho cerrado e grita:

— Céus, então vamos sorver a segurança nacional. Temos vinte caixas. O general Akhtar aqui, meu irmão, meu camarada, todos nós vamos fazer uma festa no avião. — Ele cinge com um dos braços a cintura de Akhtar e, com o outro, a do major Kiyani, e começa a caminhar rumo ao *Pak One*.

O presidente sente-se seguro cercado desses dois profissionais, mas lhe ocorrem inúmeros pensamentos. Um emaranhado de imagens e palavras e sabores esquecidos voltam-lhe à lembrança. O general Zia gostaria de falar tão rápido quanto a mente está trabalhando, mas não consegue organizar as palavras de forma adequada. *Céus*, pensa, *vamos nos livrar daquele idiota de óculos escuros; vamos pendurá-lo no cano do* Abrams One *e disparar o projétil. Vamos ver se o blindado vai errar esse alvo*. Ele dá uma risada alta ante essa ideia.

— Vamos comprar aqueles carros de combate. Precisamos deles — diz a Arnold Raphel e, então, dá-se conta de que o embaixador não está ao seu lado. — Onde está o irmão Raphel? — grita.

O general Akhtar vê sua oportunidade e esquiva-se do abraço do presidente.

— Eu vou procurá-lo.

O dirigente aperta com mais força a cintura de Akhtar, olha-o nos olhos e diz, com o tom de voz de um amante rejeitado:

— Não quer sorver a segurança nacional comigo? Pode fatiá-la com uma faca e comê-la como aquelas begumes da cidade. Pode comê-la como bem entender, irmão. Temos vinte caixas da melhor segurança nacional presenteadas pelo nosso próprio povo. — O general Zia aproxima-se do tapete vermelho, e uma dúzia de generais alinha-se para prestar continência. Conforme as mãos deles chegam às sobrancelhas, o presidente estremece e, em vez de retribuir a saudação, inspeciona seus rostos. Imagina o que estarão pensando. Quer fazer perguntas a respeito de suas esposas e de seus filhos, iniciar conversas para ter uma ideia do pensamento de seus comandantes, mas acaba fazendo um convite que soa como uma ordem. — Vamos ter um festival no avião. — Aponta para o *Pak One*. — Todos a bordo, senhores. Todos a bordo. Céus, vamos começar logo esse festival.

Nessa altura, dando o primeiro passo no tapete vermelho e acompanhando uma dúzia de generais confusos em direção ao *Pak One*, o general Zia sente a primeira pontada de uma dor forte e intensa no baixo ventre.

O exército de tênias, sentindo um aumento súbito de sua circulação sanguínea, começa a despertar da letargia. Os vermes sentem-se esfomeados. O tempo de vida médio das solitárias é de sete anos, e elas passam a vida inteira procurando por alimentos e consumindo-os. O ciclo de vida dessa geração começa com um toque de sorte. Subindo pelo reto, ataca primeiro o fígado. Encontram-no saudável e limpo, o fígado de um homem que não tocou em uma só gota de álcool em vinte anos e parou de fumar há nove anos. Suas entranhas têm o gosto das de um sujeito que fez degustadores provarem cada porção do que comeu durante toda uma década. Tendo terminado o trabalho no fígado, o exército começa a escavar um túnel em seu esôfago e continua a rumar para cima.

Seu ciclo de sete anos de vida será liquidado dali a vinte minutos, mas, enquanto elas perduram, comerão bem.

Trinta e sete

O *Pak One* é um palácio comparado com o C-130 que nos levou até ali. Tem ar-condicionado. O piso cheira a desinfetante de limão. Estamos sentados no contêiner VIP, em poltronas adequadas, com braços e tudo. Há um garçom de turbante branco oferecendo-nos refrigerante gelado em copos descartáveis. Isso é que é vida boa, digo a mim mesmo. Estou dando cotoveladas nas costelas de Obaid, tentando apontar para o elevador de carga, que naquele momento deixa uma pilha de caixas de madeira na rampa do avião. Mas meu colega está com o nariz metido no livro. Sequer me olha. A careca do suboficial Fayyaz aparece atrás do carregamento. Mensagens intricadas foram escritas com tinta azul nas caixas: *As mangas que presenteamos não são apenas frutas sazonais, mas símbolos de nosso amor, sinais de nossa devoção.* E em todos os invólucros, registrado em negrito, lê-se Cooperativa de Produtores de Manga do Paquistão. Os companheiros de jornada do secretário-geral continuam a jogar o jogo duplo. O suboficial Fayyaz amarra as caixas no piso do avião com um cinturão de plástico e puxa-o com força, para checar se está bem firme. E está.

Assim que a rampa se fecha rangendo, de súbito o aroma sobrepujante das mangas se espalha na cabine. O perfume dessa fruta é ótimo, mas o de uma tonelada dela pode provocar náusea. Fayyaz me olha de soslaio, como se nunca tivesse tentado abusar de mim antes. O major Kiyani encontra-se de pé, com as costas apoiadas no contêiner VIP, como se esperasse ser convidado para entrar a qualquer momento. Dá a impressão de estar contido, de camisa de força, no uniforme pequeno demais. Dou outra cotovelada nas costelas de Obaid.

— Repare só nos pés dele. — Meu colega olha de esguelha para ele, com impaciência.

— Ele está de chinelos. E daí? Ao menos já começou a usar a farda. Cada coisa a seu tempo. — Volta a se concentrar no livro de novo.

O major Kiyani se aproxima de mim e me fita como se, subitamente, tivesse se lembrado de ter me visto em algum lugar, mas não soubesse bem o que me dizer. Eu me levanto.

— Senhor, por que não se senta aqui?

Ele quase cai na poltrona, dando a entender que os joelhos passaram a se recusar a carregar seu peso. O suboficial Fayyaz grita atrás das caixas de mangas.

— Vou ter de desembarcá-lo, cadete. Não podemos levar passageiros em pé no *Pak One*.

Fico com certa vontade de esmagar a cabeça dele com uma caixa de manga, mas dois comandos barbudos lidando com a rampa do C-130 já me lançam olhares suspeitos.

— Vamos, Obaid — digo, caminhando rumo à rampa sem olhá-lo, sentindo ter sido expulso de meu lugar na primeira fila diante do leito de morte do general Zia. Da porta, olho para trás; meu colega agita o livro e, ao mesmo tempo, movimenta os lábios para mim, parecendo dizer: "Estou quase terminando".

Lanço-lhe um olhar de desprezo, faço um gesto em direção ao major Kiyani, que se deixou cair na poltrona com os olhos fechados, faço um gesto com o quepe para os comandos à porta e grito:

— Aproveitem seu voo VIP.

— Irmão Raphel, você não almoçou conosco — diz o general Zia em tom de protesto. Em seguida, segura a mão do embaixador entre as suas e começa a caminhar rumo ao *Pak One*. — Sei que estava tirando um cochilo com Jesus e Maria. — Abraça a cintura do outro com um dos braços e abaixa a voz, comentando em um sussurro: — Agora precisamos colocar as cabeças para funcionar e sorver a segurança nacional. — Arnold Raphel, ainda estonteado pelo encontro espiritual com as irmãs carmelitas e os órfãos do coral, pensa que o presidente está brincando.

O embaixador observa o Cessna, a mente repassa uma lista de justificativas, mas, quando por fim pensa em algo relacionado a Nancy, o braço do general cingia sua cintura e já subiam a escada em direção ao *Pak One*.

O general Akhtar cobre o próprio rosto com ambas as mãos e observa, por entre os dedos, o tapete branco felpudo do contêiner VIP. Nota um filete de sangue escorrendo até ele. Rastreia-o até sua fonte e vê um sangue vermelho enegrecido nos sapatos Oxford lustrosos do general Zia. Entra em pânico e olha para os próprios. Estão impecáveis. De súbito, um raio de esperança, vago, mas um raio assim mesmo, penetra no sentimento de perdição que absorve sua alma. Talvez o rapaz Shigri tivesse provocado uma ferida interna e Zia estivesse sangrando até a morte. Talvez o avião chegasse a Islamabad em segurança. Talvez ele próprio precisasse reescrever o discurso, mudando das palavras de "lamentável acidente" para "o falecimento súbito do presidente". Estará pronto para assumir o país se o avião chegar a Islamabad? O general Akhtar lembra-se, repentinamente, de uma prece há muito esquecida de sua infância e põe-se a sussurrá-la. Então, na metade da oração, muda de ideia e lança-se rumo à porta do contêiner VIP.

— Major Kiyani, diga para a tripulação manter o ar-condicionado desligado; o presidente não está se sentindo muito bem.

— Céus, estou ótimo — protesta o general Zia e, em seguida, observa a poça de sangue em torno de seus sapatos, no tapete, mas, como um viciado em negação, recusa-se a estabelecer a relação entre a dor excruciante em seu abdômen, o fluido escorrendo por sua calça e o rastro de sangue no tapete. Decide mudar de assunto. Quer levar a conversa para um nível mais alto, para que ninguém note o sangue no chão. Sabe que a única pessoa com quem de fato pode contar é Arnold Raphel.

As portas do C-130 são fechadas, o piloto empurra as manetes e as quatro hélices começam a ganhar velocidade. O general Zia fita Arnold Raphel e lhe diz, em tom de voz suplicante:

— Nós vamos comprar aqueles blindados. Que máquina mais complexa vocês construíram. Mas, primeiro, diga-me como a história se lembrará de mim.

As vozes no compartimento VIP estão sendo sufocadas pelo ruído ensurdecedor da aeronave. O embaixador pensa que o presidente lhe faz uma pergunta sobre os sensores de alvo no Abrams One. Então, com os hinos dos órfãos das carmelitas ainda ressoando em sua mente, ele perde a calma por um instante e dá a primeira e última declaração não diplomática de sua vida.

— Não, senhor presidente, eles são mais inúteis que cinzeiro em moto.

O general Zia mal pôde acreditar no que Arnold Raphel acabara de dizer: que o mundo se lembraria dele como um sujeito meio chato.

Em um momento de pânico, o general Zia sente que precisa retificar essa falsa concepção histórica. De forma alguma ele será lembrado nos livros acadêmicos como um presidente que governou aquele país de 130 milhões de habitantes por 11 anos, estabeleceu as bases do primeiro Estado islâmico moderno e viabilizou a derrocada do comunismo, mas era um sujeito meio chato. Chega à conclusão de que tem de lhes contar uma piada. Centenas de ditos espirituosos, que o general testou em suas reuniões de gabinete, passam por sua cabeça, transformando-se em uma piada vasta e interminável. Ele ensaia uma mentalmente. Sabe que os comentários jocosos requerem o momento certo. "O que as setenta huris disseram quando contaram para elas que passariam a eternidade com o general Zia no paraíso?" O presidente não consegue se lembrar das palavras exatas. Havia algo a respeito de serem condenadas ao inferno para a eternidade, mas é perigoso contar uma piada sem conseguir chegar à frase-clímax direito. Então, uma ideia genial. Ele contará um gracejo relacionado à família. Quer ser lembrado como um homem espirituoso. E também como um indivíduo ligado à família.

— Porque a primeira-dama acha que ele está ocupado demais fodendo com o país — diz o presidente, exaltando-se na poltrona. É somente quando ninguém ri que o general se dá conta de que tinha deixado escapar a frase-clímax e não se lembrava mais do resto da piada. Ele anseia por um momento de lucidez, um lampejo de clareza, para organizar sua mente confusa. Observa as faces tristes e percebe que não se recordará dessa piada. Jamais.

Vira-se para o general Akhtar na tentativa de preservar seu legado e dar continuidade à conversa.

— Como você acha, irmão Akhtar, que a história vai se lembrar de mim?

O general Akhtar está pálido feito um defunto. Os lábios finos murmuram todas as preces de que se recorda, o coração há muito parou de bater e a cueca está ensopada de suor frio. A maior parte das pessoas, quando diante da morte certa, com certeza teria condições de proferir uma ou duas coisas que sempre queriam dizer, mas não esse general. Uma vida inteira de disciplina militar e seu instinto natural de bajular os superiores sobrepujam o medo da morte e, com as mãos trêmulas e a boca tiritando, ele conta a última mentira de sua vida:

— Como um bom muçulmano e grande líder. — Em seguida, pega um lenço branco engomado do bolso e cobre o nariz.

Enquanto os observo reunirem-se no tapete vermelho próximo à escada do C-130, começo a me perguntar se deveria ter confiado na farmacologia popular de tio Goma. O general Zia ainda está de pé, com um braço cingindo a cintura do general Akhtar. Parecem amantes que não querem se soltar. Talvez eu devesse ter enfiado a lâmina na parte posterior do pescoço do general quando estava com ele na ponta da espada. Tarde demais agora. Já estou com o cinto afivelado no avião do general Beg. Ele me ofereceu uma carona depois que fui tirado do *Pak One*. O nosso Cessna — o dele — aguarda na pista a decolagem do avião presidencial. O protocolo requer que ele levante voo primeiro.

— Bom ver você, rapaz. — O general Beg faz sinal com o quepe para mim. Abre um livro volumoso com um homem volumoso na capa e começa a folheá-lo. *Iacocca, uma autobiografia*, diz o título. — Muito trabalho a fazer. — Ele assente com a cabeça para o piloto.

Qual é a dos militares e os livros?, eu me pergunto. Todas as malditas Forças Armadas estão se transformando em intelectuais maricas.

Eu olho pela janela quando o embaixador norte-americano caminha até o general Zia — cumprimento com ambas as mãos, abraços, como se o dirigente não estivesse se encontrando com o embaixador depois de duas horas, mas houvesse acabado de achar seu irmão perdido há muito tempo. O sorriso do general fica ainda mais largo, os dentes reluzem e o outro braço cinge a cintura do norte-americano. Bannon está de terno, de pé atrás deles, fumando um cigarro nervosamente. Há uma atmosfera de homens importantes compartilhando uma piada, espalhando boa vontade. É só quando eles começam a subir a escada que percebo que o general Zia caminha arrastando os pés. Quase está pendurado nos ombros dos dois homens ao seu lado. "O elefante vai dançar, vai arrastar as patas e, depois, vai cair mortinho." Tio Goma tinha me dado um guia passo a passo dos efeitos de seu néctar.

Se eu não estivesse sentado neste avião, atiraria meu quepe para o alto e daria três vivas para o tio Goma.

O general Beg nota o sorriso em minha face e quer receber o crédito.

— Você percorreu um longo caminho, meu jovem. Daquele forte horroroso até meu avião, imagine a jornada. Administrar um exército não é muito diferente de administrar uma empresa. — Ele acaricia o rosto gorducho de Iacocca. — Trate bem seus subordinados, acabe com a concorrência e incentive, incentive, incentive. — Faz uma pausa, apreciando a própria eloquência. — Meu avião nos levará a Islamabad. — O general vira-se para o piloto. — Esta aeronave poderia levá-lo até a Academia, mas acho que é melhor você pegar um jipe quando chegarmos. Tenho reuniões importantes na capital. Preciso ir até lá. — Dá uns tapinhas no ombro do piloto. — Quando chegaremos a Islamabad?

Se o néctar de tio Goma funcionar como ele prometeu, já naquela noite esse homem se tornaria o chefe do que a *Reader's Digest* descreveu como o maior e mais profissional Exército muçulmano do mundo inteiro e, com uma dose de interpretação criativa da constituição, talvez até presidente do país.

Lástima para a nação.

O *Pak One* começa a taxiar, e o general Zia coloca os dois polegares no cinto de segurança e examina os companheiros. A dor diminuiu por enquanto. Ele se sente satisfeito com o que vê. Estão todos ali. Todos os generais mais importantes, exceto o de óculos escuros, que escapou. O coração do presidente aperta quando se lembra do olhar nos olhos do general Beg. Idiota ardiloso, precisa receber uma lição. Talvez fosse melhor eu nomeá-lo embaixador de Moscou e ver como ele usa os óculos de sol lá. O general Zia olha em volta outra vez e se reassegura de que todos que importam encontram-se ali, até mesmo o irmão Akhtar, que parece estar transpirando um suor amarelo. E, sobretudo, Arnold Raphel e o tipo da CIA que anda sempre com ele. Quem em sã consciência pensaria em matar o embaixador norte-americano? Ótimo, pensa o presidente. Todos os meus amigos encontram-se aqui. Estou com todos. Há força nos números. Se alguém quer me matar, deve estar aqui também. Vamos todos sucumbir juntos.

Mas por que alguém quer me matar? Tudo o que estou fazendo é organizar um pequeno festival da manga no avião. Por acaso é pecado? Não. Não é pecado. Alá nos proibiu de sorver a segurança nacional? Não. Mas vamos rezar assim mesmo. Começa a recitar a prece de Jonas, mas não reconhece as palavras que saem: "Meus caros compatriotas, vocês estão amaldiçoados; têm vermes..." Ele vem ensaiando a prece todas as noites. Uma oração, e você está perdoado. Em um momento o sujeito se encontra na barriga da baleia, nas profundezas da escuridão e, no outro, é lançado ao mundo, vivo. Como nascer outra vez. O general Zia tenta de novo; abre a boca e um ruído gutural escapa. Ele olha ao redor tomado de pânico e se pergunta se eles estão percebendo que se esqueceu de todas as preces. Tem vontade de gritar e de corrigi-los, porque não se esqueceu de nenhuma delas, recorda-se de todas; é só a dor terrível nas entranhas que está aniquilando sua memória. O presidente supõe que talvez devesse rezar para os outros. Na verdade, é melhor do que rezar para si. Ele examina os rostos no compartimento VIP e ergue as mãos para orar por eles.

— Filhos da mãe! — grita.

Todos o fitam como se o dirigente fosse uma criança irritante e a única forma de lidar com ela fosse ignorá-la.

O *Pak One* posiciona-se no meio da pista e as turbinas começam a ganhar velocidade. Os pilotos, já começando a suar e abanando-se com as cartas de navegação dobradas, fazem a checagem final. O controlador aéreo autoriza respeitosamente a decolagem. Fora do compartimento VIP, na parte de trás da aeronave, o major Kiyani abre outro botão de sua calça e começa a respirar com facilidade. *Vai dar tudo certo*, diz a si mesmo. O general Akhtar sempre tem um plano B e um plano C. Ele deu a ordem. O ar-condicionado não será ligado. "Ordens do general Akhtar", informara o major aos pilotos. Kiyani já está se sentindo melhor. O general Akhtar sabe como este mundo funciona. E também tem consciência de qual é a temperatura apropriada para o melhor desempenho dele. O suboficial Fayyaz senta-se com o cadete absorto na leitura de um livro e esfrega a coxa na dele; o rapaz nem nota.

Dentro da classe VIP, o general Akhtar remexe-se na poltrona e diz a si mesmo que durante toda sua vida esperara por este momento e, até mesmo agora, se conseguisse encontrar uma desculpa boa o bastante para sair do avião, poderia satisfazer seu destino. O homem que passou uma década criando mentiras épicas e fazendo uma nação de 130 milhões de habitantes acreditar nelas, o homem que travou guerras psicológicas contra países muito maiores, o homem que atribui a si mesmo o crédito de fazer o Kremlin se ajoelhar, o homem está sem ideias. Tem consciência de que o ar-condicionado encontra-se desligado, mas alguém de fato sabe como um purificador de ar funciona?

Ele pensa intensamente, ergue a mão no ar e diz:

— Preciso ir ao banheiro.

E Bannon, entre todas as pessoas, um reles tenente, põe a mão na coxa dele e sugere:

— General, talvez fosse melhor esperar esta nave alçar voo.

O embaixador Raphel pensa em pedir transferência para um país na América do Sul e começar uma família.

A 2 quilômetros dali, em um mangueiral tranquilo, empoleirado atrás de folhas verde-escuras cobertas de pó, a gralha agita as asas e começa a voar rumo ao forte estrondo provocado pelos quatro motores de 4300 cavalos-força do *Pak One*, que está prestes a deixar a pista, para nunca aterrissar de novo.

Nosso Cessna começa a taxiar em direção à pista de decolagem assim que o avião presidencial levanta voo. A subida é pronunciada para uma aeronave do porte do *Pak One*, que parece lutar contra a gravidade, mas seus quatro motores ressoam e ele decola como uma baleia indo à tona em busca de ar. Ascende lentamente, mas libera a pista e vira à direita, ainda subindo.

A nossa própria decolagem é barulhenta, mas suave. O Cessna deixa a pista com rapidez e domina o ar como se fosse seu *habitat* natural. O general Beg está lendo o livro, absorto, os óculos escuros na ponta do nariz. O piloto nota que estou tapando as orelhas com os dedos e me passa um fone de ouvido, mas se esquece de desconectá-lo. Posso escutar seu diálogo com a torre, bem como as chamadas desta para o *Pak One*.

— *Pak One* estabelecendo rota de voo para Islamabad.

— Recebido e entendido — diz o controlador aéreo.

— Deixando a pista. Virando à direita.

— *Allah hafiz*. Bom pouso.

Estou tão absorto em seu diálogo sem importância que levei um choque quando nosso Cessna perde altitude de repente; porém, ele se recupera depressa e começa a ascender de novo. O general Beg ergue as mãos.

— Uma maldita gralha. Veio na direção do meu avião. Você viu? Pode imaginar que tem gralhas voando por aqui quando eliminamos todos os riscos possíveis dessa área? Gralhas na Zona de Alerta Vermelho. Onde já se viu isso? É graças ao meu piloto aqui que ainda estamos vivos. — O piloto nos dá um sinal de aprovação com o polegar, sem olhar para trás. — Atiradores de pássaros — prossegue ele, como se a maçã tivesse acabado de cair em sua cabeça. — É disso que este lugar precisa: atiradores de pássaros.

Ele começa a rabiscar algo em um arquivo e perde uma das mais raras manobras na história da aviação.

O *Pak One* embica e começa a perder altitude; em seguida, o nariz se ergue e a aeronave começa a ascender de novo. Como uma montanha-russa no ar, ela traça uma onda invisível na atmosfera quente de agosto. Perde altitude, ganha altitude e ascende de novo.

O fenômeno é chamado de fugidela.

Voando lentamente, a gralha surfa nas correntes de ar quente. Tendo consumido o próprio peso em mangas, ela mal pode mover-se. O bico inclina-se para baixo, os olhos ficam semicerrados e as asas batem em câmera lenta. A gralha se pergunta por que deixou seu santuário no mangueiral. Pensa em dar a volta e passar o resto do dia ali. Mete a asa direita sob o corpo e dá início a uma curva indolente para voltar. De súbito, ela se vê dando cambalhotas no céu, precipitando-se rumo a uma baleia gigante de metal que está sugando todo o ar do mundo. A gralha escapa por sorte quando mergulha abaixo da hélice que corta o ar a uma velocidade de 1500 rotações por minuto. Mas esse será seu último golpe de sorte. Ela colide contra a turbina, gira com o ciclo de influxo e é sugada por um duto lateral; seu grasnido diminuto é abafado pelo ronco da turbina.

Um piloto em um voo de rotina do C-130 sequer olharia duas vezes para uma gralha em seu caminho e continuaria sua trajetória. Um piloto comandando o *Pak One* tentaria evitá-la. Quando se leva o presidente (e o embaixador norte-americano), tenta-se evitar quaisquer probabilidades de perigos, mesmo que o risco relativo possa ser o de uma formiga e um elefante enfrentando-se. Suando profusamente, o piloto amaldiçoa a estupidez inerente dos generais das Forças Armadas. Quando a agulha de pressão monitorando o motor esquerdo cai de repente e o ar-condicionado liga de forma automática, ele sabe que não evitou a colisão com a ave. Uma rajada refrescante de ar gelado faz com que sinta calafrios nas costas ensopadas de suor. Um aroma de alfazema leva-o a esquecer-se de suas ordens de manter o ar-condicionado desligado.

O general Zia sente o avião embicar, tira o cinto de segurança e levanta-se. De súbito está claro em sua mente que chegou a hora de mostrar aos idiotas quem manda ali. Onze anos, pensa ele. Pode-se governar o povo de Alá por 11 anos sem que Ele esteja ao seu lado?

O dirigente fica em pé com firmeza, as mãos no quadril, como um comandante em mar turbulento. Os membros de sua audiência escorregam nas poltronas e veem-se empurrados uns contra os outros, como pessoas em uma curva acentuada na montanha-russa.

O general Zia leva o braço direito para trás e depois o levanta devagar, como um arremessador de beisebol explicando sua ação para um bando de crianças. Cerra o punho e, dali, aponta o indicador.

— Este avião, pela vontade de Alá, vai subir. — Ergue o indicador, com se puxasse a aeronave para cima com a ponta do dedo. Todos observam, primeiro aliviados e depois horrorizados, quando o avião de fato começa a ascender de novo. Eles caem para trás. A cabeça de Arnold Raphel apoia-se por alguns instantes no ombro do general Akhtar. O embaixador pede desculpas e aperta o cinto de segurança.

O presidente se senta, dá um tapa nas coxas com ambas as mãos e olha ao redor, esperando aplausos.

O general Akhtar muda de ideia e pensa que, então, talvez toda a sua vida, sem saber, tenha servido a um santo, uma pessoa que faz milagres. Contempla o general Zia com admiração e pensa que, talvez, se confessasse o que tinha feito, o presidente pudesse desfazer tudo. Fazer com que o gás neurotóxico do purificador de ar voltasse a ser alfazema. Então, o general Akhtar cai em si e pensa que, se seu chefe fosse realmente um santo, saberia, a essa altura, que os pilotos do avião já estão mortos. O gás neurotóxico leva dois minutos para paralisar, um para matar. Quando se está comandando o *Pak One*, não se pode fazer muito nesse um minuto. Se o general Zia for mesmo um santo, quem sabe não ressuscita os pilotos?

Os dutos do ar-condicionado voltam a soprar.

O general Akhtar esperava que a morte se anunciasse com um sopro de lavanda, mas ele sente o cheiro de cadáver de ave.

Ainda está considerando como comunicar esse problema quando a aeronave embica e dá outro mergulho.

A porta traseira da classe VIP abre. O supervisor de frete Fayyaz pergunta:

— Sirvo as mangas agora, senhor?

— Que palavra mais vulgar. Que diabos é fugidela? — De súbito, o general Beg está cheio de curiosidade.

— É apenas o que uma aeronave faz quando seus controles estão neutros. Ela começa a perder altitude. Mas, quando desce além de certo ângulo, seu eixo interno se corrige e o avião começa a subir de novo. Depois volta a perder altitude. Mas antes, ascende. Até alguém assumir o controle de novo.

Como sabe de tudo isso?

— Frequentei a aula de aerodinâmica.

— Por que os controles estão neutros? Por que ninguém está comandando o maldito avião? — quer saber o general.

Por quê?

— *Pak One*. Responda. *Pak One*. *Pak One*. — O controlador aéreo está prestes a chorar.

Ouve-se a voz de Bannon pelos fones de ouvido.

— Puta que o pariu. Esses praças estão dormindo. Dormindo nada. Estão mortos. Os pilotos bateram as botas. Nós estamos todos mortos! — Ele perde a fala, e o único som que se escuta pelos fones é o de eletricidade estática.

O olhar do general Zia mostra-se entusiasmado com os próprios poderes miraculosos. Vou dar uma lição nesses idiotas.

— Vejam, vai subir de novo. Olhem só. Agora. Observem. — Ele ergue o dedo indicador no ar. O avião continua a descender.

Alguns dos passageiros da classe VIP estão espalhados no chão agora. O general Akhtar mantém-se em sua poltrona, com o cinto afivelado, esperando por outro milagre.

O presidente ergue ambos os indicadores no ar como um dançarino amador de *bhangra* e grita:

— Agora me digam quem está tentando me matar? Acham que podem acabar comigo? Vejam quem está morrendo agora.

As solitárias estão consumindo o coração do general Zia a essa altura. O veneno da serpente apaziguou a dor, mas ele sente as entranhas sendo destroçadas. O presidente inala o ar gelado do ar-condicionado na tentativa de aferrar-se à vida. Aspira gás neurotóxico.

Se todos eles estão tentando matar o dirigente, quem está tentando matá-los?

Antes de eu me dirigir a Deus, grito para o general Beg:

— Senhor, faça alguma coisa, por favor! O avião está caindo. Os pilotos estão mortos. Ouviu só?

O general Beg gesticula as mãos no alto.

— E o que é que eu posso fazer? Quem é o especialista em aerodinâmica por aqui?

Ele tira os óculos escuros e olha pela janela. Não parece estar muito preocupado.

Deus, não quero ser uma dessas pessoas que só se dirigem ao Senhor quando estão metidas em apuros. Eu não prometo nada. Não é o momento de assumir compromissos precipitados, mas, se o Senhor puder salvar uma pessoa naquela aeronave, que seja Obaid. Por favor, Deus, que seja Obaid. Se há um paraquedas naquele avião, que o conceda para ele. Se há milagres em Seu poder, que aconteçam agora. E, então, nós vamos conversar. Eu sempre falarei com o Senhor. Sempre escutarei o Senhor.

Abro os olhos e vejo a cauda da aeronave sendo arremessada de uma bola gigante de fogo laranja.

Primeiro, ocorre o estrondo de 78 toneladas de fuselagem, combustível e carga, impulsionados por turbinas de 4300 cavalos-força, colidindo contra a areia quente do deserto, conexões de titânio atritando umas com as outras, oferecendo resistência e, então, desfazendo-se; tanques de combustível, cheios, transbordam no impacto e, depois, explodem. O deserto recebe uma chuva de objetos diversos, carne humana e metal. Não dura mais que 4 minutos. Medalhas voam como um punhado de moedas de ouro lançadas do céu; coturnos brilham na parte externa; sangue pinga de pés retalhados; quepes são lançados no ar como discos voadores de brinquedo. A aeronave descarrega seus segredos: carteiras com fotografias de crianças sorrindo, cartas parcialmente escritas para amantes, manuais de voo com procedimentos de emergência ressaltados em vermelho, botões de farda dourados com espadas cruzadas como insígnias, uma faixa vermelha com os logotipos do Exército, da Marinha e da Aeronáutica, o punho cerrado de alguém, garrafas de água mineral ainda intactas, louça de porcelana com os símbolos presidenciais, chapas de titânio ainda borbulhando nas bordas, altímetros quebrados, giroscópios apontando para Islamabad, um par de chinelos de Peshawar, um macacão manchado de óleo com a etiqueta ainda intacta. Uma parte do trem de aterrissagem rola e para diante de um dorso sem cabeça com blazer azul-marinho.

Três minutos depois, o deserto recebe outra chuva: 20 mil litros de combustível de aviação da melhor qualidade derramam no ar, queimam e voltam ao deserto. É uma monção dos infernos.

E a carne humana, de todos os tipos: morena transformando-se em branca, ligamentos, cartilagens, carnes arrancadas dos ossos, tostadas e carbonizadas; partes de corpos espalhadas como pratos abandonados em uma festa de canibais.

As páginas queimadas de um livro fino, a mão agarrando a lombada, o polegar com uma unha parcialmente crescida inserido com firmeza na última folha.

Quando a Rede Estatal do Paquistão interrompe de forma brusca a novela vespertina e começa a transmitir a recitação do Alcorão, a primeira-dama aguarda alguns minutos. Esse costuma ser o preâmbulo de últimas notícias. Mas o mulá fazendo a recitação escolheu a surata mais longa do Alcorão, e ela sabe que ele demorará algumas horas. A primeira-dama amaldiçoa o ministro da Informação e decide se dedicar a certas tarefas domésticas. Sua primeira parada é o quarto do marido. Pega o copo de leite do criado-mudo, mas, então, coloca-o de volta quando nota uma mancha preta na cama. Observa-a de perto e torce o nariz ao perceber que se trata de sangue. "O pobre coitado está doente." A esposa sente uma pontada de culpa, que se transforma em raiva e, depois, total desesperança. "Ele está ficando velho. Deveria se aposentar por motivo de saúde, no mínimo." Mas ela já o conhecia há tempo demais para alimentar quaisquer esperanças de uma aposentadoria serena. Pegou o novo exemplar de *Reader's Digest* no criado-mudo. Havia uma reportagem sobre como a mulher podia reorganizar a vida depois de ser traída pelo marido. Terapia de casamento?, pergunta-se a primeira-dama.

Não para mim, pensa, jogando o lençol manchado de sangue na cesta de roupa suja.

Nosso Cessna circunda a bola de fogo laranja. Meus olhos esquadrinham o horizonte em busca de um paraquedas e, em seguida, o deserto, procurando uma figura solitária afastando-se das chamas e da fumaça. O céu está límpido, e o deserto em torno da bola de fogo e dos destroços espalhados, vazio e indiferente; não se vê ninguém saindo desse inferno.

— A situação não é nada boa. Não vale a pena pousar aqui. — O general Beg já tomou a decisão. — Vamos voltar para Islamabad. — Ele ignora minha cabeça batendo na parte de trás de sua poltrona. — Não, meu jovem, não vamos deixá-lo aqui. Não há o que buscar aqui. Vamos, coragem! Comporte-se como um militar. Temos um país para governar.

A última fase do Alerta Vermelho entra em ação, e o deserto fica cheio de veículos de emergência de todos os tipos e tamanhos possíveis. Caminhões cheios de soldados comuns com missão desconhecida, veículos blindados com metralhadoras inclinadas, ambulâncias com cilindros de oxigênio preparados, comandos em jipes conversíveis, carros de bombeiros com indivíduos de capacete vermelhos pendurados às portas, ônibus cheios de técnicos de aeronaves, como se o *Pak One* tivesse tido um defeito mecânico secundário. Montam-se barricadas, os sistemas de comunicação de emergência começam a chiar com vozes ansiosas, e quilômetros de fitas vermelhas são espalhadas em torno da cena do acidente.

Uma van de refeições estaciona por ali, como se os mortos fossem sentir fome e pedir um lanche à tarde.

Um soldado usando uma máscara branca caminha pelos destroços com cuidado, tentando não pisotear os pedaços de corpos, escolhendo o caminho em meio aos pedaços fumegantes de metal e documentos sigilosos, os olhos buscando um sinal que confirmasse o que as pessoas em Islamabad queriam que confirmasse. Ele se pergunta por que alguém queria comprovar algo de um cenário tão desolador quanto esse. Mas a Rede Estatal do Paquistão continuará a transmitir a recitação do Alcorão, a bandeira continuará içada, e os rumores se espalharão pelo país, porém não serão confirmados até os indícios serem encontrados. A primeira-dama não saberá de nada até terem provas definitivas.

O rapaz tropeça em uma cabeça decapitada com cabelos reluzentes, partidos no meio, e encontra o que vinha buscando.

Uma forma estranha de ser eliminado, pensa o soldado. Parece que o defunto foi morto várias vezes. Parte do rosto quebrada, logo acima do nariz, bigode parcialmente queimado, mas ainda enrolado, lábios e queixo derretidos, revelando os dentes brancos brilhantes congelados em um eterno sorriso zombeteiro.

Ao se inclinar para pegar a prova, o soldado vê um exemplar do Alcorão, aberto no meio e intacto. Nem um arranhão nele nem um resquício de chamuscado ou fumaça. Antes de o rapaz beijar o livro sagrado e fechá-lo com cuidado, lê o versículo na página aberta diante de si e tenta recordar-se de uma história parcialmente lembrada a respeito de um profeta antigo.

لَآ إِلَٰهَ إِلَّآ أَنتَ سُبْحَٰنَكَ إِنِّى كُنتُ مِنَ ٱلظَّٰلِمِينَ

Agradecimentos

Obras, pessoas e lugares me inspiraram e me ajudaram durante a elaboração deste suposto romance. No entanto, não são de forma alguma responsáveis pelo conteúdo deste livro. Sargodha. *Fateh*. Patricia Duncker. Patricia. Richard Holmes. Andrew Cowan. Anne. Masood. Mirza. Sam. Abbas e Barry. Norwich. Gordon House. Michel Roberts. Arif. Arif. Sara Wajid. Nick. Emily. Diana. Anu. Asad Mohammed Khan. "The Bear Trap". Lyceum. Bajwa. *Jogos do poder*. Ghost Wars. Abdullah Hussain. Anne. Shafi. Raja. Elissa. Dr. Manzur Ejaz. *Aaj*. Victoria Shepherd. *A festa do bode*. Laura. *Newsline*. Minnie Reichek. Hassan Mujtaba. *Crônica de uma morte anunciada*. Ann Gagliardi e Clare Alexander, as melhores leitoras que se pode ter.

SOBRE O AUTOR

Mohammed Hanif nasceu em Okara, no Paquistão. Graduou-se na Academia da Força Aérea paquistanesa como segundo-tenente, mas, posteriormente, resolveu dedicar-se ao jornalismo. Escreveu para *Newsline*, *The New York Times* e *The Washington Post*. É autor de peças de teatro e de uma obra dramática para a BBC, *What Now, Now that we are dead?*, aclamada pela crítica. Seu filme *The long night* foi apresentado em festivais de cinema por todo o mundo. Concluiu o programa de escrita criativa da University of East Anglia. No momento, dirige a redação em urdu da BBC e mora em Londres.

Este livro foi composto na tipologia Sabon LT Std, em corpo 11/16, e impresso em papel off-white 80g/m² no Sistema Cameron da Divisão Gráfica da Distribuidora Record.